W0351956

Historischer Roman
Bergisches Land

Bergischer Verlag

Peter vom Falkenberg – Der Tuchhändler von Lennep
Historischer Roman Bergisches Land

ISBN 978-3-943886-93-1

2. Auflage 6/2015
© Bergischer Verlag, © by Peter vom Falkenberg

Bergischer Verlag
RS Gesellschaft für Informationstechnik mbH & Co. KG
Verleger Arndt Halbach, Martin Czialla
Konrad-Adenauer-Str. 6 / 42853 Remscheid
E-Mail: info@BergischerVerlag.de / www.BergischerVerlag.de

Lektorat: Klaus Söhnel
Gesamtherstellung: Bergischer Verlag, Ernst-Wilhelm Bruchhaus
Druck: cpi

Das Werk ist vollumfänglich urheberrechtlich geschützt.
Jede Verwertung wie zum Beispiel die Verbreitung, der auszugsweise Nachdruck, die fotomechanische Verarbeitung sowie die Verarbeitung und Speicherung in elektronischen Systemen bedarf der vorherigen Zustimmung durch den Verlag.

Peter vom Falkenberg

Der Tuchhändler von Lennep

Ein historischer Roman über die Hansestadt Lennep
im 14. Jahrhundert

Für Jörn

Bergischer Verlag

Vorwort

Häufig verbringe ich meine Freizeit in einem der gemütlichen Lenneper Straßencafés auf dem Alter Markt. Beim Italiener gönne ich mir einen Cappuccino, esse ein paar Gambas oder sitze an anderen Tagen im spanischen Restaurant, um einige Tapas zu kosten. Dabei schwenken meine Blicke entlang der alten Fassaden hoch bis in die Giebel der Schieferhäuser dieser mittelalterlichen Tuchmacherstadt. Dieses Lennep übt auf mich eine einzigartige Faszination aus. Die schwarz geschieferten Häuser, die in Grün und Weiß gestrichenen Türen und Fenster, die man hier den „Bergischen Barock“ nennt. Die kleinen, mit Kopfstein gepflasterten Gassen, die fast alle zum Marktplatz führen, wo auch die alte Kirche und das ehemalige Rathaus stehen. Hier auf dem Alter Markt befindet sich der historische Kern der Stadt. Hier pulsierte damals sowie heute das Leben, hier trafen sich die Menschen im Mittelalter genauso wie heute. Hier hörte man damals, genau wie heute, die Glocken der Kirche läuten. Schon vor Hunderten von Jahren fand hier der Markt statt, wie jeden Mittwoch- und Samstagvormittag auch heute noch.

Nicht zu vergessen sind natürlich die „Erfolgreichen“ dieser Stadt – in erster Linie Wilhelm Conrad Röntgen, Erfinder der gleichnamigen Strahlen, sowie die berühmten Tuchmacherfamilien Hardt und Wülfing. Diese Herrschaften kommen jedoch in meinem Roman nicht vor, da sie erst Hunderte von Jahren später in der Geschichte Lenneps auftauchten.

Nach mehreren Besuchen im Tuchmuseum und Stadtführungen mit Herrn Harald Blondrath kam mir die Idee, ein Buch über diese Stadt, ihre Bewohner und ihr Gewerbe zu schreiben. So entstand mein Roman „Der Tuchhändler von Lennep“, der im 14. Jahrhundert spielt.

Es ist eine Geschichte über die Lenneper Tuchhändlerfamilie Wüllenweber, wohnhaft in der Wallstraße. Diese Familie legt (in meiner Phantasie) den Grundstein des Tuchmacherhandwerks und erlebt spannende Abenteuer.

Intrigen, Morde, junge Liebe und Leidenschaft sowie eine erlebnisreiche Reise sind der Mittelpunkt meines Romans. Ebenso spielt die Hanse eine wichtige Rolle, denn Lennep erwarb im 14. Jahrhundert die Mitgliedschaft in dem internationalen Städtebund. Fast könnte man behaupten, die Hanse war der Vorläufer der Europäischen Union. Wie sich heute in der Union die englische Sprache durchgesetzt hat, war es zur Zeit der Hanse das Latein.

Oft schreibt ein Buchautor nach Fertigstellung seines Werkes: „Dieses Buch widme ich …" Dieser Gedanke war mir zu einfach. Wie könnte ich es anders machen? Welchen anderen Weg könnte ich finden? Ich wollte den Roman nicht einer einzelnen Organisation oder Person widmen. Nach langem Hin und Her, nach vielen Überlegungen kam mir die erlösende Idee:

Dieses Buch widme ich allen Lennepern, die in dieser Stadt gelebt haben, allen Bürgern, die jetzt hier leben, und all denen, die in Zukunft hier leben werden. Ganz besonders widme ich es den Menschen, die ihre Kraft und ihr Interesse darauf richten, diesen einmaligen historischen Stadtkern zu erhalten, zu restaurieren und zu sanieren – Organisationen wie der Lennep Offensive, den Lenneper Altstadtfreunden, dem Verkehrs- und Förderverein Lennep sowie der Lenneper Turngemeinde 1860 und diversen anderen Aktivisten.

Ihnen allen wünsche ich viel Spaß beim Lesen. Bis bald – am Alter Markt in einem Straßencafé, vielleicht auf ein kleines Gespräch bei einem Cappuccino.

Peter vom Falkenberg (gebürtiger Lenneper)

SIGILLVM·BVRGENSIVM·OPIDI·IN·LINNEPE

Der Tuchhändler von Lennep

Kapitel 1

Langsam schienen die ersten zarten Sonnenstrahlen über die Bergkuppen in das vernebelte Tal. In der Quellmulde des Baches Linepe lag die Stadt Lennep, die man langsam durch den Frühdunst in der Ferne erkennen konnte. Die weißen Nebelschwaden hingen wie Spinnweben über der kleinen Stadt. Ein tiefer Wallgraben und die dahinter liegende Stadtmauer umspannten den Ort. Rund um den Ort breiteten sich große Wiesen aus, die von einem dichten Wald umschlossen wurden.

Mit müden, schleppenden Schritten gingen zwei im Nebel versunkene Gestalten auf die Ortschaft zu. Die Schäfer, Herbert und sein Freund Roland, waren auf dem Handelsweg von Köln nach Lennep gekommen, weil sie hofften, bei einem Tuchhändler Arbeit zu finden. Sie zogen einen größeren Handkarren hinter sich her, in dem sie ihre Kleider und das Werkzeug verstaut hatten – es war ihr gesamtes Hab und Gut. Seitlich am Wagen waren zwei kräftige Holzstangen befestigt, an deren Ende ein kurzer Stab nach unten ragte und die Form eines riesigen Angelhakens hatte. Mit den so geformten Stöcken konnte man Schafe am Hinterbein festhalten und einfangen, wenn man ihnen die Klauen schneiden musste. Hinter dem Karren trottete Zieto, der ausgebildete Schäferhund und ihr treuer Gefährte.

Die beiden Schäfer waren seit Jahren befreundet. Roland, eine Handbreit größer als Herbert, hatte einen an den Rändern ausgefransten Strohhut auf seinem Kopf, Herbert den typischen filzigen Schäferhut. Beide trugen ihr braunes Haar offen bis auf die Schultern; an ihren Schläfen zeigte sich das erste Grau. Ihre Gesichter waren durch den ständigen Aufenthalt in der Natur vom Wetter gezeichnet. Ein dichter Schnauzbart zierte ihre Oberlippe.

„Das muss die Stadt sein", murmelte Roland verschlafen. Sie waren die ganze Nacht unterwegs gewesen und kamen von den Rheinwiesen. Sie waren aber nicht nur Schäfer von Beruf – sie verstanden es auch, mit fachmännischer Schnelligkeit Schaf für Schaf zu scheren und die anfallende Wolle zu kardieren, und genau mit diesem Handwerk verdienten sie seit Jahren ihr täglich Brot. Da die Arbeit am großen Fluss knapp geworden war, versuchten sie nun ihr Glück im Bergischen Land, in der Stadt, die nun vor ihnen lag: Lennep.

Von Reisenden hatten sie erfahren, dass die Tuchmacher im Bergischen dringend Arbeitskräfte benötigten. In den letzten Jahren hatte sich der kleine Ort Lennep zu einer aufstrebenden Tuchmacher- und -händlerstadt entwickelt. Mit großen Schafzuchten, mit Webstühlen und Färbereien ist hier der Ursprung eines sich entfaltenden Handwerks gelegt worden – und die Nachfrage war groß, somit die Auftragsbücher der Händler voll.

Frühnebelschwaden umhüllten die Stadt, doch mit der aufgehenden Sonne verzogen sie sich langsam, lösten sich auf. Wie mit Zuckerguss überzogen lag die Stadtmauer vor ihnen, und dahinter war die Kirchturmspitze zu sehen, die sich durch den Dunst zum Himmel emporreckte. Langsam wurden beim Näherkommen die Silhouetten der ersten Häuser sichtbar. Das Schreien der Krähen durchpflügte die morgendliche Stille. Auf einem Hausdach machten sich zwei Störche an ihrem Gefieder zu schaffen. Sauber und geputzt wollten sie sein, bevor der neue Tag begann.

Geografisch günstig an einer Handelsstraße gelegen, die Richtung Norden führte, war Lennep durch die Mitgliedschaft im Städtebund der Hanse bedeutungsvoll geworden. An den Küsten im Norden des Landes unterhielten die Kaufleute und Händler zahlreiche Handelsniederlassungen, die in regelmäßigen Abständen beliefert werden mussten. Das Auffüllen der Lager mit selbst produzierten Waren, aber auch der Tauschhandel und der Verkauf gehörten zu ihren Tätigkeiten.

Gut 70 Städte hatten sich nach und nach zur Handelsorganisation der Hanse vereinigt. Ihre Schiffe kreuzten durch das Nord- und Ostmeer, doch die Hanse stand erst am Anfang einer erfolgreichen Geschichte. Die Hauptmetropolen waren die Städte Lübeck, Rostock, Wismar, Stralsund und Greifswald. Lübeck war nach Köln die zweitgrößte Stadt deutscher Lande; dort lebten über 20 000 Menschen. Die Lenneper Kaufleute unterhielten eigene Kontore. Eigens für die Lagerung von Stoffen wurden geräumige Tuchhallen gebaut, die wegen der großen Nachfrage ständig erweitert werden mussten. Die neue Stadt Lübeck lag ein gutes Stück vom Meer entfernt, sodass Piraten sie nur beschwerlich überfallen konnten, doch sie war durch den Fluss Trave mit dem Ostmeer verbunden und lag zudem in unmittelbarer Nähe von Hamburg, dem Tor zum Nordmeer. Lübeck und Bergen in Norwegen waren die großen Metropolen des Tuchhandels, wobei die bergischen Tuche eine große Rolle spielten.

Herbert und Roland überquerten einen Holzsteg, der einer Zugbrücke ähnelte, und standen vor dem verschlossenen Kölner Tor der Stadt Lennep. Das Tor wurde so genannt, weil man von hier aus auf direktem Weg die Stadt Colonia am Rhein erreichen konnte.

„Die Wachen liegen bestimmt noch auf ihren Strohsäcken und schlafen“, meinte Herbert. „Wenn wir sie durch unser Klopfen wecken, dürften sie schlecht gelaunt und unfreundlich sein. Warten wir noch eine Weile, ist ja auch noch sehr früh, außerdem spielt meine Blase verrück, ich müsste sie dringend entleeren“, gab Roland zurück. Herbert bestätigte mit einem Kopfnicken: „Komm, Alter, wir werden erst einmal eine Stange Wasser in den Graben stellen.“ Sie gingen an den Rand der Holzbrücke, öffneten ihre Brouche und erleichterten sich in den Graben der Stadtmauer.

„Hab ich einen Druck auf meinem Schäferstab“, kicherte Herbert. „Nun machen wir aus dem Wallgraben einen Wassergraben“, ulkte Herbert weiter. Roland musste lachen, und sein Wasserstrahl schoss in Schlangenbewegungen in den Graben. „Wegen deiner blöden Sprüche pinkele ich mir noch auf die Schuhe“, gab er zurück.

„So schmutzig, wie die aussehen, würde denen eine Reinigung ganz gut tun“, lachte Herbert.

Rund um den Wallgraben erstreckten sich ausgedehnte Wiesen, auf denen Kühe und Schafe grasten. Die beiden gingen zu ihrem Handwagen und entnahmen ihm zwei Kuhfelle, die sie gegen die Feuchtigkeit in das Gras legten, wo sie es sich bequem machten und auch sofort einschliefen. Es dauerte nicht allzu lange, bis sie durch das Geräusch des quietschenden, sich öffnenden Stadttores geweckt wurden. Als Schäfer waren sie es gewohnt, mit nur „einer Hälfte“ ihres Körpers zu schlafen, um mit der anderen stets auf der Lauer zu liegen, damit sie auch im Schlaf die leisesten Laute wahrnehmen konnten. Wer ständig mit den Schafen im Freien schlief, der konnte das, und diese Begabung hatten beide. Für sie gab es nichts Schlimmeres als Schafe zu verlieren – sei es durch Diebsgesindel, streunende Hunde oder irgendwelche Raubtiere. Sie wurden bei Verlusten von Tieren von den Eigentümern der Herde zur Verantwortung gezogen.

Eine Wache kam durch das Tor.

„Oh, schon Besucher? Was verschlägt euch zu dieser unchristlichen Zeit nach Lennep?“ Die beiden setzten sich auf ihrem Fell auf, rieben sich mit der Hand durch die Augen, standen auf und fuhren sich mit gespreizten Fingern durch ihre Haare. Zieto sprang auf und knurrte den Wachhabenden an. „Aus, Sitz!“, rief ihm Roland zu. Der Hund gab ein leises Knurren von sich und nahm Platz.

„Guten Morgen, Conradis, Vorsicht bitte!“, rief laut jemand von einem sich nähernden Fuhrwerk herunter und meinte damit einen der Wachhabenden. Ein zweirädriger Karren, von einem Gaul gezogen, kam durch das Kölner Tor gerollt. Der Wachmann winkte ihn durch und machte mit den Schäfern den Weg frei, danach sah er die beiden Fremdlinge fragend an. Roland erkannte den forschenden Blick der Wache und sagte: „Herr Wachsoldat, wir sind auf der Suche nach Arbeit. Wer ist denn hier zuständig für die Schafwirtschaft und für die Tuchherstellung?“ Der Wachmann überlegte kurz und kratze sich am Kopf, dann drehte er ihn nach beiden Seiten, um die Müdigkeit aus den vom Schlaf steif gewordenen Knochen zu vertreiben.

„So – arbeiten wollt ihr? Es gibt hier verschiedene Tuchmacher und Händler, aber ich würde euch den Edelmann Wüllenweber empfehlen. Der Herr ist hier ein hohes Tier in der Stadt und Mitglied im Stadtrat, auch einer der größten Tuchhändler mit eigener Schafzucht vor Ort“, sagte der Wachhabende, eine bullige Erscheinung mit breitem Stiernacken.

„Und wo können wir den Herren finden?“, fragte Herbert.

„Geht hier links durch die Wallstraße, bis ihr an ein Haus

gelangt, wo aus dem Giebel ein dicker Holzbalken hervorragt, an dem eine Seilwinde befestigt ist. Mit der ziehen sie die Tuchballen hoch zur Lagerung; das ist das Haus der Wüllenwebers“, erklärte der Wachmann.

Ein zweiter Soldat rief aus dem Wachhäuschen: „Rechts herum solltet ihr nicht gehen, da ist das Armenviertel, der Kraspütt, wo sich nur Diebe, Beutelschneider und Tagelöhner herumtreiben. Alles Ungeziefer und Gewürm. So schnell könnt ihr gar nicht hinsehen, wie die euren Karren leer geräumt haben.“

Die beiden Schäfer wunderten sich über den zweiten Wachmann – der schien wohl schlecht geträumt zu haben.

„Vielen Dank für die freundliche Auskunft“, sagte augenzwinkernd Roland, dann griff er nach dem Handwagen und die Schäfer verließen das Stadttor und folgten der Wallstraße. Zieto trottete hinter ihnen her. Schnell fanden sie das Haus des Tuchhändlers und Herbert meinte: „Ich glaube, es ist noch zu früh, um anzuklopfen. Die Herrschaften schlafen sicherlich noch.“

„Da wir nun wissen, wo wir hin müssen, würde ich sagen, wir sehen uns ein wenig in der Stadt um und kehren später hierher zurück, um unser Glück zu versuchen. Sicherlich gibt es hier einen Marktplatz und vielleicht eine Bank, auf der wir uns etwas ausruhen können“, schlug Roland vor. Herbert sah ihn von der Seite an: „Drei Tage könnte ich durchschlafen, bin müde wie ein Siebenschläfer.“

Sie durchquerten eine enge Gasse und standen auch schon auf dem Alter Markt; sie fanden eine Holzbank, auf der sie sich niederließen. Von den Lenneper Bürgern war noch niemand zu sehen, die meisten schienen noch zu schlafen.

„Meine Güte, war das ein anstrengender Fußmarsch! Ich könnte pennen wie ein Fuchs in seinem Bau“, gab gähnend Roland von sich. „Frag mich mal, mein Freund, aber das mit dem Fuchs ist ein gutes Beispiel.“

Roland ließ seinen Blick über den Markt schweifen: „Ist dir eigentlich noch gar nichts aufgefallen?“ – „Was meinst du denn, Roland?“, fragte Herbert.

„Es kommt mir vor, als wäre ich hier in der Stadt der Brunnen. Überall stehen diese Pumpen herum. Wofür brauchen die Leute all diese Brunnen nur?“ Zu weiteren Gesprächen reichte ihre Ausdauer nicht mehr; ihr Kopf fiel ihnen auf die Brust und leichte Schnarchgeräusche drangen über den Marktplatz.

Anneliese Wüllenweber wurde richtig böse. Sie fauchte ihren Mann an wie eine Katze. „Ihr seid alle zu brav und zu lieb. Ständig machen euch die Handwerker und ihre Gilden einen Strich durch die Rechnung. Viel zu viel lasst ihr euch von ihnen gefallen. Dabei seid ihr es doch, die Kaufleute und Händler, die den Wohlstand nach Lennep gebracht haben. Was wären wir und sie denn alle ohne die Hanse?“

„Dein bezauberndes Lächeln versüßt mir den Morgen, aber du hast ja recht, Lieschen“, sagte Tilmann zu seiner Frau. Lieschen nannte er sie zärtlich, wenn er wusste, dass sie im Recht war. Aber einem Streit mit Lieschen ging man am besten aus dem Weg. Seine kleine, zierliche, süße Frau konnte auch ganz anders auftreten, wenn sie in Rage geriet. Wenn sie gereizt und wütend war, erinnerte sie ihn an den Drachen der Nibelungensage.

Beruhigend sprach Tilmann auf sie ein: „Heute wird es eine Entscheidung geben. Der Hasenclev, der Frauenknecht, der Rautzenberg und noch mehrere Ratsherren sind auf meiner Seite und werden für die Hanse stimmen. Gerold vom Steinberg, unser Medicus, wird ebenfalls anwesend sein. Er ist zwar nicht direkt betroffen und hat mit dem Handel nichts zu tun, doch auf seinen Rat hören die Leute.“

Tilmann Wüllenweber war der größte Tuchhändler des Kreises Lennep mit direktem Anschluss an die Hanse. Er hatte Zugang zu mehreren Kontoren in verschiedenen Städten am Ostmeer. Seit Jahren war er mit Anneliese verheiratet, die ihm zwei Söhne und eine Tochter geboren hatte. Jacub, sein Ältester, hatte soeben seinen 18. Geburtstag gefeiert und nichts lag ihm näher, als seinen Vater bei dessen Arbeiten zu unterstützen. Simon war drei Jahre jünger und Tochter Maria gerade 11 Jahre alt. Anneliese war eine kleine, zierliche Frau mit rotblondem Haar, und ja, man konnte sagen: Sie war die Herrin im Haus. In Tilmanns Geschäfte mischte sie sich nur selten ein, aber heute Morgen musste sie sich Luft verschaffen. Die drei Geburten sah man ihr nicht an. Sie hatte grüne Augen, ihr Haar war zu einem langen Zopf geflochten, der ihr bis zu den Hüften reichte. Geschickt hatte sie ihr Haar mit bunten Schleifen geschmückt – das gab ihr ein liebliches, weibliches Aussehen.

Darüber hinaus gab es noch weitere Personen, die im Wüllenweber-Haus wohnten: Da waren noch die Magd Gertlinde, einige Stallknechte und der Vorarbeiter Karl.

Tilmann sah aus dem Fenster seiner Wohnstube. Kreisrund reihten sich die Häuser in Lennep aneinander. Durch kleinere enge Gassen, die alle zur Stadtmitte führten, wurde die Ansicht unterbrochen. In der Mitte des Ortes stand die Stadtkirche zum Heiligen Nikolaus. Von fast allen Gassen aus konnte man den Kirchturm sehen.

„Meine Stadt ist eine schöne Stadt", dachte er, in Gedanken versunken. Dann ging er die hölzerne Stiege hinauf in sein Lager. Dies war einer seiner Lieblingsplätze; von hier oben aus hatte er einen wundervollen Überblick über seine Stadt Lennep, die er so liebte. Er entriegelte das Giebeltor, setzte sich mit verschränkten Beinen hin und ließ seinen Blick in die Ferne schweifen. Über der Luke ragte der Tragebalken quer zur Gasse; an seinem Ende hing eine Seilwinde. Mit einem darüber laufenden Seil konnten seine Leute die Tuchballen von der Gasse aus zur Dachluke hinaufziehen. Hier lagerten seine Tuche trocken – furztrocken, wie er unter seinen Freunden zu sagen pflegte. Bei dem Wort Furz dachte er sogleich an Luft und Wind. Sein Speicher wurde gut durchlüftet und das hielt die Feuchtigkeit fern. Ein Grinsen huschte über seine Lippen. Seine Gedanken schweiften in die Vergangenheit, in seine Kindheit zurück, als er fünf Jahre alt war. Sein mittlerweile verstorbener Vater hatte ihm eine kleine, hölzerne Weihnachtsstadt gebaut. Stadt war vielleicht zu viel gesagt, eher eine Scheune mit einigen Nebengebäuden. Davor befanden sich von Hand geschnitzte Figuren, und in einer Krippe lag das Jesuskind, auf Stroh gebettet. Dahinter standen Josef und Maria mit den Heiligen Drei Königen aus dem Morgenland.

Beim Anblick der kleinen Lenneper Häuser und der alten Kirche dachte er an das geschnitzte Geschenk seines Vaters. In den letzten Jahren war es üblich geworden, zur Weihnachtszeit Krippen zu basteln und aufzustellen. Auch Tilmann hatte für seine Kinder, als sie noch kleiner waren, so etwas Ähnliches geschnitzt. Ihm hatte es weniger gefallen, denn er merkte schnell, dass er für Schnitzarbeiten wenig Talent besaß, aber seine Kinder hatten ihre Freude an den Holzfiguren gehabt. Irgendwo hier auf dem Speicherboden hatte Anneliese seine Holzarbeiten verstaut. Erneut flog ein Lächeln über sein Gesicht; wie konnte er nur Lennep mit Bethlehem vergleichen – und das jetzt im Sommer? „Manchmal hat man schon seltsame Gedankengänge“, dachte er.

Dann schloss er die Giebeltür, erhob sich und ging zur anderen Seite seines Speichers. Dort öffnete er eine Dachluke, die wesentlich kleiner war als das gegenüberliegende Fenster. Auch von hier war die Aussicht berauschend schön. Mit seinem Oberkörper stützte er sich im Fensterrahmen ab, und vor seinen Augen erstreckten sich die saftigen, grünen Wiesen der Täler und Hügel und der in der Ferne zu erkennende dichte Wald. Er konnte bequem über die alte Stadtmauer sehen, die mehr eine Einfassung darstellte als eine wehrhafte Befestigungsanlage. An manchen Stellen bröckelten die ersten Steine. Schon vor langer Zeit hatten die Lenneper Bürger den Wald gerodet, zumindest einen Teil davon, um ihn den Züchtern zu überlassen. So grasten die Schafs- und Ziegenherden vor der Stadtmauer, immer unter Kontrolle der Schäfer und ihrer Hunde, deren Kläffen an sein Ohr drang. Der größte Teil der Schafe, die er von der Dachluke aus beobachten konnte, gehörte ihm. Er war sehr gerne hier an seinem Lieblingsplatz, nur um nachzudenken oder seine Fantasie schweifen zu lassen. Wie erfolgreich er doch in den letzten Jahren gewesen war!

Ein Geräusch weckte ihn aus seinem Tagtraum, und nach einigen weiteren Minuten verließ er seinen Speicher und ging in seine Wohnstube zurück, um auch von hier aus dem Fenster in die Gasse zu sehen, als hätte er nichts Besseres zu tun.

Lennep war eine von vier Hauptstädten im Bergischen Land, neben Weperevorthe, Ratingen und Dusseldorp. Gutes, mildes Wetter in den letzten Augusttagen 1324 ließen Tilmanns Stimmung in die Höhe schnellen. Er pflegte ein gutes Verhältnis im täglichen Umgang mit seinen Mitbürgern; nur in Bezug auf die Hanse, den Städtebund, waren die Meinungen unterschiedlich. Hier gab es immer häufiger diverse Streitpunkte, sodass sich zwei verschiedene Parteien gebildet hatten. Die Steinmetze, die Zimmerleute, Wagenbauer und Schmiede, Gürtler und Fleischhauer sahen nicht ein, warum man unbedingt Mitglied in der Hanse sein musste. Sie waren der Meinung, dass sie keinen Vorteil dadurch hätten, oder – wie einige sagten – nichts abschöpfen könnten. Unterstützt wurden sie von ihren Gilden und Zünften.

Das Wort Handwerker brannte Tilmann auf der Zunge. Einige waren ja ganz nette Burschen, doch viele von ihnen waren grobschlächtige, einfach denkende Menschen. Mit ihren Händen etwas herstellen, das mochte ihnen liegen, aber dann hörte die Kunst auch schon auf. Der Begriff Handel war für sie ein Fremdwort, Geschäftsleute waren sie alle nicht, aber er hatte sich die richtigen Worte schon parat gelegt. Er würde ihnen einige deftige Sätze um die Ohren hauen. Ihr Neid auf die Händler war hässlich und unschön. Das war auch der Grund, warum sich Tilmann ihnen gegenüber in einen Kokon der Arroganz einhüllte. Heute musste er es den dümmlichen Handwerkern zeigen. Heute würde er sich mit seinen Leuten durchsetzen. In zwei Stunden fing die entscheidende Ratssitzung im Städtehaus an.

Er wurde durch ein rollendes Geräusch aus seinen Gedanken gerissen.

Zwei kräftige Männer mit einem Hund und einem Karren kamen die Wallstraße entlang und legten vor seinem Haus eine Pause ein.

„Gott zum Gruße, wir suchen den edlen Herrn Wüllenweber, den Tuchhändler“, sagte der eine. Tilmann betrachtete sie von oben bis unten, sah ihre Messer am Gürtel stecken sowie die alten Hüte auf ihren Köpfen.

„Der steht direkt vor euch, meine Herren“, gab er zur Antwort.

Roland übernahm das Wort. „Oh, wir hörten im Rheinland, wo wir bis jetzt beschäftigt waren, dass hier gute Schäfer gesucht würden. Wir sind erfahren und suchen eine neue Aufgabe."

„Einen Moment, ich komme vor die Tür", sagte Tilmann und verschloss das Fenster von innen mit einer Lederhaut. Er trat hinaus auf die Gasse, um den beiden die Hand zu geben. Sie wechselten einige Worte, und dann bat er sie in sein Haus.

„Ihr habt die Jahreszeit nicht besonders gut ausgewählt. Eine Anstellung im Frühjahr wäre besser gewesen, wenn die Lämmer geboren werden. Doch was zeichnet euch aus?", wollte er wissen.

„Nun, wir sind nicht nur Schäfer, wir beherrschen auch das Scheren und Kardieren, und der beste Schäfer ist unser Schäferhund Zieto, der draußen auf unseren Handwagen aufpasst", sagte Roland mit einem freundlichen Lächeln. „Vielleicht noch eines, Herr: Wir haben jahrelang auf den Rheinwiesen gearbeitet, aber die Schafzucht ist seit einiger Zeit stark rückläufig. Südlich von Colonia werden überall nur noch Weinreben angepflanzt und die ausgeprägten Wiesen verschwinden, sodass unsere Arbeit immer knapper wurde."

„Gut", sagte Tilmann, „ich werde es mir bis zum Abend überlegen. Ich muss gleich zu einer Sitzung und würde euch bitten, am späten Nachmittag noch einmal bei mir vorbeizuschauen. Ihr könnt euch in der Zwischenzeit etwas in der Stadt umsehen."

Tilmann schlenderte mit ruhigen Schritten Richtung Alter Markt, wo sich das Ratsgebäude direkt neben der Kirche befand. An einem Brunnen legte er eine kurze Pause ein, um etwas Wasser zu trinken. Der Fluss, die Linepe, floss unterhalb der Stadt vorbei, speiste aber unzählige Brunnen mit seinem Wasser.

Die Gassen waren wie leer gefegt, denn fast alle Bürger hatten sich auf dem Marktplatz eingefunden. Der Punkt, der heute auf der Tagesordnung stand, erweckte bei den Bürgern große Neugierde. Von Weitem sah er schon, wie sich die Gruppierungen vor dem Rathaus aufgeteilt hatten. Kaufleute, Händler und Befürworter der Hanse standen gemeinsam zusammen, und gegenüber auf dem Platz ihre Gegner, die Handwerkergilden. „Meine geliebten Handwerker, da stehen sie rum und reden dummes Zeugs", dachte Tilmann, als er sie erblickte. Viele Köpfe schnellten herum, als sie ihn kommen sahen. Er ging auf einige Ratsherren und Kaufleute zu, um sie zu begrüßen.

„Guten Tag, verehrte Bürger von Lennep", empfing er sie. Sie schüttelten einander die Hände und wünschten sich Glück für die heutige Sitzung. Hier und dort wurden noch schnell ein paar Ratschläge ausgetauscht und es folgte ein aufmunterndes gegenseitiges Schulterklopfen.

Gegenüber den Handwerkern waren die Amtsmänner, Kaufleute und Händler elegant und nach der neusten Mode gekleidet. Tilmann betrachtete aufmerksam die Handwerker in ihren verdreckten und verschwitzten Hemden und Hosen. „Wenigstens ihre dreckigen Hände hätten sie sich waschen können", dachte er. Nun sah Tilmann, dass auch der Pfarrer aus der Nikolaus-Kirche kam und den Platz überquerte; womöglich durfte und wollte er nichts versäumen. Hochwürden Rufus von Bechen war ein strenger Vertreter des Katholizismus, der nur für seinen Glauben lebte, den Bürgern Lenneps fortwährend den Spiegel vorhielt und über Ungläubige und Sünder schimpfte, den aber auch stets seine Neugierde plagte. Es gab rein gar nichts, in das er sich nicht hätte einmischen wollen.

Tilmann unterhielt sich mit Robert Frauenknecht. „Wir Tuchmacher, Händler und Kaufleute sorgen für eine angenehme Zukunft und für Reichtum in dieser Stadt, nicht die Schreihälse von Handwerkern“, flüsterte er Tilmann zu, der ihm nickend recht gab. Die Türe des Rathauses wurde vom Ratsdiener geöffnet, der laut die Glocke schlug, um den Wartenden zu vermitteln, dass sie eintreten können. In ihre Unterhaltungen vertieft, schlenderten die Männer durch das Portal ins Ratsgebäude.

Im alten geräumigen Versammlungssaal teilte man sich in zwei Lager auf. Rechter Hand nahmen die Befürworter der Hanse Platz, gegenüber die Männer, die sie ablehnten. Je mehr Bürger den Saal betraten, desto lauter wurde das Stimmengewirr. Wegen der hohen Temperaturen stand die Hitze förmlich in dem großen Raum und unwirtliche Gerüche verbreiteten sich rasch. Durch die heftig geführten Debatten und das wilde Gestikulieren mit den Händen geriet so manch einer ins Schwitzen und verbreitete unangenehme Ausdünstungen, denen man besser auswich.

Der Fußboden bestand aus schweren Eichenbalken, und in der Mitte des Saales stand ein Rednerpult, auf dem sich eine gusseiserne Glocke befand. Jeder Redner, der sich zu Wort melden wollte, musste sie betätigen. Auf einer ausladenden Wandfläche hatte sich ein Maler verewigt. Das Bild stellte eine blutige Jagdszene nach. Viele Ritter und Knappen hielten Saufedern in ihren Händen, um einem in die Enge getriebenen Hirsch den Garaus zu machen. Eine wild kläffende Hundemeute hielt das Tier in Schach. Etliche Pfeile steckten in seinem Rücken, und aus den Wunden quoll Blut und rann über sein Fell. Der Hirsch stand angsterfüllt mit weit aufgerissenen Augen und gesenktem Kopf in Verteidigungsstellung. Vor ihm hatten sich die größten Hunde aus der Meute aufgebaut. Würde man als Betrachter des Bildes den Verlauf nachvollziehen, müsste der Hirsch jeden Moment auf die Knie sinken und hätte den Kampf verloren.

Ein lautes Gemurmel und Tuscheln durchdrang den Saal. Jeder redete mit jedem, und keiner hörte wirklich zu. Der Pfarrer hatte neben der Tür am Eingang auf einem Stuhl Platz genommen, von wo aus er seine Schäfchen im Blickfeld hatte. Eine Frau suchte man vergebens in diesem Hause, denn hier regierten die Männer. Vertreter von über dreißig verschiedenen Berufsgruppen waren anwesend. Man sprach zu zweit, zu dritt oder in kleineren Gruppen, und mit der Zeit wurde es immer lauter, bis man sich gegenseitig anschrie. Plötzlich erklang die Glocke erneut. Am Rednerpult stand Ratsherr Bruno vom Nagelsberg. Deutlich hörbar rief er in den Saal:

„Meine edlen Herren, meine Herren, bitte um Ruhe, Ruhe bitte!"

Langsam nahm der Geräuschpegel ab und es wurde etwas leiser, bis dann nach einigen Minuten Ruhe einkehrte.

„Danke, meine Herren. Wir haben uns hier eingefunden, um über das Für und Wider der Hanse abzustimmen. Wir wollen eine sachliche Auseinandersetzung führen und uns nicht gegenseitig niederschreien. Zu Wort meldet sich nun der Vertreter der Gilde der Wagenbauer, Meister Winfried Feldmann." Ein Bär von einem Mann erhob sich von seinem Stuhl und ging zum Rednerpult. Tilmann sah seine schmutzigen Hände und dachte: „Noch nicht einmal ihr Meister hat sich seine Griffel gewaschen." – „Männer, ihr kennt mich alle", fing Winfried Feldmann an, „ich rede stellvertretend für uns Wagenbauer. Wir sind der Meinung, dass eine Mitgliedschaft im Städtebund überflüssig ist. Es verursacht nur Kosten und bringt uns nicht viel weiter. Kontore müssen unterhalten werden, dann die Transporte, Überfälle durch Wegelagerer und Raubritter, Diebstähle und einiges mehr, und was haben wir Handwerker davon? Nichts, rein gar nichts! Die Einzigen, die an der Hanse verdienen, das seid ihr."

Er zeigte mit seinem Arm auf die Seite der Händler. „Ihr tragt zum größten Teil zwar das Risiko, steckt euch gleichzeitig aber die Taschen voll. Ihr Tuchmacher, Händler und Kaufleute seid doch die reichen Pfeffersäcke mit den dicksten Häusern in unserer Stadt. Deswegen wollt ihr unbedingt Mitglieder in der Hanse bleiben. Ihr habt doch sicherlich genug Geld auf der hohen Kante liegen. Es ist doch immer das Gleiche, der Teufel scheißt auf den dicksten Haufen", rief er bösartig in den Saal.

Einige Leute bekreuzigten sich, als das Wort *Teufel* fiel. Der Pfarrer griff nach dem dicken Silberkreuz, das um seinen Hals hing, faltete die Hände und stieß ein Gebet in den Himmel. Die Handwerker riefen: „Genau, richtig, so ist es doch." Der Fleischhauer Albrecht erhob sich und rief in die Runde: „Was glaubt ihr, wie der Hanse das egal ist, ob ich hier ein Schwein schlachte oder nicht." Lautes Gelächter erklang und hob die Stimmung. Steinmetze, Zimmerleute, Kessler und die Schmiede unterstützten Meister Winfried Feldmann; immer wieder warfen sie ähnliche Meinungen in die Runde.

Angespannt lauschte Tilmann den Worten der Kontrahenten. Er hatte schon im Voraus gewusst, dass diese sich immer wiederholenden Argumente kommen würden.

Die Spinner, Weber und Färber verhielten sich eher neutral, weil sie wiederum von den Tuchmachern und Kaufleuten abhängig waren. Brach der Umsatz aus dem Verkauf der Tuche ein, so blieb für sie auch weniger übrig. So ging es erst einmal weiter. Nun redete ein Kaufmann auf die Bürger ein, dann wieder ein Repräsentant der Gilden, und nach zwei Stunden legten die Männer eine kurze Pause ein.

Während sich die Männer im Ratssaal die Köpfe heißredeten, saßen am Alter Markt auf dem steinernen Rand des Brunnens drei leicht beschürzte, stadtbekannte Lenneper Hübschlerinnen. Sie waren auf dem Sprung, warteten die Sitzung ab. Danach würden die meisten Männer in den Gasthof ›Zum goldenen Löwen‹ schlendern, und wenn sie später angetrunken über den Marktplatz gingen, dann würden sie sich auf sie stürzen wie Katzen, die zum Mäusesprung bereit waren. Bei einigen männlichen Bürgern fanden die drei Damen Wohlgefallen, bei den Lenneper Frauen, und zwar bei allen Frauen, nur Verachtung. Die Huren arbeiteten ohne Weiberwirt, sie betrieben selbstständig ihr eigenes Gewerbe und hatten zu diesem Zwecke eine kleine Wohnung am Gänsemarkt auf Dauer angemietet, zur Schande vieler Ehefrauen. Doch ihr Vorteil war: Sie brauchten kein Kerbholz zu benutzen, um mit einem Weiberwirt abzurechnen. Lohnen tat es sich allemal – so mancher lustige, alleinstehende Geselle landete auf einem ihrer Strohsäcke, um seine schwer verdienten Pfennige zu verschleudern, wobei auch noch anderes verschleudert wurde'. Auch streitsüchtige Ehefrauen trieben den einen oder anderen in die Fänge der Huren, deren Gewandungen mit verschiedenen gelben Bändern gekennzeichnet waren, die sie als Hübschlerinnen auswiesen. Mit Genehmigung des Ratsherrn Bruno vom Nagelsberg war es ihnen erlaubt, ihrem Gewerbe zu frönen, aber sie mussten ihm versprechen, sich einigermaßen sittlich zu kleiden und vor allen Dingen äußersten Wert auf ihre Reinlichkeit zu legen. Er empfahl ihnen ein monatliches Bad beim Bader.

Die „Damen“ am Brunnen alberten miteinander und kicherten. Die Jagd hatte noch nicht begonnen und so vertrieben sie sich mit lustigen Episoden die Zeit.

Die größte von ihnen war die rothaarige Brunhilde, neben ihr saßen die dunkelhaarige Bernadette und die blonde Ursula. Die hoch aufgeschossene Brunhilde war gebürtig aus Weperevorthe. Ihre Eltern waren Bauersleute und ihr Vater hatte sie wie eine Sklavin gehalten, ausschließlich als auszunutzende Arbeitskraft. Durch die letzten Missernten wurde seine Laune immer übler. Oft schlug er sie mit seinem Bundgürtel grün und blau. Als sie sechzehn Jahre alt war, schnürte sie ihr Bündel und flüchtete in der Nacht. So war sie nach Colonia gekommen, wo sie die anderen beiden Damen kennengelernt hatte.

Bei Bernadette verhielt es sich etwas anders. Nach der Enttäuschung ihres Vaters darüber, dass sie kein Junge geworden war, schickte er sie ohne Umwege direkt in ein Kloster. Als Novizin lernte sie die Liebe kennen und beging Verfehlungen. Sie entdeckte unbekannte Gefühle, die sie zu schätzen lernte; ihr Herz schlug Purzelbäume, sodass sie sich entschlossen hatte, eine ganz andere Laufbahn anzustreben. Nach ihrem Verweis aus dem Kloster landete auch sie in Colonia.

Ursula, die Dritte im Bund, kam aus einem überchristlichen Elternhaus. Hier wurde bis zu zwanzig Mal am Tage gebetet. Sie stand zur Laudes mit Jesus auf, verbrachte den Tag mit ihm und ging zur Komplet mit Jesus zu Bette. Wie in einem zu engen Mantel wurde sie vom Christentum und von der Frömmigkeit ihrer Eltern eingeschnürt, und das alles nahm ihr die Luft zum Atmen. Irgendwann war sie der Meinung, Jesus sei Mitglied ihrer Familie, so eine Art älterer Bruder von ihr. Eines Tages wurde es ihr zu viel und sie verschwand bei Nacht und Nebel.

Aufnahme fanden die drei in einem gut geführten Hurenhaus. Eine ältere Dame nahm sich ihrer an und führte sie in die Tradition des Hurens ein. Anfängliche Gegenwehr wurde von ihr schnell gebrochen. Als sie dahinterkamen, was sie erarbeiteten und was für sie danach übrig blieb, fanden sie, dass es besser wäre, auf eigene Rechnung zu arbeiten. Da es in Colonia zu viele Hübschlerinnen und Hurenhäuser gab, beschlossen die drei, die mittlerweile Freundinnen geworden waren, ihr Glück in der Flucht zu suchen, und begaben sich vor einigen Jahren in die Hansestadt Lennep.

Am Brunnenrand sprachen sie über ihre Freier und deren Namen.

„Ich hatte vorige Woche einen Bäckerburschen, der Probleme mit seiner Potenz hatte. Seine Manneskraft hatte ihn verlassen und er bemühte sich vergebens. Was glaubt ihr, wir der hieß?", fragte Ursula ihre Mitstreiterinnen. Beide schüttelten den Kopf. „Keine Ahnung", sagte Bernadette. „Ihr werdet es nicht glauben, aber er hieß tatsächlich Gotthilf!"

Nun ging das Gekicher erst richtig los. Nach einigen Minuten wischten sie sich die restlichen Lachtränen aus ihren Augen. „Meine Güte, welch ein Name", meinte Bernadette.

„Wo kommt denn eigentlich dein Name her?", fragte Brunhilde und sah Ursula an. Die überlegte kurz: „Ich glaube, meine Eltern haben ihn von der Heiligen Ursula von Colonia übernommen. Im Dom der Stadt beteten sie ihre Reliquien an und verehrten sie sehr."

„Meinen Namen haben mir meine Eltern nach dem Heiligen Bernhard von Clairvaux gegeben. Als ich das Licht der Welt erblickte, bekam mein Vater einen Schreikrampf, denn er hatte felsenfest mit einem Jungen gerechnet. So wurde aus Bernhard in abgewandelter Form Bernadette."

„Jetzt bin ich wohl an der Reihe", sagte die Letzte im Bunde.

Die beiden Freundinnen sahen sie erwartungsvoll an.

„Ich bin nach einem Brunnen genannt worden: ‚Brunhilde'." Nach dieser Erörterung war das Gelächter auf dem Alter Markt fast lauter als das Gerede der Männer im Ratssaal.

Tilmann sah in die Gesichter der Anwesenden und verfolgte gespannt die Verhandlung. „Meine Güte, so grob, wie die Handwerker arbeiten, so reden sie auch", dachte er weiter. Er wollte vor der Abstimmung als Letzter das Rednerpult betreten. Bruno vom Nagelsberg ging noch einmal zum Pult. Er war eine geachtete, seriöse Persönlichkeit der Stadt Lennep, das bestätigte er in seinem Amt als Bürgermeister, und leitete deshalb auch die Versammlung.

„Meine Herren, wir sind mit zweihundertzehn Stimmberechtigten vertreten, um mit erhobener Hand abzustimmen. Vorher möchte ich jedoch noch das Wort an Tilmann Wüllenweber geben."

Tilmann ging zum Rednerpult. Er hatte sich seine Worte vorher wohl überlegt, denn es ging nicht nur um seine Existenz. Er eröffnete seine Rede nicht wie seine Vorredner mit den Worten „Bürger von Lennep" oder „Meine Herren", sondern sah erst einmal in aller Ruhe durch den Saal, um einigen wichtigen Personen in die Augen zu sehen. Eine weitere Minute ließ er die Leute warten. Es wurde ruhig im Saal. Dann holte er tief Luft:

„Freunde, nicht Gegner oder Feinde, nein, wir leben alle gemeinsam in dieser schönen Stadt und sind Freunde."

Er blickte die Handwerker an. „Ihr habt recht, wir Kaufleute haben die – wie ihr es sagt – dicksten Häuser. Ihr habt weiter recht, wenn ihr behauptet, dass wir das meiste Geld verdienen, und ich weiß auch, dass ihr uns Händler gerne als Pfeffersäcke bezeichnet. Ihr werdet euch fragen, warum das so ist. Ich werde es euch erklären. Weil wir die größten Kosten und die Risiken tragen. Wenn unsere Fuhrwerke mit unserer Fracht gestohlen werden, wenn Raubritter und Piraten unterwegs sind und plündern, wenn wir durch Feuerbrunst alles verlieren, stehen wir vor dem Nichts. Wir können keine Häuser oder Wagen bauen, wir leben vom Handel. Nehmen wir einmal an, wir wären nicht in der Hanse. Unser Umsatz würde sich möglicherweise um mehr als die Hälfte reduzieren. Dann haben nicht nur wir ein Problem. Es wäre kein Geld mehr da, um Häuser zu bauen." Dabei schaute er die Zimmerleute an. „Wir brauchten keine Fuhrwerke mehr, keine neuen Holzräder, Meister Winfried, keine Eisenbeschlagungen an den Rädern und weniger Hufeisen für die Pferde, verehrter Schmied. Und nun zu dir, Fleischhauer Albrecht, deine Schweine kannst du dann alleine verzehren. Wenn ich und meine Handelsbrüder kein Geld mehr haben, werden wir bei dir auch kein Fleisch mehr kaufen, das heißt, als Erstes würden wir im Notfall, bei einer aufkommenden Hungersnot, unsere eigenen Schafe schlachten und verzehren. Fast hätten wir die Gewandschneidergilde vergessen: Kein Handel – keine Wolle und kein Tuch, und die Färber gehen ebenfalls leer aus. Wie ihr seht, sind wir alle voneinander abhängig. Wir drehen alle am gleichen Rad, sitzen im gleichen Boot, doch die Frage ist die: Wer rudert und wer steuert? Der Kapitän trägt die Verantwortung für sein Schiff, deshalb befiehlt er den Kurs und steuert es. Die Seeleute erledigen die anfallenden Arbeiten, setzen die Segel, schrubben die Decks, verstauen und verzurren die Ladungen.

Ohne sie wäre der Kapitän aufgeschmissen, das ist wohl richtig, aber ohne Kapitän würde erst überhaupt kein Schiff den Hafen verlassen können und dürfen. Da nun der Kapitän die Hauptverantwortung trägt, bekommt er auch die größere

Heuer als der Seemann. So ähnlich ist das auch mit uns und der Hanse. Wenn wir unsere Mitgliedschaft in der Hanse aufkündigen, dann geht, meine Herren, die Stadt Lennep den Bach runter, als wenn ein Kapitän sein Schiff verliert, wenn er auf ein Riff läuft. Ich hoffe, ihr habt verstanden, was ich damit meine!?“

Im Saal herrschte Stille. Die Anwesenden mussten über die Worte Tilmanns nachdenken und alles sacken lassen. Einige der Herren verstanden den Vergleich, andere wiederum schüttelten verständnislos den Kopf.

Nun sprach er zu den Männern, die von der Schafzucht abhängig waren. Hier, dachte Tilmann, könnte er die benötigten Stimmen fangen, die er für einen Verbleib in der Hanse benötigte. „Schäfer, Scherer, Kämmer und Färber, ihr Wollspinner und Weber, solltet ihr gegen die Hanse stimmen, können sich die meisten von euch einen neuen Beruf suchen oder abwandern. Wollt ihr das? Seid ihr nicht zufrieden in dieser schönen Stadt, wo ihr eure Frauen und Kinder habt? Uns Tuchmachern gehören die großen Schafherden, die rund um Lennep grasen, und mit ihrer Wolle, die wir zu Tuchen verarbeiten, verdienen wir unser täglich Brot. Immer mehr Städte aus deutschen Landen schließen sich dem Städtebund der Hanse an, dann kann es ja nicht so falsch sein, dazuzugehören. Wenn doch immer mehr Handelsstädte bei diesem internationalen Städtebund dabei sein wollen, wie kommt ihr nur darauf, gerade jetzt zu diesem Zeitpunkt austreten zu wollen? Die Hanse ist bis zum heutigen Tag schon die größte Handelsgesellschaft der Welt. Die meisten von euch haben noch nie in ihrem Leben diese großen Handelsmetropolen gesehen. Lübeck, Hamburg, Bremen, Bergen, London, Brügge – um nur einige der großen Städte zu nennen –, ein Gewimmel von Händlern und Seeleuten aus aller Herren Ländern, riesige Hafenanlagen, Kräne zum Be- und Entladen: Das ist die Welt der Hanse.

Zum Schluss noch ein Wort. Ich möchte hier niemanden zwingen, etwas gegen seinen Willen zu entscheiden, aber stimmt ihr gegen die Hanse, werde ich mit meiner Familie diese Stadt verlassen, um woanders einen Neuanfang zu wagen." Er verließ das Rednerpult und ging an seinen Platz zurück. Tobender Jubel und Zurufe begleiteten ihn. „Ein kräftiges Handgeklapper für unseren Tilmann", rief irgendjemand in den Saal.

Der Ratsherr betrat das Pult. „Ihr habt Tilmann gehört, lasst uns nun zur Abstimmung kommen." Zwei junge Stadtschreiber und der Ratsdiener sollten die erhobenen Hände zählen. Erneut ergriff Bürgermeister Bruno vom Nagelsberg das Wort. „So, Bürger von Lennep, wer gegen die Hanse ist, der hebe seinen Arm." Die Burschen gingen los, um zu zählen.

Tilmann blickte ängstlich in die Runde. Es könnte knapp werden. Dann das erste Ergebnis. Der Diener flüsterte dem Ratsherrn eine Zahl ins Ohr. Einige der Bürger waren des Rechnens nicht mächtig, und viele konnten auch nicht schreiben.

„Danke, Wilhelm. Meine Herren, wir haben 98 Gegenstimmen. Nun die Stimmenthaltungen!" Vereinzelt gingen einige Hände hoch. „Stimmenthaltungen: 6, das heißt, bei 210 Gesamtstimmen haben wir 106 Stimmen für die Hanse." Tilmann und seinen Mitstreitern fiel ein Stein vom Herzen. Jubel ertönte und Leute fielen sich in die Arme. Die Gildenmitglieder verzogen die Gesichter. Aus dem Hintergrund hörte man den Satz: „Das haben wir Tilmanns flammender Rede zu verdanken."

In Lennep war jetzt alles wieder wie vor der Versammlung. Man grüßte sich freundlich, und die Bürger folgten ihren alltäglichen Tätigkeiten. Tilmann, die Händler und Kaufleute gingen auf die Handwerker zu, und man befand sich wieder mit ihnen im Einklang; so hatte es sich Tilmann vorgestellt. „Man muss die nächsten Tage einfach nur abwarten, bis sie ihre Niederlage verdaut haben – dann wird alles wieder gut", dachte der auf Harmonie eingestellte Tuchhändler.

Als er zurück zu seinem Haus ging, ließ er den Blick durch die schmalen Gassen wandern. Im Vergleich zu Colonia war sein Lennep eine richtig saubere Stadt. Er kannte die Heilige Stadt vom großen Fluss durch verschiedene Besuche von Handelspartnern. Colonia war wegen ihrer vielen Reliquien eine Pilgermetropole – die Knochenstadt, wie Tilman sie oft nannte. Diese Stadt war dreckig, sie stank erbärmlich, und die Ratten liefen durch die Straßen. Ihre Bürger warfen den Unrat aus den Fenstern direkt auf die Wege und in die Gassen. Hier in Lennep ging man damit anders um. Eine Anordnung der Ratsherrn besagte, dass die Bürger der Stadt Lennep ihren Unrat außerhalb der Stadtmauer entsorgen sollten. Dadurch blieben der Gestank und die Ratten außerhalb der Stadt. Hier machten sich in manchen Nächten Rotten von Wildschweinen über die Abfälle her, die mit ihren Rüsseln die Erde und die Abfallhaufen durchwühlten, was so manchen Lenneper anregte, eine heimliche Wildschweinjagd zu veranstalten, um seinen Speiseplan zu verbessern.

Nach diesem aufregenden Nachmittag verspürte Tilmann unglaublichen Hunger, als er auf dem Rückweg nach Hause war. Nun fielen ihm auch wieder die beiden Schäfer ein, die sicherlich auf ihn warteten, und so saßen sie auch mit ihrem Hund vor seiner Haustüre.

Gut gelaunt ging er auf sie zu. „Entschuldigen Sie, meine

Herren, aber es ging nicht früher." Die Schäfer nickten nur und erhoben sich. Anneliese erwartete ihn schon und war gespannt auf die Neuigkeiten. Er teilte ihr das Ergebnis mit, und man sah ihr die Erleichterung an. „Dann habt ihr es ja endlich geschafft", meinte sie zufrieden. Tilmann nickte: „Wurde auch Zeit! Übrigens, wir haben noch zwei weitere Gäste für heute Abend, die sicherlich auch großen Hunger verspüren. Sag den Kindern Bescheid, dass wir gleich essen werden."

„Ist schon längst alles erledigt, mein großer Herr und Gebieter", raunte sie mit einem Lächeln zurück. Sie gingen in die Wohnstube und nahmen an dem geräumigen Holztisch Platz. Bevor Anneliese das Essen auf den Tisch stellte, fragte Tilmann die beiden Schäfer noch nach dem einen oder anderen, um sich ein besseres Bild von ihnen machen zu können, bis er letztendlich sagte: „Gut, meine Herren, dann wollen wir eine Zusammenarbeit versuchen." Seine Söhne und seine Tochter betraten den Raum, und er stellte ihnen die Schäfer vor.

„Das sind Herbert und Roland, unsere neuen Gesellen." Artig machte Maria einen Knicks, und die wohlerzogenen Jungens verbeugten sich vor ihnen. So viel Anstand hatten die Schäfer schon lange nicht mehr erlebt; sie schienen es gut angetroffen zu haben.

Anneliese hatte ihr Gebende abgelegt, als sie mit einem gusseisernen, dampfenden Topf zurückkam, in dem sich eine kräftige Suppe befand. Bevor sie ausschenkte, entnahm sie dem Topf einige dicke Knochen, die der Suppe einen besonderen Geschmack verliehen hatten. „Die kann unser neuer Hütehund bekommen", sagte sie und sah die beiden Schäfer an. Sie verteilte den Inhalt des Topfes auf die einzelnen Holzschüsseln. Tilmann hielt ein kurzes Dankgebet und wünschte allen einen guten Hunger. Genussvoll ließen sie es sich schmecken.

Nach dem Essen bat Tilmann seinen Sohn: „Jacub, geh bitte und hol unseren Karl, damit er die Herren einweisen kann!"; dann wandte er sich an Herbert und Roland: „Karl ist unser Vorarbeiter und seit sechs Jahren bei mir beschäftigt. Er wird euch eure Aufgaben erklären und eure Schlafkammern zeigen. Morgen früh könnt ihr dann auf die Weide gehen und den guten Franz, unseren Schafhüter, ablösen. Wir haben einen Schäferkarren auf der Weide stehen, in dem ihr in den Sommermonaten übernachten könnt. Ihr müsst aber des Nachts immer bei der Herde bleiben."

„Das ist uns bekannt, Herr, so wurde es auf den Rheinwiesen auch von uns verlangt, und unser Zieto passt auf wie ein Löwe." – „Tauchen hier denn Wölfe auf?", wollte Roland wissen.

„Eher seltener, aber Diebesgesindel und Viehdiebe treiben sich ab und zu hier herum."

„Wie viele Tiere gibt es denn zu beaufsichtigen?", fragte Roland nach. Tilmann überlegte.

„So um die vierhundert Muttertiere, dazu neun Böcke, im Frühjahr dann die Lämmer. Vor dem eintreffenden Winter beginnt die Schur, dann ist die Wolle von der Qualität her weitaus besser. Wir haben festgestellt, dass es sich nicht lohnt, im Frühjahr zu scheren; die meisten Tiere tragen dann ihren Fötus im Leib. Nach der Geburt der Lämmer produzieren sie Milch und verlieren viel Energie. Dementsprechend ist die Wolle im Frühjahr schlechter. Also noch einmal, geschoren wird im Herbst. Zwanzig Minuten sind für die Schur pro Schaf angesetzt, ich hoffe ihr kommt mit der Zeit klar." Roland bestätigte die Frage mit einem Kopfnicken. „Fünfzehn bis zwanzig Minuten sind für uns ausreichend, Herr."

„Vor der Schur wird erst das Bauch- und das Afterfell entfernt, sodass wir im Anschluss daran das Vlies schneiden können", erklärte Tilmann den beiden.

„Das Bauchfell ist vom Liegen der Tiere oft verfilzt und ausgedünnt, das Afterfell verkotet“, sagte Roland, „daher hatten wir es bisher auch so gehalten.“

Tilmann nickte: „Genau richtig! Die Wolle wird auf einen großen Tisch gehäuft und vor dem Verspinnen noch einmal von uns aussortiert. Danach wird sie gewaschen, getrocknet und mit der Karde gleichmäßig kardiert.“

„Wie sieht es mit dem Klauenschneiden aus?“, wollte Herbert wissen.

„Da gibt es bei uns keine feste Zeiten“, erklärte Tilmann, „je nach Bedarf der Tiere erledigen wir das täglich auf der Weide. Unsere eigene Wolle ist aber nicht ausreichend; ich muss auf jeden Fall noch Wolle hinzukaufen. Größere Wollmengen beziehe ich derzeit aus dem Münsterland, ebenfalls wird viel Wolle in den Ostländern produziert. In Breslau entsteht gerade ein großer Wollhandel. Bis jetzt bin ich aber dort noch nicht gewesen, ist ja nicht gerade um die Ecke.“

„Also bis zum Spinnen können wir euch die Wolle vorbereiten“, sagte Herbert. Tilmann legte die Stirn in Falten: „Ich muss nur zusehen, dass ich euch über die kommenden Wintermonate beschäftigen kann. Das wird nicht ganz so einfach sein. Bis Oktober können die Tiere noch auf den Weiden bleiben, danach geht es in die Stallungen, wo sie mit Heu versorgt werden. Den Muttertieren wird noch Getreide zugefüttert. Die richtige Arbeit für euch beginnt dann erst wieder im Frühjahr. Ich möchte nicht, dass ihr hier wie Plumperjahne umherlauft“, dabei grinste er sie an. „Wenn ihr einverstanden seid, dann bezahle ich euch einen Teil eurer Arbeit in Naturalien und den Rest in Geld. In den vier Wintermonaten gibt es kein Geld. Wohnen, Essen und Trinken sind dann umsonst. Bezahlt werdet ihr für jedes gehütete Schaf, außerdem steht euch das Recht zu, einige eigene Schafe zu halten, so will es das Gesetz.“

Nach einer kurzen Pause fuhr Tilmann fort: „Wir haben hier seit achtzig Jahren die Stadtrechte – in jener Zeit vom Herzog von Limburg–Berg erhalten – und der Adel gab uns das Recht zur Nutzung der Weiden bis zur Weper hin und hier im Bergischen Land rund um Lennep. Mit den Kuhbauern hatten wir bis zum heutigen Tag keine Probleme, weil unsere Schafe all das fressen, was das Großvieh stehen lässt. Der Adel weiß, dass die Tiere das Umland und die Brachen, die Triften und Feldwege sauber halten. Unsere Herde besteht ausschließlich aus Skudden und Zaupelschafen."

Plötzlich klopfte es an der Tür. „Das wird Karl sein. Alles andere kann er euch erklären."

Sie standen auf, um den Vorarbeiter zu begrüßen. Gemeinsam gingen sie vor die Türe, wo Zieto brav den Wagen bewachte; er wurde ganz unruhig, als er den Knochen in Rolands Hand sah.

„Jacub", rief Tilmann seinem Sohn zu, „hol noch ein paar Knochen aus der Küche und wirf sie dem Hund hin! Schließlich soll unser neuer Aufpasser in Lennep nicht verhungern." Als sie gerade losgehen wollten, rief Anneliese Karl hinterher: „Wenn du deinen Rundgang mit den Schäfern beendet hast, kannst du für dich und das Gesinde einen Topf Suppe bei mir abholen."

Tilmann ging zurück ins Haus, Karl nahm die beiden Schäfer mit, um sie einzuweisen, und zeigte ihnen das Anwesen. Er war kein Mann der großen Worte.

„Wir waren gerade im Wohnhaus, und hier nebenan ist das Tuchlager." Karl öffnete ein großes Scheunentor. „Hier sind doch gar keine Tücher, ich sehe nur Fuhrwerke, Holzkarren und Räder", meinte Roland.

Karl lachte: „Natürlich, das könnt ihr ja auch nicht wissen.

Lennep liegt in einer Talmulde. Bei starken Regenfällen haben wir in den Mulden der Stadt verteilt kleine Seen und Pfützen. Die Tuchhändler haben wegen der Feuchtigkeit ihre Lager im ersten Stockwerk. Da, wo Tuche gelagert werden, ragt ein dicker Balken am Giebel heraus, dort ist eine Seilwinde befestigt, mit der man die Ballen hochzieht."

Er ging kurz eine Stiege empor und zeigte den beiden das Tuchlager. Sauber aufgereiht lagen die fertigen gefärbten Tuchballen in den Regalen. „Mit den Fuhrwerken bringen wir die Waren, also die Ladungen, zu unseren Kontoren an das Ostmeer; ich glaube, der Herr fährt immer nach Lübeck. Dort haben wir unser eigenes Kontor, war aber selber noch nie dort. Alles, was mit Transport zu tun hat, übernimmt der Herr Wüllenweber persönlich. Mehrere Händler und Kaufleute schließen sich für die Fahrt ans Ostmeer zusammen, dann ist unser Herr wieder für einige Monate unterwegs."

Sie gingen zum nächsten Gebäude, sie waren alle aneinandergereiht. „In dem Haus dort befindet sich das Wolllager, nebenan sind die Spinnräder, wo die Wolle zu Garn verarbeitet wird, im letzten Gebäude stehen die Webstühle, wo sich die Mädchen beim Weben abwechseln und die einzelnen Stoffe hergestellt werden. Dort drüben in dem Stall befindet sich das Winterlager der Schafe, und dahinter haben wir die Gäule untergebracht. Vor der Ringmauer besitzen wir noch Wiesen und Koppeln nur für unsere Pferde."

Sie gingen ein paar Schritte weiter und blieben erneut vor einer großen Scheune stehen. „Hier wird ebenfalls gesponnen und gewebt, und gleich nebenan wohnen wir." Er öffnete eine weitere Pforte und bat sie einzutreten. „Das hier ist euer Raum, den ihr nutzen könnt, wenn ihr nicht auf den Weiden seid. Das gesamte Personal wohnt in diesem Haus;

Stallburschen, die Magd, ihr Schäfer und ich.“ Roland zog den Handkarren in die Stube. Zieto hatte noch einen Knochen im Maul, auf dem er herumkaute und mit dem er es sich in einer Ecke gemütlich machte.

Spät am Abend, kurz vor Eintritt der Dunkelheit, schlich eine Gestalt – in Schwarz gekleidet, die Kopfhaube tief ins Gesicht geschoben – durch die Stadt und ging, ohne aufzufallen, durch das Kölner Tor. Die Wachen bemerkten sie nicht, da sie mit ihrem Würfelspiel beschäftigt waren. Auf leisen Sohlen huschte die Gestalt über den Holzsteg und verschwand in der Dämmerung.

Die ersten Sonnenstrahlen erhellten die Schlafstube der Wüllenwebers. Tilmann dehnte und streckte sich der Länge nach, danach kratzte er sich am Kopf und dachte, ein Bad könnte ihm mal wieder guttun. Über einem Stuhl hingen seine Kleider, davor standen sorgfältig seine braunen Wildlederstiefel. An der Stuhllehne hing sein Gürtel mit dem Dolch. Auf einer Holztruhe lag seine Gnippe, ein modernes Klappmesser. Dieses Messer war verpönt, es galt als hinterhältige Waffe. Tilmann liebte es, weil er es so wunderbar unter seiner Gewandung verstecken konnte, und das gab ihm ein wenig mehr Sicherheit auf seinen Reisen. Er hatte es vor einigen Jahren von einem süddeutschen Händler erworben.

Anneliese schlief noch eingewickelt in einer Schafdecke. Sie lag auf der Seite, und ihr rechtes Bein ragte unter der Decke hervor.

Tilmann setzte sich auf die Bettkante und griff zwischen seinen Beinen durch, um einen Nachttopf hervorzuholen. Dringend musste er Wasser lassen. Nach seiner Erleichterung stand er aber nicht sofort auf, was er normalerweise getan hätte, sondern legte sich wieder hin, um das nackte Bein seiner Frau zu betrachten. Nun dachte er an die Worte der Hildegard von Bingen: „Der Geist wird dich leiten, nicht dein Körper." Heute Morgen fand Tilmann, war es eher umgekehrt: Seine Lenden leiteten ihn, seinen Geist hatte er eingesperrt.

Die Kinder schliefen noch in ihrem Zimmer und ein bisschen Liebe machen an so einem schönen Tag, das könnte ihm jetzt recht gut gefallen. Langsam fing er an, ihr nacktes, schlankes Bein zu streicheln. „Lieschen, aufwachen", flüsterte er ihr ins Ohr. Anneliese schlug die Augen auf und schaute ihn an. „Dich sticht wohl der Hafer!", murmelte sie. Wenn sie aufwachte, hatte sie nie ein verschlafenes Gesicht, nein im Gegenteil, durch ihre leicht geröteten Wangen sah sie aus wie eine frisch erblühte Rose. Seine Hände suchten über ihre mit Gänsehaut überzogenen Schenkel den richtigen Weg – einen Weg, den er immer wieder gerne mit seinen Fingern einschlug und erkundete. Er nahm sie in den Arm und hauchte ihr einen Kuss auf die Lippen. „Guten Morgen, meine Liebe, hast du gut geschlafen?" Sie schlug ihre grünen Augen auf: „Oh, welche Ehre, der Herr scheint gut gelaunt zu sein." Sie schmiegte sich an ihn, und als das Liebesspiel begann, hauchte sie ihm ins Ohr: „Pass aber bitte auf, mein Wüstling, drei Kinder reichen."

Die gute Seele des Hauses, die Magd Gertlinde, hatte ein üppiges Frühstück zubereitet und auf den Tisch gestellt. Mit guter Stimmung saßen alle vereint um den Tisch herum. Seit drei Jahren war sie im Haushalt der Wüllenwebers beschäftigt. Am Anfang hatte sie sich etwas dümmlich angestellt. Anneliese musste ihr alles zeigen, aber mit der Zeit wurde sie zuverlässiger und gewissenhafter. Sie war eine der wenigen, die aus dem Kraspütt stammten und eine Anstellung innehatten.

Dieser kleine Ortsteil – es waren nicht mehr als sechs heruntergekommene Hütten – war der Schandfleck Lenneps. Die Bürger der Stadt waren bemüht, diesen Mitbewohnern zu helfen, doch sie nahmen das Geld nur an, um es sofort in Bier oder Wein umzusetzen. Ratsherr Bruno vom Nagelsberg sprach von einer Ausräucherung dieses Viertels. „Faules, versoffenes Pack, Beutelschneider und Tagediebe“, pflegte er stets zu sagen. Bis auf die Magd Gertlinde hatte keiner einen Arbeitsplatz. Sie hingen in den Ecken herum und warteten auf eine Gelegenheit zum Stehlen. Gerne bestahlen sie auch durchziehende Pilgerscharen, die auf dem Weg nach Colonia waren. Manch einem hatte man wegen Diebstahls einige Finger abgehackt oder die Ohren geschlitzt, aber selbst das schien sie nicht besonders zu beeindrucken oder davon abzuhalten, weiterzuklauen. In fast allen Städten gab es solche Viertel, und alle Stadtoberen hatten ähnliche Probleme. Die Armut zog immer dorthin, wo es etwas zu holen gab.

„Wie sehen denn heute deine Arbeiten aus?“, wollte Anneliese von ihrem Mann wissen. „Ich gehe mit Jacub zu den Weberinnen und sehe nach, wie weit sie mit der Herstellung der Tuche sind. Angebracht wäre es, die Färber aufzusuchen. Ich denke, es ist für die Zukunft besser, wenn wir nicht mehr die Wollfäden färben lassen, sondern die fertigen Tuche. Da muss ein anderes Verfahren ausgearbeitet werden. Die Mode geht dahin, dass immer mehr farbenprächtige Kleidung verlangt wird. Wir Tuchmacher versuchen gerade, mit den Färbern gemeinsam neue Färbemethoden zu entwickeln, das heißt, wir wollen eigene Färberpflanzen anbauen und brauchten nicht mehr so viele hinzuzukaufen. Das wäre wirklich preiswerter. Wenn es uns gelänge, Färberwaid für Blau, Färberkrapp für Rot und Färberresede für Gelb anzubauen, könnten wir billiger herstellen und würden mehr verdienen. Unsere Spanne würde sich zu unseren Gunsten verändern. Später kämen dann noch die schwarze Malve und die rote Pfingstrose hinzu, und wir wären vom Farbsortiment her wirklich gut aufgestellt", erklärte ihr Tilmann.

„Beige-, Ocker- und Brauntöne sind auf Dauer auch sehr eintönig; denkt auch einmal an uns Frauen in puncto Mode", gab Anneliese zurück.

„So ganz einfach ist das nicht. Es gibt immerhin Gesetze, wer welche Farben tragen darf. Jeder Stand hat andere Farben, jedes Dorf andere Gesetze. Wenn ich von meiner Reise wieder zurück bin, werde ich dir ein wunderschönes, neues Kleid schneidern lasse." Anneliese nahm ihren Mann in die Arme und gab ihm einen dicken Kuss.

„Ja, die verdammten Reisen", dachte Anneliese. Ihr Mann würde in den nächsten Tagen wieder nach Lübeck aufbrechen müssen, um seine Tuchwaren zu verkaufen. Angst, ja die Angst plagte sie jedes Mal, wenn er auf Reisen ging – Angst, ihm könnte etwas zustoßen. Sie mochte es nicht, wenn sie für Monate getrennt waren, aber irgendwie musste sie damit zurechtkommen, denn es war ja ihr Geschäft, und ihr Lebensstandard war keiner der schlechtesten.

Tilmann erhob sich grinsend: „Komm, Jacub, wir wollen los, bevor Mutter weiter mit Worten ausholt." – „Und der Rest der Familie hilft mir und Gertlinde im Haus", rief Anneliese. „Simon, du kannst den Stalljungen beim Misten helfen, und Maria geht mir zur Hand."

Tilmann ging mit Jacub auf die Gasse hinaus. Er zog die Türe ins Schloss und wollte gerade losgehen, als jemand laut rufend und mit den Armen winkend die Wallstraße entlang auf sie zulief. Tilmann erkannte, dass es der neue Schäfer Roland war. Er blieb keuchend vor ihm stehen. Als er sich etwas beruhigt hatte, sagte er: „Edler Herr, etwas Furchtbares ist geschehen. Karl zeigte uns heute Morgen den Weg zur Herde, und als wir sie endlich entdeckt hatten, war der Hütejunge nirgendwo zu finden. Die Herde war weit verteilt, und wir riefen fortwährend seinen Namen – Franz, Franz! –, doch wir erhielten keine Antwort. Dann ließen wir Zieto los, der die Herde wieder zusammenbrachte. Wir pferchten sie erst einmal ein, um weiter nach dem Jungen zu suchen" – durch das Laufen war ihm die Luft ausgegangen und er musste heftig keuchen, dann fuhr er mit seinem Bericht fort: „Herbert blieb bei der Herde und Karl, Zieto und ich machten uns auf die Suche nach Franz. Wir gingen das Gebiet weitläufig ab, bis wir in der Ferne unseren Schäferkarren sahen. Ich dachte mir, der liegt da drinnen und verpennt den Tag. ‚Wach auf, du alte Schlafmütze!', rief ich ihm zu. Plötzlich wurde Zieto unruhig und knurrte. Ich sah Franz in dem Karren auf dem Bauch liegen und sprach ihn an, ich schüttelte ihn an der Schulter. Er antwortete nicht, also drehte ich ihn um. Da ich sah, dass jemand ihm den Hals durchtrennt hatte und der ganze Karren mit Blut besudelt war. Seine starren Augen sahen mich an. Die Felle, auf denen er lag, waren voll geronnenem Blut, überall Blut, Blut überall, dieser rote Körpersaft. Alles war miteinander verklebt und seine Hose hatte er auf den Knöcheln gehabt. So ein grauenvoller Anblick, so etwas habe ich noch nie gesehen. Ich rannte zu Herbert zurück, und dann kam ich sofort hierher."

Tilmann war sichtlich schockiert. „Das ist ja eine furchtbare Nachricht. Was läuft denn hier für ein Gesindel umher?" Nach einem Moment des Überlegens sagte er: „Jacub, geh bitte sofort zum Medicus, und danach verständige den Büttel. Das ist Mord, das geht vor die hohe Gerichtsbarkeit. Nur der Blutrichter kann über Leib und Leben richten, aber zuerst muss der Mörder gefasst sein. Komm, Roland, führe mich zum Tatort!" Jacub ging mit verstörtem Blick los, um den Medicus zu holen. Franz war tot, ermordet. Oft hatte er mit dem Jungen seine Zeit verbracht, auf den Weiden herumgetollt, mit den Schleudern Vögel gejagt oder an den Bächen das Wasser gestaut. Oft hatten sie versucht, mit den Händen Fische zu fangen.

Franz war ein heruntergekommener Knabe gewesen, als sein Vater ihn als Schafsjungen beschäftigte – ein Waisenkind, der Einzige seiner Familie, den die Pestilenz nicht dahingerafft hatte. „Bevor man den Jungen zu den Mönchen schickt", sagte Jacubs Vater seinerzeit bestimmend, „kann er bei mir arbeiten und wohnen." Nun sollte er auf einmal tot sein? Jacub war verwirrt, da er die Schilderung des neuen Schäfers Roland genau mitbekommen hatte.

Wer macht so etwas? Richtig begreifen konnte er die Tat nicht, und warum hatte Franz seine Hose auf den Knöcheln gehabt?

Die Männer standen vor dem Karren und sahen sich den toten Franz an. „Dort kommen Leute aus der Stadt", sagte Roland. Es waren der Medicus Gerold vom Steinberg, der Büttel, zwei Ratsherren und ein Wachmann, dicht gefolgt vom Griesgram Paul, dem Bestatter. Etwas dahinter folgte Jacub mit langsamen Schritten. Wenn der Totengräber etwas von einem Mord mitbekam, stand er sofort auf der Matte und witterte ein Geschäft. Der Medicus beugte sich über den Karren, um sich den Jungen näher anzuschauen. Mit seinen Habichtaugen fixierte er den Tatort ausgiebig. Schockiert von dem Anblick wichen die anderen Männer zurück. Die Ratsherren hielten sich ein Tuch vor den Mund, Jacub blieb einige Schritte entfernt stehen. Er wollte freiwillig auf den Anblick verzichten.

„Hier ist jeder Bader oder Medicus überflüssig. Sein Hals wurde mit einer scharfen Klinge durchtrennt", murmelte Gerold. „Mein Gott, welch furchtbare Tat!", stammelte der Büttel.

„Da kommt unser verehrter Herr Pfarrer", sagte Tilmann, der sah, wie Hochwürden Rufus von Bechen mit wehendem Gewand und ausladenden Schritten auf die Männer zukam. In der rechten Hand hielt er das silberne Kruzifix, das an einer schweren Kette um seinen Hals hing und mit kleinen glitzernden Steinen verziert war. Es hatte sich in Lennep wie ein Lauffeuer herumgesprochen, dass ein Toter auf der Weide lag.

„Fass mal mit an", sagte der Bestatter zum Büttel. „Wir holen ihn aus dem Karren und legen ihn vorerst auf die Wiese, bis meine Leute mit der Holzkiste eingetroffen sind."

„Darf ich einmal kurz?", fragte der Medicus und schob den Büttel beiseite. Er öffnete das Hemd des toten Jungen. „Na, was sehen denn meine alten Medicusaugen hier?" Mit Kohle hatte der Mörder ein schwarzes Pentagramm auf die Brust des Toten gemalt.

„Herr im Himmel", rief der Pfarrer, „das Zauber- und Abwehr-Zeichen gegen Dämonen. Hier ist der Teufel im Spiel. Die fünf Spitzen symbolisieren die fünf Wunden Jesu Christi." Alle schlugen das Kreuz.

„Ich verstehe hier überhaupt nichts mehr. Franz kam vor drei Jahren zu mir, und ich habe ihn angestellt, weil er ein Waisenkind und mittellos war. Seine Familie ist seinerzeit an der Pest gestorben. Wieso bringt jemand diesen armen Jungen um?", fragte Tilmann traurig.

„Schafe sind auch nicht entwendet worden", fügte Roland hinzu. „Das ist des Teufels Werk; dieser Junge war ein Ungläubiger. Noch nie habe ich ihn im Gottesdienst gesehen, den hat sich der Satan geholt", rief der Pfarrer und war ganz außer sich.

„Wenn ihn der Satan geholt hat, dann schmort er jetzt in der Hölle", meinte der Büttel. „Sprecht am Sonntag in der Kirche ein Gebet für den armen Jungen", gab Tilmann dem Pfarrer zu verstehen, war aber mit dessen Worten nicht ganz einverstanden.

Erneut beugte sich der Medicus über den Jungen, um sich dessen Rückseite zu betrachten, sagte aber kein weiteres Wort.

Der Bestatter und der Büttel legten den Leichnam in die Holzkiste. Mit einem Hammer schlug der Bestatter provisorisch vier Nägel in den Deckel, dann hievten sie die Kiste auf den mittlerweile bereitstehenden Wagen.

„Ich möchte nicht, dass er in geweihter Erde auf dem Kirchhof begraben wird", sagte erneut der Pfarrer.

„Wer bezahlt mir denn das Holz für den Sarg und die Beerdigung?", wollte nun der Bestatter wissen. Tilmann sagte: „Ich rede mit Bruno vom Nagelsberg, das wird aus der Stadtkasse beglichen." Ein breites Grinsen huschte über das Totengräbergesicht.

Der Klang der Glocken forderte die Gemeinde auf, die Kirche zu betreten. Nach Beruf und Stand gingen die Lenneper Bürger durch den Haupteingang in das Gotteshaus. Die Kirche war der Mittelpunkt hier auf dem Alter Markt direkt neben dem Rathaus.

Geordnet saß die Familie Wüllenweber in der ersten Reihe auf der Bank der Sankt-Nikolaus-Kirche. Neben ihnen hatten sich die anderen Ratsherren, Händler und Kaufleute hingesetzt. In den dahinter stehenden Stuhlreihen saßen die Handwerker und die restlichen Bürgerinnen und Bürger von Lennep. Auf zwei abseits stehenden Stühlen, einige Schritte von der übrigen Gemeinde entfernt, saßen der Scharfrichter und der Bestatter von Lennep. An manchen Tagen war man zwar auf ihre Dienste angewiesen, aber am helllichten Tag und noch dazu am heiligen Sonntag – welch Schande, sie nur anzusehen oder gar zu berühren! Die beiden gehörten zur untersten Schicht der Gesellschaft, Ausgestoßene – wer sonst würde so eine Arbeit verrichten?

„Na, Herr Nachbar“, sagte der Bestatter zum Henker, „arbeiten wir bald wieder Hand in Hand?“ – „Wie kommt ihr darauf?“, fragte dieser. „Aber, guter Mann, der Henker und der Bestatter arbeiten doch stets zusammen. Wir haben doch meistens die gleiche Kundschaft, nur etwas zeitverzögert.“

Der Henker schmunzelte: „Ich bin ein rechtloser Geselle, den alle Bürger meiden, es sei denn, jemand wird hingerichtet, dann braucht man mich dringend.“ Da dies so häufig nicht vorkam, war er auch mit anderen Aufgaben betraut: Hunde einfangen, Aborte entleeren, alte Tiere schlachten – die Felle konnte er dann verkaufen. Er – der Henker – und der Bestatter, die Gaukler und Spielleute sowie die Huren, alle waren sie Ausgestoßene der Gesellschaft. Wenn man sie brauchte, waren alle Bürger glücklich, dass es sie gab, aber nach vollbrachter Arbeit konnten sie dahin gehen, wo der Pfeffer wächst.

Die Tür der Sakristei öffnete sich. Gefolgt von zwei Messdienern betrat Pfarrer Rufus von Bechen die Kanzlei, herausgeputzt im Ornat. Die Gespräche der Besucher verstummten in der gut gefüllten Kirche, als Rufus von Bechen ein „Lasset uns beten!“ in den Saal rief.

Seine Rede nach dem Gebet handelte wie fast immer von der Gläubigkeit der Lenneper Bürger. Immer wieder betonte er, wie wichtig es sei, an Gott und die Kirche zu glauben, um in den Himmel zu gelangen. Dann predigte er etwas über den

Geist und im Anschluss daran, dass der Mensch aus Erde geschaffen worden sei, die Erde ihm helfen werde und er eines Tages wieder zu Erde zerfallen würde. Danach war die Seele an der Reihe. „Zuerst muss unsere Seele heil werden, dann kann der Körper folgen. Gott tut nicht nur das Sichtbare, sondern auch das Unsichtbare kund."

Erneut wurde gebetet, und der Pfarrer fuhr fort: „Wir wollen und dürfen hier nicht in Sünde leben." Etwas später, am Ende seiner Predigt, vergaß er aber nicht, auf die Spenden hinzuweisen. Den Mord erwähnte er in einem kleinen Nebensatz. Mit kräftiger Stimme wurden gemeinsam noch einige Lieder gesungen, und dann stellte er die Hostien bereit, die er durch ein mit der Hand geschlagenes Kreuz segnete. „Das Blut Christi, der Leib Jesu." Die Leute gingen an ihm vorbei und wurden gesegnet.

Kurze Zeit später, unter dem Klang der Glocke, stand der Pfarrer am Ausgang und schüttelte jedem Gemeindemitglied noch einmal die Hand. Einige gingen direkten Fußes zu ihren Wohnungen zurück, andere kehrten noch im ›Goldenen Löwen‹ ein. Nach der Sonntagsmesse wurde in der Ortsschenke noch kräftig gegessen, gebechert und geredet.

Der Name ›Goldener Löwe‹ war zurückzuführen auf Herzog Heinrich von Limburg und Berg, der den Lennepern seinerzeit die Stadtrechte schenkte. Mit Adolf und Engelbert vom Berg war die männliche Blutlinie bereits ausgestorben. Lediglich mit Adolfs Tochter Irmgard, die Heinrich von Limburg seinerzeit ehelichte, war das weibliche Berger Blut noch vorhanden. So ging das Bergische Land an Heinrich von Limburg. Sein Familienwappen war der auf den Hinterbeinen stehende Löwe. Der Löwe wurde zum neuen Wappen der Städte im Bergischen Land und löste das alte Wappen der

Berger mit den Wechselzinnen ab. Da der gemeinsame Sohn von Irmgard und Heinrich aber auch wieder Adolf hieß, wurde die Tradition des Vornamens Adolf weitergeführt.

Ihr derzeitiger Lehnsherr war Graf Adolf VI. von Berg, der das Land seit dem Jahre 1308 regierte. Man nannte ihn auch den „Ehrwürdigen". Adolf war der Neffe seiner beiden Vorgänger Adolf V. von Berg und Wilhelm I. von Berg. Seine Ehefrau war Agnes von Kleve, die er im Jahr 1312 geehelicht hatte. Er war ein vom Volk geliebter Graf, hatte aber bis zum heutigen Tage sehr viele Missgeschicke zu erleiden. In den letzten Jahren herrschten Überschwemmungen, Missernten und Pestilenz in seinem Reich. Vom Glück war er nicht gerade gesegnet.

Anneliese war mit ihren Kindern bereits nach Hause gegangen, während Tilmann mit seinem Ältesten den ›Löwen‹ betrat. Viele Ratsherren, Geschäftsleute und Handwerker folgten den beiden. An einem großen, ovalen Eichentisch, der dann auch recht schnell besetzt war, passten bis zu fünfzehn Personen. Die Bürger sprachen noch kurz über die Worte des Pfarrers.

„Ich finde", meinte der Medicus, „unser Kirchenvertreter übertreibt maßlos. Wie kann er denn behaupten, dass Nichtchristen vom Teufel geleitet werden? Meiner Auffassung nach mischt sich die katholische Kirche immer mehr in das Privatleben der Familien ein, und wenn ihr etwas nicht wohlgesinnt ist, dann droht sie den Bürgerinnen und Bürgern mit der großen Apokalypse. Wer oder was ist denn die Kirche? Menschen, wir Menschen sind die Kirche. Der Pfarrer erwähnte kurz den Mord an dem jungen Franz, gab ihm aber gleichzeitig selbst die Schuld dafür, da er kein Mitglied in der Kirche gewesen sei. Das hörte sich fast so an, dass jeder, der nicht in den Gottesdienst geht, selbst Schuld hat, wenn er ermordet wird." Einige Zecher nickten mit dem Kopf.

„Er kümmert sich um zu viele Dinge, die ihn und die Kirche aber auch gar nichts angehen", meinte Robert Frauenknecht.

Der Wirt Wilhelm kam und stellte mehrere Krüge Bier auf den Tisch. „Zum Wohl, ihr Kirchgänger!"

„Die gehen auf meine Rechnung", rief der Medicus. Daraufhin folgte ein lautes Gegröle und die Zecher prosteten mit hoch gehaltenen Bechern einander zu.

Wilhelm Rosenbaum betrieb die Schankstube zum ›Goldenen Löwen‹ seit vier Jahren, und er hatte eine verdammt hübsche Tochter von vierzehn Jahren, auf die es Jacub abgesehen hatte. Er sah sich die ganze Zeit schon nach ihr um, konnte sie aber nirgends entdecken.

„Ihr Alter hat sie bestimmt wieder für den Küchendienst eingeteilt", dachte Jacub. Ihr Vater hätte sie am liebsten für immer versteckt, denn ihm war aufgefallen, dass sich die Burschen aus Lennep nach ihr umsahen. Da ein Topf mit schmackhaftem Fleisch auf dem Herd vor sich hin köchelte und Zwiebelduft den Raum erfüllte, wurden einige der Herren hungrig, wie auch Jacub. Um den Eintopf aufzutischen, musste Wilhelm seine hübsche Tochter Gundula aus der Küche holen, worauf natürlich Jacub spekuliert hatte. Und da kam sie auch schon – mit sanften Schritten betrat sie die Gaststube und die jüngeren Männer himmelten sie an. Sie war ein zierliches Mädchen, hatte aber eine gut ausgeprägte Oberweite, was den Burschen sichtlich gefiel. Unter ihrem Gebende lugten vereinzelte dunkelbraune Haarsträhnen hervor. Ihre grünen Augen leuchteten wie die eines Luchses. Schüchtern stellte sie den betreffenden Herren einen gut gefüllten Holzteller auf den Tisch.

„Lammeintopf, bitte schön", sagte sie beim Absetzen der Teller.

„Hum", murmelten einige Männer, als sie den Duft mit der Nase aufnahmen. Dem Tuchmachersohn Jacub schob sie den Teller mit tiefem Blickkontakt und einem scheuen Lächeln zu. „Nachher hinterm Stall", flüsterte er ihr zu, sodass es kein anderer mitbekam, denn die Herren waren mit Essen und mit Reden beschäftigt. Sie lächelte ihn an und nickte.

Nach dem Mittagsmahl verabschiedeten sich vier leicht angetrunkene Händler mit den Worten: „Bis nächsten Sonntag, meine Herren, das Schläfchen ruft."

Kurze Zeit später betraten zwei weitere Männer den ›Löwen‹. „Ah, die Herren Kollegen", rief Tilmann, „setzt euch zu uns." Es waren der Weinhändler Ulrich Stute und der Tuchhändler Heinrich Kottsieper.

„Wie laufen die Geschäfte?", fragte Tilmann nach. Die beiden bestellten sich einen Krug Wein.

„Prächtig, die Speicher sind gut gefüllt, aber auf eine Ladung warte ich noch", gab Heinrich zurück. „Wir sollten langsam die nächste Fuhre nach Lübeck in Angriff nehmen, bevor der Winter anklopft. Meine Lager sind voll mit Weinen von der Mosel und vom Rhein. Aber leider ist bei mir noch etwas offen; die letzte Lieferung von der Nahe ist noch nicht da. Die Ostländer sind ganz verrückt nach dem Zeugs", sagte Ulrich Stute.

„Anfang Oktober wäre nicht schlecht. Das ist schon später als sonst", meinte Heinrich.

„Aber nicht ohne Schutz. Wir sollten beim Burgvogt von Neuenberge Reisige als Begleitschutz anfordern. Lieber dafür Geld ausgeben, als dass wir in einen Hinterhalt geraten, wo man uns bestiehlt oder ausplündert", sagte Tilmann.

„Ich stimme dir zu. Wenn wir Anfang Oktober aufbrechen,

sind wir bis zum Weihnachtsfest wieder in Lennep“, sagte Heinrich. „Dann machen wir es wie beim letzten Mal. Zehn Wagen, aber nicht zu schwer beladen, sonst bleiben wir bei starken Regenfällen zu schnell im Schlamm stecken. Sechs Reisige und ein Hauptmann oder ein Ritter sollten uns begleiten“, gab Ulrich zurück. Tilmann deutete an: „Auf dem Rückweg würde ich gerne über Lüneburg fahren, um von dort Salz und Hering mitzunehmen. Ich hasse es, mit leerem Gefährt unterwegs zu sein.“ Heinrich und Ulrich nickten beide. „Das sollten wir tun. Für Salz und eingelegte Heringe findet man immer Abnehmer.“

Die Männer stießen miteinander an und bestellten sich die nächsten Krüge Wein, auf den sie zwischenzeitlich umgestiegen waren. Einige gingen oder torkelten nach Hause und später waren sie nur noch zu viert.

Nun meldete sich vorsichtig flüsternd der Medicus zu Worte.

„Männer, ich muss euch etwas Wichtiges mitteilen. Ich habe neue Erkenntnisse über den Mord an Franz gewonnen. Nachdem man ihn von der Weide gebracht hatte, schaute ich noch kurz beim Bestatter vorbei, um mir den Jungen noch einmal genauer anzusehen. Dort machte ich eine furchtbare Entdeckung.“ Die Männer wurden still und lauschten gebannt seinen Worten. Medicus Gerold vom Steinberg fuhr fort: „Den Schnitt, den durchtrennten Hals, den haben ja einige von euch selber gesehen. Ebenso das aufgemalte Pentagramm auf seiner Brust. Ich entkleidete ihn, sah mir seinen ganzen Körper an und machte eine Entdeckung. Der Mörder hatte es vorher mit dem Knaben getrieben. Sein Gesäß wies Verletzungen auf, Einstiche wie von einem Messer, und Blutergüsse. Ich stellte einen eingerissenen Enddarm fest sowie weitere Quetschungen und Schürfwunden – wollt ihr noch mehr hören?“ Die Männer bekreuzigten sich.

„Nein, danke, ich will noch zu Mittag essen“, murmelte Heinrich. „Welch eine Schandtat“, stöhnte Tilmann. „Meine Herren“, sagte der Medicus, „ich denke, es handelt sich um ein Ritual, den Mord eines Geisteskranken. Ein normaler Mensch kann so etwas nicht tun. Wir sollten das erst einmal für uns behalten. Ich traue diese Untat keinem der Lenneper Bürger zu, aber trotzdem kann man jedem nur vor den Kopf sehen.“

„Und was ist mit den Gesetzlosen vom Kraspütt?“, wollte Ulrich wissen. Der Medicus schüttelte den Kopf. „Da steckt mehr Verschlagenheit, Intelligenz und, ja, etwas Tierisches dahinter.“ – „Das muss ein kranker Kopf sein, der vom Teufel gelenkt wird“, gab Heinrich zurück. „Wissen es die Büttel, oder hast du mit dem Pfarrer gesprochen“, wollte Tilmann wissen. „Nein, nur ihr drei und ich wissen davon, und es muss vorerst unter uns bleiben.“

Jacub verließ den ›Löwen‹ und schlenderte ruhigen Schrittes um das Haus herum, um auf der Rückseite am Hintereingang auf Gundula zu warten, die hübsche Wirtstochter. Die Männer und Jacubs Vater würden sicherlich noch ein paar Stunden weiterreden und vor allen Dingen dem Bier und dem Wein zusprechen.

Nach einigen Minuten öffnete sich die Tür und Gundula trat heraus.

„Es sind nur noch dein Vater und drei weitere Männer in der Schenke. Sie werden von meiner Mutter bedient“, sagte Gundula.

„Was ist mit deinem Vater?“, fragte Jacub. „Der hält seinen Schönheitsschlaf“, kicherte sie. Er nahm sie an die Hand und sie verschwanden an den Wachen vorbei durch das Kölner Tor. Der Wachhabende grinste den zweien hinterher. Sie überquerten eine Wiese, kamen in den Wald und setzten sich an ihren Platz, direkt an einem kleinen Bachlauf. Auf dicht gewachsenem Moos machten sie es sich bequem. Dieses heimliche Versteckspiel ging nun schon den ganzen Sommer durch, aber weiter als bis zum Kuss waren sie noch nicht vorgedrungen. Häufig übertünchten irgendwelche Albernheiten ihr Treffen. Jacub kasperte aus Verlegenheit fortwährend herum, um seine Gundula zum Lachen zu bringen. Als sie nebeneinander auf dem kühlen Waldboden lagen, glitt seine linke Hand vorsichtig an ihren Busen und streichelte ihn leicht. Gundula kaute auf einem Grashalm, der zwischen ihren Lippen steckte, und ließ es geschehen. Vorsichtig nahm er ihr mit der anderen Hand den Halm aus dem Mund und küsste sie. Sein Kuss war deutlich anders, ja fordernder als sonst. Dann glitt seine Hand durch ihr Haar und verweilte an ihrer Wange, die sie behutsam und zärtlich streichelte. Letztendlich landete sein Daumen auf ihren wohlgeformten Lippen, wo er hin und her glitt. Jacub verspürte eine sexuelle Erregung, und sein Blut geriet in Wallung. „Das Harte, was ich an meinen Lenden verspüre, ist mit Sicherheit nicht Jacubs Messer", dachte Gundula.

Sie merkte sofort, dass Jacub anders war als sonst, und versuchte, ihn zu stoppen. Sie riss sich von ihm los. „Halt", sagte sie, „keinen Schritt weiter. Wenn uns jemand beobachtet oder wenn etwas passiert, schlägt mich mein Vater tot."

Jacub war unsicher. „Aber wir wollen doch sowieso eines Tages heiraten?" Sie gab ihm einen Kuss auf die Stirn und erhob sich.

„So lange musst du dann noch warten." Jacub saß da im Moos, sein pralles Ding drückte fürchterlich in seiner eng anliegenden Bruche, und er verstand die Welt nicht mehr.

Schwerfällig ging Rufus von Bechen auf die Kirchentür zu, um sie von innen zu verschließen. Er hatte eine normale Größe für einen Mann, nicht ganz einen Klafter groß, war aber dickleibig und kurzatmig. Sah man in sein Gesicht, erkannte man die kleinen zerplatzten Äderchen, die dafür sorgten, dass er ständig gerötete Wangen hatte. Seine Haut war speckig und glänzte, sein Kopf rund wie eine Kugel, und Haare hatte er schon seit Jahren keine mehr. Aber dafür genoss er die Kostbarkeiten des Lebens, und zwar in vollen Zügen. Nach Beerdigungen und Taufen, nach Hochzeiten und Gottesdiensten stopfte er Mengen an Essen und Getränken in sich hinein. Er nannte die Bürger von Lennep seine Schäfchen, und er wusste genau, wer gläubig oder ein Nichtchrist war, so nannte er die Leute, die seine Kirche nicht besuchten, ja, man vermutete sogar, dass er die Ungläubigen hasste. Ein Bürger, der nicht am Gottesdienst teilnahm, war ein Verräter an der Kirche und an Gott. Er hielt es mit dem alten Ruf der Kreuzfahrer: „Gott will es!" Pfarrer Rufus von Bechen war mehrere Jahre mit einer Flagellantengruppe durch verschiedene Länder gezogen. Dabei hatte man ihm beigebracht, wie er sich zu geißeln hatte. Er war ein fanatischer Verfechter des strengen katholischen Glaubens. Zu den teils religiösen, teils sexuellen Perversionen gehörten auch seinerzeit die Geißlerzüge, die er mit seinen Leidensgenossen unternommen hatte. Vor den Kirchen knieten sie nieder und sangen:

Jesus ward gelabt mit Gallen.
Deshalb sollen wir wie Kreuze fallen.

Wurden diese Worte gesprochen, ließen sich die Geißler gemeinsam auf die Erde fallen. Dann sang ihr Vorsänger:

Nun hebt auf eure Hände,
Dass Gott dies große Sterben wende!

Zwei Mal am Tag fand die Geißelung statt. Geld und Essen bekamen sie von den Bürgern. In der Regel dauerte eine Geißelfahrt ein Vierteljahr.

Heute war wieder so ein Tag. Normalerweise nutzte er nur die Feiertage, um es zu tun. Doch die Abstände wurden immer kürzer. Manchmal wandte er die Methode dreimal die Woche an. Er kniete sich vor dem Altar nieder und schaute zu Jesus am Kreuz empor. Nun faltete er seine Hände und sprach ein Gebet. Er machte sich den Rücken frei und betete dreimal das Confiteor, sein Schuldbekenntnis. Er wollte leiden, leiden wie seinerzeit Jesus am Kreuze. Plötzlich hielt er die Geißel in seiner Hand – einen kurzen Eichenstab, an dem sieben Lederriemen hingen, an deren Enden Knoten saßen, mit Eisenspitzen versehen. Dann holte er kräftig aus, um sich den Rücken auszupeitschen. Ein lautes Stöhnen kam über seine Lippen. „Herr, vergib mir, denn ich habe gesündigt. Nur für dich, Herr, meine Selbstgeißelung." Er schlug erneut zu und fuhr fort. „Um Buße zu tun, um mich von den begangenen Sünden zu befreien." Erneut schlug er über seine rechte Schulter, dann über die linke. Er haderte mit sich, sprach zu Jesus am Kreuz und schlug wiederholt auf sich ein. Die vernarbten Wunden vorheriger Selbstgeißelungen auf seinem Rücken brachen erneut auf. Die ersten dünnen Blutrinnsale liefen die Wirbelsäule entlang und bildeten am Ansatz seiner Bruche kleine Lachen, und er schlug sich weiter, weil er bald keinen Schmerz mehr spürte. Laut schrie er das Schuldbekenntnis hervor. Laut klatschten erneut die Riemen auf seinen Rücken. Seine Augen weiteten sich; wie bei einem sterbenden Tier kamen

Stöhnlaute aus seinem Mund. Er war wie in einem Rausch; mit seinen Gedanken befand er sich im Jenseits. Er konzentrierte sich auf die weiteren Schläge, bis er nach einer Zeit ermüdet und zerschunden vor dem Altar zusammenbrach. Die Geißel fiel ihm aus der Hand, als er mit blutverschmiertem Rücken und einem Gefühl der Freiheit stöhnend auf dem Bauch lag. Er fühlte Erleichterung, war aber mit seinem blutbeschmierten Rücken ein Anblick des Grauens.

Er verweilte eine Zeit lang und richtete sich langsam mühevoll auf. Er ergriff seine Geißel und sein Hemd und ging zurück in die Sakristei. Hier lagerten die liturgischen Gewänder, Kelche, Hostien, Schalen, Leuchten, Kerzen und der Messwein, von dem er sich erst einmal einige kräftige Schlucke gönnte. Seine Geißel verschloss er in einem kleinen Holzschrank, den er wie ein Heiligtum behütete. Dann nahm er ein Stück Stoff vom Regal und wischte sich mit schmerzverzerrtem Gesicht das Blut ab. „Was für ein befriedigter Tag“, dachte er.

Lennep, Alter Markt. Versammlungsplatz, Oktober 1324.

In drei Tagen wollten die Händler und Kaufleute zu ihren Kontoren am Ostmeer aufbrechen. Die schwer beladenen Wagen trafen auf dem Ortsplatz ein. Kurz vor der Abfahrt wurde noch einmal alles besprochen, die Ladung richtig verzurrt und die Reihenfolge geklärt. Die Begleitmannschaft der Reisigen mit deren Anführer sollte erst kurz vor der Abfahrt eintreffen, so teilte es ihnen ein Bote mit. In den verbleibenden Tagen war noch einiges zu erledigen. Die bereits eingetroffenen Fuhrwerke konnten mit freundlicher Unterstützung durch den Pfarrer auf dem Kirchvorhof abgestellt werden. Der Stadtschreiber war mit Pergament und Feder eingetroffen. Tilmann hatte seine drei Fuhrwerke abgestellt, die mit Tuchballen bestückt waren. Hinzu kamen noch der Reiseproviant, etwas Futter für die Pferde, Wäsche zum Wechseln und seine Waffen, griffbereit in der Nähe des Kutschbocks verstaut. Heinrich Kottsieper, der andere Tuchhändler, kam ebenfalls mit drei Wagen, und Ulrich Stute mit vier, die mit Weinfässern beladen waren. Alle hatten zur Verteidigung ihre Waffen mitgenommen, zumeist Spieße, Schwerter und Dolche. Gegen angreifende Raubritter hätten sie wohl keine Chance gehabt, dafür waren die Reisigen zuständig, aber um ein paar Strauchdiebe in die Flucht zu jagen, dafür hätte es allemal gereicht. Für eine Übernachtung im Freien hatten sie Zelte eingepackt. Doch meist bevorzugten sie ein Bett in einem Gasthof, der auf ihrer Reiseroute lag. „Zelte dabei zu haben, das ist immer gut, man weiß ja nie, was geschieht“, hatte ihnen Tilmann geraten.

Der Schreiber ging von Wagen zu Wagen und machte eine Bestandsaufnahme der gesamten Inhalte. Eine Abschrift nahm Tilmann für den Kontorleiter in Lübeck mit, anhand derer er die ankommenden Waren überprüfen konnte. Der Ratsmann Robert Frauenknecht war als Vertreter der Stadt Lennep ebenfalls anwesend. Es war seine erste Reise. Er sollte einen von Tilmanns Wagen fahren. „Ich werde den ersten Wagen lenken, dann kommt Jacub und als dritter Robert", sagte Tilmann. „Danach folgt Heinrich mit seinen Fuhrwerken, und den Schluss bildet dann Ulrich mit der Weinlieferung", fuhr Robert fort.

„Hoffentlich spielt das Wetter mit, das ist immer meine größte Sorge", meinte Ulrich. Jacub hatte ganz andere Sorgen. Ihm passte es überhaupt nicht, dass sein Vater ihn zum ersten Mal mit nach Lübeck zur Hanse nahm. Er wäre lieber bei seiner Gundula geblieben. Er hatte gehofft, sich ohne die Aufsicht seines Vaters dann öfters mit ihr treffen zu können, doch der hatte ihm ungewollt einen Strich durch die Rechnung gemacht. Natürlich war die Reise für ihn interessant, doch sein Schwerpunkt lag im Moment mehr in seines Körpers Mitte.

„Ja, Jacub, deine erste Reise zum Ostmeer. Da wirst du sehr viel Neues erleben. Schließlich wirst du eines Tages ja einmal mein Nachfolger werden. Die Zeit der Kreuzzüge ist vorbei, nun ziehen uns Geschäfte in die Fremde."

Bei diesen Worten klopfte Tilmann seinem Sohn aufmunternd auf die Schulter. Jacub nickte mürrisch mit dem Kopf. Gegen Abend ordnete Tilmann noch an: „Karl und Jacub, ihr bringt die Pferde wieder zurück in unseren Stall. Bis zur endgültigen Abreise sollen sie sich noch schonen und satt fressen. Karl, du kannst dann Feierabend machen, und dir, mein Sohn, möchte ich nachher noch etwas zeigen."

Nach dem gemeinsamen Abendbrot schob Tilmann die Holzteller auf der Tischplatte zur Seite. „Simon, Jacub, setzt euch zu mir, ich möchte euch etwas erklären. Holt mir bitte ein Stück Kreide und ein feuchtes Tuch." Die Magd reichte ihm schnellstens die geforderten Utensilien. Tilmann benutzte die Tischplatte als Tafel, malte ein paar Striche, Kreise, Linien und Kreuze auf. „Das hier", er deutete auf einen Kreis, „das hier ist Lennep." „Und hier sitzen wir am Küchentisch", sagte Simon und zeigte mit dem Finger auf den Kreis. Immer war er für einen Spaß zu haben. Tilmann und Jacub mussten lachen.

„Hört jetzt zu!" Er ging mit der Kreide eine Linie entlang. „Das ist der Weg, den wir nach Lübeck nehmen müssen. Hier ist Dortmund, und hier werden wir zum ersten Mal übernachten. Dann geht es weiter nach Münster, wo das flache Land beginnt. Im Anschluss führt der Weg über Osnabrück, dann nach Oldenburg in Richtung Bremen, und von da aus geht es durch die Stadt Hamburg direkt nach Lübeck. Diese Stadt kann man als Metropole des Städtebundes bezeichnen. Sie hat durch den Fluss eine direkte Verbindung zum Ostmeer."

„Und dort haben wir unser Kontor in der Speicherstadt?", wollte Jacub wissen. „Richtig, hier liefern wir die Tuche hin, wo sie bis zum Verkauf gelagert werden. Aber nicht nur Tuche lagern dort, sondern jede Menge anderer Waren, wie zum Beispiel Pelze, die aus dem Osten kommen, Stockfisch aus den Nordländern, Samt- und Seidenstoffe aus Italien, Bier aus Dortmund, Wein aus den Rhein- und Moselgebieten und, und, und."

Er säuberte den Tisch, um erneut zu malen. „Das hier ist das Ostmeer, dieser Kreis, das ist die Stadt Bergen in Norwegen. Auch dort gibt es eine deutsche Niederlassung in Form von Kontoren. Die Einheimischen nennen es das *deutsche Viertel.*"

Er zeichnete eine neue Linie. „Dänemark, ein kriegerisches Volk, bekämpft mit seinem König die Hanse. Er macht Geschäfte mit den Freibeutern, das sind ganz üble Burschen, die Herren Piraten. Hier liegt Schweden, gegenüber die Ostländer mit der für den Handel wichtigen Stadt Nowgorod. Von Lübeck aus östlich gesehen, entlang der Küste, reihen sich weitere Niederlassungen: Rostock, Stralsund, Danzig, Riga und Reval. Zu den großen Kontoren der Hanse gehören in der Regel Wohn- und Lagerhäuser, Stapel- und Umschlagplätze, dazu eine Kirche für das Seelenheil der Kaufleute in der Fremde, mancherorts gibt es sogar einen Hanse-Friedhof. Nun weiten wir das Ganze über Hamburg in das Nordmeer aus. Wichtige Städte werden London und Brügge sein", erklärte Tilmann seinen Söhnen.

Simon hatte langsam das Interesse verloren und alberte herum. Mit seinen fünfzehn Jahren war er noch recht kindlich und zartbesaitet.

Jacub meinte: „Ich finde das ungemein aufregend. Wie ist das denn alles entstanden?" Tilmann überlegte kurz:

„Es gibt kein Gründerjahr für die Hanse. Schon die Wikinger mit ihren Langbooten haben überall Handel betrieben. Wir Kaufleute haben den Handel vergrößert und weitergeführt, und irgendwann kam es zum Städtebund. Anfangs waren wir Konkurrenten aus deutschen Landen, die mit der Zeit als „Hansen" bekannt wurden. Dann kooperierten wir untereinander, konnten günstiger einkaufen und teurer verkaufen. Geschäfte konnte man besser abschließen, wenn man gemeinschaftlich organisierte." „Und wie wird das alles ausgeliefert?", fragte Jacub.

„Mit unseren Koggen. Das sind große Segelboote, die die Hanse unterhält. Sie sind ungefähr vierzig bis fünfzig deutsche Ellen lang, mit geradem Bug und plumpen Aufbauten auf dem Vor- und Achterdeck." Jacub sagte nichts mehr, er hatte aber überhaupt keine Ahnung, was ein Vor- und Achterdeck sein könnte. „Oben am Mastende befindet sich das Krähennest", sagte Tilmann. Seine Söhne nickten so, als hätten sie alles verstanden.

Die Magd Gertlinde stand mit dem feuchten Tuch in der Hand am Tisch und wartete darauf, dass die Herren sich entfernten, damit sie endlich den Tisch von den wilden Malereien befreien konnte.

Schon recht früh verließ Tilmann sein Haus, um die Schäfer aufzusuchen, die sich mit seiner Herde auf der Weide südlich von Lennep befanden.

So früh am Morgen waren die Tiere noch kreisrund zusammengepfercht. Zieto lag vor dem Zaun und hatte die Herde genau im Blick. Roland und Herbert lagen noch in Felle eingewickelt in ihrem Schäferkarren, der etwas abseits von der Herde unter einer alten Eiche stand. Die mit Blut getränkten Felle hatten sie gegen neue ausgetauscht.

„Guten Morgen, die Herren, habt ihr einen schönen Schlaf gehabt?" Erschrocken sprangen die beiden aus dem Karren und nahmen eine soldatenmäßige Haltung ein.

„Gott zum Gruß, edler Herr Wüllenweber! Entschuldigt, aber nach dem Mord an dem jungen Franz sind wir etwas nervös geworden", antwortete Roland. „Auch muss man sich erst einmal daran gewöhnen, in diesem Mörderkarren zu schlafen", stöhnte müde Herbert.

„Ich wollte euch nicht wecken. Der Herde geht es ja allem Anschein nach gut. Die Händler, die Kaufleute und ich werden morgen in der Früh nach Lübeck aufbrechen, um Waren auszuliefern. Ich werde also einige Zeit nicht zur Verfügung stehen. Wenn etwas sein sollte, müsst ihr euch an meinen Vorarbeiter Karl wenden."

„Und wann seid Ihr wieder zurück, edler Herr?“, fragte Herbert. „Das kann ich nicht genau vorhersagen. Geplant ist, dass wir vor dem Wintereinbruch wieder Lennep erreichen wollen. Was wollt ihr heute erledigen, wie ist euer Tagesplan?“

Roland zeigte mit dem Arm in eine bestimmte Richtung. „Dort drüben stehen frisches Gras und niedere Sträucher. Wir treiben die Herde dorthin und fangen an, den Schafen die Klauen zu schneiden. Wann, Herr Tilmann, sollen wir die Tiere in die Stallungen treiben?“ – „Das überlasse ich euch. Das könnt ihr je nach Wetterlage selber bestimmen, in Absprache mit Karl. Lasst sie so lange wie möglich auf den Weiden, dann brauchen wir nicht zu füttern und sparen beim Winterfutter.“ Er verabschiedete sich von den beiden und gab jedem die Hand. „Ich verlass mich auf euch“, sagte er und ging zurück in die Stadt.

Roland schaute Herbert von der Seite an und meinte: „Wir hätten es schlechter treffen können!“

So langsam verspürte er ein Rumpeln und Gluckern in seinem Magen. „Ich sollte, bevor der Tag richtig beginnt, vernünftig frühstücken“, dachte Tilmann.

Kurz bevor er sein Haus erreicht hatte, nahm er aus der Ferne eine Gestalt wahr, die mit schnellen Schritten die Wallstraße entlanglief und winkend auf ihn zu kam. Es war der Büttel der Stadt, Matthias Buchholz. Tilmann kannte ihn seit Jahren. Keuchend blieb er vor ihm stehen. „Was treibt dich denn so früh von deinem Strohsack?“, fragte er ihn.

„Ich muss dringend mit dir reden. Es, es, es ist wieder passiert“, stammelte er und schnappte nach Luft. Tilmann wusste noch nicht genau, was der Büttel meinte, doch irgendetwas Schlimmes musste wieder vorgefallen sein.

„Komm, wir gehen in mein Kontor.“ Er zog Matthias am

Ärmel seiner Jacke und ging mit ihm in das Lagerhaus, wo er neben den Speicherräumen ein kleines Büro besaß, in dem er seine Unterlagen, Preislisten, Konten, Ersatzteile und andere Dinge aufbewahrte. „Setze dich bitte und berichte – was ist wieder passiert?!"

Der Büttel war die Zuverlässigkeit in Person, geliebt und gehasst in der Stadt, geliebt wegen seiner Gerechtigkeit, gehasst vom Pöbel der Straßen, weil er streng durchgriff.

„Es ist wieder passiert. Wir haben erneut eine Leiche gefunden, unten an der Linepe", stöhnte er. Tilmanns Gesicht legte sich in Falten. „Erzähl weiter." – „Kennst du die alte Hexe Martha aus dem Kraspütt?" Tilmann nickte. „Du meinst die verschrumpelte Alte, die ständig mit ihrem Korb und dem Messer unterwegs ist?" – „Ja, genau die, sie ging, wie sie mir eben erzählte, zum Bach, um Kräuter zu sammeln, die sie im Morgengrauen pflücken wollte, weil sie angeblich dann die besten Wirkungen hätten. Deshalb nennt sie die Pflanzen ihre Morgentau-Kräuter. Die besten würden am Bachlauf der Linepe stehen. Als sie den Weg verließ, um durch das Gesträuch zum Bach zu gehen, entdeckte sie die Leiche. Es ist der junge Färber-Lehrling, der blonde Richard. Sein Körper liegt an der Uferböschung, und seine Beine hängen im Wasser; genau wie vor Kurzem bei deinem Franz wurde die Kehle durchtrennt." Tilmann schüttelte den Kopf.

„Das ist ja unglaublich, es war seit Jahren immer so friedlich in unserem Lennep – und nun so eine Abscheulichkeit. Wer ist jetzt bei der Leiche?" – „Keiner", sagte der Büttel. „Ich hab die alte Martha nach Hause geschickt, als sie mir davon berichtet hatte, dann habe ich mir die Sache kurz angesehen und bin auf direktem Wege hierher. Außerdem habe ich sie zur Verschwiegenheit verdonnert, bei Strafandrohung", sagte Matthias.

„Gut, ich würde Folgendes vorschlagen: Du gehst zurück zum Bach, während ich die zuständigen Leute verständige. Ich hoffe, ich kann sie erreichen – die meisten werden noch auf ihren Strohsäcken schlafen. Wir treffen uns dann nachher am Bach. Wo genau liegt der Junge denn?" – „Dort, wo die beiden dicken Kastanienbäume stehen", antwortete der Büttel. Tilmann nickte und erhob sich. Danach verließen sie das Kontor.

Leise betrat Tilmann sein Haus, ging zum Küchenregal und schnitt sich einen dicken Kanten Brot ab, den er mit Butter bestrich. Danach machte er sich auf den Weg, um die zuständigen Männer zu suchen. Er konnte es nicht glauben. Was war nur los in seiner Stadt? Was für ein Mensch trieb hier sein Unwesen? Nie zuvor ist so etwas in seinem Lennep passiert. Gut, Raufereien unter betrunkenen Handwerkern, Diebstahl, Betrug – solche Dinge eben, aber bestialische Morde an Knaben waren für ihn nicht nachvollziehbar.

Eine Stunde später erreichte er mit dem Amtsmann Robert Frauenknecht, dem Ratsherrn Bruno vom Nagelsberg, dem Medicus Gerold vom Steinberg und dem Bestatter, dem alten Griesgram Paul, der seinen Helfer mitbrachte, den Tatort. Alle wichtigen Männer waren wieder anwesend.

„Bitte, jetzt nicht alle dorthin gehen", sagte der Medicus, „Lasst mich erst einmal allein zum Bach, um diese furchtbare Sache zu untersuchen." Er sah sich genauer um. „Hier seht ihr eine Schleifspur im Gras, was darauf hindeutet, dass der Mörder sein Opfer durch das Gras und die Sträucher zum Bachlauf hinuntergezogen haben muss. Hier, an der Birke abgeknickte Äste." Er folgte der Schleifspur, während die anderen Männer auf dem Weg warteten. Die Spur führte sechs bis sieben ausladende Schritte zum Bachlauf, wo der tote Junge lag. Der

Medicus beugte sich über ihn, sah kurz auf den durchtrennten Hals und öffnete das Hemd, wobei wieder ein Pentagramm auf der Brust deutlich sichtbar wurde. Seine Rückseite würde er später untersuchen. Der Medicus war sich sicher: Die Handschrift war die gleiche, sie stammte von demselben Täter. Plötzlich sah er etwas im Gras schimmern. Er bückte sich, nahm das Entdeckte vom Boden auf, betrachtete es und ließ es in seiner Jackentasche verschwinden. Danach untersuchte er das weitere Umfeld, bevor er zum Weg hinauf rief, wo die Männer warteten: „Ihr könnt den Jungen jetzt heraufziehen." Der Bestatter und sein Gehilfe eilten den Hang hinab und bemächtigten sich des Knaben.

„Kanntet ihr den Jungen?", fragte Büttel Matthias die anwesenden Herren. Tilmann sagte: „Vom Ansehen her schon, aber gesprochen hatte ich nie mit ihm."

Robert Frauenknecht erhob seine Stimme: „Ich vermute, dass er zur Jacobsmühle gehen wollte, wo die Färber die Tuche einfärben." Man hatte seinerzeit die Färber aus der Stadt verlagert, weil das Einfärben der Tuche einen grausamen Gestank verursachte.

„Der war doch bestimmt nicht älter als dreizehn oder vierzehn Jahre", vermutete Bruno vom Nagelsberg.

„Ich denke", sagte der Medicus, „es handelt sich bei dem Mörder um einen Wahnsinnigen, mit einer Neigung zu jungen Knaben." – „Morgen werde ich einen Sendboten nach Neuenberge schicken, um den Burgvogt und den Grafen von diesem Vorfall zu unterrichten. Soll doch unser Lehnsherr sagen, wie es weitergehen soll", meinte der Büttel. „Wir sollten an den Stadttoren besser kontrollieren", riet der Nagelsberger. „Das können wir natürlich veranlassen, aber die Morde fanden ja außerhalb Lenneps statt, das heißt, dass der Mörder ein Einheimischer gewesen sein könnte, der die Stadt zum

Morden verlässt, oder jemand, der vor der Stadtmauer seinen Opfern auflauert", sagte Tilmann.

Der alte Griesgram Paul und sein Gehilfe hatten währenddessen den Jungen in die Kiste gelegt und diese verdeckelt.

„Ich sehe ihn mir nachher bei dir noch einmal etwas genauer an", sagte der Medicus. „Wo ist eigentlich unser ehrenwerter Herr Pfarrer?", fragte Matthias, der Büttel, die anderen. „Der steht doch bei solchen Angelegenheiten immer als Erster auf der Matte." – „Ich habe ihn dieses Mal nicht verständigt. Er kümmert sich schon um genug andere Dinge, die mit seiner Kirche nichts zu tun haben", gab Tilmann den anderen zu verstehen, die grinsen mussten. „Ich möchte ja nicht schlecht über unseren Kirchenmann sprechen, aber manchmal ist er so überflüssig wie Unkraut", gab der Medicus von sich.

„Werde mich runter ins Tal begeben, zur Jacobsmühle, um die Färber zu unterrichten. Für irgendjemanden muss der Junge ja gearbeitet haben", meinte Robert Frauenknecht.

Wie eine Trauergemeinde sah es aus der Ferne aus, als die restlichen Männer hinter dem Karren mit dem Sarg zurück zum Kölner Tor gingen.

„Haltet die Augen und Ohren auf, wer weiß, was sich hier für ein Gesindel herumtreibt", gab Tilmann der Stadtwache den Rat. Die Männer sahen ihn fragend an, nickten aber bestätigend.

So langsam kam Leben auf im Städtchen Lennep. Auf den Straßen waren die ersten Bürger unterwegs und es roch nach frisch gebackenem Brot. Der Bestatter schob den Leichenkarren in seine Scheune. „Bau einen neuen Sarg und gib Bruno vom Nagelsberg wieder die Rechnung!", sagte Tilmann.

Er verabschiedete sich von den Männern mit den Worten: „Morgen reisen wir nach Lübeck, und ich habe noch jede Menge Arbeit zu erledigen. Vielleicht sehen wir uns heute Nachmittag und beraten uns im ‚Löwen'."

Tilmann traf sich mit seinem Vorarbeiter Karl bei den Fuhrwerken auf dem Alter Markt. Er war nicht so recht bei der Sache. Fortwährend musste er an die Morde denken und es passte ihm überhaupt nicht, dass er gerade jetzt auf Reisen gehen musste.

„Verteilt das Schweinefett schön dicht auf die Planen. Denkt daran, wenn wir in ein Unwetter mit starken Regenfällen kommen, dass das Wasser ablaufen kann und die Tuche nicht nass werden", wies Tilmann seinen Vorarbeiter und die anderen Helfer an.

Karl tauchte einen Lappen in ein Fass mit Schweinefett, um es danach gleichmäßig auf die Planen zu schmieren. Danach überprüfte er die Achsen und Deichseln der Wagen. Hier und da fettete er an beweglichen Teilen etwas nach. Nach einer weiteren Stunde sagte Karl: „So, Herr, ich denke, das müsste es gewesen sein. Das Kummetgeschirr für die Pferde hängt im Stall; ich lege es den Tieren erst morgen vor der Abreise um." – „Gut, Karl." Tilmann schaute in den Himmel. „Das Wetter scheint ja trocken zu bleiben. Ich brauche dich hier nicht mehr. Geh noch bei unseren neuen Schafhirten vorbei und sieh dort nach dem Rechten. Wir sehen uns dann morgen früh bei Sonnenaufgang im Pferdestall." Tilmann ging zum Brunnen und trank einige Schlucke von dem erfrischenden Wasser.

Seine Gedanken kreisten um die beiden Morde und er fühle sich machtlos, da er in keinster Weise auch nur den Hauch eines Verdachtes hegte.

„Gerade jetzt muss ich nach Lübeck reisen, wo hier so etwas passiert ist", dachte er bei sich.

Der Ratsherr Bruno vom Nagelsberg hatte für die Nacht erneut vier Wachsoldaten abgestellt, die die Ladungen im Auge behalten sollten.

Tilmann überlegte, dass er noch dringend in den ›Löwen‹ musste, um die anderen zu treffen und die Sache mit dem toten Jungen zu besprechen. Und mit seiner Familie musste er vor der Abreise auch noch reden. Nachdem er noch einmal alles überprüft hatte, überquerte er den Platz und ging direkt auf das Gasthaus zu.

Wilhelm Rosenbaum, der Wirt, begrüßte ihn und zeigte mit dem Kopf auf das separate Versammlungszimmer. Tilmann wusste Bescheid und schritt in den angeschlossenen Raum, wo die anderen Herren schon auf ihn warteten. Bis auf den Bestatter waren alle anwesend. Dem alten Paul war es egal, wer der Mörder war. Würde man diesen erwischen, hätte er künftig weniger Arbeit. Nur sagen durfte er so etwas natürlich nicht.

Der Büttel meldete sich nun zu Worte. „Meine Herren, wie wollen wir nach dem zweiten Mord jetzt vorgehen?" – „Wie gesagt", sprach leise, aber durchdringend der Medicus, „es handelt sich um eine gestörte Persönlichkeit mit krankhaften Trieben. Beim Franz und beim Richard sind die Merkmale identisch; auch an Richard hatte der Mörder sich vergangen. Das habe ich an den Blutergüssen an seinem Gesäß festgestellt. Die Frage ist nun: Wie verhindern wir einen dritten Mord?"

„Welche Spuren haben wir denn?", fragte Tilmann. „So gut

wie keine, außer diesem gemalten Kohlekreuz auf der Brust der Jungen, zwei gleichen Schnittverletzungen am Hals, einer Schleifspur vom Weg hinunter zum Bachbett der Linepe, und dass die Opfer beides junge Knaben waren", deutete der Büttel an.

Der Medicus griff in seine Jackentasche und holte etwas hervor. „Da wäre noch eine Sache, und zwar diese hier." Er legte ein Messer auf den Tisch. „Das hier habe ich am Tatort gefunden, als ich den Jungen am Bach untersucht habe." Tilmann griff nach dem Messer, schaute es sich näher an und gab es zur Betrachtung an die anderen weiter. Robert Frauenknecht, Bruno vom Nagelsberg und der Büttel sahen es sich an und legten es zurück auf den Tisch.

„Es könnte das Messer eines Schäfers sein oder eines anderen Handwerkers", meinte Tilmann. Der Büttel Matthias Buchholz schlug mit der Faust auf den Tisch: „Dann ist es vielleicht die Tatwaffe oder aber es gehörte dem jungen Färber und er hatte es verloren."

Es wurde weiter ernsthaft über die Vorgehensweise verhandelt, als die Tür aufging und der Pfarrer im Raum stand. „Meine Herren, ihr haltet geheime Treffen ab, unter Ausschluss der katholischen Kirche. Habt ihr vor Gott etwas zu verheimlichen? Auch dieser tote Junge war ein Ungläubiger. Ich habe ihn noch nie bei einer Messe gesehen. Es tut mir leid, Gott habe ihn selig."

Rufus von Bechen setzte sich auf einen freien Stuhl mit an den Tisch. „Wie habt ihr von dem Mord erfahren?", wollte Tilmann wissen. „Gott weiß und sieht alles, vor ihm bleibt nichts geheim. Eines meiner Schäfchen flüsterte es mir zu." – „Das kann nur die alte Kräuterhexe gewesen sein. Die konnte wieder einmal ihr altes Plappermaul nicht halten", sagte Gerold vom Steinberg.

„Übrigens, meine Herren, ich komme gerade von den Eltern des Jungen, die am Schwelmer Tor eine kleine Kate ihr Eigen nennen, und habe ihnen den Tod ihres Sohnes unterbreitet.“

„Meint ihr nicht, Herr Pfarrer, Ihr solltet Euch etwas mehr um die kirchlichen Dinge kümmern als um die Probleme der Bürger? Dafür sind wir zuständig. Wir schreiben Euch auch nicht vor, wie Ihr Euren Gottesdienst zu halten habt“, sagte Tilmann liebevoll, aber bestimmt. „Tilmann hat recht“, sagte Bruno vom Nagelsberg, „auch die Kirche sollte wissen, wo ihre Grenzen sind.“ Mit eiskaltem Blick sah der Pfarrer die Herren an und erhob sich. Ohne ein Wort dazu zu sagen, ging er zur Tür, drehte sich noch einmal um: „Wir sehen uns am Sonntag bei der Messe“, und verschwand.

„Dem haben wir auf sein Gewand getreten“, murrte der Büttel. „Das wurde aber auch einmal Zeit. Nun zurück zur Sache. Wir sollten die Antwort unseres Grafen abwarten. Soll er entscheiden, wie es weitergehen soll“, meinte Tilmann. „Genau“, sagte Robert, „zumal Tilmann und ich ab morgen sowieso für längere Zeit nicht mehr in Lennep sein werden. Ihr müsst dann die Sachen mit unserem Grafen – aber ohne uns – regeln.“

Tilmann meldete sich noch einmal zu Wort. „Meine Herren, eine Bitte habe ich noch vor der Abreise: Dringend bedarf es eines Erlasses, dass keiner mehr alleine unterwegs sein soll – Kinder nur noch mit Erwachsenen oder als Gruppe! So machen wir es dem Mörder schwerer, falls er einen neuen Versuch starten sollte. Wir müssen an den Schutz der Lenneper Bürger denken und an unsere eigenen Familien.“

„Ich bin der Schrift nicht so mächtig; könntet ihr, Herr Tilmann, mir vielleicht die passenden Worte für den Grafen auf Pergament schreiben? Dann schicke ich sofort einen Boten los“, sagte Matthias, der Büttel. „Natürlich, ich schreibe den Sachverhalt nieder und lasse Euch Jacub später das Schreiben bringen“, willigte Tilmann ein. Der Büttel überlegte kurz, dann sagte er: „Ich hoffe, der Herr Graf nimmt sich der Sache persönlich an. Meine Erfahrung sagt mir aber etwas anderes, ja, in den meisten Fällen geben sie die Untersuchungen der Straftaten an die Stadtoberen weiter. Sollte es denn so sein, müssten wir uns hier selber um alles kümmern. Ich denke, dass unser Lehnsherr viel zu beschäftigt sein wird, um sich dieser beiden Morde anzunehmen.“ – „Wenn es denn so ist, können wir auch nichts daran ändern, dann müssen wir versuchen, den Fall selber aufzuklären“, sagte Bruno. „Ich bin so sauer wie eine gelbe Zitrone aus dem Süden, dass ich ausgerechnet jetzt mit den anderen nach Lübeck reisen muss“, ärgerte sich Tilmann.

Nach dem Abendessen versammelte sich Familie Wüllenweber am großen Tisch. „Ich würde so gerne mitreisen, Vater, nimm mich doch mit“, sagte weinerlich Simon.

„Im nächsten Jahr bist du dabei, das verspreche ich dir.“ Er musste seinen Jüngsten beruhigen. „Simon, wenn dein Bruder und ich unterwegs sind, dann bist du hier der Herr im Haus und musst auf deine Mutter und auf deine Schwester aufpassen. Damit hast du eine noch größere Verantwortung.“ Mit diesen Worten konnte er ihn beruhigen.

„Ich wollte aber noch mit euch über diese furchtbaren Dinge sprechen, die hier passiert sind. Ganz besonders Simon und Maria, ihr werdet die Stadt nicht alleine verlassen, nur zusammen mit Mutter oder einem anderen Erwachsenen. Ihr müsst immer aufpassen und auf der Hut sein, immer die Augen aufhalten, denn der Mörder läuft frei umher. Wir wissen noch nichts Näheres, haben auch keinen Verdacht. Denkt immer an meine Worte. Du, Simon, gehst nicht alleine zu den Schafen, und du reitest auch nicht alleine aus. Hast du mich verstanden? Ein Sendbote ist nach Burg Neuenberge unterwegs, um den Grafen zu unterrichten. Dieser wird dann die Vorgehensweise bestimmen. Bis dahin muss äußerste Vorsicht walten." – „Ihr habt gehört, was euer Vater gesagt hat", mahnte Anneliese, „also haltet euch daran!"

Kapitel 2

Ungewöhnliche, aufdringliche Geräusche drangen in der Früh über den Alter Markt. Quietschende Fuhrwerke und laute Rufe der Fahrer waren zu hören. Zügel schlugen auf Pferderücken. Die Kaufleute und Händler waren damit beschäftigt, die Wagen in einer Reihe aufzustellen. Karl und Jacub brachten Tilmanns Pferde. Die beiden hatten den Tieren bereits das Kummetgeschirr umgelegt. Das Kumt musste den Pferden entsprechend angepasst werden, damit keine Druckstellen entstanden. Jedem Pferd wurde der passende Wagen zugeteilt; danach wurden die Tiere eingespannt. Den ersten Wagen übernahm Tilmann, gefolgt von Jacub und Robert Frauenknecht. Dahinter reihten sich Heinrich Kottsieper und Ulrich Stute mit ihren Wagen ein. Hufgeklapper schallte durch die Gassen der Stadt, und wie aus dem Nichts waren auch schon die Wachsoldaten auf ihren Pferden da, angeführt von einem jungen Ritter: Wentzel von Reinhardhausen, einem Sprössling mittleren Adels, der im Dienste des Grafen stand. Er stieg von seinem Pferd.

„Wer von den anwesenden Herren, bitte, ist Tilmann Wüllenweber?“ – „Das bin ich, Herr Ritter“, er gab ihm die Hand. „Wir sind Euer Begleitschutz von der Burg Neuenberge, sechs Wachsoldaten und meine Wenigkeit“, lachte Wentzel.

„Gut, wir können auch gleich aufbrechen. Wie teilt Ihr Eure Leute ein?“, fragte Tilmann.

„Oh, an jeder Flanke drei Soldaten, und ich übernehme die Spitze.“ – „Ich sitze im ersten Wagen, dann reitet Ihr neben mir“, sagte Tilmann zu dem Ritter.

Langsam versammelten sich die zurückbleibenden Familienmitglieder, um sich von ihren Männern und Vätern für längere Zeit zu verabschieden. Anneliese war ebenfalls mit den Kindern anwesend und stand an einem der Wagen.

Völlig überraschend stand der Pfarrer neben ihnen. „Die verehrte Frau Tilmann. Ich grüße Euch, möchtet Euch sicherlich von Eurem Gatten verabschieden“? Der Pfarrer gab ihr die Hand und drückte anschließend auch Tilmanns Hand, dann eilte er zu den anderen Männern.

Verwundert sah Tilmann seine Frau an: „Wenn der einem die Hand gibt, dann fühlt sich das schwammig, fettig und schwächlich an, so, als würde man eine Rolle Pergament drücken“. „Psst, nicht so laut, immerhin ist er unser Gottesdiener!“, flüsterte Anneliese.

Tilmann ging auf seine Frau zu und nahm sie in die Arme. „So, meine Liebe, pass gut auf dich auf, ich werde dir etwas Schönes aus Lübeck mitbringen, den Kindern natürlich auch.“ Dann drückte er noch seine kleine Maria und seinen Sohn Simon. „Und du gibst auf die Familie acht!“, sagte er zu seinem Sohn. „Ja, Vater, aber nächstes Jahr reise ich mit, und Jacub kann hierbleiben.“ – „Versprochen ist versprochen“, sagte Tilmann. Er wollte gerade seinen Wagen besteigen, da erblickte er den Medicus Gerold vom Steinberg; er drehte sich noch einmal um und ging auf ihn zu: „Alter Freund der Familie! Du könntest mir in diesen verbrecherischen Tagen einen großen Gefallen erweisen, indem du während meiner Abwesenheit dann und wann bei meiner Familie vorbeisehen könntest.“

„Natürlich mache ich das, Tilmann; hab keine Sorgen und komm heil bei Leib und Seele wieder zurück!“ Dann klopfte er ihm auf die Schulter.

Es blieb zunächst noch trocken, als die Wagenkolonne die Stadt Lennep durch das Kölner Tor verließ. Es war ein kleiner Umweg, denn durch das Schwelmer Tor wären sie direkt auf den Heerweg gekommen, aber der Anstieg zum Schwelmer Tor hin war recht steil und mit ihren schweren Ladungen wollten sie eventuelle Unbilden vermeiden. Verschobene Waren oder das Wegrutschen der Räder konnten sie zu Beginn ihrer Reise nicht gebrauchen. Hinter dem Kölner Tor schlugen sie einen Bogen ein und fuhren in nördlicher Richtung um Lennep herum. Sie kamen an den alten Teichen vorbei, die als Viehtränke dienten und deren Wasser im Notfall zum Löschen von Bränden benutzt wurde. Hier hatte sich ihr Pfarrer Rufus von Bechen positioniert, um die Reisenden zu segnen. „Der Herr sei mit euch", rief er und schlug das Kreuz.

Zunächst durchquerten sie die sich vor ihnen ausbreitenden Hafer- und Roggenfelder. Teilweise hatten die Bauern sie schon abgeerntet. Es wehte ein leichter Wind, sodass die ersten gelb-rötlichen Blätter umherwirbelten. Einige davon flatterten durch Tilmanns Gesicht. „Das muss von den Birken kommen", dachte er. Den ganzen Vormittag fuhren sie ohne Pause durch, bis sie um die Mittagszeit eine Rast einlegten. Tilmann kannte die Wegstrecke bis zur Hansestadt Lübeck recht gut von seinen vorherigen Fahrten. In der Regel steuerte er immer die gleichen Rast- und Übernachtungsplätze an.

Der junge Ritter Wentzel, der fortwährend neben ihm ritt, war ihm durch längere Unterhaltungen sehr sympathisch geworden. Er hielt Ausschau nach allen Seiten, manchmal ritt er ein Stück voraus, um dann wieder zur Wagenkolonne zurückzukehren.

„Alles ruhig, kann nichts Außergewöhnliches feststellen."

„Dort drüben können wir eine kurze Rast machen, etwas essen und die Pferde am Bach tränken." Wentzel winkte seinen Leuten den Weg, und die Fuhrwerke bogen rechter Hand auf einen freien Platz. Es hatte sich schon gut eingespielt.

Die Soldaten patrouillierten entlang der Flanken, um nach Gesindel Ausschau zu halten. Sie trugen Schwerter, Dolche und Speere bei sich. An den Flanken der Pferde hatten sie ihre Schilde befestigt, auf denen sich die Wappen des Grafen befanden. Es war der rote, auf den Hinterbeinen stehende Löwe mit einer blauen Krone. Heinrich der Löwe hatte ihn seinerzeit als Graf von Limburg und Berg mitgebracht. Auf den Köpfen trugen die Soldaten einen Normannenhelm mit Brünne und Nasenschutz, am Körper über ihrem Gambeson ein Kettenhemd und darüber den Wappenrock. Am vorderen Teil des gepolsterten Holzsattels hingen ihre Trinkhörner. Zwei der Soldaten waren außerdem noch mit Pfeil und Bogen ausgerüstet. Nachdem die Reisenden eine Kleinigkeit gegessen hatten und die Pferde versorgt waren, machten sie sich erneut auf den Weg.

Die meiste Zeit war der Pfad etwa zwei Lanzen breit. Wurde er etwas enger, schlugen ihnen Äste und Sträucher ins Gesicht. Hier und da gab es etwas ausladende Stellen, wo man entgegenkommenden Fuhrwerken ausweichen konnte. Vereinzelt nur kamen ihnen kleine Gespanne entgegen, Händler, die in entgegengesetzter Richtung unterwegs waren. Sicherlich wollten die meisten nach Colonia oder nach Huckengeswage und Weperevorthe, vielleicht ja auch nach Lennep. Aber es war sehr ruhig auf dem Heerweg. Möglicherweise lag es an der späten Jahreszeit, dass die Händler mit den größeren Fuhrwerken, die weitere Strecken befahren, ihre Reise auf das nächste Frühjahr verlegt hatten.

Am Abend bauten sie ihre kleinen Zelte auf, um die erste Nacht im Freien zu verbringen. Für die Unterkunft und Verpflegung der Soldaten mussten die Händler sorgen. „Such Holz und entfache ein Feuer, dann hol den Grapen vom Wagen und stelle ihn über die Flamme", ordnete Tilmann an und stieß dabei Jacub mit der Hand in die Seite. Dieser eilte sofort mit einem Reisigen los. Als das Wasser im Grapen kochte, füllte Tilmann es mit Gemüse und einem Stück Fleisch auf. „Heute gibt es zur Vesper nur eine kräftige Suppe; morgen, wenn wir eine größere Stadt erreichen, essen wir in einem Gasthof." Bis zum Dunkelwerden saßen sie noch gemeinsam am Feuer und unterhielten sich, dann verzogen sie sich in ihre Zelte. Zwei der Begleitsoldaten hielten während der Nacht abwechselnd Wache, die anderen schliefen ebenfalls in den für sie mitgenommenen Zelten.

Am nächsten Tag erreichten sie Dortmund an der Königs- oder Heerstraße, wie sie vom Volk genannt wurde. Als sie an der Stadt vorbeifuhren, fiel Tilmann etwas Wichtiges ein. In einem Gasthof war er vor einigen Jahren einmal fürchterlich betrunken gewesen. Mit mehreren Hanse-Händlern hatten sie auf die guten Geschäfte angestoßen. Tilmann sah zu Wentzel herüber, der neben ihm ritt. „Die Stadt Dortmund ist eine der Städte, die das Braurecht für Bier besitzen, und das ist verdammt gut. Ich spreche da aus Erfahrung. Auf dem Rückweg sollten wir hier eine Rast einlegen, um von dem guten Gesöff zu kosten", sagte er und lachte. „Dagegen ist nichts einzuwenden. Wie oft habt Ihr die Strecke denn schon befahren?", wollte Wentzel wissen. „Ich weiß es nicht mehr so genau, an die sieben oder acht Mal bestimmt, vielleicht auch öfters. Für meinen Sohn Jacub und für Robert Frauenknecht ist es aber das erste Mal, dass sie dabei sind", erklärte Tilmann dem

Ritter. Kurz hinter Dortmund fuhren sie auf den Platz eines Gasthauses, wo sie zu Abend aßen und über Nacht blieben.

„Schieb dir ein Fell unter den Hintern, sonst wird er von dem Gepolter des Fuhrwerkes wund, dann werden die letzten Tage ein Fiasko für dich werden!", rief er seinem Sohn zu. Der winkte nur ab und meinte: „Geht schon, Vater."

„Nach spätestens zwei weiteren Tagen wird der sich wundern", sprach Tilmann zu sich selbst.

In der Ferne sahen sie gegen Mittag eine Stadt mit einer Befestigungsanlage, von einer riesigen Ringmauer umgeben.

„Dort drüben", erklärte Tilmann, „ist die Stadt Münster, praktisch ein Vorort der Deutschen Hanse. Regelmäßig findet dort ein Markt statt. Sie haben einen sehr schönen Marktplatz, und rundherum stehen kostbare Häuser, alle aus Stein gebaut. In dieser Stadt ist durch den Handel der wahre Wohlstand ausgebrochen."

„Was mir aufgefallen ist", sagte Wentzel, der die Reise zum ersten Mal machte, „dass es hier überhaupt keine Hügel oder Berge mehr gibt."

„Mein junger Ritter, die wirst du bis zum Meer auch nicht mehr sehen, nur noch flaches Land, rötliche Steine und Landwirtschaft, so weit das Auge sehen mag."

Die Wegeverhältnisse änderten sich mit der Zeit, der bergische Lehmboden ging immer mehr in einen sandigen Untergrund über und die Fuhrwerke sackten tiefer in den weichen Untergrund. Kurze Büsche und Sträucher traten vermehrt auf, vereinzelt kleinere Teppiche von rötlich-bläulich leuchtendem Heidekraut.

Als sie an der alten Stadtmauer vorbei waren, ging es weiter zur Bischofsstadt Osnabrück. Tilmann stellte sich aufrecht auf den Kutschbock, blickte zurück und rief nach hinten: „Seht, was da auf uns zukommt." Er zeigte zum Himmel; in einiger Entfernung hatte sich eine riesige, schwarze Wolkenwand vor ihnen aufgebaut.

„Das sieht aber gefährlich aus", rief Jacub seinem Vater zu. Auch der Ritter hatte die sich vor ihnen aufbäumenden Regenwolken bereits bemerkt.

„Und nur Äcker und Wiesen, weit und breit kein Unterschlupf zu finden", rief Tilmann und trieb sein Pferd an. „Beeilt euch!", brüllte er den anderen zu, „wir müssen einen Wald finden, wo wir uns unterstellen können."

Es wurde merklich kälter, der Wind nahm zu und auch die Pferde nahmen Witterung auf und verhielten sich unruhig. Nervös warfen sie den Kopf hin und her. Mit ihren tänzelnden Schritten setzten sie aber den Weg fort.

„Ich schicke einen Reiter als Kundschafter voraus", schrie Wentzel in den nun aufkommenden Wind. Auf sein Zeichen hin galoppierte ein Wachsoldat zu ihm und stoppte sein Pferd neben dem von Wentzel. „Reite voraus und such einen Unterstand", befahl er ihm. Der Reisige trieb sein Pferd an und verschwand im Sturm.

Aus der Ferne hörte man ein Donnern, das sich zusehends verstärkte. Ein Vogelschwarm suchte ebenfalls Schutz vor dem aufkommenden Unwetter und flog aufgebracht über dem Acker davon, gefolgt von einigen Fasanen und Rebhühnern, die sich auf dem Felde befunden hatten, um die restlichen Getreidekörner aufzupicken.

Der Himmel verfärbte sich in wechselnden grauen und schwarzen Tönen und schob die weißen Wolken vor sich her. Darauf folgten Blitze und ein plötzlich auftretender Platzregen in Verbindung mit Sturm. Kräftiges Donnern ließ Menschen und Tiere erbeben. Einige Pferde wieherten unruhig und tänzelten nervös. Die Kutscher versuchten sie mit Worten zu beruhigen. „Ruhig, Brauner" waren die Rufe, die man vernahm. Der Himmel öffnete sich weiter und erbsengroße Hagelkörner prallten wie Geschosse auf die Erde. Schon nach kürzester Zeit hatte sich ein weißer Eisteppich über die Landschaft gelegt. Die Kuhlen auf den Zeltplanen der Wagen hatten sich mit Hagelkörnern gefüllt und hingen nach unten durch.

„Was für ein Schweinewetter, wir schaffen es nicht mehr bis zum nächsten Wald." Tilmann kreiste mit dem Arm durch die Luft und brüllte: „Wagenburg bilden, einen großen Kreis machen, die Pferde beruhigen!"

Zunehmend wurde der Untergrund schlammiger, und die Räder der Fuhrwerke mahlten sich tiefer in den Boden der Felder. Das passte Tilmann überhaupt nicht. Plötzlich ging der Hagel wieder in Regen über und es regnete so stark, dass man kaum noch die Hand vor den eigenen Augen sah. Die Leute mussten ihre Köpfe nach unten halten, damit die starken Regentropfengeschosse nicht schmerzhaft in ihren Augen landeten. Einige Fahrer hatten sich die Kapuze ihrer Kukulle übergestülpt, andere verkrochen sich unter ihrer Heuke, doch auch das half nicht wirklich. Mittlerweile waren die Männer nass bis auf die Knochen. Als der Wagenring geschlossen war, brüllte Tilmann: „Bringt euch unter den Fuhrwerken in Deckung!"

Ulrich Stute wollte gerade sein Pferd ausspannen, als ein hell leuchtender Strahl in nicht allzu weiter Entfernung in den Acker einschlug. Weitere Blitze folgten, danach das Laute Poltern eines Donners. Sein Pferd riss sich vor Schreck los, drehte durch, brach mit aufgerissenen Augen aus dem Ring hervor und rannte mit dem hüpfenden Wagen hinter sich über die quer verlaufenden Furchen auf das offene Feld. Der Wagen war mit Weinfässern beladen. Ulrich Stute schrie laut und fuchtelte wild mit den Armen.

„Mein Pferd geht durch, meine Ladung", rief er in den Wind. Ritter Wentzel erkannte die Situation sofort und schwang sich auf seinen Gaul, um dem davonjagenden Pferd samt Wagen zu folgen. Weitere Blitze entluden sich, und darauf folgte der nächste Donner. Der Regen peitschte ihm ins Gesicht, aber er kam langsam näher an den Wagen heran, da er ein ausdauerndes Kampfross ritt. Als er mit seinem Pferd auf gleicher Höhe mit dem Gaul des Weinhändlers war, überquerten die Wagenräder eine tiefe Ackerfurche – der gesamte Wagen flog in die Höhe und landete hart wieder auf dem Felde. Dabei splitterten die seitlichen Bretter der Ladefront und brachen auseinander, die Fässer rollten vom Wagen herunter, polterten über den Acker, bis sie irgendwann im aufgeweichten Boden liegen blieben. Wentzel konnte gerade noch den herunterstürzenden Fässern ausweichen. Kurze Zeit später gelang es ihm, das Pferd mit dem Wagen zu stoppen, indem er es am Zügel festhielt. Schaum hing an der Schnauze und am Hals des Tieres; ein Teil wurde vom Regen abgespült und tropfte auf den nassen, lehmig-sandigen Boden. Leicht tänzelnd und mit zitternden Flanken stand das Pferd vor ihm. Mit beruhigenden Worten sprach Wentzel auf das Tier ein. „Ruhig, Brauner, passt, ganz ruhig, es ist vorbei", flüsterte er dem Pferd zu.

Noch immer peitschte der Wind die Regentropfen über das Feld und in das Gesicht des Ritters. Wentzels braunes, langes Haar hing wie angeklebt unter seiner Kettenhaube am Kopf fest. Er wusste nicht genau, ob es vom Regenwasser so nass war oder vom Schweiß. Durch die Ringe des Kettenhemdes trieb der Sturm die Regentropfen in seinen Gambeson; sie stauten sich dort auf, und das Polster fühlte sich wie ein nasser Schwamm an und hing schwer an seinem Körper. Es würde einige Zeit dauern, bis alles wieder getrocknet wäre, dachte er.

Mit seinem Pferd an der linken und Ulrichs an der rechten Hand ging er durch den Regen zurück zur Wagenburg, wo die anderen auf ihn warteten. Ulrich Stute ging dem Ritter entgegen, um sein Gespann in Empfang zu nehmen. „Sehr mutig von Euch, Ritter Wentzel, recht herzlichen Dank."

„Es ist mir eine Ehre und eine Pflicht, Euch zu helfen. Das Rittertum hat in den letzten Jahren genügend Ansehen verloren, vielleicht kann ich es mit wohlwollenden Taten neu aufleben lassen. Leider gibt es zu viele schwarze Schafe unter uns, die meinen, sie müssten auf Raubzug gehen. Die Kreuzzüge gehen zu Ende, und was kann ein Ritter schon tun außer zu kämpfen?"

Alle, aber auch alle, waren nass bis auf die Knochen. Tilmann betrat den Kreis: „Wir benötigen dringend eine trockene Unterkunft." – „Was ist mit meinen Weinfässern?", wollte Ulrich wissen. „Die liegen auf dem Acker verteilt, aber ich glaube, dass sie unversehrt sind", meinte Wentzel.

Langsam zogen die Gewitter und die Regengüsse vorbei, und der Donner verschwand in der Ferne. Ein weit entferntes Grollen ließ sich noch vernehmen. Jacub kam unter seinem Wagen hervor. „Mein Gott, hat das gescheppert und gegossen." Wentzel hob den Arm: „Dort hinten kommt mein Späher zurück, ich hoffe, er bringt gute Nachrichten."

Der Reisige, Wentzel nannte ihn Diedrich, berichtete, dass sie in ungefähr einer Stunde Entfernung eine Stadt erreichen würden.

„Das müsste Osnabrück sein. Hier können wir nichts mehr ausrichten. Die Fässer sollten wir morgen früh einsammeln. Zuerst aber müssen wir Ulrichs Wagen neu herrichten lassen. In der Stadt gibt es bestimmt einen fleißigen Zimmermann, der das mit ein paar Brettern erledigen kann“, warf Tilmann in die Runde.

„Und was ist, wenn sie morgen nicht mehr da sind? Dann habe ich einen Teil meiner Ladung verloren, und mein Verdienst ist dahin“, stöhnte Ulrich.

„Ich regele das“, sagte Wentzel. „Ihr beiden bleibt über Nacht hier, sammelt die Fässer ein und rollt sie zusammen. Dann baut daneben ein Zelt auf und haltet die Augen offen, bis wir euch morgen Vormittag mit dem wiederhergestellten Wagen abholen. Aus den zerbrochenen Brettern des Wagens könnt ihr ein Feuer machen. Ein Bündel trockenes Reisig dürfte noch irgendwo in einem der Fuhrwerke liegen, und etwas Essbares treiben wir auch noch auf.“ Die beiden Soldaten sahen sich an und waren maßlos begeistert.

Karl, Tilmanns Vorarbeiter, machte sich auf den Weg, die beiden Schäfer aufzusuchen, die irgendwo auf den Weiden südlich von Lennep sein mussten. Jederzeit konnte es Nachtfrost geben, und dann würden die Schafe in die Stallungen kommen. Das Winterquartier war vorbereitet und Futter war genügend vorhanden. Dann sah er sie bei der Herde stehen.

„Morgen, die Herren, alles im Guten?“, fragte er die Schäfer. Mittlerweile hatten sie sich ein wenig miteinander angefreundet. „Gott zum Gruße, Karl“, murmelten sie gemeinsam.

„Wie sieht es aus, können wir die Tiere noch ein paar Nächte auf der Weide lassen?" – „Es dürfte noch gehen; ein bisschen Raureif schadet den Schafen nicht. Solange es nicht richtig friert, sehe ich kein Problem", meinte Roland.

Herbert betrachtete Karl etwas genauer und fragte ihn: „Sag mal, die Scheide deines Messers ist ja leer." Karl schaute zu seinem Gürtel hinunter: „Ja, muss das Messer irgendwo verloren haben, weiß aber nicht genau, wo – ist schon länger weg. Werde mir wohl ein neues zulegen müssen. Denkt daran, wenn ihr die Tiere in den Stall bringt, dass ihr den Schäferkarren mitnehmt und ihn ebenfalls bis zum kommenden Frühjahr unterstellt", sagte er und ging zurück in die Stadt.

„Mir ist ganz übel, Roland! Das mit dem Messer gefällt mir gar nicht. Der Medicus hat doch genau so ein Messer bei dem ermordeten Richard gefunden. Wäre es nicht unsere Pflicht, das beim Stadtrat zu melden?" – „Weißt du, was du da vorhast, Herbert? Du verrätst unseren Vorarbeiter und stellst ihn als Mörder hin. Vielleicht hat er sein Messer wirklich nur verloren."

„Und wenn das nicht der Fall ist? Was ist, wenn erneut ein Junge getötet wird? Dann machen wir uns große Vorwürfe, weil wir es nicht gemeldet haben." Herbert kratzte sich am Kinn: „Ruhe jetzt, ich muss nachdenken." „Ich sag doch gar nichts", erwiderte Roland." – „Aber du könntest recht haben." Herbert dachte weiter nach: „Ich werde zuerst mit Frau Wüllenweber sprechen. Tilmanns Frau wird uns weiterhelfen und wissen, was zu tun ist."

Herbert ging nach Lennep, durchquerte das Kölner Tor, bog in die Wallstraße ein und hielt kurz vor Wüllenwebers Türe inne. Abermals überlegte er. War es das Richtige, was er jetzt tat? Er wusste es nicht genau. „Wenn ich ihr davon berichte, habe ich das Problem weitergegeben und bin die Sache los", dachte er. Dann klopfte er zweimal und wartete. Nach kurzer Zeit öffnete ihm Simon die Tür. „Hallo, Herbert, alles in Ordnung?", fragte der Junge.

Er ging auf Simons Frage nicht ein. „Ist deine Mutter im Haus? Ich würde sie gerne sprechen", sagte Herbert. „Komm herein und setz dich, ich hole sie. Ich glaube, sie ist mit Maria beim Spinnen", sagte Simon.

Herbert nahm in der Wohnstube Platz, und schon nach kurzer Zeit stand Anneliese Wüllenweber vor ihm. „Guten Tag, Herbert", sagte sie und sah ihn fragend an. „Ich muss dringend etwas sehr Wichtiges mit Ihnen besprechen, einfach nur etwas loswerden, was mir auf dem Herzen liegt." Anneliese setzte sich zu ihm an den Tisch. „Na, das hört sich ja aufregend an", meinte sie.

„Der Karl, wisst ihr, unser Vorarbeiter, war bei uns auf der Weide. Ich bemerkte, dass seine Lederscheide leer an seinem Gürtel hin; darauf fragte ich ihn, wo denn sein Messer sei? ‚Oh', sagte er, ‚ich weiß, es ist schon seit geraumer Zeit verschwunden.' Ich dachte mir, bei dem ermordeten Richard hatte man doch so ein Messer gefunden. Zeitlich würde das passen. Ihr Mann hatte doch vor seiner Abreise gesagt, wir sollen Augen und Ohren offen halten."

Anneliese war erschrocken: „Wenn das stimmt, was du da berichtest, ist das wirklich merkwürdig, obwohl ich mir beim besten Willen nicht vorstellen kann, dass Karl damit etwas zu tun haben könnte."

„Das gefundene Messer ist doch in den Händen von Medicus Gerold vom Steinberg. Wenn wir es Karl geben würden und sagten, man hätte es gefunden, dann sehen wir, wie er darauf reagieren wird", gab Herbert zurück. Anneliese wurde nachdenklich. „Geh wieder zurück zu den Schafen. Ich kümmere mich darum, und vielen Dank für deinen Scharfsinn."

Als sie nass und durchgefroren in Osnabrück ankamen, wurden sie von einem Gildenmeister unterstützt, der ihnen eine größere Lagerhalle zuwies. Wernherns Andresen war zuständig, in Not geratene und bedürftige Händler und Kaufleute zu unterstützen. Die Gilden, die in der Hanse tätig waren, halfen sich auch überregional.

Tilmann und Heinrich hatten ein heftiges Problem, denn einige ihrer Tuchballen waren nass geworden und hatten Feuchtigkeit gezogen. Schleunigst mussten die Waren getrocknet werden, sonst würden Stockflecken entstehen, und damit wären die Tuche unverkäuflich. Die Weiterreise würde sich um weitere Tage verzögern.

Ein Zimmermann hatte Ulrichs Wagen wiederherstellen können, sodass sie die Fässer und die Wachsoldaten ebenfalls nach Osnabrück holen konnten.

Abends saßen alle Beteiligten im „Weißen Schwan" auf dem Marktplatz. „Es war ein Fehler, so spät im Jahr nach Lübeck aufzubrechen. Kleinere Verzögerungen, und wir stecken im dicksten Winter", sagte Tilmann.

„Ich sehe das auch so, aber wir mussten ja auf die letzten Lieferungen warten, und die kamen dieses Jahr wirklich spät", meinte Heinrich.

„Mein Geschäft ist wetterabhängig, das liegt ganz allein am Klima in den Weinbergen. Wenn die Winzer später ernten, bekomme ich den Wein ebenfalls verzögert", entschuldigte sich Ulrich förmlich.

„Das sollte auch kein Vorwurf sein, wir können jetzt sowieso nichts mehr ändern; wir sollten das Beste aus der Lage machen“, sagte Tilmann.

Für Jacub war das alles sehr aufregend. Er lauschte den Worten der Händler, um so viel wie möglich zu lernen. Seine große Liebe, seine Sehnsucht, seine Gundula wurde erst vor dem Einschlafen für ihn interessant, vor allen Dingen, wenn er an ihre Oberweite dachte. Einige Kannen Bier sowie gewürzter Wein standen auf dem Tisch, und im Laufe des Abends lockerte sich auch die Stimmung im Gasthof.

Tilmann stellte dem Gildenmeister Wernherns Andresen seinen Sohn Jacub und Robert Frauenknecht als Vertreter der Stadt Lennep vor. Tilmann sah den Gildenmeister an und sagte, als dieser seinem Jungen mit dem Auge zuzwinkerte: „Seine erste Reise nach Lübeck.“

„Dein Vater scheint ein tüchtiger Geschäftsmann zu sein. Dann pass gut auf, damit du viel lernst“, lachte Wernherns.

Jacub nickte. „Was habt ihr denn in eurem Stadtwappen für ein Zeichen, das man hier überall sieht?“, wollte Jacub wissen.

Wernherns sagte: „Gute Frage, ich werde sie dir beantworten. Es ist das Zeichen der Kirche und des Evangeliums und stellt ein Rad dar. Ein Teil des ‚Wagens Gottes‘ – schließlich sind wir eine Bischofsstadt.“

„Er ist sehr neugierig, will immer alles wissen“, lachte Tilmann. „Das ist ja auch nicht das Schlechteste.“ Jacub hakte weiter nach. „Und die Häuser hier? Der Baustil ist ganz anders als bei uns im Bergischen.“

„Ja“, erklärte Wernherns, „durch den Handel sind viele Leute sehr wohlhabend geworden und haben ihre Häuser aus Stein gebaut. Wir benutzen in dieser Gegend einen rötlich braunen Ziegel für den Hausbau.“ „Jetzt reicht es, Jacub, du darfst dich jetzt von uns verabschieden, wir haben noch einige geschäftliche Dinge zu besprechen.“ Jacub stand auf, nickte mit dem Kopf, verließ gähnend den „Schwan“ und ging in die nebenan liegende Herberge, wo sein Vater Unterkünfte gebucht hatte.

Tilmann, Herbert und der Gildenmeister steckten die Köpfe zusammen und besprachen sicherlich nicht nur geschäftliche Dinge. Sie waren gut angetrunken, und manch derber Witz machte die Runde.

„Ihr müsst wissen, dass viele Fremde, die uns besuchen kommen, glauben, wir würden uns nur mit Ziegen, Schafen und Kühen auskennen, wir seien nur dümmliches Bauernvolk; also muss ich euch daraufhin einen schmutzigen Witz erzählen“, lallte Wernherens.

„Schundluder und Klamauk sind immer gut“, lallte Tilmann, der neben Heinrich saß.

„Dann fange ich mal an“, sagte Wernherens. „Also: Ein Reisender kommt nach Osnabrück und sieht überall nur Viehherden grasen. Er meint, er müsse einen etwas dümmlichen Bauer von uns auf die Schippe nehmen. ‚Sag mal, Bauer, ist das nicht ein langweiliges, eintöniges Leben hier auf dem flachen Land?‘ – ‚Nö‘, sagt dieser, ‚is’ immer wat los.‘ – ‚Wie meinst du denn das?‘, will der Fremde wissen. ‚Wir haben hier jedes Jahr unseren Spaß.‘ – ‚Um welche Art von Spaß handelt es sich denn?‘, fragt der Fremde nach.

‚Also, vor drei Jahren hatte ich ein tolles Erlebnis. Einige meiner Schafe hatten sich verlaufen. Daraufhin bildeten wir einen Suchtrupp und fanden die verirrten Tiere nach mehreren Stunden wieder. Einige der Tiere haben wir dann zur Strafe erst einmal richtig rangenommen.‘

Der Fremde starrt ihn mit offenem Mund an. ‚Das kann ich jetzt nicht wirklich glauben‘, stammelt er.

‚Is' aber so gewesen, war ein tolles Erlebnis.' Der Fremde fragt: ‚Wie, ihr habt die Tiere dann ...?' – ‚Und vor zwei Jahren war es ähnlich, da hatten sich die Ziegen verlaufen. Wir gründeten einen Suchtrupp, fanden die Ziegen und haben sie erst einmal richtig rangenommen.'

‚Die müssen hier verrückt sein', denkt der Fremde, ‚das sind ja selber Tiere.' ‚Und das waren jetzt deine guten Erlebnisse gewesen?', fragt er erneut.

Der Bauer nickt bestätigend. ‚Hast du denn auch schon mal ein schlechtes Erlebnis hier gehabt?', fragt der Fremde erneut. ‚Darüber möchte ich nicht reden', sagt der Bauer. ‚Das musst du aber, ich bin jetzt wirklich ganz gespannt darauf', freut sich der Fremde und lockt ihn.

‚Na gut, ein schlechtes Erlebnis will ich dir mitteilen', dann legt er eine Pause ein. ‚Nun erzähl schon.' – ‚Gut, das war im letzten Jahr." ‚Was war im letzten Jahr?' Der Fremde wird nun ganz unruhig.

‚Also', fängt der Bauer an, ‚da habe ich mich einmal verlaufen ...'"

Tilmann und seine Begleiter fielen fast vom Tisch. Sie hielten sich die Bäuche vor Lachen. „Hilfe", rief Tilmann, „ich kann nicht mehr!"

So ging ein wirklich anspruchsvoller Abend seinem Ende entgegen.

Beim Frühstück am nächsten Morgen war keiner besonders redselig. Die Männer hatten einen dicken, schweren Schädel, denn der Abend hatte bis nach Mitternacht gedauert. Nur Jacub war quiekfidel.

Tilmann kam etwas später hinzu, aber trotz des hohen Weinkonsums fühlte er sich nicht schlecht, zumal er immer noch an den deftigen Witz des Herrn Wernherns denken musste. Er hatte sich nach dem Trocknungsvorgang seiner Tücher erkundigt, die ausgerollt auf dem Speicher hingen.

„Morgen, die Herren. Komme gerade vom Dachboden und denke, die Tuche brauchen noch zwei Tage, bis sie restlos durchgetrocknet sind und wir weiterreisen können."

„Das passt überhaupt nicht in meinem Plan", sagte Ulrich, „ich bin jetzt schon zu spät und befürchte, mein Aufkäufer in Lübeck wird nicht ewig auf mich warten. Ich werde mich alleine mit meinen Leuten auf die Reise begeben, Tilmann." – „Und was, bitteschön, ist mit der Wachmannschaft?", fragte ihn Tilmann. „Die brauche ich für die letzten Tage nicht, die können bei euch bleiben. Den Rückweg bestreiten wir dann wieder gemeinsam. Bei den Kosten bleibt alles wie besprochen." – „Ich meine", sagte Tilmann, „das ist nicht ganz ungefährlich, so ohne Schutz zu reisen."

„Egal, wir treffen uns dann später in unserem Kontor in Lübeck", sprach er, erhob sich und machte sich zur Abreise bereit. „Sehr leichtsinnig, unser Herr Stute", meinte Heinrich.

„Wir werden in zwei Tagen aufbrechen, zusammen mit dem Rest der Truppe. Mir ist wohler bei dem Gedanken, mit Wentzel und seinen Soldaten zu reisen", gab Tilmann von sich. Robert Frauenknecht willigte ein.

„Ich finde das auch nicht in Ordnung, dass Ulrich sich jetzt alleine auf den Weg macht."

Simon Wüllenweber wurde von seiner Mutter beauftragt, dem Medicus Gerold vom Steinberg sowie dem Ratsherrn Bruno vom Nagelsberg mitzuteilen, dass seine Mutter sie dringend sprechen müsste. So klopften die Männer am folgenden Tag bei den Wüllenwebers an die Tür. Die kleine Maria öffnete und bat die Herren einzutreten. Beide Männer waren ihr bekannt. Kurz darauf betrat Anneliese die Stube, um die Herren zu begrüßen. „Schön, dass ihr es einrichten konntet – es geht hier um eine ernstzunehmende Angelegenheit, die wir im Auge behalten sollten.“ Dann erzählte sie die ihr von Herbert vorgetragene Geschichte. Die beiden Männer unterbrachen sie nicht und lauschten ihren Worten bis zum Schluss.

Als sie fertig war, sagte keiner der beiden ein Wort. Ihrem Gesichtsausdruck sah man an, dass sie angestrengt überlegten.

Da meldete sich Anneliese wieder zu Wort.

„Kein angenehmer Schritt, wenn man sich nicht sicher ist“, sagte sie.

„Das ist richtig“, antwortete der Ratsherr, „aber wir müssen der Sache auf den Grund gehen, bevor etwas Neues passiert.“ Der Medicus ergriff nun das Wort: „Immer langsam mit den wilden Pferden. Was sagen denn eure Gefühle?“ Anneliese räusperte sich: „Ich für meinen Teil bin felsenfest von Karls Unschuld überzeugt. Er arbeitet anständig, ist immer freundlich zu den Kindern – beim besten Willen, so etwas würde er niemals tun. Männer, ihr kennt ihn doch auch, ihr wisst doch beide, dass Karl nicht der Hellste ist. Diese bestialischen Verbrechen passen einfach nicht zu ihm, der kennt nicht einmal das Pentagramm, wie es auf den Brustkörben der Jungen aufgemalt war.“

„Du magst in allem, was du hier vorbringst, recht haben, aber wir sollten eine Gegenüberstellung verlangen!“, schlug der Ratsherr vor.

Anneliese erhob sich, ging zur Türe, um sie zu öffnen, und rief dann ihren Sohn Simon, der recht gut mit Karl befreundet war.

„Geh bitte in den Stall und sag Karl Bescheid, dass ich ihn gerne sprechen möchte, sofort und ohne Umweg." Simon sah seine Mutter fragend an, drehte sich um und verschwand.

Anneliese sah den Medicus an: „Habt ihr das Messer dabei?", wollte sie wissen. „Das habe ich in meiner Jackentasche." Gerold griff unter seinen Surcot, nahm das Schäfermesser in die Hand und legte es auf den Tisch.

Bruno vom Nagelsberg steckte es ein. „Lasst mich bitte gleich die Verhandlung, das Verhör mit Karl führen", bat sie der Ratsherr. Die beiden nickten, hatten keinerlei Einwände.

Wenige Minuten später stand Simon mit Karl in der Stube. Sie begrüßten sich kurz, und Anneliese wies ihm einen Stuhl zu. Karl schaute sie verwundert an, so als ahnte er nicht, was hier vor sich ginge. „Maria und Simon, ihr verlasst bitte die Stube und geht zu den Schafen in den Stall!", sagte bestimmend ihre Mutter.

„Karl", fragte ihn Bruno vom Nagelsberg, „weißt du, warum wir dich rufen ließen?"

Er schüttelte den Kopf. „Ich werde es dir erklären. Kann ich einmal deine leere Messerhülle sehen?" Karl zog die Stirn in Falten, löste seinen Gürtel und schob die leere Messertasche herunter, um sie auf den Tisch zu legen. Nun zog der Ratsherr das Messer aus seiner Gewandung und legte es neben die Messerscheide. Er steckte es hinein, und es passte genau.

Karl sah ihn erstaunt an: „Wo habt ihr denn mein Messer her?", wollte er wissen.

„Du gibst also zu, dass es dein Messer ist?"

„Natürlich, ich habe es vor einiger Zeit verloren, habe es bereits den Schäfern erzählt. Wollte mir im Frühjahr ein neues zulegen. Ist ja jetzt nicht mehr nötig", sagte er und griff nach seinem Messer. Der Ratsherr zog es zurück. „Also gibst du wiederholt zu, dass es dein Messer ist?", fragte der Ratsherr. „Da bin ich mir ganz sicher. Wo habt ihr es denn gefunden?"

Ein kurzes Schweigen machte sich breit und sie sahen sich an, dann fuhr der Ratsherr fort: „An dem Ort, wo der kleine Richard ermordet wurde." Karl musste schlucken. „Und, und jetzt glaubt ihr, ich hätte den Jungen erstochen? Nee, nee meine Herren, da täuscht ihr euch gewaltig, mit dieser Gräueltat habe ich nichts zu tun."

„Die Frage ist doch die: Wie kommt das Messer zum Tatort? Du musst doch einsehen, dass wir dich mit Recht verdächtigen. Bevor wir die näheren Umstände aufgeklärt haben, wirst du uns nun begleiten, denn du bist vorerst festgenommen", teilte ihm der Ratsherr mit. Karl stand auf und machte einen total verdutzten Eindruck. „Aber Herrin", dabei sah er Anneliese an, „ich weiß nicht, was hier vor sich geht. Damit habe ich nichts zu tun!"

„Vielleicht ist ja an dieser Sache nichts dran, und wenn du recht hast, kommst du sofort wieder frei", sagte der Medicus. Die drei verließen das Haus der Wüllenwebers. Anneliese war nicht wohl in ihrer Haut. Irgendwie glaubte sie ihrem Vorarbeiter und im Nachhinein tat er ihr leid und sie fragte sich mit schlechtem Gewissen, ob sie das Richtige getan hatte.

Sie nahm erneut auf einem Stuhl Platz, stützte die Ellenbogen auf den Tisch und verbarg ihren Kopf zwischen den Händen.

Zwei Tage nach Ulrichs Abreise waren auch Tilmann und Heinrich Kottsieper zum Aufbruch bereit. Als sie ihre sechs Gespanne aufstellten, erschien ihr Helfer Wernherns Andresen, um sich von den Tuchhändlern zu verabschieden. „Na, Tilmann", sagte er, „willst du mir nicht einmal dein schlechtestes Erlebnis schildern?" Erneut mussten einige Herren wieder lachen, aber nur die Personen, die an diesem berüchtigten Abend dabei gewesen waren. „Jetzt hör auf, aber es war wirklich der beste Witz seit Langem", erwiderte Tilmann. Wernherns schüttelte allen die Hand und bestimmte danach mit einem Lächeln im Gesicht: „Auf eurer Rückreise müsst ihr noch einmal bei mir hereinschauen, so auf einige kleine Bierchen."

Wernherns war ein kleiner, gemütlicher, hilfsbereiter Kerl und ein Genussmensch und alle mochten ihn sehr. „Wenn er lacht", dachte Tilmann, „bekommen seine Ohren Besuch, und seine Ohren sind verdammt groß, so groß wie Scheunentore." „Wie kann ich euch diese Bitte ausschlagen?", lachte Tilmann. Wentzel und seine Soldaten saßen bereits auf ihren Pferden und waren zur Abreise bereit.

Die Kolonne setzte sich in Bewegung und ritt in Richtung Stadttor, als ihnen mit vollem Tempo ein beladener Karren entgegenkam. Der Fahrer stoppte das Gefährt abrupt und rief lauthals: „Holt den Büttel und den Ratsmann!"

Tilmann stieg neugierig von seinem Wagen und ging auf den Karren zu. Unter einer Decke ragten einige Füße hervor. „Was ist hier vorgefallen?", fragte er den Fahrer des Karrens.

„Ich kam von Oldenburg zurück mit leerem Fuhrwerk und fand hier diese vier Leichen am Rand des Weges liegen. Zunächst einmal sah ich mich um, ob noch irgendjemand in der Nähe war, dachte dabei nur an die Mörder dieser armen Kerle. Ich hatte furchtbare Angst, versuchte sie aber zu unterdrücken. Man muss sie ja in geweihter Erde begraben, dachte ich und lud sie, was wirklich nicht einfach war, auf meinen Wagen, um sie hierher zu bringen." Tilmann ahnte Grausames, als er die Plane zurückschlug, und seine Befürchtungen wurden bestätigt.

Auf dem Karren lagen tot seine Weggefährten, Ulrich Stute mit seinen Leuten. Jegliche Farbe verschwand aus seinem Gesicht, sein Magen schien zu rebellieren, und er musste sich sofort neben dem Karren übergeben.

Robert Frauenknecht trat hinzu und rief. „Oh, mein Gott, welch fürchterliches Unglück.“ Jacub saß auf seinem Kutschbock und verstand die Welt nicht mehr, als sein Vater rief: „Du bleibst, wo du bist!“

Die Einwohner Osnabrücks bildeten einen Kreis um den Karren. Dann war auch schon der Büttel mit einem Ratsmann hinzugekommen und betrachtete sich die Toten. Ritter Wentzel stieg vom Pferd und schob einige Personen auf die Seite, um sich Platz zu verschaffen. „Lasst mich durch!“, rief er. Am Wagen machte er halt und schaute sich kurz die ermordeten Männer an. Der Ritter sah sofort, was passiert war.

„Schweinerei, Armbrüste. Die feigste Waffe, seit es das Rittertum gibt.“

Im Brustkorb und im Hals der Händler steckten die kurzen Pfeile einer Armbrust. Tilmann, der sich wieder etwas erholt hatte, erkannte ebenfalls die kurzen Holzgeschosse mit ihren Eisenspitzen.

„Normalerweise ist diese verfluchte Waffe seit dem Jahre 1139 verboten. Die Armbrust gilt als unsportlich und unritterlich, weil sie die Panzerung der Kämpfer durchschlägt. Schon der englische König Richard Löwenherz kam durch solch einen Pfeil ums Leben.“

Tilmann fragte erstaunt: „Woher hast du denn dein Wissen?“ Wentzel antwortete: „Das lernt man schon in der Knappenausbildung. Ich denke, dass es sich hier um eine Arbaleste handelt. Das ist eine Armbrust mit stählernem Bogen, die mit einer Zahnrad-Spannwinde und mit einer Kurbel gespannt wird. So kann der Schütze zwei bis drei Pfeile pro Minute abschießen. Eine grausame, unfaire Waffe."

„Was geschieht jetzt mit den toten Lennepern?", fragte Tilmann. „Wir können sie unmöglich mitnehmen oder zurückbringen. Wir müssen sie wohl oder übel hier in Osnabrück begraben", sagte Frauenknecht. Plötzlich stand ein großer, hagerer Mann neben ihnen. „Gestatten, meine Herren, ich bin hier der Bestatter." Tilmann drehte den Kopf, sah den Bestatter an und dachte: „Herr im Himmel, warum sehen diese Männer immer aus wie abgemagerte Nebelkrähen, warum sind sie immer so hoch aufgeschossen und haben dabei auch noch Hakennasen?" Sie mussten zwar ihre Arbeit verrichten, doch Tilmann ging ihnen lieber aus dem Weg, weil er durch ihr Aussehen immer an den Tod erinnert wurde.

So blieben die Tuchmacher einen weiteren Tag in Osnabrück, um ihre Freunde zu begraben und endlich am darauf folgenden Tag abzureisen. Ein ortsansässiger Pfarrer sprach am Grab der Ermordeten ein Gebet. „Wenn wir zurück sind, haben wir die verdammte Pflicht, den Frauen die traurige Nachricht vom Tod ihrer Männer zu übermitteln", sagte Robert Frauenknecht. „Der Herr nimmt das Leben und bringt neues auf diese Welt", gab Tilmann von sich.

Ritter Wentzel ließ nun besondere Vorsicht walten und schickte ständig zwei Berittene voraus. Die Lenneper fühlten sich aber sehr sicher, da ihnen nun die gesamte Wachmannschaft zur Verfügung stand. Die Reiter hielten ihre Schilde am Arm, denn das war die einzige Möglichkeit, sich vor Armbrustschützen abzusichern.

Einige Stunden waren sie unterwegs, als Wentzel die rechte Hand hob, um die Kolonne anzuhalten. Er stieg vom Pferd und ging in die Hocke. Seine Augen suchten den Weg ab, dann sagte er: „Hier hat der Überfall auf Ulrich und seine Leute stattgefunden. Man erkennt deutlich die Spuren. Die Wagen wurden dort drüben in den Waldweg gefahren. Ich vermute, dass hier ein geeigneter Platz ist, wo die Händler gerne eine Rast einlegen, und dieser Ort dürfte den Wegelagerern bekannt gewesen sein." Er deutete die Richtung mit dem Arm an: „Deutlich sind die Wagen- und Pferdespuren zu erkennen."

Sie konnten das plattgefahrene Gras und Farnkraut erkennen, auch einige abgeknickte Äste. Wentzel folgte den Spuren, ging hin und her und blieb dann abrupt stehen. „Hier war es, hier hat der Überfall stattgefunden. Aus dem Wald heraus wurden sie feige von vier Armbrustpfeilen niedergestreckt."

Tilmann wunderte sich immer mehr über diesen jungen Ritter. Er war erstaunt über dessen Fähigkeiten.

„Könnte ich ihnen folgen, denke ich, würde ich sie sicherlich einholen, denn mit den Wagen kommen sie nur sehr langsam vorwärts."

„Ich bewundere euren Mut, aber das geht leider nicht. Ihr seid für unsere Sicherheit verantwortlich", gab Tilmann ihm zu verstehen.

„Ich bin mir darüber im Klaren, aber es ist eine Schande, sie ungeschoren davonkommen zu lassen."

„Beide habt ihr recht", sagte Robert, „aber unsere Sache geht nun vor. Wir könnten die Mörder zwar bestrafen, aber das gibt uns unsere Freunde auch nicht wieder!"

Erneut setzten sie ihre Reise fort durch ein dichtes Waldgebiet. Was den Weg anging, so wurde er immer enger, sodass die Reisigen nur noch hintereinander reiten konnten. Als sie die Dunkelheit des Waldes verließen, öffnete sich an beiden Seiten vor ihnen ein bereits abgeerntetes Getreidefeld. Eine

Schar Saatkrähen pickte die letzten Getreidekörner aus dem Acker. Aus hohen Lüften wurden die Vögel von zwei kreisenden Bussarden beobachtet, die majestätisch vor dem blauen Hintergrund ihre Bahnen zogen.

Tilmann war erleichtert, die Dunkelheit des Waldes hinter sich gelassen zu haben. Nun wurde auch die Handelsroute wieder etwas breiter, und ein beruhigendes Gefühl überkam die Händler. Die Fuhrwerke polterten dahin, und die Fahrer hingen ihren Gedanken nach. Der Überfall auf die Händler und der Verlust ihrer Freunde stimmten sie allesamt traurig, und die Trauer vermischte sich mit einer Menge Wut, eine Wut der Hilflosigkeit. Gerne hätten sie die Mörder ihrer Lenneper Freunde zur Rechenschaft gezogen, aber dann wäre ihr weiteres Unternehmen gescheitert.

Ihre Reise stand unter keinem guten Stern. So viele Unglücke und Verzögerungen waren Tilmann auch noch nicht vorgekommen. Nach all seinen Reisen, die er schon hinter sich hatte, ahnte er, dass er diesmal sehr spät wieder bei seiner Familie in Lennep sein würde. „Und bitte, lieber Gott", flehte er und sah zum Himmel, „schick mir nicht noch einmal so ein Unwetter, und sorge dafür, dass die Mörder am Galgen baumeln werden."

Die getrockneten Tuche hatten sie wieder stramm aufgerollt und gut verpackt. Stockflecken hatten sie gerade noch vermeiden können. Nun mussten sie bald die nächste bäuerliche Siedlung mit Namen Oldenburg erreichen. Tilmann kannte die Ortschaft – er hatte dort schon genächtigt.

Bereits vor über hundert Jahren nutzten die Grafen von Oldenburg die günstige Lage, um eine Wasserburg zu bauen. Die Burg war Durchgangsstation für Reisende, gleichzeitig Verwaltungssitz und Mittelpunkt der Grafschaft. Oldenburg war eine aufstrebende Gemeinde mit kaum mehr als tausend

Einwohnern und lag an einem Fluss, den sie die Hunte nannten, auf dem auch Schifffahrt betrieben wurde. All diese Gedanken gingen Tilmann durch den Kopf.

Auch Ritter Wentzel, der wie meistens neben ihm ritt, sah man die Müdigkeit an.

„Ich denke, wir legen noch eine kurze Pause ein, vertreten uns die Beine und essen etwas“, rief ihm Tilmann zu.

Als sie einen freien Platz erreichten, hielten sie an und stiegen vom Wagen.

„Mir tut vielleicht der Hintern weh“, stöhnte Jacub und streckte sich. „Nicht nur dir, mein Sohn! Hättest besser mal auf meinen Ratschlag mit dem Fell gehört – es verhindert zwar keinen wunden Hintern, aber es lindert gewaltig.“

Robert holte eine feste Hartwurst aus seinem Wagen und schnitt allen ein dickes, fettes Stück ab. Dazu aßen sie einen Kanten Brot; beides hatten sie in Osnabrück von einem Bauern erstanden. Alle reckten und dehnten sich; dabei entwich Jacubs Hintern ein lauter Furz. Die Männer lachten. Jacub errötete und meinte: „Das kommt von der ewig langen Sitzerei auf dem Bock.“

Heinrich Kottsieper kam mit seinen Leuten ebenfalls nach vorne an die Wagenspitze. „Wie weit ist es noch, Tilmann?“, wollte er wissen. „So etwa zwei Stunden, denke ich.“ – „Wein und Bier trinke ich erst wieder, wenn ich am nächsten Tag nicht reisen muss“, meinte Heinrich und kratzte sich am Kopf. „Früher – als junger Bursche – hatte ich eine andere Einstellung.“ Tilmann ging im Kreis, und ein Gedicht kam von seinen Lippen:

„Wer niemals liebt Wein, Weib, Gesang und andere Weiber,
Wird nie ein Jäger, bleibt immer ein Treiber.“

„Du meinst“, sagte Heinrich, „wo ein Wille ist, da ist auch ein Gebüsch?“

In Lennep war der Teufel los. Man hatte den guten Karl, Tilmanns Vorarbeiter, wegen des Verdachts auf Knabenmord festgenommen. So zerrissen sich die Bürger ihre Mäuler. Die einen hielten zu Karl, die anderen meinten, man solle ihn sofort aufs Rad spannen und ihm alle Knochen im Leibe brechen.

Karl saß in der Kohlkammer, einem Verlies im Erdgeschoss des Rathauses, und wartete auf seine Verhandlung. Der Büttel ließ ihm ausrichten, dass es lange dauern würde, bis der Richter nach Lennep käme. In den meisten Fällen würden nur zwei Gerichtsverhandlungen im Jahr durchgeführt. Alle Angeklagten müssten gemeinsam auf dem Ratsplatz erscheinen und würden abgeurteilt. Da Karl des Mordes angeklagt war, hatte man ihn ins Verlies gesteckt und ihm Hände und Füße zusammengekettet.

Pfarrer Rufus von Bechen empfahl, die Folter anzuwenden, bis er seine Schuld gestehen würde.

Bruno vom Nagelsberg war etwas nachsichtiger. Er wollte ein freiwilliges Geständnis haben, aber Karl beteuerte fortwährend seine Unschuld. Er saß auf dem feuchten Boden des Verlieses in knöcheltiefem Unrat. Seine Besucher waren lediglich ein paar Ratten, die ihn ständig belästigten. Manchmal gelang es ihm, eines der Biester mit dem Fuß zu treten, sodass es quiekend durch die Luft in die Ecke flog.

Außer Wasser, Brot und Gemüsesuppe, allerdings fast ohne Gemüse, bekam er nichts zu essen, und es stank erbärmlich. In Lennep herrschten zwar noch angenehme Temperaturen, doch hier unten zogen Kälte und Feuchtigkeit in seinen geschwächten Körper. Wanzen und Läuse machten ihm zu schaffen.

Überall juckte seine Haut, aber durch die verfluchten Ketten konnte er sich nur schwerlich kratzen. Auf seinem Kopf hatten sich die Läuse ausgebreitet.

„Das Jucken, die Dunkelheit, diese verfluchte Dunkelheit“, stammelte er.

Ab und zu kam der Wärter und hielt eine Fackel in der Hand. Karl musste sich zermürbende Sprüche wie „Du lebst ja immer noch“ anhören. Das grelle Licht der Flamme stach in seinen Augen, sodass er sie schnell wieder schließen musste.

Durch die Bisse der Wanzen bildeten sich Pusteln; ganz heftig war es an seinen Beinen. Er hatte kein Gefühl mehr für die Zeit. Er wusste nicht, ob es Tag oder Nacht war, und als er so vor sich hindämmerte, vernahm er plötzlich Stimmen. Der Wärter kam mit jemandem die Treppe herunter, und plötzlich stand Frau Wüllenweber vor dem Gitter. Sie hielt einen Weidenkorb in der Hand.

„Öffnet das Gitter und lasst uns allein!“, befahl sie dem Wärter. Verwundert schaute er sie an. „Wie ihr wollt, er ist ja angekettet.“ Er drehte einen großen Schlüssel im Schloss herum und drückte die verrostete, quietschende Tür auf. „Bitte, meine Dame“, sagte er ironisch und ging.

Anneliese steckte die Fackel in eine Halterung an der Wand. Aus verklebten Augen schaute Karl sie an und flüsterte: „Frau Wüllenweber, was führt Sie denn hierher?“

„Es tut mir furchtbar leid, Karl, aber ich musste dich melden, um Klarheit zu bekommen. Du bist nun einmal verdächtig.“

„Warum seid Ihr gekommen, Herrin?“, stammelte er. Sie nahm sein Kinn in die Hand und hob es an, sodass sie ihm in die verklebten Augen schauen konnte. Sie bemerkte seinen fürchterlichen Körpergeruch. Dann fragte sie: „Hast du es getan? Bist du der Mörder?“

„Ich schwöre bei Gott, dass ich es nicht war. Niemals im Leben könnte ich jemanden umbringen, und einen kleinen Jungen schon gar nicht." Sie ließ sein Kinn los, und der Kopf fiel auf seine Brust. „Gut", sagte sie, „ich glaube dir."

Danach öffnete sie ihren Korb und stellte einen Krug Wein auf den Boden, einen Becher, dazu Esswaren. „Jeden zweiten Tag werde ich oder einer meiner Leute dir frisches Essen und Getränke bringen. Hat man dich bereits gefoltert?" Er verneinte mit dem Kopf. Sie dachte an die Strafe, die auf ihn warten würde, sollte man ihn tatsächlich überführen. In der Regel würde der Mörder eines Kindes gefesselt und mit dem Gesicht nach unten lebendig begraben. Ihr schauderte bei diesem Gedanken. „Ich werde sehen, was ich für dich tun kann", sagte sie und rief die Wache.

Der Wärter kam auf leisen Sohlen angeschlichen, um sie aus der Zelle zu lassen. „Könnt Ihr diesen Stall nicht einmal ausmisten, es stinkt hier schlimmer als im Abort", fuhr sie ihn an. „Das kostet aber eine Kleinigkeit", sagte der Wärter. Anneliese griff nach ihrer Geldkatze und gab ihm einige Pfennige.

„Schüttet auch mehrere Eimer Wasser über den Boden. In zwei Tagen komme ich wieder, um mich von der Sauberkeit zu überzeugen. Stellt Ihr mich zufrieden, bekommt Ihr die gleiche Summe noch einmal." Als sie gehen wollte, rief ihr der Wärter hinterher: „So einen leckeren Wein hätte ich auch gern."

„Dort drüben ist die Siedlung Oldenburg", rief Jacub, der sich ein dickes Schaffell unter den Hintern gelegt hatte.

Als sie in das Dorf fuhren, wurden sie von der Bevölkerung kaum beachtet. Die Leute waren an Reisende und Händler gewöhnt. Tilmann sah die alte Wasserburg, die von den Einheimischen auch „Oldeburch" genannt wurde. Seit seinem letzten Besuch hatte sich die Ortschaft deutlich vergrößert, und es hatte den Anschein, dass sie eine Stadtmauer planten, denn um die Ortschaft herum waren Handwerker dabei, Steine zu schichten. An die dreißig Mann waren damit beschäftigt, mit Steinen und Balken ein großes Tor in ein Teilstück der bereits vorhandenen Mauer einzusetzen. Ein kräftiger Mann, es musste ihr Vorarbeiter sein, gab lauthals Anweisungen.

Tilmann führte den Treck zu einem Gasthaus, das er vor zwei Jahren einmal aufgesucht hatte. Dort gab es gutes Essen, und die Unterkünfte waren sauber. Auf einem geräumigen Platz vor dem Gasthof stellten sie die Fuhrwerke ab. Tilmann ging mit Herbert über eine schmale Brücke auf den Gasthof ›Zum Steg‹ zu. Die anderen blieben mit den Reisigen bei der Kolonne. Der Wirt war sehr freundlich und hilfsbereit; er hatte genügend freie Zimmer, um die Kaufleute unterzubringen. Die Wagen mit den Pferden wurden in einem größeren Stall untergebracht, wo Wentzel mit den Reisigen übernachten sollte. Die Händler bezogen ihre Zimmer im ersten Stock. Im Anschluss daran trafen sie sich im Speisezimmer. Der Wirt sprach mit dem typischen norddeutschen Akzent.

„Was darf ich den Herren bringen?", fragte er seine Gäste. „Wein, Wasser und etwas zu essen. Was habt Ihr denn auf dem Ofen stehen?", wollte Tilmann wissen. „Ich kann euch frischen Fisch aus der Hunte braten oder einen Lammeintopf bringen." Als sie „Lamm" hörten, bestellten alle den Fisch mit Brot, Tunke und Gemüse.

„Wisst Ihr, guter Mann, wir sind alle Tuchhändler und besitzen eigene Schafherden, deshalb nehmen wir lieber den Fisch. Den Reisigen im Stall könnt ihr gerne euren Lammeintopf reichen", sagte Tilmann schmunzelnd. Nach dem Essen setzte sich der Wirt zu ihnen an den Tisch. „Ich würde euch gerne eine Runde ausgeben und mich mit euch ein wenig unterhalten", sagte er. „Ihr wart schon einmal in meiner Herberge, ich glaube, im vorletzten Jahr, allerdings wesentlich früher. Liege ich da richtig?"

„Ein gutes Gedächtnis habt Ihr", sagte Tilmann. Weiter fuhr er fort: „Euer Dorf ist ja mächtig gewachsen innerhalb der letzten beiden Jahre." – „Unser Herr, der Bischof, und die Grafen von Oldenburg tun wirklich viel für uns Bürger. Ihr seid wieder auf dem Weg nach Lübeck?", fragte der Wirt. „Oh ja, wir haben unsere eigenen Kontore in verschiedenen Hansestädten. Leider sind wir dieses Jahr sehr spät dran. Wir haben ein Unwetter erlebt, und einige von uns wurden von Wegelagerern oder Raubrittern niedergemacht." – „Das tut mir wirklich leid, aber wir hören ständig hier von solchen Überfällen. Deshalb bauen wir auch eine Stadtmauer – gut in Kriegszeiten und gegen das Raubrittertum. Nun muss ich zurück zum Herd – hat mich gefreut, mit euch zu reden", sagte er und stand auf. „Nette Leute, diese Norddeutschen", meinte Jacub.

Anneliese saß am Tisch des Rathauses mit dem Amtmann Bruno von Nagelsberg zusammen. Kurze Zeit später gesellten sich noch der Medicus Gerold vom Steinberg und die Amtsmänner Hasenclev und Rautzenberg hinzu.

„Und Ihr seid überzeugt davon, dass Karl unschuldig ist?", fragte Bruno sie. „Ich gehe des Öfteren zu Karl in seine Kerkerzelle, um ihm Essen zu bringen. Jedes Mal bestätigt er mir, dass er unschuldig sei. Er schwört es bei Gott."

„Rufus von Bechen empfiehlt die Folter, um ihn zum Sprechen zu bringen", warf Amtmann Rautzenberg in den Raum. „Wie Ihr wisst", sagte Anneliese, „geben die Gefangenen unter der Folter alles zu, nur damit ihnen weitere Schmerzen erspart bleiben." – „Wie sollen wir weiter vorgehen? Die Beweislage ist eindeutig und spricht gegen ihn", sagte Bruno vom Nagelsberg.

„Ich werde auch immer unsicherer", sagte der Medicus. „Was mich an dieser Sache stört, ist Folgendes: Warum sollte ein Vorarbeiter sich an jungen Knaben vergehen, sie nach den Misshandlungen umbringen, obwohl er sich regelmäßig im Hurenhaus am Gänsemarkt herumtreibt, um dort sein Geld den Hübschlerinnen in den Hals zu werfen? Entschuldigt bitte meine Wortwahl, aber wer auf Weiber steht, der sehnt sich nicht nach einem Knabenhintern."

„Das Letztere haben wir nicht gehört, Herr Medicus, und dass jemand beides liebt, halte ich auch für sehr unwahrscheinlich. Trotzdem haben wir rein gar nichts in den Händen, um ihn laufen zu lassen. In zwei Wochen kommt der Richter nach Lennep, dann werden wir sehen, wie er urteilt", bestimmte Bruno vom Nagelsberg.

Jemand klopfte an die Tür, die sich auch direkt danach öffnete. Pfarrer Rufus von Bechen betrat den Raum. „Meine Herren, habt Ihr schon eine Entscheidung fällen können?" Der Medicus verneinte. „Ich möchte Euch die Folter vorschlagen. Aufhängen an den Händen, mit Gewicht an den Beinen, wäre eine Möglichkeit, oder etwas sanfter, die Kitzelfolter. Daumenschraube mit Streckbank hilft auch meistens." – „Bitte, Herr Pfarrer, wir haben eine edle Dame hier am Tisch sitzen", mahnte der Amtmann Bruno.

„Entschuldigt die Worte, Frau Wüllenweber – ich dachte, es sei in Eurem Interesse, schließlich war der erste tote Junge ja Euer Schafhirte", äußerte sich der Pfarrer.

Er ging zur Tür zurück, öffnete sie, wandte den Kopf und

sagte: „Wie immer auch die Herren sich entscheiden werden, lasst es mich wissen.“

„Ob das wirklich alles so im Sinne der Kirche und Gottes ist, wie sich der Herr Pfarrer ständig aufführt? Manchmal habe ich das Gefühl, die Kirche spielt sich zu einer Allmacht auf, die alles mitentscheiden und beherrschen will, unter Androhung von Hölle, Teufel, Sünde und Beklemmung. Sollte das wirklich Gottes Wille sei, die Bürger zu verängstigen, sie bloßzustellen und zu beherrschen? Die Kirchen werden immer größer, dunkler und gewaltiger, um dir als kleinem Gläubigen mitzuteilen, wie armselig du gegenüber Gott bist. Ist das nicht furchterregend? Und dann diese Protzerei, alles wird mit teurem Gold ausgeschmückt, dass es nur so leuchtet, gerade so, als sei man im Paradies. Dabei waren doch gerade die Mönche wie Franz von Assisi oder der heilige Bernhard anderer Meinung gewesen. Ich muss diese Worte einmal loswerden, weil meine Gedanken sich ständig damit beschäftigen. Wäre es nicht angebrachter, eine Kirche und einen Gott der Liebe zu haben, der einen nicht mit seiner Last und mit dem Glauben erdrückt, einen dort oben – er zeigte mit seiner Hand in den Himmel –, zu dem man gerne und ohne Furcht betet?“, fragte der Medicus.

Schweigen breitete sich im Amtszimmer aus. Die Herren schauten sich gegenseitig an und dachten über Gerolds Worte nach.

„Der Medicus hat recht“, sagte Bruno vom Nagelsberg, „er tanzt uns immer mehr auf dem Kopf herum, mischt sich in unsere alltäglichen Geschäfte ein. Ich beschließe, dass wir seinen Wirkungskreis auf das Kirchliche begrenzen.“ Anneliese dachte: „Wäre doch nur Tilmann hier, der wüsste, was zu tun ist.“

Und erneut waren sie auf der Fernstraße unterwegs, zuerst in Richtung Bremen, danach sollte es nach Hamburg gehen. Tilmann veranlasste, dass ein Reisiger Jacubs Fuhrwerk steuerte. Er nahm den Jungen mit auf seinen Wagen, weil er ihm noch so manche Dinge über Handel und Hanse erklären wollte. „Wir haben ausgiebig Zeit, über viele Angelegenheiten zu sprechen – die Zeit verrinnt wesentlich schneller während eines guten Gespräches. Aber zunächst: Hast du selber noch Fragen an mich?"

„Warst du schon einmal richtig verliebt, Vater?" ‚Was kommt denn jetzt?', dachte Tilmann. „Natürlich, in deine Mutter." – „Und vorher?" – „Da auch, da gab es das eine oder andere Mädchen, aber meine Gefühle waren nicht so heftig für sie, wie sie bei deiner Mutter waren."

„Wie findest du eigentlich die Gundula?" – „Du meinst die Wirtstochter?" Jacub nickte. „Oh, sie sieht sehr gut aus, hat eine ansehnliche Figur und scheint recht fleißig zu sein." – „Ich glaube Vater, ich habe mich in sie verliebt." – „Das ist ja schön für dich, mein Sohn, und was ist mit ihr? Mag sie dich denn auch?"

Tilmann wusste, dass sein Sohn zum Manne geworden war. Den Stimmbruch hatte er bereits hinter sich und nun stach ihn der Hafer.

„Ich habe mich schon des Öfteren mit ihr getroffen, unten am Bach, sie ist mir sehr zugetan, möchte aber zuerst heiraten, damit sie nicht in Ungnade fällt. Du weißt ja, wie die Leute und die Kirche darüber denken, wenn wir zusammenliegen würden, ohne getraut zu sein!"

„Du möchtest, dass sie für dich ihren Rock hebt", sagte Tilmann und lachte. Jacub errötete und sah verdutzt zur Seite. Sein Vater stieß ihn in die Seite: „Wenn eine Frau ihren Rock hebt, bereitet das uns Männern großes Vergnügen. Mit einer

Frau zu schlafen ist immer etwas Großes, und wenn man sich dabei auch noch innig liebt, ist es noch schöner. Deine Mutter und ich, wir haben seit Langem schon Kenntnis von eurer Liebschaft – Eltern wissen, was mit ihren Kindern passiert", sagte Tilmann.

„Woher wisst ihr das denn?"

„Durch unsere Stadtmauer." Jacub verstand die Worte seines Vaters nicht wirklich: „Wieso Stadtmauer?"

„Jacub, die große Mauer schützt zwar unser Lennep vor Feinden, aber jede Mauer hat Augen und Ohren, verstehst du nun, was ich meine?" Erneut nickte er, legte aber eine Denkpause ein.

„Wenn wir zurück in Lennep sind, spreche ich mit Gundulas Eltern, sie bewirtschaften ja den ‚Goldenen Löwen'. Von mir und deiner Mutter aus gibt es dagegen keine Bedenken, und wenn Gundulas Eltern ebenfalls damit einverstanden sind, steht einer Heirat doch nichts im Wege."

Dann wechselte Jacub schnell das Thema.

„Vater, wie bist du eigentlich an den Beruf des Tuchhändlers gekommen?"

„Da muss ich weit ausholen. Vor einiger Zeit hatten wir einen Grafen Adolf V., der für das Bergische Land die Verantwortung trug. Er benötigte dringend fleißige Arbeiter im Bereich der Tuchherstellung. Eines Tages kam er nach Flandern, um treue, fachkundige Arbeiter anzuwerben. Er versprach ihnen eine Wohnung und dauerhafte Beschäftigung. So lernte er meine Vorfahren kennen, und unsere Familie strandete in Lennep. Hier bauten wir generationsübergreifend das Tuchmacher-Gewerbe mit auf. Im Jahre 1315 – du warst gerade neun Jahre alt –, kam die Pest nach Lennep. Deine Großeltern starben daran. Unglücklicherweise hatten sie in einem anderen kleinen Haus am Schwelmer Tor gelebt, wo die Krankheit von Reisenden eingeschleppt worden war. Die Stadt wurde nach Bekanntgabe der Krankheit komplett abgeriegelt und unter Quarantäne gestellt. Du warst noch klein, und Mutter und ich sorgten dafür, dass keine fremde Person unser Haus betrat. Deine Großeltern und manch Lenneper starben an der Beulenpest. Alle Toten wurden aus der Stadt gebracht, ebenso die Erkrankten. Nach sechs Monaten – es war bereits Winter – war die Pest besiegt." Jacub war erstaunt: „Aber woher ist diese verfluchte Krankheit denn gekommen?"

„Man weiß es nicht so genau, aber die Mediziner vermuten, dass sie über den Handel verbreitet worden ist. Schiffe und ihre Besatzung aus dem Süden, die von Hafen zu Hafen gesegelt sind, sollen die Schuld tragen. So verbreiteten sie die Pest in die verschiedensten Länder. Ganze Besatzungen waren infiziert, haben die Pest aus dem verfluchten Morgenland mitgebracht."

„Was wolltest du mir über die Hanse erklären?", fragte Jacub erneut. „Vieles, jede Menge gute sowie böse Dinge. Zunächst einmal musst du höllisch beim Tausch von Waren aufpassen. Du solltest dir einige Dinge einprägen: Es gibt vereinzelt Kaufleute und Händler, die einen betrügen wollen. Du musst wissen, dass zum Beispiel Fischhändler aus Schonen gute Heringe oben und unten in die Fässer abfüllen und dazwischen minderwertige Ware stecken. Oft werden Waren in nassen Säcken verstaut, damit sie ein größeres Gewicht erzielen. Deutsche und französische Weinhändler panschen gerne die Weine mit Wasser. Das sind nur einige Beispiele von vielen Betrügereien. Als Händler musst du ständig beobachten, prüfen und kalkulieren. Du kannst nur dir selber trauen."

Jacub nickte: „Und wann muss ich das alles alleine entscheiden?" – „Vorerst nicht, da haben wir noch ein paar Jahre des Lernens vor uns. Wenn wir in Lübeck sind, zeige ich dir, wie alles in der Praxis funktioniert. Wir Hanse-Händler müssen auch fortwährend mit unterschiedlichen Währungen rechnen und umrechnen, auch das Maß der Elle ist unterschiedlich. Eine Elle Tuch ist in Brügge größer als in Lübeck, und in Lübeck ist die Elle wieder größer als in Riga und in Nowgorod. Des Weiteren musst du wissen, was benötigt wird. Wie ist die Nachfrage? Welche Waren stehen gerade wie im Kurs? Wo herrscht Mangel und wo Überfluss? Wie sind die Zustände der Handelsstraßen, wo gibt es Kriege, und wo lauern Raubritter und andere Diebesbanden? Bei welchen Münzen hat sich der Silbergehalt verschlechtert? Manch ein Händler hat sich schon in den eigenen Ruin spekuliert", erklärte ihm sein Vater.

„Bekommen denn diese Betrüger keine Strafen, wenn sie andere Händler über den Tisch ziehen?", wollte Jacub wissen. „Gute Frage, mein Sohn, da gibt es gerade etwas in Lübeck, nämlich auf dem Dach der Butterbude. Hier werden in Käfigen öffentlich Marktfrevler, Preistreiber, Betrüger und zänkische Weiber ausgestellt und von den Bürgern beschimpft und beleidigt. Dann entsteht immer ein Menschenauflauf und viel Gelächter."

Ihre Gespräche verstummten allmählich. Beide saßen in Gedanken versunken nebeneinander auf dem Bock des Wagens und ließen sich weiterhin die Hinterteile durchschaukeln. „Ich kann mich wirklich nicht beklagen, immerhin habe ich eine nette Frau und drei gesunde Kinder, die mir Freude bereiten." Auf seinen Ältesten, Jacub, war er nun ganz besonders stolz. „Aber", dachte er, „wenn ich wieder zurück in meinem geliebten Lennep bin, dann werde ich mich auch mehr um Jacubs jüngere Geschwister kümmern."

Jacub dachte wieder einmal an seine geliebte Gundula und an das, was er alles noch mit ihr vorhatte.

Abends fanden sie eine Herberge direkt an der Handelsstraße, und am nächsten Morgen ging es frühzeitig weiter. Sie wollten keine weiteren Verzögerungen mehr in Kauf nehmen, da sie schon der Zeit hinterherrannten. Auf ihren Wegen hatten sich in den letzten Tagen dicke Polster aus gefallenem Laub gebildet, sodass es rutschiger wurde und sie verstärkte Aufmerksamkeit brauchten, um die Wagen richtig zu steuern.

„Noch zwei Übernachtungen, dann sollten wir in Bremen sein, und dann sind wir gar nicht mehr so weit vom Meer entfernt“, sagte Tilmann.

„Hier“, Tilmann gab seinem Sohn eine Papierrolle. „Sieh sie dir an, da ist das Ostmeer mit den Hansestädten eingezeichnet, damit du weißt, wo unsere Handelspartner ihren Sitz haben. Die Schifffahrtslinien sind blau und die Landrouten rot aufgeführt.“

„Warum sagen wir Ostmeer und nicht Ostsee, wie die Einheimischen?“, fragte Jacub.

„Weil die großen Gewässer auf der Welt Meere sind und keine Seen“, gab Tilmann zurück, dann fuhr er weiter fort: „Wenn ein Schiff in ein anderes Land segelt, dann segelt es über das Meer.“

Jacub wollte nicht klein beigeben: „Aber man spricht doch von der heiligen Seefahrt und nicht von der Meerfahrt.“

„Sag doch Meer oder See – ist mir völlig gleich“, gab nun sein Vater zurück. „Aber der Matrose heißt doch auch Seemann und nicht Meermann“, betonte Jacub erneut.

„Und warum sagt man Meerwasser und nicht Seewasser?“, fragte Tilmann. Jacub ließ nicht nach: „Es heißt doch Salzwasser und Süßwasser.“

„Und wenn du später einmal mit deiner Gundula am Strand im Sand liegst, dann hört ihr doch das Meeresrauschen und nicht das Seerauschen, oder?“

So leicht gab sich sein ehrgeiziger Sohn aber nicht geschlagen: „Wenn jemand Märchen erzählt, dann sagt man dazu, er spinnt Seemannsgarn, und nicht Meermannsgarn.“

„Halt jetzt deinen Mund“, sagte Tilmann und musste grinsen.

„Und außerdem sticht ein Seemann in See“, waren Jacubs letzte Worte. Dieses Mal gab er nicht klein bei.

Nachdem viele Leute der Meinung waren, dass es in Lennep wieder sicher sei, besserte sich auch die Stimmung unter der Bevölkerung. Es wurde mehr gelacht, und die Sicherheitsvorkehrungen wurden gelockert. Die meisten Bürger waren der Meinung, dass es wohl doch Karl gewesen sein musste, denn seit er im Kerker schmorte, waren keine weiteren Gräueltaten mehr vorgefallen.

Anneliese ging jedoch weiterhin in das Verlies, um ihrem ehemaligen Vorarbeiter Essen und Getränke zu bringen. Sie war immer noch von seiner Unschuld überzeugt. Ihr Gewissen plagte sie. Nie hätte sie ihn anschwärzen dürfen. Doch nun blieb ihr bis zur Gerichtsverhandlung nichts anderes übrig, als zu warten. Gegen Mittag traf sie sich mit dem Medicus Gerold von Steinberg in ihrer Wohnung, um noch einmal über die anstehende Verhandlung zu reden.

„Wir beide sind wohl die Einzigen, die jetzt noch an seine Unschuld glauben“, sagte der Medicus. „Und Simon, mein Jüngster, er will es auch nicht wahrhaben, dass es Karl gewesen sein soll. Es gibt ja nichts Schlimmeres, als dass wir einen Unschuldigen rädern oder erhängen.“

„Ich schlage vor, mich noch einmal in aller Ruhe am Bach und im umliegenden Gebüsch umzusehen. Vielleicht finde ich ja eine Spur“, bedachte der Medicus.

„Bitte lasst es mich wissen, wenn Ihr Neuigkeiten habt“,

bat ihn Anneliese. Gerold verabschiedete sich nach einem recht kurzen Gespräch, verließ das Wüllenweberhaus, folgte der Wallstraße und verließ die Stadt durch das Kölner Tor in Richtung Jakobsmühle, wo die Färber ihrer Arbeit nachgingen. Dann kam er zu den alten Kastanien. An der besagten Stelle, wo man den Färberjungen Richard tot aufgefunden hatte, blieb er stehen. Er ging einige Schritte hin und her, danach setzte er sich ins trockene Laub, um zu überlegen. Nach einigen Minuten erhob er sich und ging die Böschung hinunter, bis er direkt am Bach Linepe stand. „Hier hatten wir ihn gefunden", sagte er zu sich.

Er brach sich einen Stock von einem Baum ab, um damit die Blätter und kleineren Äste umzudrehen, die auf dem Boden lagen. Er wusste nicht, wonach er überhaupt suchen sollte. Blatt für Blatt hob er auf, drehte es um, betrachtete es und warf es beiseite, um ein neues zu begutachten. Nichts, aber auch gar nichts fand er, außer dem bereits schwarz gewordenen Blut, das sich noch an der Stelle befand, wo der Kopf des Jungen gelegen hatte. Dort, wo der Mörder seinen Hals durchtrennt hatte, war es im Erdreich versickert und auf vereinzelten Blättern verteilt. Einige Nacktschnecken durchkrochen das feuchte Laub und hinterließen eine schleimige Spur. Weiter stocherte er mit seinem Stock im Unterholz. „Eine Stunde sinnloses Gewühle – ich glaube, ich gebe auf", dachte er. Gerade, als er sich erheben wollte, sah er kurz etwas aufblinken. „Was war das?", dachte er und griff nach dem Etwas. Plötzlich hielt er einen erbsengroßen Stein in der Hand. Er blies den Dreck fort und rieb den Stein am Ärmel sauber. „Bloß nicht fallen lassen", dachte er. „Meine Güte, ein kleiner, gut gefertigter, ockerfarbiger Bernstein." Das könnte ein Zeichen, ja, ein Hinweis auf den wahren Mörder sein. Er muss ihn hier bei dem Jungen verloren haben. Vielleicht war es ja zu einem kurzen Kampf gekommen. Aber wer trägt solche Steine?

„Egal“, dachte er, wickelte den Stein in sein Taschentuch und ging zurück nach Lennep. Er überlegte, ob er Anneliese etwas sagen sollte. „Nein, vorerst behalte ich es für mich.“ Wo war dieser Bernstein befestigt gewesen? In einer teuren Gewandung eingewebt? Oder an einem Ledergürtel? Oder vielleicht an einem Schmuckstück, einer Fibel oder einer Kette? Diese Fragen galt es zu beantworten. Der Medicus nahm sich vor, die Augen offen zu halten.

Simon Wüllenweber schlenderte alleine durch die Stadt, in der Hoffnung, vielleicht einige Spielgefährten zu finden. Er konnte in die offenen Handwerkerhütten sehen, wo manch ein Geselle mit Schweißperlen auf der Stirn seiner Arbeit nachging. Einige Leute gingen an ihm vorbei, die er nicht kannte, und er vermutete, dass es Pilger waren. An einem Brunnen machte er halt, um etwas Wasser zu trinken, das er mit den Händen auffing. In der Stadt Lennep gab es über hundert Brunnen. Mit einem fröhlichen Lied auf den Lippen schlenderte er weiter.

Der Vater im Norden, Karl im Verlies – ihm war langweilig, also ging er zur Stadtwache. Ein junger Soldat tat dort seine Pflicht. Simon kannte ihn, denn mit ihm hatte er schon oft herumgealbert. Wenn ihm langweilig war, ging er zum Schwelmer oder zum Kölner Tor, um mit den Wachsoldaten zu reden. Der Conradis war besonders kräftig; er hatte riesige Muskeln und war in Lennep bekannt für seine Stärke, aber auch für seine Dummheit. Als Simon am Kölner Tor ankam, sah er Conradis neben der schweren Holzpforte stehen. Zu dieser Jahreszeit waren nicht viele Reisende oder Händler unterwegs; so machte Simon sich Hoffnung, mit ihm reden zu können – vielleicht hatte er ja etwas Zeit für ihn. Als Conradis ihn sah, lachte der Muskelberg. „Na, Simon, streunst wieder wie ein Hund durch die Gegend? Pass auf, dass dich nicht der Scharfrichter erwischt. Du weißt ja, dass er umherziehende Köter einfängt und enthäutet."

Simon hielt ihm die Hand hin, und der Wachmann drückte sie kräftig. „Brich mir nicht wieder die Finger", lachte Simon.

„Alle Lenneper warten auf den Richter und gieren nach einer Vollstreckung auf dem Richtplatz." – „Ja, ja, so sind die Leut'", sagte der Wachmann, „und der Scharfrichter leckt sich die Finger, weil er seinen Geldbeutel auffüllen kann. Mit dem kleinen Richard hatte ich auch mehrere Male gesprochen. Er eilte ja täglich durchs Tor, um zur Jakobsmühle zu gehen. Manchmal ging er hier durchs Kölner Tor und manchmal oben durch das Schwelmer."

„Ich kannte ihn nicht näher", sagte Simon. „Dabei war er so stolz auf sein neues Messer", meinte Conradis. Drei oder zwei Tage, bevor man ihn ermordet hatte, kam er genau hier vorbei, wo wir jetzt stehen, und zeigte mir voller Stolz sein neues Messer. Am nächsten Morgen hatte er einen Stock in der Hand und schnitze mit seinem Messer daran herum. Er erzählte mir, dass er es auf der Wiese bei den Teichen gefunden hätte, und war mächtig stolz. Dann sagte er noch: ‚Erzähl es aber keinem weiter, sonst glauben die Leut', ich hätte es gestohlen.'"

Simon hatte gebannt zugehört. Er kannte zwar nicht die gesamte Geschichte über die Ermordung des Jungen, aber ihm war aufgefallen, dass hier etwas nicht stimmen konnte, und so schlenderte er zurück zu seinem Wohnhaus, um mit seiner Mutter darüber zu sprechen. „Bis zum nächsten Mal", rief er Conradis zu, während er sich entfernte.

Seine Mutter saß mit der Magd Gertlinde am Tisch, um Kohlköpfe zu säubern, die sie für das Abendessen zubereiten wollten.

„Ich muss dir was erzählen", sagte Simon. Anneliese wusste genau: Wenn Simon sie so ansprach, dann hatte er etwas Wichtiges auf dem Herzen. Dann sprudelte es nur so aus ihm hervor. Aufmerksam hört ihm seine Mutter zu. Sie unterbrach ihn nicht, und als er seine Erzählung beendet hatte, stand sie auf, ging durch den Raum und sagte: „Sehr gut aufgepasst, mein Sohn. Wenn nämlich Richard das Messer schon zwei oder drei Tage vor seinem eigenen Unglück besessen hat, dann kann es ja schlecht Karl gewesen sein. Der behauptet seine Unschuld zu Recht, denn zum Zeitpunkt des Mordes war ihm sein Messer längst abhandengekommen, das heißt, wir haben eine neue Beweislage."

„Heute wirst du in Bremen einen riesigen Fluss sehen, mit Namen Weser, mein Junge. Ähnlich groß wie der Rhein bei Colonia. Die Stadt, die wir gleich erreichen werden, ist unter unserem alten Kaiser Barbarossa 1186 zur freien Reichsstadt erhoben worden. Die Weser fließt durch Bremen und mündet in das Nordmeer – oder die Nordsee," sagte Tilmann schnell hinterher.

In und um Bremen herum ging es zu wie in einem Bienenstock. Unzählige Kaufleute, Händler und Handwerker waren unterwegs und vielseitig beschäftigt.

„Wisst Ihr, Herr Tilmann, wo wir hin müssen?", fragte Wentzel. „Ja, ich versuche mich gerade zu erinnern, bin mir aber nicht mehr so ganz sicher. Lasst bitte anhalten", rief er dem Ritter zu. „Brr", ertönte es. Tilmann stieg vom Wagen und ging auf einen vorbeikommenden Franziskanermönch zu, der mit seinen Brüdern hier ganz in der Nähe ein Kloster betrieb, wie Tilmann sich erinnern konnte. Was sie besprachen, konnte Wentzel nicht verstehen. Als Tilmann zurückkam, sagte er: „Ich kenne den Weg wieder; wir müssen in das Schnoorviertel, ein Fischerdorf. Das liegt direkt an einem Nebenarm der Weser, den sie die Balge nennen."

Kurze Zeit später erkannte Tilmann vereinzelte Häuser und Punkte wieder.

„Dort drüben ist unser Gasthof für heute Nacht."

Unzählige, in verschiedenen Farben angestrichene kleine und größere Fischerboote lagen am hölzernen Anleger. An einer Stelle stapelten sich Reusen aus geflochtenen Weidenruten in verschiedenen Größen. Netze hingen zum Trocknen aufgespannt auf Stangen entlang einer angrenzenden Wiese. In ihnen hingen vereinzelt vertrocknete Fischreste und verdörrte Seesterne. Das Wort „Seestern" stieß Tilmann bitter auf. An einer verwitterten Holzhütte hatten die Fischer einige kapitale Hecht- und Zanderköpfe als Trophäen festgenagelt. Durch die ausgebreiteten Kiemendeckel stachen Reste von eingeschlagenen Nägelköpfen ins Auge. Schwärme von Fliegen umkreisten die stinkenden Fischköpfe. Ein grober Holztisch stand daneben, auf dem sie die Fische ausnahmen und schuppten. Tausende glänzende Schuppen lagen unter und um den Tisch verteilt umher und glitzerten silbern. Die Eingeweide der Tiere landeten in einer großen, schon angefaulten Holztonne, der ein entsetzlicher Geruch entwich. Fressgierige Möwen zogen schreiend am Himmel ihre Bahnen, immer bereit, sich das eine oder andere Stück Fisch vom Tisch zu stehlen.

Ein paar größere Schiffe segelten auch die Weser hinunter bis ins Nordmeer, um dort Salzwasserfische zu fangen. Der

Gasthof lag zum Glück etwas abseits, sodass der Gestank nicht bis dorthin vordrang.

„Seit dem Jahre 1260 ist Bremen schon Hansestadt", erzählte Tilmann den anderen. Jacub hielt sich die Nase zu. „Stell dich nicht so mädchenhaft an, hier riecht es doch gar nicht mehr so schlimm." – „Ich bin hungrig, müde, und mir tut der Hintern wieder weh", stöhnte Jacub.

Als sie die Gaststube betraten, stellte Tilmann fest, dass sie noch genau so wie damals aussah. An der Decke hing noch das alte löchrige Fischernetz, und die Wände waren mit allem möglichen Zeugs aus dem Meer bestückt. Getrocknete Seesterne, Muschelschalen, Schneckengehäuse, ein verrostetes Gaff mit Widerhaken. In einer Ecke stand auf dem Boden ein alter Anker. Als Tische hatte der Wirt große, hölzerne, ausgemusterte Fässer im Raum verteilt. Die Sitzmöglichkeiten waren ebenfalls Fässer, nur halb so hoch.

Am Ende der Theke stand ein prächtiges Schiffsmodell, eine Kogge. Ein begabter Künstler hatte sie aus Holzteilen, Stäben und Latten angefertigt und Segel aus dünn gewebter Schafwolle angebracht.

Neben einem Fenster befand sich die Kochstelle, und im Ofen knisterte ein Feuer, auf dem ein gusseiserner Topf stand, aus dem es – wie sollte es auch anders sein? – nach Fischsuppe roch. Tilmann bezog mit seinem Sohn und den anderen Händlern die Zimmer. Kurze Zeit später trafen sie sich zum gemeinsamen Essen. Wentzel und seine Reisigen blieben wie immer im Stall bei den Pferden und behielten die Ladung im Auge. Da sie in Lennep kaum frischen Fisch bekamen, hatten sie gegen eine kräftige Suppe nichts einzuwenden. Jacub füllte seinen Teller zweimal nach und schlief danach beinahe am Tisch ein.

Nach drei weiteren Tagen – ohne größere Zwischenfälle – standen sie vor den Toren Hamburgs. Der Fluss Elbe schlängelte sich durch die Stadt bis in die Nordsee oder das Nordmeer. Von Weitem erkannten die Händler die fast fertiggestellte dreischiffige Basilika, die bald zur Einweihung bereit war. Emsig wurde an dem Gebäude gearbeitet. Jacub saß wieder auf dem Wagen seines Vaters, und ein Reisiger steuerte dessen Fuhrwerk. Jacubs Kopf drehte sich von links nach rechts, um alle Eindrücke in sich aufzunehmen. Sie kamen an den Handelsplatz, wo sich auch eine Marktsiedlung breitmachte, genau am westlichen Alsterufer.

„Hamburg ist das ‚Brauhaus der Hanse'. Die Brauer stellen hier über sechshundert verschiedene Sorten Bier her und beliefern den größten Teil der Hansestädte. Durch seinen Vertrag mit der Stadt Lübeck vor etwa achtzig Jahren wurde Hamburg einer der Geburtsorte der Hanse – ein wichtiger Umschlag- und Stapelplatz zwischen Nord- und Ostsee, wie die Leute hier ihre Meere nennen", erklärte Tilmann seinem Sohn mit einem Augenzwinkern.

An manchen Backsteinziegelhäusern hing das Stadtwappen von Hamburg, die weiße Burg in rotem Schild. Hier fingen die Bürger im Hafen an, ihre Kais aus Steinen zu bauen, um die Lasten mit Kränen durch Menschenantrieb mittels Seilzug von den Schiffen zu heben.

„Was war denn das erste Exportgut, das die Hanse transportiert hatte? Womit fing denn alles an, Vater?"

„Menschen, viele Menschen, und dann kam das Getreide. Außerhalb Lübecks, in den Ostgebieten und im Norden, gab es nur winzige Dörfer und bäuerlich geprägte Weiler. Glücksritter, Bauern, Handwerker wurden hin- und hergeschoben, bis aus den Weilern kleinere Städte wurden. Danach verstärkte man den Handel, der immer mehr an Fahrt aufnahm. Alles wurde größer, mächtiger und schneller. Familien kamen zu bedeutendem Reichtum. Stadt- und Marktrechte wurden verliehen, freie Reichsstädte gegründet, Handelswege geschaffen und Seewege ausgearbeitet. Oh, ich könnte dir tagelang über die Hanse berichten", endete Tilmann mit seinen Erklärungen.

So modern sich Hamburg auch darstellte, gab es aber doch Schattenseiten. Man hatte zwar schon befestigte Straßen aus Flusskiesel und gehauenen Steinen gepflastert, aber sie glichen auch vielfach Kloaken, denn die Bürger schütteten ihre Abwässer und Fäkalien unmittelbar vor ihren Häusern einfach auf die Straße, was natürlich Ungeziefer und die verhassten Ratten anlockte. Oft mussten die Anwohner Trippen tragen – Unterschuhe mit hohen Holzstützen –, um durch die stinkenden Pfützen zu waten.

„Wo übernachten wir, Vater?" – „Hier überhaupt nicht, mein Sohn. Es ist noch eine Weile hell, und ich möchte Hamburg hinter mir lassen. Es ist hier sehr teuer, die nehmen es hier von den Lebendigen. Auf dem Weg nach Lübeck kommt noch ein kleines Dorf, wo ein sauberer Gasthof ist und wo sich die Händler treffen, sozusagen die letzte Station vor unserem Ziel. Morgen Abend werden wir im Lenneper Hansekontor eintreffen." – „In Lübeck werde ich zuerst meinen wunden Hintern pflegen", meinte Jacub grinsend.

Man sah allen die Anstrengungen der letzten Wochen an. „Ich glaube", sagte Jacub zu seinem Vater, „dass es keinen Wagenlenker gibt, der keinen wunden Arsch hat." – „Das ist gut möglich, und das ist auf den Reisen meistens so. Wenn wir in Lübeck sind, werde ich anstatt Bier einen Krug Wundsalbe für die Hintern der Leute ausgeben."

Es wurde merklich kälter, und die Luft roch nach dem ersten Schnee. Durch die Unterbrechungen auf ihrer Reise hatten sich die Lenneper Händler um etliche Tage verspätet, sodass es nun schon November war. Auf der Fernstraße nahmen die Fuhrwerke in beiden Richtungen deutlich zu. Alle Händler wollten vor dem sich nähernden Wintereinbruch noch ihr Ziel erreichen. Der Weg wurde breiter, und im aufgeweichten Lehmsandboden hatten sich durch die ständig darüberfahrenden Wagen tiefe Spurrillen gebildet. Ständig rutschten die großen Holzräder der Wagen weg. Das Steuern der Fuhrwerke durch den Schlamm glich dem Tanz auf einer Messerklinge. Jacub betrachtete sich die Landschaft.

Immer häufiger erstreckten sich kleinere Flächen mit Winterheidekraut am Wegesrand, dazwischen reckten sich vereinzelte Wacholdersträucher in den Himmel. Nach einer Stunde wurde die Heidelandschaft immer ausgeprägter.

„Tilmann sah seinen Jungen an: „Morgen wirst du zum ersten Mal das Meer sehen – und ich meine auch das Meer."

Alles bereitete sich auf die bevorstehende Verhandlung vor. Alle warteten auf den Richter, der im Namen des Grafen richten sollte. Wie vom Büttel vorhergesagt, hatte der Graf die Ermittlungen der Morde an den Rat der Stadt abgegeben. Den Richter aber, den hatte der Burgvogt des Grafen benachrichtigt.

Der Wirt des ›Goldenen Löwen‹ trieb seine Tochter Gundula an.

„Beeil dich mit den Speisen, und sag auch deiner Mutter Bescheid! Das wird das Geschäft unseres Lebens. Wenn auf dem Markplatz Hunderte von Leuten stehen und die

Verhandlungen verfolgen, dann haben viele Leute auch Durst und Hunger. Darauf sollten wir vorbereitet sein", stiftete er seine Tochter an.

Stadtdiener hatten auf dem Platz eine Holzempore aufgebaut und davor Holzbänke positioniert. Auf der Empore stand der Richtertisch, dahinter Stühle für die Schöffen und wichtigen Vertreter der Stadt Lennep, für Bruno von Nagelsberg sowie seine Gehilfen, die Herren Hasenclev und Rautzenberg. Der Vertreter der Kirche war Rufus von Bechen. Nebenan saß noch der Medicus Gerold vom Steinberg. Für sie und den Richter waren die Stühle reserviert. Anneliese und Simon Wüllenweber nahmen in der ersten Reihe Platz. Maria durfte nicht mitkommen. Ihre Mutter meinte, sie wäre noch zu jung für solch ein Spektakulum.

Immer mehr Neugierige trafen auf dem Marktplatz ein. Manche hatten verfaultes Obst und Gemüse als Wurfgeschosse bei sich, um die Angeklagten zu bewerfen und zu demütigen. Alle warteten gespannt auf die ersten Angeklagten und auf den Richter, als ein Reiter auf den Platz geritten kam und von seinem Pferd stieg. In der Hand hielt er eine Schriftrolle aus Pergament.

„Wer ist hier der Amtsmann oder ein Ratsmitglied?", fragte er in die Runde. „Ich bin Ratsherr Bruno vom Nagelsberg", sagte dieser und trat hervor. „Was gibt es Eiliges?"

Der junge Reiter ging auf ihn zu und sagte: „Ich bin ein Sendbote und habe Euch eine Depesche zu überbringen." Er reichte ihm die Schriftrolle. Bruno vom Nagelsberg brach das Siegel auf und las den Text. Danach rollte er das Schriftstück wieder zusammen und ging auf die Empore.

„Volk von Lennep", rief er laut in die Menge, „Volk von Lennep, soeben erhielt ich die Nachricht, dass die Gerichtsverhandlung abgesagt worden ist. Der Richter hat dringende auswärtige Termine und hat die neue Verhandlung auf Januar verschoben. Volk von Lennep, ihr könnt wieder nach Hause gehen oder auch ins Gasthaus", verkündigte er.

„Und was mache ich jetzt mit dem ganzen Essen?", brüllte sauer der Wirt vom ›Löwen‹ über den Platz.

„Du lieber Gott", stöhnte Anneliese, „dann muss der arme Karl noch den halben Winter in dieser Eiskammer von Verlies schmoren. Such einmal den Medicus!", sagte sie zu Simon.

Der machte sich auf, um den Marktplatz nach Gerold abzusuchen. Als er ihn gefunden hatte, sagte er: „Herr vom Steinberg, meine Mutter sucht Euch. Ich soll Euch zu ihr bringen." Der Medicus folgte dem Jungen, bis er Frau Wüllenweber entdeckte. „Ich hab es schon gehört", sagte er zu Simons Mutter, „die Absage des Richters." „Das kommt für unsern Karl gar nicht gut. Der wird uns ja im Verlies erfrieren. Möchtet Ihr mich nicht begleiten? Ich wollte morgen früh sowieso noch einmal zu ihm, um ihm wärmere Kleidung zu bringen", fragte sie den Medicus. „Das werde ich einrichten. Soll ich Euch am frühen Mittag abholen?" – „Ja, das wäre mir recht. Ich werde sehen, was ich noch von Tilmanns Winterkleidung finde. Ihm wird sicherlich etwas davon passen."

Vereinzelte Schneeflocken erreichten die Erde, blieben aber nicht länger liegen, sondern schmolzen dahin. Es herrschte schon ein winterliches Klima im Bergischen Land, aber noch wehrte sich der Spätherbst gegen die aufkommende Winterkälte. Ein weißer Raureif überzog in der Frühe die Wiesen. Dünne Eisschichten verschlossen die kleinen Pfützen, tauten aber gegen Mittag wieder auf. Ein paar kleine Kinder sprangen mit Freude in den Pfützen umher. „Ihr Schweine, hört sofort auf damit", rief eine der Mütter aus einem Haus.

Anneliese und der Medicus gingen zum Rathaus, um den im Keller festsitzenden Karl zu besuchen. Der Wärter hatte sich notdürftig an Annelieses Vorgaben gehalten. Da sie ihm während ihrer Besuche öfters ein kleines Trinkgeld gab, wurde er zunehmend freundlicher zu ihr. Unter ihrem Arm hielt sie dicke Wollsachen und eine Decke. Den Verpflegungskorb hatte ihr der Medicus freundlicherweise abgenommen. Der Wärter schloss die Zellentüre auf. Karl ging es schon etwas besser. Die gute Verpflegung seiner Herrin hatte ihn wieder körperlich aufgebaut.

„Nehmt ihm die Ketten ab!“, sagte der Medicus zu dem Wärter, „ich muss ihn untersuchen“, log er.

„Danke“, mehr brachte Karl nicht hervor und rieb sich seine entzündeten Handgelenke. „Ich werde dir dafür eine Salbe anmischen“, sagte Gerold. „Ach, Herr, das ist sehr freundlich von Euch, aber ich werde doch sowieso bald hingerichtet.“

„Das wirst du vorerst nicht, da der Termin bis ins neue Jahr hinein verschoben wurde. Der Richter ließ es gestern durch einen Boten verkünden. Du musst zwar hier unten furchtbar leiden, aber es gibt uns auch die Möglichkeit, weiter deine Unschuld zu beweisen. Wir haben einen Zeitaufschub“, tröstete ihn seine Herrin.

Sie gingen noch einmal alle Details durch, kamen aber zu keinerlei neuen Erkenntnissen. So blieb nur eines übrig: warten.

Auch im Norden des Landes wurde es kälter und ungemütlicher, und gerade jetzt mussten die Kaufleute mit ihren Fuhrwerken noch einen angestiegenen Bach durchqueren. Es ging einen leichten Hang hinab, und Tilmann stellte fest, dass es hier noch rutschiger war als auf der zurückliegenden Strecke.

Seit Stunden fiel ein fortwährender, störender Regen auf sie herab. Ihre guten Schafwollumhänge ließen die Regentropfen zwar abperlen – das lag am Fettgehalt der Wolle –, trotzdem zog die Kälte in ihre Glieder, und nasse Füße hatten sie allemal. Die Pferde leisteten nicht erst seit Stunden Schwerstarbeit. Auch ihnen wurde alles abverlangt. Tilmann durchquerte vorsichtig als Erster die Furt, gefolgt von Jacub und Robert Frauenknecht. Die Reisigen patrouillierten seitlich des Flusses und behielten alles im Auge. Und dann passierte doch noch, womit keiner gerechnet hatte.

Mitten im Fluss gab es an einem hervorragenden Findling ein berstendes Geräusch, und Heinrich Kottsiepers Wagenrad brach in Stücke, sodass der Wagen in Schieflage geriet und seitlich abknickte. Heinrich verlor den Halt und stürzte in hohem Bogen ins eiskalte Wasser.

„Oh, du Sohn der bodenlosen Dummheit, verfluchte Scheiße“, rief Tilmann, „nicht schon wieder so etwas kurz vor dem Ziel.“ Jacub war über die Worte seines Vaters erstaunt. Solche Ausdrucksweise hatte er von ihm noch nie gehört.

Heinrich blieb förmlich die Luft weg. Die Kälte des Wassers schnürte seine Lungen fast zu. Aus seinem Mund war ein lautes „Aaah“ gekommen, als er ins Wasser gestürzt war. Tief war der Fluss nicht. So fand er nach einigen Sekunden Halt unter den Füßen und konnte sich aufrichten. Er klapperte am ganzen Körper vor Kälte und das Wasser rann an ihm herunter. Heinrich stand prustend mit weit geöffnetem Mund da.

Nun entspannte Heinrich Kottsieper die verunglückte Situation aber durch ein lautes Lachen: „Ich glaube, ich habe mich nass gemacht.“

Tilmann stieg von seinem Bock und rief: „Deine Hose kannst du wieder trocken furzen, nur mit dem Hemd wird das nicht klappen.“ Die Fahrer der anderen Wagen sowie die Reisige lachten laut.

Wentzel ritt mit seinem Pferd in den Fluss, wo sich Heinrich an seinem Holzsattel festhalten konnte, und führte ihn heraus. Tilmann kam mit einer Ersatzdecke angelaufen und hüllte ihn ein. „Schnell, du musst die nassen Sachen ausziehen, sonst holst du dir den Tod.“ Wentzel und seine Reisige halfen vorsichtig mit, die folgenden Wagen durch den Fluss zu bugsieren.

„Was geschieht mit meinem Wagen?“, fragte Heinrich mit klappernden Zähnen. „Mach dich erst trocken, den holen wir schon“, sagte Tilmann.

Die Seitenwand hatte dem Radbruch standgehalten. Zum Erstaunen aller waren die Tuchballen zwar etwas verrutscht, aber trocken geblieben, ebenso seine restliche Kleidung, die sich in einer ledernen Reisetasche befand.

„Wie weit ist es noch bis Lübeck?“, wollte Wentzel wissen.

Tilmann schüttelte seinen Kopf. „Ich denke, so zwei bis drei Stunden.“ „Aber ein einzelner Reiter ist dann viel schneller“, gab Wentzel zurück. „Was habt Ihr vor?“ „Ich schicke einen schnellen Reiter zur Stadt, wo euer Kontor ist, und lasse einen leeren Wagen mit Fahrer kommen. Wir laden dann die Tuche um und fahren gemeinsam in die Stadt. Um den zerbrochenen Wagen können wir uns später kümmern“, schlug der Ritter vor.

„Das ist ein guter Einfall, Herr Ritter. In der Zeit können wir unseren Heinrich trockenlegen.“ Tilmann war schon wieder zu einem Spaß aufgelegt.

„Das war bis jetzt nicht unsere glücklichste Reise. Zuerst das fürchterliche Gewitter, dann der Überfall und die Morde an unseren Freunden, und nun noch der Radbruch“, stöhnte Heinrich.

Einer der Reisige, der mit dem schnellsten Pferd, preschte los in Richtung Lübeck.

Die Händler stellten ihre Fuhrwerke hintereinander am Rande des Fernhandelswegs auf, sodass eventuell entgegenkommende Wagen passieren konnten.

„Bei dem Wetter sind sowieso nur wir und ein paar Halbtote unterwegs", stöhnte Jacub.

Die Reisige blieben bei den Wagen, während die Händler sich trockene Schaffelle unter die Arme klemmten, ein Bündel Holz nahmen und sich unter eine ausladende Eiche verzogen, die in einiger Entfernung auf einem Feld stand.

„Entfache ein Feuer, Jacub, damit sich der durchgefrorene Heinrich wieder aufwärmen kann! Der alte Baum hier hält wenigstens den Regen weitgehend ab", bemerkte Tilmann.

Robert Frauenknechts Laune war auch nicht gerade die beste. Für ihn wie für Jacub war es die erste große, mehrwöchige Reise gewesen.

„Hätte nie gedacht", sagte er, „dass es so anstrengend sein würde. Beneiden tue ich dich nicht, Tilmann. Wenn ich mir vorstelle, ich müsste jedes Jahr solch eine Reise machen, ich glaube, ich würde den Beruf wechseln. Gott sei Dank hat es aufgehört zu regnen; das Wetter hier oben im Norden ist ja noch verrückter als bei uns im Bergischen."

Nach längerer Wartezeit kam der Reisige angaloppiert und stieg vom Pferd. In einigem Abstand folgte ein geräumiger Wagen mit Fahrer.

Tilmann kannte den Mann, er arbeitete schon einige Jahre für das Lenneper Kontor. Er ging auf ihn zu: „Der gute alte Max! Schön, dich zu sehen!" Sie nahmen sich in die Arme und klopften einander auf die Schulter. „Du arbeitest also immer noch für uns, und heute sehe ich dich ganz besonders gerne.

Dort drüben steht der Unglückswagen, mitten im Bach, und muss umgeladen werden."

Sie machten sich an die Arbeit. „Wie bekommen wir die Tuche trocken aus dem Wagen?", fragte Jacub. Die Männer überlegten noch, da sagte Heinrich: „Die Reiter können uns helfen. Ich gehe wieder ins Wasser, ziehe die Tuchballen von der Ladefläche und reiche sie dem Reiter an. Der kann sie dann an Land zum Ersatzwagen bringen, wo ihr sie verstaut. Wenn alle Tuchballen in trockenen Tüchern sind, wechsele ich meine Kleidung."

„Das könnte gehen, aber warte einen Moment", sagte Tilmann und ging zur Ladefläche seines Fahrzeuges. Als er wiederkam, hatte er einen langen Stecken und ein Seil dabei.

„Hiermit kannst du dich im Wasser abstützen, bis du festen Stand unter den Füßen hast, und das Seil binde ich dir sicherheitshalber um den Bauch. Solltest du ausrutschen, können wir dich herausziehen. Bis zum Nordmeer reicht mein Seil nicht, daran solltest du denken, falls du erneut stürzt und abgetrieben wirst, mein Freund." Dabei grinste ihn Tilmann frech an.

Kapitel 3

So begann die Tuchballen-Rettungsaktion der Händler. Der ganze Vorgang war in dreißig Minuten unfallfrei abgeschlossen. Als sie endlich durchgefroren in Lübeck ankamen, war es schon tiefste Nacht. Sie fuhren direkt ins Lenneper Kontor, wo sie von Robert von Lynepe erwartet wurden. Es gab ein großes Hallo, und Tilmann stellte seine Leute vor. Alle schüttelten einander die Hände.

„Ihr seid wirklich spät, aber ich bin froh, dass ich euch unbeschadet und in gutem Zustand vor mir stehen sehe. Bei diesem Schietwetter wird sich eure Rückreise auch verschieben", sagte Robert, der Kontorleiter. Er stand seit Jahren auf der Gehaltsliste der Lenneper Händler und vertrat während ihrer Abwesenheit deren Interessen.

„Ich befürchte, ich muss den Winter abwarten, bis ich zurück nach Lennep reisen kann", bestätigte Tilmann. „Einige Wochen habe ich hier noch zu tun, dann ist es Dezember und die Winter sind in den letzten Jahren immer sehr streng gewesen." – „Nun lasst uns zunächst einen heißen Würzwein zum Aufwärmen genießen und etwas essen. Alles ist vorbereitet. Die Ladung steht im Stall, der Stall wird bewacht und die Pferde werden versorgt", sagte der Leiter. Dann fuhr er weiter fort: „Zum Glück wussten wir durch den Reisigen, dass ihr heute noch ankommen würdet, so konnten wir einige Sachen schon bereitstellen."

Nach dem Essen überkam sie ein Gefühl der Zufriedenheit. Jacub war todmüde und gähnte fortwährend, hielt sich aber noch tapfer wach. Tilmann dachte an seine erste Fahrt, und er wusste, wie anstrengend man so etwas empfand, wenn man es nicht gewohnt war. „Morgen werde ich ihn kräftig loben", dachte er. Nach einem kurzen Trunk verschwanden alle, fertig mit dem Tag und der Reise, in ihre Betten.

Am nächsten Morgen war Jacub als Erster wach und zog sich an. Das passierte ihm auch nur selten, aber seine Neugierde war schuld. Normalerweise hätte er sich noch einmal im Bette umgedreht und weitergeschlafen, aber als er seine Augen geöffnet hatte und die für ihn fremde Umgebung wahrnahm, machte sich der Entdeckergeist in ihm breit, und die Neugierde trieb ihn aus den Federn. Ja, die Hanse war so mächtig, so reich, dass er das erste Mal in seinem Leben tatsächlich in einem mit Federn gefüllten Bett lag, wo er erstaunlich gut genächtigt hatte.

All die neuen Eindrücke saugte er förmlich in sich auf. Sein Vater und die anderen schliefen noch. Er ging durchs Kontor und traf den Leiter Robert von Lynepe, der schon an einem Schreibpult stand und seiner Buchführung nachging. Er blickte auf und erkannte Jacub.

„Aha, der Sohnemann ist schon auf den Füßen", lachte er. „Du willst dich sicherlich etwas umsehen. Komm mit, ich zeige dir unser Kontor." Robert ging voraus in die Gasse, und Jacub folgte ihm. „Fangen wir im Erdgeschoss an."

Vor ihnen stand ein großes Lagerhaus mit einem gewaltigen Eingangstor. In dem Tor befand sich noch zusätzlich eine kleinere Tür, die Robert aufschloss. Hinter der Schwelle tat sich eine Halle auf, in der ihre Wagen standen und die Reisige mit Wentzel noch im Heu lagen. Die Lenneper Wagen füllten aber nur einen kleinen Teil des Saales aus.

„Ist das groß", sagte Jacub. „Ja, so fünfundzwanzig Fuhrwerke bekommen wir hier untergestellt. Es ist immer ein Kommen und Gehen. Folge mir, mein Junge!"

Sie gingen eine steile Stiege empor in den ersten Stock.

„Hier ist unser Speicher, die Lagerstätte und die Bestandsaufnahme.“ Drei Personen waren mit dem Zählen, Wiegen und Kontrollieren der Waren beschäftigt: Tuchballen, bestückt mit dreißig bis sechsundvierzig Ellen Stoff – gerade so schwer, dass sie eine Person auf der Schulter tragen konnte.

„Komm weiter, ich zeige dir etwas Wertvolles“, sagte Robert, und sie gingen zu einem kleineren Lagerraum, der verschlossen war. Der Kontorleiter holte einen Schlüssel hervor und öffnete die Tür. In dem Raum befanden sich Kisten voller Pelze.

„Fasse sie einmal an, wie weich sie sind. Das sind Marder, Wiesel, Seehund und Hermelin.“ Jacub unterbrach ihn kurz: „Und die Felle stammen von einem ‚Seehund‘?“ Der Kontorleiter nickte: „Die kommen von unseren Handelspartnern aus Riga, Reval und Nowgorod, und das hier ist unser Schatz“, sagte Robert und holte aus einem Regal eine Truhe hervor. Er öffnete den Deckel, und die Kiste war gefüllt mit allerlei wunderschönen Steinen. „Herrlich, wie das glänzt. Was ist das denn?“, fragte Jacub.

„Unsere Notversicherung. Bernstein aus der Ostsee, ein Schmuckstein, aus dem lassen wir vom Steinschleifer Gebetsketten und andere Schmuckstücke herstellen.“ Jacub war begeistert. „Mit etwas Glück findet man die gelben Steine an den Stränden der Ostsee.“ Da war sie wieder, seine Bestätigung: „Ostsee“ hatte der Kontorleiter gesagt; er würde es Vater noch beweisen, dass man „See“ und nicht „Meer“ sagte.

„Komm, mein Junge, es geht weiter.“ Sie gingen in ein weiteres Lager, in dem etliche Fässer standen. „Hier in den Fässern ist Öl, das da sind Salzfässer, und hier sind Feigen, in denen dort Getreide und, und, und.“

In einem anderen Raum lagerte Stockfisch aus Bergen.

„Unsere Partner aus Brügge beliefern uns mit Weinen aus La Rochelle, Portugal und Spanien. Wie du siehst, sind wir ein internationales, verflochtenes Handelsnetz in der Hanse. Meer- und Steinsalz wird immer ein wichtiger Posten sein. An der Ostsee gibt es keine Salinen, so müssen wir Salz importieren, um viele Nahrungsmittel damit haltbar zu machen. Zu unserem Glück haben wir in Lüneburg ein riesiges Steinsalzvorkommen, das wir nutzen – für Salzbutter oder den Hering zum Beispiel –, aber es gibt auch Schattenseiten. Wir haben keine Kriegsschiffe und sind somit des Öfteren auf der Ostsee den Piraten ausgeliefert. Da sind unsere Koggen zu langsam und können sich nicht verteidigen. Dann ist da noch der Dänenkönig, der die Alleinherrschaft über die Ostsee haben will. Ständig wiegelt er die Hansestädte gegeneinander auf, verbreitet Lügen und ist korrupt. Doch nun lass uns zurückgehen, um nach den anderen zu sehen. Die dürften jetzt ausgeschlafen haben. Es ist ja dein erster Tag in Lübeck, und es gibt noch genügend Zeit, dir alle anderen Dinge zu zeigen."

„Ich wollte dir noch sagen, dass du dich gut angestellt hast während der Reise. So langsam wirst du ein richtiger Mann", lobte Tilmann seinen Sohn, dem man seinen Stolz anmerken konnte. So oft wurde er von seinem Vater nicht gelobt.

„In der nächsten Zeit habe ich viel in Lübeck zu arbeiten – Treffen mit verschiedenen Händlern und Kaufleuten. Immer kann ich dich nicht mitnehmen. Du hast dann Gelegenheit, dir die Stadt anzusehen. Ich denke, damit bist du fürs Erste genug beschäftigt. Intensiv muss ich mich um Robert Frauenknecht kümmern, ihn verschiedenen Leuten vorstellen; letztendlich ist er ja der Vertreter unserer Stadt. Eines muss ich dir mitteilen, etwas Unangenehmes: Wir werden das Weihnachtsfest dieses Jahr nicht in Lennep verbringen können. Das tut mir auch sehr leid, aber in den strengen Wintermonaten zu reisen, wäre der nackte Wahnsinn, es gliche einem Selbstmord. Außerdem müssen wir vorher noch nach Lüneburg, um Steinsalz abzuholen, bevor wir uns auf die Rückreise machen. Du musst jetzt nichts sagen, mein Sohn, mich stimmt es ebenso traurig wie dich. Ich vermisse Mutter und deine Geschwister auch."

„Ich sehe mir die Stadt an, Vater, das lenkt mich ein wenig ab."

„Warte", sagte Tilmann, griff in seinen Geldbeutel und holte einige Münzen hervor. „Hier, ein verdienter kleiner Lohn, und mach dir einen schönen Tag. Bis zum Abendessen sei bitte zurück!"

Jacub verließ das Kontor und schlenderte neugierig, wie er immer war, durch die Straßen Lübecks. Dem Aussehen der Häuser nach befand er sich in einem wohlhabenden Viertel. Auch hier fiel ihm überall der etwas leuchtende, rötliche Backstein auf. Prunkvolle Haustüren schmückten die Eingänge der Kaufmannshäuser. In einem Querbalken oberhalb der Eingangspforte war etwas in das Holz geritzt, was Jacub zwar lesen konnte, aber nicht verstand. „Dat bose vermeide, unde acht de ryt." Schon mehrere solcher oder ähnlicher Sätze waren ihm an verschiedenen Haustüren aufgefallen.

An den meisten Türen hatten die Besitzer der Häuser schwere, glänzende Messingklopfer angebracht. Vor einem Haus verweilte Jacub einen längeren Augenblick, weil er bemerkte, dass der Besitzer sehr viel Liebe investiert hatte. An der Fassade rechts neben dem Eingangsportal hatte sich ein Maler verewigt. Eine gewaltige Kogge kämpfte im Abendlicht gegen anrollende Wellen an. Gewitter, Sturm und Regen peitschten durch das Bild und verliehen ihm eine gewisse Bewegung. Er sah den langen Mast mit dem Krähennest, in dem ein Seemann Ausschau hielt. Irgendwie kam in Jacub das Verlangen auf, auch einmal mit solch einem Schiff zu fahren. Dieses Bild weckte die Abenteuerlust in ihm. In diesem Moment konnte er aber noch nicht wissen, dass sich sein Traum erfüllen würde, und der Tag lag gar nicht mehr in so weiter Ferne. Nachdem er das Bild eine Zeit lang betrachtet hatte, schlenderte er zurück in die Hafengegend.

Große und kleine Schiffe lagen am Kai. Er staunte nicht schlecht, als er sah, was da so alles angelandet war. Die dicken Pötte, dachte er, müssen die berühmten Hanse-Koggen sein. Hier im Hafenviertel tobte das Leben, hier war man am Puls der Zeit. Unzählige Hafenarbeiter waren mit dem Tragen der Waren beschäftigt, die schwer drückend auf ihren Schultern lasteten. Gebeugt, stöhnend und schwitzend gingen sie an ihm vorbei. Andere warfen sich gegenseitig Säcke zu und wieder andere bepackten Handkarren, mit denen sie dann vom Kai in die bestimmten Lagerhallen fuhren. Davor standen Leute der Hanse mit Schreibtafeln in den Händen, um die eintreffenden Waren zu kontrollieren. Männer, die etwas zu sagen hatten, erteilten lauthals Anweisungen. Als Jacub seinen Weg fortsetzte, wurde er von einem zerlumpten Bettler angesprochen.

„Versucht ein Spiel, mein Freund“, sprach ihn der junge Gaukler an. Jacub verneinte und ging weiter. Ein anderer jonglierte mit drei Reifen. Viele Kinder hatten sich um ihn versammelt und lachten. Ein kleiner Bursche rollte ein Rad neben sich her, das er mit einem kurzen Stock antrieb, und überall standen Fässer mit eingebrannten Schriftzügen herum. Sehr wahrscheinlich waren der Inhalt und das Herkunftsland darauf vermerkt worden. Schwankende Seeleute, die gerade aus einer der vielen Tavernen kamen, gingen singend an ihm vorbei.

An einer Hausecke standen hübsche, wohlgeformte Frauen

und sprachen mit verschiedenen Männern. Hier verschwand regelmäßig ein Teil deren Heuer. Jacub war zwar noch jung und unerfahren, doch was Hübschlerinnen waren, das wusste er, die sah er immer in Lennep am Gänsemarkt stehen. Ein Stimmengewirr unterschiedlicher Sprachen drang an sein Ohr. Nie zuvor hatte er eine so internationale Stadt wie Lübeck gesehen, selbst Colonia am Rhein konnte da nicht mithalten. Die meisten Sprachen hatte er vorher noch nie gehört. Ein Junge, so um die 12 Jahre alt, verkaufte an einem Stand frisches Schmalzgebäck. Jacub erinnerte sich an sein verdientes Geld und bestellte sich eine Portion davon. Während er es sich schmecken ließ, setzte er seinen Weg fort.

Er ging an einem Bäckerladen vorbei, an dem es nach frischen Broten roch. Der große Ofen gab wohltuende Wärme von sich. Jacub blieb einige Zeit an ihm stehen und ließ die Wärme sowie den verführerischen Duft des Brotes auf sich wirken. Etwas weiter hingen Schweinehälften an Deckenhaken. Davor stand ein Fleischhauer hinter einem groben Holztisch und zerteilte mit einem Hackbeil Knochen und Fleischstücke. Neben den Schweinehälften befanden sich Fasane, Gänse und Hühner an einer Stange. Auf einem Holzbock lagen verschiedene Messer und ein Schleifstein. Jacub spazierte durch andere Gassen, durchlief schnell ein Armenviertel und war am späten Nachmittag wieder im Lenneper Kontor. Kurz nachdem er eintrat, kamen auch sein Vater, Robert Frauenknecht, Heinrich Kottsieper und der Kontorleiter von einer Sitzung zurück.

Weihnachten im Jahre 1324 in der Hansestadt Lennep.

Anneliese Wüllenweber war traurig, denn sie wusste genau, dass ihr Mann erst wieder im Frühjahr des nächsten Jahres zurückkommen würde. Die Bürger waren eifrig dabei, die kleine Stadt für die bevorstehenden Weihnachtstage zu schmücken. Junge Mädchen hatten aus Stoffresten bunte Schleifen gebastelt, um die Bäume im Stadtgebiet zu verschönern. An den Eingangstüren der Häuser hingen gebundene Zweige.

„Es wird ein trauriges Weihnachten“, dachte sie, „auch für die Kinder, die ihren Vater vermissen.“ Trotzdem wollte sie ihren Kindern ein schönes Fest bereiten. So ging sie zwei Tage vor dem Feste noch einmal zum Gänsebauern, um sich einen fetten Vogel zu besorgen, den sie mit Kräutern und Äpfeln vom Herbst füllen wollte.

Ein paar Geschenke für die Kinder hatte sie besorgt und etwas Süßes dazu. Vorher wollte sie noch einmal ins Verlies, wo Karl immer noch in Ketten hing. Unverdrossen ging sie weiter regelmäßig zu ihm und versorgte ihn mit Essen und Getränken. Auch glaubte sie, genau wie ihr Sohn Simon und der Medicus, weiterhin an seine Unschuld. Es gab aber immer noch keine neuen Erkenntnisse und auch keinen neuen Verhandlungstermin. Wieder hatte sie ihren Korb dabei, gefüllt mit Broten und einem Stück Kuchen. Durch ihre ständigen Besuche war sie allmählich mit dem Wärter vertrauter geworden. Sie wurde nur noch selten kontrolliert. Meistens lächelte der Wärter, der Rupert hieß, sie an, denn durch Anneliese Erscheinen wurde die Sache für ihn unten im kalten, feuchten Keller etwas abwechslungsreicher und die Monotonie der Einsamkeit gelindert.

„Morgen, Frau Wüllenweber, heute wieder leckere Dinge eingepackt?“ – „Ja, Rupert, hier – das ist für dich“, sagte sie und hielt ihm einen Holzkrug Wein hin. „Oh, vielen Dank, die Dame."

Er reichte ihr den schweren Schlüssel hin und murmelte: „Bedient Euch." Immer öfter gab er ihr den eisernen Ring, weil die Vorfreude auf den schmackhaften Wein so groß war, dass Anneliese mit dem Schlüsselring die Zellentüre alleine aufschließen konnte. Außerdem, dachte er, geht von dieser kleinen, freundlichen Frau keinerlei Gefahr aus.

Sie betrat die Zelle. „Wie lange wollt Ihr das noch durchstehen, Frau Wüllenweber?", fragte Karl sie.

„Das fragst ausgerechnet du mich? Solange, bis ich dich in Freiheit weiß." – „Ihr bekommt mich hier niemals raus. Gestern war der Pfarrer bei mir und hielt mir einen Vortrag über meine Ungläubigkeit und dass es Gottes Wille sei, dass ich hier schmoren müsste, um auf den Tod zu warten. Er meinte, ich sollte doch einfach alles gestehen, dann würde er dafür sorgen, dass es schneller ginge. Ich war zwar nie in der Kirche, bin aber auch kein Gotteslästerer."

„Hör nicht auf seine Worte. Wenn du unschuldig bist, wird dir Gott die Stärke zum Überleben schenken. Die Sache ist noch nicht entschieden, bei diesem Wetter bekommen wir erneut einen Aufschub, und meine Vermutung ist, dass deine Verhandlung wieder aufgeschoben wird. Ich denke nicht, dass sich ein Richter bei diesem Wetter nach Lennep aufmacht, zumal das Gericht öffentlich auf dem Marktplatz tagt, und dafür ist es denen mit Sicherheit viel zu kalt. Vor März wird da nichts stattfinden. – Bis bald, Karl, ich muss mich noch um das bevorstehende Weihnachtsfest kümmern. Verlier nicht deinen Mut."

Sie verließ die Zelle, verschloss die Tür und ging zum Wärter zurück, um ihm dem Schlüsselring zu geben. Rupert hatte schon einen glasigen Blick, denn der Holzkrug war fast leer.

„Leckeres Gesöff, Frau, dann bis zum nächsten Mal", lallte er.

Anneliese ging aber nicht direkt nach Hause, sondern verschwand schnellen Schrittes in der Botengasse. An einem Eingang blieb sie stehen und klopfte laut. Ein junger Bursche öffnete ihr die Tür. „Ich kenne Euch vom Sehen her, Ihr seid ein Sendbote – ist das richtig?" Der Junge nickte. „Wisst Ihr, wer ich bin?", fragte sie. Der Junge nickte erneut: „Ihr seid die Frau des Tuchmachers Wüllenweber, unten von der Wallstraße."

„Gut, ich habe einen dringenden Auftrag für Euch. Könnt Ihr morgen früh bei mir eine Depesche übernehmen und sie nach Huckengeswage bringen?" Als Tuchmacherfrau war sie des Schreibens und des Lesens mächtig. „Es ist Weihnachtszeit, gute Frau", sagte der Junge. „Ich weiß, Ihr bekommt ein zusätzliches Weihnachtsgeld von mir. Wäre das in Ordnung?" Der Junge stimmte zu und fragte: „So um neun Uhr?" – „Ja, das wäre mir recht. Also bis morgen", sagte sie und verschwand durch die kleine Gasse in Richtung Wallstraße.

Tilmann nahm seinen Sohn mit auf eine Sitzung im Hansesaal. Verschiedene Händler und Kaufleute trafen zusammen sowie viele Abgeordnete und Vertreter anderer Städte. Alle waren bei dieser Kälte mit wertvollen Mänteln bekleidet, manche davon wunderschön mit teuren Pelzen verziert. Die feinen Herren trugen die unterschiedlichsten Mützen, teilweise mit bunten Federn geschmückt. Jacub erkannte die Federn von Greifvögeln, Pfauen und Fasanen.

Als alle zusammensaßen, wurde geredet und geredet; über eine Sauerkrautlieferung, über Skorbut, über den Holzhandel. Später dann über Wachs und Fette für Kerzenmacher. Jacub schlief fast ein, denn er fand es furchtbar langweilig. Dann ging es noch um den Ausbau der Hafenanlagen. Einer erhob sich mit den Worten: „Was nützen uns die schwer beladenen Koggen, wenn an den Kai-Anlagen die Tiefe nicht vorhanden ist? Einige Häfen müssen vertieft werden, damit wir anlanden können, um die Fracht zu löschen."

„Wie lange dauert das denn hier noch?", dachte Jacub.

Dann ging es noch um Politik. „Die meisten Städte werden doch sowieso von uns Kaufleuten beherrscht. Viele unserer Leute sitzen im Rat oder sind sogar Bürgermeister", erwähnte ein anderer.

Dann kam das nächste Thema der Tagesordnung. Es ging um den Ausschluss aus der Städte-Gemeinschaft, die sogenannte Verhansung. Einer brüllte: „Wer gegen Prinzipien und Interessen der Gemeinschaft verstößt, fliegt raus." Einige schüttelten ihren Kopf, andere wiederum stimmten zu.

Nun kam eine brisante Frage auf den Tisch, die von Tilmann gestellt wurde. Als Jacub seinen Vater sprechen hörte, war er schlagartig wieder wach. „Wie gehen wir – oder vielmehr: wie stehen wir – zu den Rittern des Deutschen Ordens?"

Ein Lübecker Händler erhob sich: „Der Deutsche Orden hat das gesetzliche Recht auf den alleinigen Handel mit Bernstein. Er ist Mitglied im Städtebund der Hanse als freier Flächenstaat." – „Deshalb ist er so wohlhabend. Der Bernstein brachte ihm den Reichtum", sagte ein anderer.

„Meine Herren, lasset uns zu einem anderen Thema schwenken. Keiner von uns hat große Lust, sich mit den Rittern des Deutschen Ordens anzulegen. Sie expandieren so stark im Osten, dass es für die Hanse nur gut sein kann. Sollen sie ihren Bernstein-Handel haben – gleichzeitig eröffnet sich uns ein riesiger Pelz- und Holzmarkt", sagte der Lübecker erneut.

„Wie lange dauert das denn noch", dachte wieder Jacub. Und tatsächlich kam dann auch irgendwann das Ende. Die

Männer schüttelten einander die Hand. „Bis zum nächsten Hansetag, empfehle mich und gute Geschäfte“, raunten sie sich aufmunternd zu, und jeder ging seines Weges.

„Na, mein Sohn, war doch interessant für dich“, stellte Tilmann fest. „Sehr“, sagte Jacub, „hat mich unheimlich interessiert.“

Eine Handbreit Neuschnee lag auf den Straßen, als sie zurück ins Kontor gingen. Am Abend, nach dem Essen, saßen Tilmann und Jacub bei angenehmer Wärme vor dem Kamin in ihrem Zimmer, als es an der Tür klopfte. „Ja, bitte“, rief Tilmann. Herein kam Ritter Wentzel. „Könnte ich Euch sprechen, Herr Wüllenweber?“

„Natürlich! Setzt Euch, was habt Ihr auf dem Herzen?“

„Braucht ihr mich und die Reisige noch für die Rückreise? Ich meine, wir sitzen und hängen sicherlich noch zwei bis drei Monate hier herum, ohne eine Aufgabe zu haben. Im Winter passiert doch nichts.“

Tilmann sah ihn fragend an: „Bei unserer Rückreise haben wir keine wertvollen Waren geladen, außer einigen Fässern Steinsalz aus Lüneburg. Aber warum fragt Ihr?“

„Ich traf gestern einen Ritter des Deutschen Ordens. Er riet mir, mich ihnen anzuschließen und mit nach Livland zu reiten. Sie hätten im Osten verschiedene Burgen und könnten gute Leute immer gebrauchen. Zwei meiner Reisigen würden gerne mitgehen, weil sie keine Familien haben. Dann blieben noch vier Soldaten zur Bewachung für eure Rückreise übrig“, erklärte ihm Wentzel seinen Wunsch.

Tilmann überlegte und kratzte sich am Kinn, dann sagte er: „Gut, Herr Ritter, Ihr habt mir edle und mutige Dienste geleistet, und ich möchte Euch keine Steine in den Weg legen. Wie wollt Ihr das Eurem Grafen erklären?“

„Das ist nicht das Problem, denn ich bin ein freier Ritter und kann jegliche Art von Diensten in Anspruch nehmen."

„Ich kenne einige Herren des Deutschordens", sagte Tilmann. „In der Hanse arbeiten wir häufiger mit ihnen zusammen. Nach dem Verlust von Akkon hatten sie ihren Sitz ins Baltikum verlegt, um dort gegen die Ungläubigen zu kämpfen. Ihr Hochmeister Siegfried von Feuchtwangen zog mit dem Orden in die Marienburg, an den Fluss Nogat, um von dort aus Krieg gegen die Heiden zu führen, die sich nicht taufen lassen wollten. Ihr seid noch recht jung, habt Euer Leben noch vor Euch, meiner Meinung nach aber ist die Zeit der Kreuzzüge und des Rittertums vorbei. Trotz mehrerer Hundert Jahre Rittertum gehen wir einer neuen Zeit entgegen. Die Tugenden, das Heldenhafte, ja die gesamte Ideologie gehören meiner Auffassung nach der Vergangenheit an. Aber Ihr sollt Euren Weg gehen, kommt morgen früh in mein Büro, dann kann ich Euch und Eure Leute auszahlen." Wentzel ließ Tilmanns Worte auf sich wirken, dann sagte er: „Genau damit mag ich mich nicht abfinden. Ich glaube, in den Ostgebieten ist das noch anders, so wie es früher war. Dort wird noch mit den alten Waffen gekämpft." – „Es ist ganz allein Eure Entscheidung, Herr Ritter." Wentzel erhob sich und verließ nachdenklich den Raum.

Der Sendbote nahm die vollgeschriebene Pergamentrolle als Depesche entgegen und ritt nach Huckengeswage, um dort im Auftrag der Tuchmacherfrau einen Schmied zu treffen. Vorsichtig hatte Anneliese das Schriftstück mit heißem Wachs versehen und ihren Familienstempel hineingedrückt. Es war ein alter Siegelring mit ihren Initialen. Sie wollte nicht, dass irgendjemand anderes ihre Nachricht las.

Ein Teil ihrer Familie lebte in diesem Huckengeswage, ein anderer Zweig in Weperevorthe, einer weiteren Nachbarstadt. Beide Ortschaften waren nicht allzu weit von Lennep entfernt; die Entfernung konnte mit einem Pferd gut an einem Tag bewältigt werden. Friedrich würde kommen, dachte sie. Er war ihr Vetter, und sie waren gute Freunde. Ihr Onkel hatte sich vor vielen Jahren in dem Ort an der Weper als Schmied niedergelassen, und Friedrich war in seine Fußstapfen getreten. Ihr Spezialgebiet war die Kleinschmiedekunst. Ihre Auftragsbücher waren voll, das wusste Anneliese. Sie fertigten vornehmlich eiserne Türschlösser an, dazu die passenden Schlüssel, des weiteren Kandelaber, schmiedeeiserne Geländer und vieles mehr …

Sie sahen sich vielleicht vier- bis fünfmal pro Jahr, aber auf Friedrich war stets Verlass. Als Simon die Stube betrat, rief Anneliese: „Aha, der Sohnemann ist da. Habe auf dich gewartet. Such bitte Gerold vom Steinberg auf und bitte ihn, hierher zu kommen.“ Simon nickte und verschwand.

Wenn Anneliese ihn, den Medicus, rufen ließ, war er sofort bereit, ihr zu helfen. Insgeheim verehrte er die Frau des Tuchmachers, ja er bewunderte sie regelrecht, wäre aber nie auf die Idee gekommen, ihr gegenüber aufdringlich zu werden. Dafür hatte er zu viel Achtung vor dieser eigenwilligen, mit viel Durchsetzungskraft ausgestatteten Frau, und Tilmann war schließlich seit vielen Jahren sein bester Freund. Er wusste, sie war eine Kämpfernatur. Wenn Anneliese etwas wollte, dann bekam sie es auch in Kürze oder etwas später.

Als Gerold kurze Zeit später in ihrem Haus war, sagte sie: „Wir müssen reden, ich habe Euch einen Vorschlag zu unterbreiten.“ Simon musste erneut das Zimmer verlassen, und er kam sich vor wie ein Kleinkind.

„Immer schickt ihr mich fort, ausmisten, sauber machen und Klauen schneiden", meckerte er und ging in den Stall zu den Schafen, wo sich auch Roland und Herbert aufhielten. „Simon", sagte Anneliese deutlich, „du weißt, dass wir zurzeit dort jede Hand brauchen."

Seit drei Wochen herrschte Chaos im Stall, da hatten sie mit der Schur begonnen. Roland und Herbert schoren Schaf um Schaf und waren dankbar, wenn sie etwas Hilfe bekamen. Es war so eng und sie waren froh über jedes neu geschorene Tier. Wenn ihre Wolle runter war, sahen die Schafe zwar wie nackt aus, aber sie benötigten deutlich weniger Platz.

„Gertlinde, bereite bitte einen Kräutertee für uns. Bei dieser Kälte wird Herr vom Steinberg sicherlich durchgefroren sein."

Anneliese erklärte ihm ihren Plan, ihre Vorgehensweise in Sachen Karl. Der Medicus hörte aufmerksam zu und widersprach ihr nicht. Als sie ihr Vorhaben geschildert hatte, sagte er: „Das ist eine gefährliche Geschichte, die ihr da geplant habt. Sie ist aber nicht ohne, es könnte klappen, und wir sind für den Notfall gerüstet." – „Ich würde vorschlagen, wir treffen uns noch einmal zu Beginn des neuen Jahres, um den weiteren Plan zu besprechen", riet Anneliese.

„Was für eine eigenwillige, starke Frau sie doch ist", dachte Gerold voller Bewunderung. Er erhob sich: „Dann selige Weihnachten Euch und Eurer Familie, Frau Wüllenweber, bis im Januar. Ach so, habt Ihr was von Eurem Gatten gehört?"

„Leider nicht, Herr vom Steinberg, aber ich kenne so etwas. Der Winter hat die Händler überrascht, und deshalb werden sie sicherlich erst im Frühjahr zurück sein. Das läuft nie perfekt, wenn sie unterwegs sind – meistens treten Verzögerungen auf. Auch Euch schöne Weihnachten", sagte sie und brachte ihn zur Tür, wo ihnen ein kalter Windzug ins Gesicht blies.

Tilmann, Jacub und Robert Frauenknecht gingen mit Robert von Lynepe ins Lübecker Rathaus, wo sie sich mit anderen Händlern treffen wollten, um gemeinsam die Christmesse zu besuchen. Weil sie nicht in Eile waren, schlenderten sie über den Koberg und sahen sich die Jacobi-Kirche an. Anschließend gingen sie zusammen in den Lübecker Dom. Jacub war erstaunt über diese Kirche.

„Heinrich der Löwe", sagte sein Vater, „hat hier den Grundstein gelegt, als Kathedrale für das Bistum Lübeck. Sie ist Johannes dem Täufer gewidmet und als Gemeindekirche dem Heiligen Nikolaus geweiht. In den letzten Jahren wurde immer wieder an ihr gebaut. Nun wird sie eine gotische Hallenkirche werden. Die Seitenschiffe werden etwa auf die gleiche Höhe wie das Mittelschiff gebaut." Jacub staunte und nickte. Mengen von Menschen hatten sich am Portal versammelt. Viele Bürger Lübecks und die hiergebliebenen Reisenden freuten sich auf den Gottesdienst.

„Unser erstes Weihnachten ohne Mutter und meine Geschwister", sagte Jacub. „Ich weiß, mein Junge, aber die nächsten Wochen werden auch vorbei gehen, dann kommt das Frühjahr, und wir fahren bald nach Hause."

Die Leute drängten in den Dom, um sich die besten Plätze zu angeln. Die Lenneper saßen in der vierten Reihe. Im feierlichen Gewand betrat der Bischof, gefolgt von Messdienern, die Bühne, um den Gottesdienst zu eröffnen. Da er ihn komplett in lateinischer Sprache abhielt, erreichte er, dass kaum einer etwas verstand, machte sich aber unheimlich wichtig und stand im Mittelpunkt. Er gab den Bürgern das Gefühl: „Wie, ihr versteht das nicht? Wollt ihr alle in Dummheit sterben?"

Nach Beendigung der Messe trafen sich viele Hanse-Kaufleute im Saal des Rathauses, wo eine Festtafel gedeckt worden war. An die hundert Leute fanden hier auf langen Holzbänken Platz. Die Tischreihen waren feierlich eingedeckt und mit Zweigen geschmückt. Verschiedene Körbe mit frisch aufgeschnittenem Brot wurden gereicht, dazu kleine Schmalztöpfchen. Mädchen und Burschen waren vom Rat abgestellt worden, um die Gäste zu betreuen. Buttertöpfe standen auf dem Tisch, kleine Teller voll Salz. In der Mitte der Tische wurden Holzbretter mit gegrilltem Fleisch und gebratenem Fisch abgestellt. Der ganze Saal duftete nach frischem Braten, denn so ein Gottesdienst verursachte großen Hunger. Die jungen Mädchen brachten noch mehrere Schüsseln mit duftendem Kohl, und die Männer langten kräftig zu. Jacub saß mit einigen gleichaltrigen Jungen zusammen, die er kennengelernt hatte. Auch sie waren Söhne irgendwelcher Kaufleute. Krüge mit Bier und Wein wurden gebracht und schmackhafter Met in verkorkten Tonflaschen. Die jungen Herren fingen an, sich Met in ihre Becher zu gießen.

„Was ist denn mit dir, Jacub, magst du nicht mit uns trinken?", fragte ihn ein Junge namens Michel.

Jacub schüttete sich den Becher voll. „Natürlich", sagte er und log: „Das Zeug trinke ich oft – an und für sich mein Lieblingsgetränk."

Sie prosteten einander zu und schenkten erneut ein. Nach einigen Bechern wurden die jungen Herren immer lustiger und alberten herum. Michels Vater rief zu ihnen herüber: „Sauft nicht so viel, ihr könnt das Zeug sowieso nicht vertragen!"

Michel protzte: „Wir trinken unsere Väter heute unter den Tisch“, und goss wieder ihre Becher voll. Einer von ihnen, der Kleinste im Bund, nahm eine Forelle vom Brett und legte sich den Fisch auf den Teller. „Lecker, diese Schollen, diese Plattfische“, sagte er.

„Du Hohlkopf“, lachte Michel, „das ist kein Plattfisch, sondern eine Forelle.“

Der Kleine, schon ziemlich angetrunken, ballte die Hand zur Faust, schlug auf die Forelle und meinte: „Ich hab doch gesagt, Plattfisch“, und lachte sich halb tot.

Da es im Saal immer lauter wurde, ging nun auch das Gelächter der jungen Händlersöhne erst richtig los, auch Jacub bekam sich nicht mehr ein vor Lachen. Erneut wurden die Becher gefüllt.

Michel rief: „Wir trinken Met, bis keiner mehr steht.“

„Was meinst du jetzt mit ‚steht‘?“, kicherte der Kleine.

Ihre Gespräche gingen jetzt ins Prahlerische über, und Jacub erzählte seinen neuen Freunden von dem Unwetter und von dem Überfall auf Ulrich Stute und seine Leute.

„Hier, trinkt aus!“, lachte Michel und hob erneut seinen Becher.

„Kommt, Jungs“, lallte der Kleine, „wir nehmen uns etwas von dem guten Met mit und gehen auf die Straße.“

Alle drei schoben sich eine Tonflasche in den ausladenden Ärmel und hielten ihn mit nach hinten gehaltener Hand fest, dann standen sie auf und verließen schwankend, aber unauffällig den Saal.

Die Händler waren so mit sich beschäftigt, dass keinem etwas aufgefallen war. Ihre Laune erreichte ebenfalls den Höhepunkt. Als die Kaufmannssöhne die Straße betraten, gab ihnen die eiskalte Winterluft den Rest. Es war nur noch ein Getaumel und Gelalle. Eine Schneedecke von einer Handbreit überzog die gepflasterte Straße. Sie prosteten einander zu und soffen aus ihren Flaschen. Der Kleine legte sich mit dem Rücken auf die Straße in den Schnee und schaute sich den Sternenhimmel an. Jacub und Michel lachten und hielten sich die Hand vor den Mund. Nun fing der Kleine auch noch an zu dichten:

„Die Flocken wehen mir ins Gesicht, nur meinen Hintern, den treffen sie nicht."

Michel konterte: „Erhebe er sich alsbald, sonst wird ihm noch der Hintern kalt."

Das Gekichere und Gelalle ging noch eine Weile so weiter, bis ihr Verstand und die Koordination vom Alkohol übernommen wurden. Nun ging alles viel schneller, als die drei jungen Männer ahnen konnten. Keiner von ihnen war es gewohnt, Alkohol zu trinken, so wurden sie von der getrunkenen Flüssigkeit dahingerafft. In ihrer Not schlug jeder der Knaben seinen eigenen Weg ein.

Michel stand schwankend an einem Gartenzaun, als ihm schlecht wurde und er einen kräftigen Strahl von Erbrochenem in hohem Bogen in den Vorgarten spie. Sein Ausgestoßenes hinterließ ein eindrucksvolles, farbiges Gemälde in der dünnen Schneedecke, sodass sich der Besitzer des Hauses am nächsten Morgen freuen würde. Er versuchte, sich mit den Armen auf dem Zaun abzustützen, und hielt den Kopf nach unten, als die nächste Ladung seinen Mund verließ. Sein ganzer Körper zitterte, und der erneute Schwall schoss über seine Tunika. Der Rest landete auf seinen Schuhen. Durch den säuerlichen Geschmack in seinem Mund wurde erneut ein Würgereiz ausgelöst.

Der Kleine bekam von alledem nichts mehr mit, denn er war mitten auf der Straße eingeschlafen, was bei den Temperaturen gefährlich war.

Jacub war ebenfalls nicht mehr Herr seiner Sinne und torkelte durch die Gassen. Dabei stolperte er von der linken zur rechten Straßenseite und wieder zurück. Neben einer Taverne stand eine Holzbank, die er verschwommen wahrnahm. Er torkelte auf sie zu und konnte sich gerade noch an ihr festhalten, als er feststellte, dass er dringend Wasser lassen musste. Er fuchtelte mit der Hand an seiner Hose herum, bekam sie aber nur halb geöffnet, und so floss sein Strahl teilweise hinter die Bank und der Rest in seine Brouche. Danach legte er sich kurz entschlossen hin, um ein Nickerchen zu machen, und das im Winter bei Frost.

Kurz vor dem Jahreswechsel erschien Annelieses Vetter in Lennep. Sie war so froh, ihn zu sehen. „Friedrich, schön, dass du gekommen bist!“ Sie nahmen sich in die Arme und küssten einander auf die Wange.

„Ich habe deine Depesche erhalten. Was ist denn passiert, dass du so dringend nach mir rufen lässt?“

„Setz dich erst einmal. Was weißt du über diese Morde, die sich hier abgespielt haben?“, fragte sie ihn.

„Gut, ich habe davon in Huckengeswage gehört, kenne aber keine Einzelheiten. Ich weiß nur, dass sie deinen Vorarbeiter des Mordes anklagen wollen. Wie hieß er noch …? Klaus, ach nee, Karl war sein Name, richtig?“ – „Ja, aber das Problem ist: Er ist unschuldig.“

Sie erzählte ihm alle Details in Ruhe; ihr Vetter Friedrich hörte aufmerksam zu. Als sie ihre Erzählung beendet hatte, fragte sie Friedrich: „Was soll ich denn jetzt in der Sache machen?“

Sie stand auf, ging zu einer Truhe, holte einen in ein Tuch gewickelten Gegenstand hervor, legte ihn auf den Tisch und entfernte das Tuch. Friedrich schaute gebannt darauf.

„Das ist ein Schlüsselabdruck in Ton von der Zellentüre aus dem Verlies, wo unser Karl festgehalten wird. Ich möchte dich bitten, mir von dieser Form einen Nachschlüssel zu schmieden."

Friedrich schluckte. „Ich denke, ich weiß, was du vorhast. Du weißt aber auch, in welche Gefahr du dich begibst?" – „Es ist nur für den Notfall. Zunächst warten wir die Verhandlung ab." – „Was bedeutet der kleinere Abdruck hier im Ton?", fragte er seine Cousine und zeigte mit dem Finger darauf. „Das ist die Form des Schlüssels von seinen Fuß- und Handketten." – „Halleluja, du bist vollkommen verrückt. Da ich dich gut kenne, vor allem deinen Gerechtigkeitssinn, werde ich dir die Schlüssel schmieden. Bis wann brauchst du sie?"

„Ich rechne nicht vor März mit einer Verhandlung, aber es wäre schön, wenn ich die Schlüssel so früh wie möglich hätte, falls sie doch eher stattfinden sollte." – „Mitte Januar bringe ich sie dir persönlich vorbei. Mir ist es zu gefährlich, sie einem neugierigen Sendboten anzuvertrauen. Man weiß ja nie."

Tilmann war außer sich, teilweise in Sorge um Jacub, aber auch mit sich selbst nicht im Reinen, weil er ihn am Abend aus den Augen verloren hatte. Da er selber einiges getrunken hatte, hatte er nicht weiter auf seinen Sohn geachtet. Vertieft in Gespräche mit anderen Händlern, hatte er Jacub vergessen, und das machte er sich nun zum Vorwurf.

In der letzten Nacht hatte er ihn überall gesucht, konnte ihn aber nirgends finden.

Michel indes traf man betrunken im eigenen Erbrochenen liegend in der Garderobe an, verborgen unter zwei teuren Mänteln. Sein Vater nahm ihn am Kragen und brachte ihn unsanft nach Hause, mit der Entschuldigung, die Reinigung der Mäntel zu übernehmen. „Na, der kann was erleben, wenn er wieder nüchtern ist“, sagte er.

Einige Händler lachten. „Es wird ihm eine Lehre gewesen sein“, meinte ein anderer Händler mit einem Schmunzeln im Gesicht.

Den Kleinen fand ein Amtsmann auf dem Abort, schlafend, die Hose auf den Knien. Ihm war es wohl doch zu kalt geworden, und irgendwie hatte er es geschafft, sich auf den Abort zu retten; er wusste aber von nichts mehr. Als der Amtsmann den Jüngling seinem Vater übergab, trat der ihn erst einmal kräftig in den Hintern und rief: „Das hat ein Nachspiel!“

Der Einzige, den man nicht fand, war Jacub. Tilmann ging unruhig in seinem Büro auf und ab. „Hoffentlich ist er nicht erfroren“, dachte er, „eine Leichtigkeit bei den Temperaturen letzte Nacht.“

„Der taucht schon wieder auf“, sagte Heinrich Kottsieper, „die haben über die Stränge geschlagen, denk an unsere Jugend. Wir haben doch früher auch des Öfteren Bockmist verursacht, oder soll ich dir noch mal die alten Geschichten erzählen? Wie oft haben uns unsere Väter verdroschen!“, fuhr er weiter fort.

„Das mit der Sauferei ist ja nicht so schlimm. Der dicke Kopf, das geht vorbei und ist die verdiente Strafe, aber wenn etwas Schlimmeres passiert sein sollte, dann mach ich mir große Sorgen und Vorwürfe.“

Zwei Stunden später rief jemand nach ihm. Er ging die Holztreppe hinunter und in seinem Lager standen zwei Büttel, die mittig seinen Sohn, unter den Armen eingehakt, festhielten, der immer noch leicht schwankte. Tilmann fiel ein Stein vom Herzen, aber er wollte die Erleichterung seinem Sohn gegenüber nicht zeigen.

„Wartet hier bitte, meine Herren, ich werde den Unhold ins Bett bringen." Er packte Jacub, zog ihn hinter sich die Treppe hinauf, ging in die Schlafkammer, warf ihn aufs Bett und sagte: „Schlaf deinen Rausch aus, wir sprechen später darüber!" Dann ging er zurück zu den Bütteln. Jacub hatte noch nicht allzu viel von der Schelte seines Vaters mitbekommen; er rollte sich auf die Seite und schlief weiterhin seinen Rausch aus.

„Wie und wo habt Ihr ihn gefunden?", wollte Tilmann wissen.

„Wir nicht. Die Hanse hat Wachsoldaten eingestellt, die in der Nacht die Lager und Speicher bewachen und kontrollieren. Sie fanden Euren Sohn auf einer Holzbank liegend vor einer Taverne. Einer der Soldaten meinte, aufgrund seiner Kleidung muss er ein hoher Herr sein, der sicherlich erfriert, wenn sie ihn liegen lassen würden. Sie schleppten ihn dann zu uns. Wir packten ihn in Decken ein und legten ihn in die Nähe unseres Ofens. Dass er betrunken war, roch man in der ganzen Stube. Als er dann wieder einigermaßen ansprechbar war, verriet er uns seinen Namen und Wohnort, er lallte, er würde Jacub heißen und in Lennep wohnen. Zur Hansestadt Lennep wollten wir ihn nicht bringen, es wäre uns deutlich zu weit gewesen", meinte der Büttel mit einem Lächeln, „dann fiel uns ein, dass es hier in Lübeck ja das Lenneper Kontor gibt, und dann brachten wir ihn hierher."

„Ich kann mich nur recht herzlich bei Euch bedanken, meine Herren. Tief stehe ich in Eurer Schuld. Was kann ich Euch Gutes tun? Ich würde mich gerne revanchieren. Übermittelt auch den Wachsoldaten meinen Dank und bittet sie, einmal hier vorbeizuschauen. Ich möchte mich persönlich bei ihnen bedanken."

„Es war für uns eine Selbstverständlichkeit. Wir sind Büttel der Stadt und dürfen keine Geschenke entgegennehmen", sagte ihr Sprecher und verabschiedete sich. Tilmann schüttelte ihnen aus Dankbarkeit noch einmal kräftig die Hände. Dann ging er zu einem seiner Lagerarbeiter und ließ den Bütteln sowie den Wachsoldaten als Geschenk jeweils ein kleines Fass Moselwein überbringen.

„Den Burschen kaufe ich mir morgen früh", überlegte Tilmann, „das letzte Wörtchen ist noch nicht gesprochen. Er soll erst seinen Rausch ausschlafen und vor allen Dingen leiden. Übelkeit, Magenprobleme und einen dicken Schädel, das hat er sich wahrlich verdient. Er muss jetzt lernen, mit Dingen im Leben richtig umzugehen, mit Feiern, mit Festen, mit Geburtstagen und Veranstaltungen und mit der Wirklichkeit, dem Alkohol, der bei uns Kaufleuten immer eine Rolle spielt. Wir schuften, wir planen und reisen und doch kommen Tage der Freude, die unsereiner genießen muss. Doch genießen ist etwas anderes als sich zu betäuben, wie es Jacub tat. Er kennt nicht die Gefahren, die von Bier, Wein und Met ausgehen. Deshalb bin ich auch froh, dass ihm nicht wirklich etwas Schlimmeres passiert ist. Zu hart kann ich morgen nicht mit ihm umgehen. Er ist doch mein Junge. Aber eine Abreibung, die hat er sich schon verdient." Von Sorgen übermannt schritt Tilmann noch einmal nach oben ins Schlafgemach, um nach Jacub zu schauen. Dieser schlief wie ein Eichhörnchen in seinem Kobel, und Tilmann war froh, ihn unbeschadet in seinem Bett liegen zu sehen.

Es wurde bitterkalt, Eisschollen verschlossen die Ostsee. Ein eisiger Nordwind fegte über das Land, und mit ankommenden Händlern und Kaufleuten war im Moment nicht zu rechnen. Der Handelsbetrieb wurde vorübergehend eingestellt. Kein Schiff verließ den Hafen und kein Schiff konnte anlanden. Die Tampen, Planken und Maste der im Hafen liegenden Schiffe waren von einer Eisschicht überzogen. Überdimensionale Eiszapfen hingen wie herunterlaufende Tränen an den Takelagen, es sah aus, als würden die Koggen weinen. Die absolute Winterstarre war eingetreten. Kaum ein Seemann war im Lübecker Hafen anzutreffen. Viele der Männer waren ohne Anstellung und verbrachten die kalte Jahreszeit mit ihren Familien in ihren Hütten und kämpften ums nackte Überleben. Andere, gerade die unverheirateten Seeleute, die noch etwas von ihrer Heuer übrig hatten, füllten die Tavernen und Hurenhäuser und gaben dort ihr letztes Geld aus.

Tilmann und Heinrich gingen am Kai entlang. „Hier im Hafen herrscht ein Treiben wie auf einem Friedhof, mit An- und Verkauf tut sich momentan so gut wie nichts", sagte Tilmann.

„Das dauert noch einige Wochen, bis sich wieder etwas bewegt", antwortete Heinrich. „Zunächst muss die ganze – entschuldige bitte – Scheiße erst einmal wegtauen, bevor wir an weitere Geschäfte denken können", sagte Tilmann.

„Was macht dein Junge?", fragte Heinrich. „Der Lump liegt mit bepinkelter Hose auf seinem Strohsack und schläft seinen Rausch aus." Heinrich lachte lauthals: „Sei nicht zu streng mit ihm, jeder muss sich einmal die Hörner abstoßen."

Sie erreichten eine Garküche, wo der Garbreiter kleine, fleischige Speisen verkaufte. Nachdem sich jeder zwei Spieße bestellt hatte, machten sie sich hungrig über die gut gewürzten Fleischstückchen her. Danach schlenderten sie weiter durch die kalte Luft.

„Komm, Tilmann, wir schlürfen einen heißen Kräutertee, tut gut bei dieser Kälte. Wie sieht bei dir der Verkauf deiner Tuche aus?", fragte ihn Heinrich weiter.

„Es geht so. Ein Teil ist für einen Kaufmann aus Brügge

reserviert, aber bei dem Wetter wird es wohl noch einige Zeit dauern, bis der Herr in Lübeck eingetroffen ist. Den Rest muss ich noch verkaufen", antwortete Tilmann.

„Ich habe zwei Drittel meiner Tuche nach Livland verkauft, mit dem Rest werde ich wohl Tauschgeschäfte machen. Für die Rückreise nehme ich natürlich wieder ein paar Fässer Salzheringe mit, die gehen immer, und dann überlege ich noch, einige Kisten von diesen Datteln, die aus dem Orient stammen, zu kaufen. Diese herrlich süßen Aromen – diese klebrigen Dinger zergehen förmlich auf der Zunge! Wäre doch gelacht, wenn man dafür keine Käufer finden würde", erzählte Heinrich.

Langsam schlenderten sie zurück zum Kontor. „Hast du schon mitbekommen", fragte Tilmann, „dass Ritter Wentzel uns mit zwei seiner Reisigen verlassen will? Ich habe sie schon ausbezahlt, denn sie wollten sich dem Deutschen Orden anschließen und ins Baltikum reiten."

„Ja", sagte Heinrich, „ich habe es schon vernommen. Ist ja schade, war ein guter Mann, aber er rennt immer noch den ritterlichen Idealen hinterher. Er wird eines Tages auch begreifen müssen, dass das Rittertum in der Geschichte versiegt. Die neue Zeit des Handels überschwemmt unsere Länder. Ich gebe dir meinen Anteil für die Bewachung gleich im Kontor", bemerkte er.

Als Tilmann in seiner Wohnstube ankam, saß Jacub auf der Bettkante und sah ihn schuldbewusst an. Der Junge rechnete mit einem ziemlichen Donnerwetter seines Vaters, dessen Wut sich aber durch den Spaziergang in der Kälte etwas gelegt hatte. So ließ er seinen Sohn fürs Erste schmoren, indem er ihn nicht beachtete.

Dann stand Jacub auf und sagte: „Entschuldigung, Vater, es tut mir leid. Ich werde nie wieder Wein, Met oder Bier trinken.“

„Du stinkst schlimmer als ein Otter. Pinkele nicht gegen den Wind, sonst wird die Hose nass.“ Tilmann sah ihn streng an: „Nein, du wirst weiter Wein, Met und Bier trinken. Du hast immer noch nicht verstanden, um was es eigentlich hier geht. Es ist unsere Aufgabe, mit anderen Händlern und Kaufleuten auf gute Geschäfte zu trinken und anzustoßen. Erfolgreiche Unterschriften werden mit einem Wein oder Ähnlichem besiegelt, das ist Usus bei uns Händlern. Auch trinkt man danach noch das eine oder andere Gläschen zusammen, nur musst du wissen, wann du aufzuhören hast. Du musst deinen Körper sowie deinen Verstand im Zaume halten, wissen, wann es genug ist. Zwischendurch auch mal ein Glas Wasser trinken. Du bestimmst über den Verbrauch an Alkohol, nicht wie bei dir gestern, dass der Alkohol dich besiegt, dich verführt, mehr und noch mehr zu trinken. Das musst du lernen, in den Griff zu bekommen. Im richtigen Moment aufzuhören und mit geradem Schritte und erhobenem Haupte nach Hause zu gehen. Hast du das verstanden?“ Jacub nickte. „Gut, dann war’s das, und wir vergessen das Ganze.“

Der Jahreswechsel war vollzogen, und die Bürger Lenneps versanken auf den Gassen bis zu den Knien im Schnee. Mit eisiger Kralle hatte der Winter die Stadt im Griff. Nichts ging mehr. Einige verbrachten, dick eingepackt, die Tage frierend draußen, wenn sie denn ihr Haus verlassen mussten, um Besorgungen zu tätigen. Die anderen saßen in der guten Stube nahe am Ofen. Gegen die eisigen Winde hatten die Lenneper ihre Fenster- und Türspalten mit Tüchern abgedichtet, um der eindringenden Kälte erbitterten Widerstand zu leisten.

Für Anneliese Wüllenweber ging es nur noch darum, das Nötigste zu erledigen: Brennholz machen, heizen, Essen zubereiten, die Tiere versorgen und sich weiter um Karl kümmern. Sie hatte dafür gesorgt, dass Rupert, der Wärter, einen Feuerkorb im Verlies aufstellen ließ. So konnte die Kälte ein wenig abgemildert werden. Rupert selbst ging regelmäßig in die Zelle zu Karl, um sich ebenfalls etwas aufzuwärmen. Annelieses Sohn Simon gab jeden Tag einen Korb mit Holzscheiten bei Rupert ab. Man kannte sich bereits recht gut, und Anneliese wusste, dass der Wärter gar kein bösartiger Mensch war, wie sie anfangs geglaubt hatte. Rupert war ein gemütlicher, alter, störriger Einzelgänger, der unten im dunklen Verlies vor sich hinvegetierte und zufrieden war, wenn er seinen Krug Wein bekam. Für Anneliese war er genauso eine Art Gefangener wie ihr Karl, nur dass Rupert in keiner Zelle saß, und deshalb tat er ihr ebenfalls ein wenig leid. Mit seinen verfaulten Zähnen im Mund und der blassen Gesichtsfarbe sah er zum Fürchten aus, war aber alles andere als gefährlich. Mit ihrem Vetter Friedrich aus Huckengeswage konnte sie zurzeit nicht rechnen, auch nicht mit dem Eintreffen eines Richters. Alles wird sich bis ins nächste Frühjahr verschieben, überlegte sie. Oft dachte sie an ihren Mann Til und an Jacub, wie es ihnen wohl in Lübeck ergehen würde und wann sie wohl zurück wären. Die Schur war beendet und in den Stallungen stapelte sich die Wolle, die noch sortiert werden musste.

Februar in Lübeck im Jahre des Herrn 1325.

Tilmann hatte sich von einem Zimmermann verschiedene Werkzeuge geliehen. Als Gegenleistung versprach er ihm etwas Stoff für dessen Frau. Allein, ohne Jacub, ging er in die Stallungen, um Arbeiten an einem seiner Wagen zu verrichten. Er hatte sich einige Bretter und verschiedene Vierkanthölzer zurechtgeschnitten. Auf einer Anrichte lag eine Handvoll Nägel, nach Längen sortiert. Er sägte, hämmerte und nagelte bis in die späten Abendstunden. Als er nach fünf Stunden fertig war, nahm er etwas Dreck vom Boden auf und rieb sein Machwerk damit ein, sodass es wie alt und gebraucht aussah, schließlich nahm er einen Stein und zerkratzte es. Danach räumte er alles beiseite und ging in seine Schlafkammer. Keiner durfte von dieser Arbeit erfahren.

Am nächsten Morgen saßen die drei Lenneper Händler gemeinsam am Tisch und frühstückten. Langeweile kam auf, weil der Handel stillstand.

„Was kann man bei so einem Sauwetter nur unternehmen?", brummte Heinrich. Tilmann und Robert schüttelten den Kopf und zogen die Schultern hoch, was so viel bedeutete wie „Keine Ahnung".

Der andere Robert, Robert von Lynepe, bekam ihr Gespräch mit und meinte: „Ich habe eine prächtige Idee, Männer, geht doch zusammen in ein gutes Badehaus. Reinigt einmal gründlich eure Körper und versenkt euer Ungeziefer im Zuber, dann lässt auch der Juckreiz nach", dabei kicherte er vor sich hin.

„Der Vorschlag ist gar nicht so übel, vielleicht sollten wir das wirklich tun", meinte Tilmann. So geschah, was geschehen musste. Eine Stunde später marschierten die drei Lenneper Händler mit einem Handtuch unter dem Arm in das

Badehaus am Hafen. Badehäuser waren sehr beliebt, vor allen Dingen bei den Stadtvätern, denn sie waren Eigentum der Stadt. Die Steuereinnahmen waren ansehnlich und es gab sogar Badehäuser, sogenannte „Jungfernhöfe“, die Lehen geistlicher Fürsten waren. Die Prostitution galt als eine Art Zunft, und die „frommen Huren“ nahmen als solche an kirchlichen Prozessionen teil. Wen wunderte es, dass sich auch die Vertreter der Kirche dorthin nur zu gerne verirrten. Eine besondere Form der Geselligkeit war das gemeinsame Baden, das man bei einem Gottesdienst vergeblich suchte. Das war auch der Grund, dass einsame Kirchenhäupter in der vernebelten Dunkelheit der Badehäuser nicht gerade selten anzutreffen waren. In ihrer nackten Wahrheit wurden sie nur sehr schlecht von ihren Lämmern erkannt. Von der Kanzel allerdings predigten sie die Dinge in einer anderen Form. Die Kirche war der Meinung, dass zwei Bäder im Jahr reichen würden – einmal vor Weihnachten und einmal vor Ostern.

Plötzlich standen die drei Lenneper Händler vor einem geräumigen Haus.

„Das ist es“, sagte Tilmann und bediente den Türklopfer. Eine bezaubernde junge Dame öffnete ihnen. „Meine Herren, tretet bitte ein“, flüsterte sie. Die Männer folgten ihr in einen Empfangsraum.

„Wie lange möchten die edlen Herren verbleiben?“ Die Lenneper sahen zuerst in ihr schönes Gesicht, dann flogen ihre Blicke in den tiefen Ausschnitt ihres spärlichen Kleides, dann sahen sie sich selbst gegenseitig an, kamen aber zu keiner Entscheidung. „Zwei bis drei Stunden“, stieß Tilmann endlich hervor.

Die Schönheit nickte: „Dann kommen wir zum nächsten Punkt. Es gibt drei Preisstufen bei uns. Die erste ist das normale Bad, auf angenehme Temperatur gebracht. Bei diesem Angebot baden die Herren allerdings allein und es dient ausschließlich zur Reinigung. Bei der zweiten Stufe, sie ist etwas kostspieliger, da bekommt der edle Herr frisches Wasser und kleine Köstlichkeiten von einem Mundschenk gereicht. Die dritte Stufe ist das Luxusbad, frisches Wasser, Leckereien für den Gaumen, und eine Bademaid steigt mit in den Zuber. Diese Dame bietet das Waschen an, verwöhnt den edlen Herren mit Massage und mit manch anderen kleinen Freundlichkeiten."

„Bitte drei Mal die Drei", sagte Tilmann, ohne zu zögern.

Die junge Dame führte die Herren in einen Umkleideraum, der von einem kräftigen Jüngling bewacht wurde.

„Hier könnt Ihr Euch entkleiden, keine Sorgen um eure Gewänder, unser Björn gibt auf alles acht", sagte sie und ging zurück zum Empfang. In dem Raum, der etwa drei mal drei Klafter groß war, waren Seile gespannt, an denen sie ihre Sachen aufhängen konnten. Mit verschränkten Armen vor der Brust sah ihnen der muskelbepackte Jüngling zu und gab ihnen weitere Anweisungen.

Mit dem Badetuch um die Lenden betraten sie das Badehaus, den Nassraum. Zuerst mussten sich ihre Augen an die Dunkelheit gewöhnen. Vereinzelt brannten Kerzen und Fackeln in Wandhalterungen.

Wie Frühnebel schwebten feuchte Dunstwolken durch den Raum und ihre Nasen nahmen die unterschiedlichsten Badedüfte auf. Es roch nach Veilchen, Kamille und Lavendel. Ein schmaler Weg mit einer Wasserrinne führte der Länge nach durch den Nassraum. Wie aus dem Nichts stand ein Mann vor ihnen: „Meine Herren, folgt mir bitte, ich zeige Euch Eure Bottiche. Wilhelm ist mein Name, ich bin hier der Bader und der Frauenwirt. Solltet Ihr Wünsche haben, ich werde sie Euch erfüllen."

Die drei Lenneper Händler gingen erstaunt hinter dem Bader her, bis er stehen blieb und ihnen drei bereitstehende Bottiche zeigte. „Diese hier", er zeigte mit seinem Arm auf die großen Holztonnen, „sind für die edlen Herren reserviert, mit frischem, gut temperiertem Wasser gefüllt."

Tilmann nickte dankend und er und seine Freunde gingen einen kurzen Tritt hinauf, um in das Bad zu steigen.

„Gute Güte, wie lange habe ich mich danach gesehnt", sagte Heinrich aus seinem Bottich heraus und tauchte komplett unter. Robert und Tilmann taten es ihm gleich. Mit einem lauten „Ah" kam prustend Tilmann wieder hoch, sein Haar hing wie angeklebt auf seinen Schultern. Seine Augen hatten sich mittlerweile an die Dunkelheit gewöhnt, und als er sich umsah, bemerkte er, dass alle anderen Bottiche besetzt waren. Man saß paarweise im Wasser, von nichts umhüllt als vom Bottich, quer darüber ein Brett, auf dem man sich die Köstlichkeiten servieren ließ, und der Badepartner brauchte keineswegs die eigene Ehefrau zu sein. Nach einigen Minuten der Entspannung trat ein junges, wohlgeformtes Mädchen an Tilmanns Bottich und hielt ein Holztablett in den Händen.

Das Einzige, was sie trug, war ein dünnes, durchsichtiges Badekleid. Ihr langes Haar hing frei auf ihren Schultern. „Ich bringe dem Herrn unsere Köstlichkeiten", sagte sie und stellte verschiedene kleine Teller auf das Holzbrett. Tilmann sah etwas Käse und Schinken, ein paar Scheiben Brot und etwas geräucherten Fisch, Datteln und andere süße Sachen. Das Mädchen stellte alles ab, legte das Tablett beiseite und stieg zu Tilmann in den Bottich. Plötzlich hatte sie ein Stück Seife in den Händen und fing an, ihn zu waschen. „Entspannt Euch, edler Herr, und lasst mich nur machen“, sagte sie, als ihre geschickten Finger durch sein Haar glitten.

Mit einem Mal wurde der Raum durch Kerzen und Fackelschein erhellt. Direkt vor den Bottichen befand sich eine Bühne, auf der sich mehrere Personen zu schaffen machten, denn zu dem öffentlichen Vergnügen gehörten auch die sogenannten „lebenden Bilder“ – ansehnliche Szenen mit Nymphen und Göttinnen. Die drei Lenneper blickten erstaunt auf das Bühnenspektakel.

„Ich werd' verrückt!“, rief Heinrich, „Theater im Badehaus.“ Und dann gab es drei schöne Mädchen, die völlig nackte Sirenen darstellten, und man sah ihre Brüste, gerade, frei, rund und fest, was sehr hübsch aussah. Sie sagten kleine Sprüchlein auf, und neben ihnen brachten mehrere Instrumente wunderschöne Melodien hervor.

Tilmann war erstaunt über das vielseitige Programm, das dargeboten wurde, und aß dabei etwas Schinken mit Brot.

„Wie heißt du eigentlich, mein schönes Kind?“, wollte Tilmann wissen. „Birte, der Herr, ich bin Birte und für Euer Vergnügen zuständig.“ Birte nahm einen Krug und schenkte süßen Met ein. „Zum Wohle, der Herr“, hauchte sie. Derweil ging das Theaterstück weiter. Man spielte die Empfindungen der Zeit, höfische Minne, Heiterkeit, Lebenslust, die Schönheit unter der Anführung des Liebesgottes Amor. Birte fütterte Tilmann, indem sie ihm kleine Stückchen der Köstlichkeiten in den Mund steckte. Mit der anderen Hand wusch sie unter dem Querbrett seine Beine.

Auch Heinrich und Robert saßen beileibe nicht alleine in ihren Bottichen. Im Wasser streichelte Birte Tilmanns Oberschenkel, und das blieb nicht ohne Wirkung. Unten hielt sie sein Glied mit einer Hand fest und oben sagte sie mit ihren wohlgeformten Lippen: „Darf ich Euch eine Weise aufsagen?“

„Nur zu, mein Kind“, kam es über seine zusammengepressten Lippen.

Birte fing an: „Ich wollte, es wäre immer April und Mai und jeden Monat trieben alle Früchte von neuem hervor und jeder Tag brächte Lilien und Levkojen und die Wiesen wären immer grün und jeder Liebende hätte ein Mädchen und sie liebten einander mit festem und treuem Herzen und jedermann hätte seine Freude und ein fröhliches Herz.“

Tilmann schwankte zwischen zwei Gefühlswelten: Er verspürte den Drang, sich auszuleben, aber da war auch die Furcht vor der Sünde. Seine Gedanken sprangen zwischen Birte und Anneliese hin und her. Seine Frau liebte er über alles, aber sie war weit weg, und seine Wollust, jetzt im Moment, schien ihn zu übermannen. Etwas später verließ er mit Birte den Nassraum. Er hatte sich sein Badetuch um die Hüften gebunden, konnte es aber nicht vermeiden, dass sich vor ihm ein Zelt aufgebaut hatte.

Erst spät am Abend trafen die drei Lenneper wieder verzögert im Kontor ein, jeder mit einem Grinsen im Gesicht. „Ich denke, meine Freunde, dass das unter uns bleibt“, sagte Tilmann. Beide nickten.

Am nächsten Morgen rief ihm ein Stallknecht zu: „Herr Tilmann, bitte kommt in das Kontor, da ist ein edler Herr, der Euch sprechen möchte.“

„Danke, Gerhard“, rief er zurück und ging in das Kontor, wo Robert Frauenknecht, Robert von Lynepe und ein weiterer Herr bereits auf ihn warteten.

„Ein Kunde für dich, Tilmann“, sagte der Kontorleiter. Der Mann ging mit ausgestrecktem Arm auf ihn zu: „Björn Sörensen“, stellte er sich vor, „aus Kopenhagen.“

„Tilmann Wüllenweber, Hansestadt Lennep“, sagte er, „das

ist in der Nähe von Köln." – „Oh ja, ich kenne Lennep, das ist die Gegend, wo die guten Tuche herkommen. Ihr seid der Vater von Jacub, richtig?" Tilmann dachte: „Was hat er denn nun wieder angestellt?", und nickte.

„Ich denke an die Eskapaden unserer Söhne bei der Weihnachtsfeier. Ich meine dieses Saufgelage. Mein Sohn ist der Michel, der unter den Mänteln gelegen hatte, und ihr Jacub hat ja wohl die Nacht auf einer Bank verbracht, wie ich hörte."

Beide Männer mussten lachen. „Ihr seid Däne und sprecht so gut unsere Sprache."

Mit einem leichten Akzent erzählte Björn: „Wir verbringen unser halbes Leben des Handels wegen in deutschen Landen. Als Michel mir erzählte, dass sein neuer Freund Jacub aus Lennep sei, dachte ich mir, das ist bestimmt ein Tuchhändler, und suchte nach Eurem Kontor, und nun stehe ich hier. Ich suche noch Tuchstoffe in verschiedenen Farben für meine Kundschaft in Norwegen."

„Kommt bitte mit, ich zeige Euch, was ich noch zu verkaufen hätte", schlug Tilmann vor und ging voraus.

In einem Raum machten sie halt. Die Ballen lagen ordentlich sortiert in Regalen. Wie aus dem Nichts kam Tilmann ein Gedanke. „Ihr segelt nach Norwegen?" – „Ja", sagte der Däne, „nach Bergen ins Händlerviertel."

Tilmann legte seinen Finger quer über die Nase und ging einige Schritte durch den Raum.

„Ihr könntet mir einen Gefallen erweisen, eine Bitte, die ich an Euch hätte. Wie lange wärt Ihr denn unterwegs?" – „Na, das hängt ganz alleine vom Wetter ab. Wenn die See gütig zu uns ist, sind wir in drei Wochen zurück in Lübeck. Hier nehmen wir neue Waren auf und segeln nach Dänemark, aber zunächst in meine Heimatstadt, von dort aus geht es wieder auf Fahrt. Warum interessiert Euch das?", fragte Björn Sörensen.

„Würdet Ihr die Gütigkeit besitzen, meinen Sohn Jacub mitzunehmen? Er ist achtzehn Lenze alt und es wird Zeit, dass er sich von meinem Rockzipfel löst. So lernt er einmal für drei Wochen, ohne seinen Vater auszukommen. Es werden Euch keinerlei Kosten entstehen. Ich werde ihn mit den Dingen ausstatten, die er für die Zeit benötigt. Des Weiteren wäre ich Euch dankbar, wenn Ihr ihm das deutsche Viertel zeigtet. Ole Einar Svenson ist unser Kontorleiter dort, er soll ihn durch unsere Niederlassung führen und ihn dort bekannt machen. Dort kann er auch wohnen. Ich denke, dass Jacub mich eines Tages vertreten wird und später meinen Handel übernimmt. Ein Schreiben meinerseits für den Kontorleiter werde ich ihm mitgeben."

„Ja, ja, diese jungen Burschen", Björn Sörensen musste laut lachen. Mit seinem rotblonden, zerzausten Haar und seinem langen Bart erinnerte er Tilmann an Erik den Roten, einen der berühmtesten alten Wikinger.

„Ihr denkt, wer saufen kann, der muss auch arbeiten und seine Pflichten erfüllen? Ihr wollt ihm seine Flausen austreiben?"

„Nicht nur alleine das, aber es gehört dazu", sagte Tilmann.

Björn Sörensen hielt ihm die Hand entgegen: „Geht klar, ich nehme ihn nach Bergen mit und liefere ihn in circa drei Wochen wieder hier in Lübeck bei Euch ab. Da mein Sohn mit an Bord ist, ist er in guter Gesellschaft, und zechen können sie auf meiner Kogge nicht, denn dort herrscht absolutes Saufverbot." Tilmann schlug mit seiner Hand ein und der Pakt war besiegelt.

„Wann wollt ihr aufbrechen?" – „Übermorgen bei Tagesbeginn", sagte Sörensen, „Jacub soll sich bei meinem Kapitän melden, Rassmussen ist sein Name. Ich gebe ihm Bescheid. Unsere Kogge trägt den Namen Solveig; sie liegt unten am Anleger, neben dem Handelsschiff Neptun."

Am nächsten Morgen betrat Björn Sörensen schon früh das Kontor. Gut gelaunt begrüßten sich die Männer. „Es wird wärmer, das Eis taut weiter ab, was will man mehr!“, sagte der Däne.

„Für Eure zugedachte Hilfe werde ich mich erkenntlich zeigen. Das hier sind meine Tuchreste.“ Tilmann zeigte mit seiner Hand auf die Regale, wo die Waren gelagert waren. Björn Sörensen wollte sich die Tuche genauer ansehen. „Darf ich?“, fragte er. Tilmann nickte. Er nahm einen Ballen aus dem Regal und legte ihn auf den großen Zuschneidetisch, um die Qualität zu prüfen. Mit den Händen fuhr er über das Gewebe und besah sich die Art des Webmusters. „Sind die anderen Ballen identisch von der Qualität?“

„Dasselbe Verfahren, nur andere Farbgestaltungen“, erklärte Tilmann.

„Wie viele Ellen sind noch auf den verschiedenen Ballen?“

„Das ist ganz unterschiedlich. Auf manchen noch zehn, auf anderen zwanzig, dreißig oder mehr – ich muss es nachmessen lassen.“

„Ich wäre Euch dankbar, wenn Ihr das für mich erledigen könntet und mir nachher den Endpreis gebt.“

Tilmann pfiff auf den Fingern und kurz darauf erschien einer seiner Mitarbeiter, dem er den Auftrag erteilte, die Tuchballen durchzumessen.

„Kommt, lasst uns gemeinsam einen Tee trinken; wenn ich die Maße habe, teile ich Euch den Endpreis mit“, schlug Tilmann vor. Der Däne nickte und Tilmann führte ihn in einen Besprechungsraum, der solchen Zwecken diente. Währenddessen maß und rechnete der Lagerist die Länge der einzelnen Tuchballen durch. Hierzu benutzte er ein speziell dafür angefertigtes Stockmaß. Nach einer Stunde betrat der Lagerist den Besprechungsraum und überreichte Tilmann eine

Schiefertafel mit den ermittelten Längen der Tuche.

„Einen kleinen Moment, bitte", sagte er zu dem Dänen und ging an sein Rechenpult. Etwas später hatte er die Abrechnung fertiggestellt und hielt sie Björn Sörensen hin.

„Das hier wäre der normale Preis gewesen" – er deutete mit dem Zeigefinger auf eine Summe –, „und diesen Preis hier, den verlange ich von Euch für den gesamten Rest. Ich habe Euch, weil Ihr den restlichen Bestand aufkaufen wollt und weil Ihr meinen Sohn mit auf euer Boot nehmt, einen Nachlass von einem Fünftel gewährt", erklärte Tilmann.

Der Däne holte seine Geldkatze hervor und breitete die Münzen vor ihm auf dem Tisch aus. „Gut, damit bin ich einverstanden." Erneut schlugen sie sich, wie es für Händler üblich war, gegenseitig in die Hände.

„Dann haben wir beide ein gutes Geschäft gemacht. Ich lasse die Ballen verpacken und auf Eure Kogge bringen. Mein Sohn Jacub wird dabei sein, dann weiß er schon, wo Euer Boot liegt."

Der Winter war noch nicht vorüber, aber durch einige wärmere Tage waren die Gassen und Straßen wenigstens im Moment schneefrei. Die Temperaturen kletterten für einige Tage deutlich nach oben und ließen den Schnee schmelzen, sodass es nicht mehr ganz so bitterkalt war, aber trotzdem noch unangenehm feuchte Luft vorherrschte. Alles im Hause der Wüllenwebers war klamm und feucht. Anneliese schickte die beiden Schäfer Herbert und Roland in den Wald, um Holz zu holen, da die Wintervorräte arg schwanden. Aus den Truhen kramte sie einige Wäschestücke und Gewandungen, um sie aufzuhängen und zu lüften, damit der modrige Geruch aus ihnen verschwand.

Die wie nackt aussehenden Tiere im Stall wurden unruhiger und wollten wieder auf die Weiden. Ihr Instinkt gab ihnen das Gefühl, dass es wärmer geworden war; sie wurden rastloser und ihr Blöken nahm zu. Das wäre aber deutlich zu früh gewesen, und so mussten sie noch einige Wochen in ihren Stallungen bleiben.

Die Vorräte in der Speisekammer schrumpften. Morgen sollte Herbert ihnen ein Schaf schlachten, häuten und ausnehmen, denn alle maulten über das dürftige Essen.

„Ich möchte einmal wieder ein Stück Fleisch zwischen den Zähnen haben“, brummte Simon. „Au ja“, rief Maria, „dann können wir Karl auch etwas davon abgeben.“ Anneliese ließ sich von ihren Kindern überreden. „Also soll ich das Schaf jetzt nur für Karl schlachten lassen, oder wollt ihr auch ein Stück?“

Während des Gespräches mit den Kindern klopfte es an der Eingangstür. „Wer mag das zu dieser Jahreszeit sein?“, dachte Anneliese. An der Tür blieb sie stehen: „Ja, bitte?“, rief sie.

„Ich bin es, Friedrich, dein lieber Vetter.“

„Mit ihm hatte sie überhaupt nicht gerechnet“, dachte sie und öffnete die Tür. „Welch eine Freude, mein lieber Vetter, komm her und lass dich umarmen. Bei diesem Wetter hätte ich nicht auf dein Erscheinen gehofft.“

„Versprochen ist versprochen, meine liebe Cousine.“

„Komm, setz dich und ruh dich aus, leg deinen Tasselmantel dort drüben über den Stuhl. Ich hole dir eine Stärkung. Hast du dein Pferd in den Stall gebracht?“

„Ja, ich hab es bei dem Stalljungen abgegeben, der wollte es versorgen.“ – „Hier“, sagte sie, „trink etwas von diesem heißen Würzwein, das wärmt dich ein wenig auf; bei diesem lausigen Wetter habe ich immer einen Topf mit dem süßlichen Wein auf dem Ofen stehen.“

Friedrich setzte den Becher an und trank einen großen Schluck. Anneliese nahm ihr flaches Schapel vom Kopf, das sie über ihrem Gebende trug. „Und hast du sie dabei!?“, wollte Anneliese wissen.

„Aber sicher doch“, sagte er und griff unter seine Tunika. Er öffnete ein Leinentuch und legte die beiden Schlüssel auf den Tisch. „Beste Schmiedekunst“, sagte ihr Vetter. Anneliese sah sich die Arbeiten genauestens an. „Sehen gut aus. Meinst du, die passen?“ – „Garantiert, liebe Cousine. – Erzähl schon, gibt es etwas Neues zu berichten?“ – „Nein, hier stand und steht die Zeit still, Winterstarre, weißt du. Es wird wohl März werden, bis sich in dieser Sache etwas tut. Karl schmort immer noch im Verlies unterm Rathaus.“

„Sei mir bitte nicht böse, aber ich muss gleich wieder aufbrechen, damit ich vor Einbruch der Dunkelheit in Huckengeswage bin. Es wird ja so früh dunkel und bei diesen Bodenverhältnissen, du weißt ja.“

„Selbstverständlich! Grüß bitte deine Eltern von mir.“

„Welch ein Zufall“, dachte Tilmann, „dann hat das Saufgelage der Burschen doch noch ein gutes Ende gefunden. Michels Vater hat meinen restlichen Tuchbestand komplett aufgekauft und mit wertvollen Silberlingen bezahlt.“ Heinrich betrat das Kontor. „Na, alles verkauft, wie ich hörte? Dann können wir langsam an die Heimreise denken.“

Jacub saß schmollend am Tisch. Sein Vater hatte ihn in seinen Plan eingeweiht, und der schien ihm nicht zu schmecken. Doch dann sah er in Gedanken das Wandgemälde mit der Kogge vor seinen Augen, das er bei dem Stadtbummel betrachtet hatte. „Warum nicht?“, dachte er, „ich werde meinem Vater beweisen, dass er sich auf mich verlassen kann!“

„Was machst du denn für ein Gesicht?", wollte Heinrich von ihm wissen. Auf dessen Frage schaltete sich Tilmann in ihre Unterhaltung ein.

„Wir müssen unsere Abreise ein weiteres Mal verschieben. Ich habe beschlossen, dass Jacub mit Björn Sörensen nach Bergen segeln wird. Er soll sich dort das deutsche Viertel ansehen und wird in drei Wochen wieder zurück sein. Unsere Rückreise nach Lennep wird sich dadurch zwar verzögern, aber ich hoffe, dass die Wetterlage sich bis dahin zum Positiven verbessert hat. Und du, Robert, würdest mir einen Gefallen damit tun, wenn ihr noch etwas warten könntet, sodass wir die Rückfahrt gemeinsam antreten." Heinrich setzte sich auf einen Stuhl und kratzte sich am Kopf. „Meine Leute werden langsam unruhig und meckern herum. Ich weiß nicht, was ihr beiden da geplant habt, was ihr im Schilde führt, aber ich werde mit meinen Männern reden, sie ruhig stimmen und es auf das schlechte Wetter schieben."

„Ich danke dir, mein Freund", gab Tilmann zurück. Auf Heinrich konnte er sich stets verlassen. Er war ein geradliniger Mensch, sein Wort galt und für ihn war das Thema nun abgehakt. Heinrich öffnete seine Gürteltasche und reichte ihm einige Datteln.

„Probier sie einmal, das sind die schmackhaften Datteln, von denen ich sprach."

Tilmann schob sich zwei von den klebrigen, weichen Teilen in den Mund und kaute darauf herum. Dabei dachte er sofort an die Datteln aus dem Badehaus.

„Hm, die sind aber gut. Wo hast du die denn aufgetrieben?", wollte er wissen. „Ein italienischer Händler brachte sie mit, er wiederum kaufte sie in Venedig von den Arabern." – „Wie lange sind diese Datteln denn haltbar?", fragte Tilmann. „Eine Ewigkeit. Sie sind fest in ölgetränkte Leinentücher gewickelt und in Holzkisten verpackt. In den moslemischen Ländern gehört die Dattel zu dem beliebtesten Naschwerk!“

Genüsslich kauend sagte Tilmann: „Kannst du mir eine Kiste davon besorgen? Ich nehme sie meiner Familie mit – Anneliese und die Kinder werden darüber herfallen.“ – „Werde ich erledigen, habe nicht zu viel versprochen, wie?“

Tilmann ging noch einmal zu einem bekannten Händler, um für seine Anneliese ein Mitbringsel zu kaufen. Ein Geschenk für seine Frau schien für ihn eine Beruhigung zu sein, denn sein schlechtes Gewissen plagte ihn. Er dachte an ein schönes, weiches Fell aus dem Baltikum, das sich Anneliese als Kragen auf ihr Sonntagsgewand nähen könnte. Am Wochenende sahen sie noch einmal gründlich nach den Fuhrwerken und Pferden. Der Zimmermann, der Heinrichs Wagenrad aus dem Fluss geborgen und gerichtet hatte, bekam den Auftrag, alle Wagen zu kontrollieren und eventuelle Ausbesserungsarbeiten vorzunehmen, damit sie sofort aufbrechen konnten, wenn Jacub zurück wäre. Am Abend ging Tilmann alleine in den Geräteschuppen, um nach seinem gebastelten Geheimnis zu sehen. Dem Zimmermann war nichts aufgefallen, also hatte er gute Arbeit geleistet.

Kapitel 4

„Leinen los", rief Kapitän Rassmussen. Die Solveig legte langsam ab und ihr Steuermann lenkte das Boot in das tiefere Fahrwasser. Vereinzelt schwammen noch dünne Eisplatten an der Oberfläche der Ostsee, die aber keinerlei Gefahr bedeuteten. Wie dünne Glasscheiben zerbrachen sie am Bug des Bootes und ihre kleinen Einzelteile wurden vom Fahrwasser davongespült. Einige Möwen drehten kreischend ihre Runden über dem Schiff. Zum ersten Mal segelte Jacub auf einer Kogge mit. Nie zuvor hatte er ein Boot betreten und war damit zur See gefahren – höchsten einmal, als er mit einer Fähre über den Rhein geschippert war. Alles war neu, aber hochinteressant für ihn. Sein „alter Saufgefährte" Michel begrüßte ihn freundlich und zeigte ihm das Schiff. Jacub war froh, dass er nicht auf sich allein gestellt war. Michels Vater hatte den beiden einen Platz unter Deck zugewiesen, wo sie ihr Gepäck ablegen konnten und die Nächte verbringen würden. Die neuen Freunde verzogen sich auch schnell in ihre Kojen, um – wie konnte es auch anders sein – über die verrückte Nacht zu sprechen und erneut zu lachen.

„Der Kleine saß auf dem Abort mit heruntergelassenen Hosen", kicherte Michel. Beide schlugen sich vor Lachen erneut auf die Schenkel, bis dann Jacub sagte: „Das Boot schaukelt doch gar nicht so schlimm, wie man immer erzählt." Er lag auf einer Strohunterlage und benutzte seine Reisetasche als Kopfkissen.

„Warte ab, mein Freund, wir sind noch nicht auf offener See. Dir wird noch früh genug schlecht werden," sagte Michel grinsend. Jacub schenkte seinen Worten keine Aufmerksamkeit und wollte mehr über diese Kogge erfahren.

„Komm, Michel, zeig mir das Boot genauer", sagte er.

Schwungvoll erhoben sich die beiden aus ihren Kojen.

„Dann folge mir, wir gehen an Deck, ich erkläre dir das Schiff." Sie kletterten eine Holzstiege empor und erreichten den Deckbereich, wo sie zur Reling gingen. Michel begann, Jacub die Kogge zu beschreiben.

„Jede Kogge hat nur einen Mast und ein Rahsegel. Der Rumpf des Schiffes ist sehr bauchig mit einem durchgängigen Laderaum. Die meisten Koggen haben eine Breite von fünf bis acht Schrittlängen und sind zwanzig bis dreißig Schritt lang. Insgesamt ist die Kogge mit neun Männern besetzt. Unser Kapitän, der Steuermann, wir beide, mein Vater und vier weitere Matrosen. Für die große Ladefläche brauchen wir nur eine kleine Besatzung. Bei leichtem Wind sind wir schon schneller als ein Pferdefuhrwerk. Bei starkem Wind können wir bis sechs Knoten erreichen, nur bei Gegenwind haben wir Probleme. Ein Kreuzen gegen den Wind wird dann schwierig", beendete Michel seine Erklärungen.

Jacub hatte sich während Michels Erklärungen alles genau angesehen und war erstaunt darüber, was der alles wusste. Von Rahsegel und Kreuzen hatte er nie zuvor gehört. Das Wetter war durchwachsen. Es wehte eine leichte Brise und stellenweise kamen nebelige Abschnitte auf sie zu. Kurze Zeit später riss der Himmel wieder auf und hier und dort traten ein paar Sonnenstrahlen hervor. Da es ihnen ziemlich kalt auf dem Deck wurde, gingen die beiden erneut unter Deck, um es sich in ihren Kojen gemütlich zu machen. Hier lagerten auch die Tuchballen und diverse andere Handelsgüter.

Jacub hörte bis in seine Koje die lauten Anweisungen von Kapitän Rassmussen, meistens gefolgt von einem derben Fluch.

„Der scheucht die Mannschaft ganz schön über das Deck", meinte Jacub.

Dann hörten sie, wie der Kapitän laut rief: „Dann furzt doch in die Segel, das bringt mehr Tempo.“

„Derbe Umgangsformen dort oben“, lachte Jacub noch.

„Die müssen höllisch aufpassen wegen der vielen Untiefen und der vorgelagerten Inseln“, erklärte Michel. Erneut dröhnten laute Befehle an ihre Ohren.

Jacub wurde neugierig: „Ich sehe mich noch einmal auf dem Deck um.“ – „Ja geh nur, ist für mich nichts Neues, habe schon einige Fahrten hinter mir“, rief Michel ihm nach, legte sich auf den Rücken und verschränkte beide Arme hinter dem Kopf. Dann schloss er die Augen.

„Gute Güte, wie das hier aber schaukelt“, dachte Jacub, als er oben angekommen war.

„Na, mein Freund, willst du dir eine feuchte Brise um die Nase wehen lassen“, rief ihm der Kapitän entgegen. Jacub hielt sich mit beiden Händen an der Reling fest und schwankte hin und her im Takt mit der Kogge. Aufgepeitschte Gischt schlug über die Reling, und Jacub versuchte in Deckung zu gehen. Die Matrosen waren mit vielerlei Arbeiten beschäftigt. Der nun stärker werdende Seegang schien ihnen nicht das Geringste auszumachen. Was sie genau für eine Aufgabe hatten, das konnte Jacub nicht nachvollziehen, dazu kannte er sich auf einer Kogge zu wenig aus, oder vielmehr überhaupt nicht.

„Dort auf der linken Seite taucht gleich die Insel Lolland auf. Dann segeln wir durch eine Fahrrinne zwischen Fünen und Seeland, bis wir das Kattegat erreicht haben.“

Gerade wollte der Kapitän ihm die weitere Seeroute erklären, da sah er, wie Jacub anfing zu würgen und jegliche Gesichtsfarbe verlor. Der Kapitän wusste, was nun kam, und hielt seinen Mund. Alles, was er jetzt sagen würde, wäre auf taube Ohren gestoßen.

Plötzlich, wie aus heiterem Himmel, schoss die erste Fontäne aus Jacubs Mund, gefolgt von einem Röcheln, das sich anhörte wie von einem Sterbenden. Den Kopf über die Bordwand gebeugt, spie er sich die Seele aus dem Leib. Weitere kräftige Ladungen folgten der ersten. Seine Knie fingen an zu zittern und der krampfartige Würgeeffekt ging weiter, bis sein Magen sich komplett entleert hatte. „Wie ein röhrender Hirsch im Wald“, dachte Kapitän Rassmussen; er hatte schon viel früher damit gerechnet. Allmählich stellte sich Jacubs Erbrechen ein und mit kalkweißer Gesichtsfarbe und weichen Knien ging er langsam zum Unterdeck zurück.

„Ist mir schlecht!“, stöhnte er und ließ sich total ermattet auf seine Pritsche fallen. Michel lachte: „Wenn du noch einmal kotzen musst, geh ja hoch aufs Deck. Sieh nicht auf das Wasser, dann wird es eher noch schlimmer. Aber wie ich feststelle, hast du ja schon einiges richtig gemacht.“

„Was meinst du?“, stöhnte Jacub. „Na, du hast wenigstens nicht gegen den Wind gekotzt, sonst hättest du dein Frühstück jetzt an deiner Gewandung kleben.“ Jacub sprang erneut auf und rannte zur Treppe.

Wie benebelt verbrachte Jacub die weiteren Stunden in seiner Koje. Ihm war weiterhin speiübel. Es ergab sich eine Balance zwischen Brechen und Schlafen. Michel hatte ihm einen Holzeimer an seine Bettstätte gestellt. Da Jacubs Magen komplett entleert war, kam nur noch Spucke zum Vorschein; auch war er nicht mehr in der Lage, an Deck zu gehen.

Die richtige Schaukelei fing aber erst an, als sie das Skagerrak umschifft hatten und sich daraufhin in der Nordsee befanden. Mit gewaltiger Kraft schlugen die Wassermassen gegen die Kogge und warfen sie hin und her. Wie ein Papierschiff tanzte die Solveig auf den Wellen. Kapitän Rassmussen schrie seine Seeleute laut gegen den Wind an und hetzte sie wie wilde Tiere über das Deck. Der Wind hatte gewaltig zugenommen, vom Himmel prasselte ein starker Regen auf sie herab. „Mehr unter Land fahren“, rief Rassmussen seinem Steuermann zu. Der drehte das Steuerrad in die vorgegebene Richtung.

Unter Deck wälzte sich Jacub weiter von einer Seite auf die andere. Fortwährend kam ein ächzendes Stöhnen über seine Lippen.

„Am liebsten würde ich sterben“, flüsterte er. „Du musst unbedingt trinken; dein Körper braucht jetzt viel Flüssigkeit“, riet ihm Michel, „außerdem siehst du aus wie ein grüner Hering.“

Die folgende Nacht war die schlimmste in Jacubs Leben. Am nächsten Tag wurde es etwas besser. Der Sturm blies nur noch in abgeschwächter Form und der Aufruhr im Magen schien sich beruhigt zu haben.

„Noch zwei Tage, dann erreichen wir Bergen. Soll ich dir die Stadt beschreiben?“, fragte Michel. Immer noch blass und teilnahmslos nickte Jacub.

„Also, Bergen ist seit über hundert Jahren Norwegens Königsstadt. Die Einheimischen nennen ihre Stadt „Björgvin“, was so viel wie Wiese zwischen den Bergen bedeutet. Aber freu dich nicht zu früh, sie ist die regenreichste Stadt der nördlichen Länder. Wir legen mit unserer Kogge am „Tyske Bryggen“ an, das heißt übersetzt Deutscher Kai, wo sich das deutsche Handelsviertel befindet. Man könnte auch sagen: Bergen ist fast vollständig in deutscher Hand. In den engen Gassen befinden sich die Kontore, Lagerhallen, eine Kirche, eine Krankenstation – wie eine kleine, eigene Stadt. Vielleicht zum Schluss noch eins: Das deutsche Gebetshaus nennen sie den „Mariendom“, eine romanische Basilika, gebaut nach dem

Vorbild des Speyerer Doms. Den Rest der Stadt, den musst du selbst erkunden", beendete Michel seine Führung. Jacub nickte und schlief wieder ein.

Ein Ruck ging durchs Boot. Darauf folgte ein quietschendes, schleifendes Geräusch. Holz an Holz rieb aneinander, als sie am Deutschen Kai anlandeten. Endlich waren sie in Bergen, dachte Jacub und wollte so schnell wie nur möglich das Schiff verlassen. Von der Seefahrt hatte er vorerst genug und war froh, wieder festen Boden unter den Füßen zu verspüren. Er warf sich seine Reisetasche über die Schulter und ging schnellstens in Richtung Steg, wo er immer noch schwankend über eine hölzerne Bohle wankte. Obwohl er mit beiden Beinen fest auf dem Steg stand, meinte er, dass sein Körper noch mit den Wellen mitschaukeln würde.

Michel bemerkte die schwankenden Bewegungen seines Freundes. „Das geht gleich vorbei, mach dir deshalb keine Gedanken."

Von der Landseite her kamen ein paar Männer zur Kogge, um die Ladung zu löschen. Der Kapitän, der Steuermann und Michels Vater verließen nun ebenfalls das Schiff.

„Oh, welch ein Wunder, wir kommen in Bergen an, ohne dass es regnet", rief der Kapitän. Jacub sah sich zum ersten Mal richtig um. Seine Augen überflogen die kleine Hafenstadt. Nun erkannte er die dicht an dicht gereihten, bunt gestrichenen Häuser. Sie waren vom Baustil her sehr schmal gehalten, aber die meisten der Bauten verfügten über drei Stockwerke, die in einem Spitzgiebel endeten. Die Häuser waren in den Farben Rot, Gelb und Ocker gestrichen und ergaben ein farbenfrohes, liebliches Bild. Ganz besonders nahm Jacub den extremen Fischgeruch wahr, der überall in der Luft lag.

Plötzlich sah er, wie etwas leuchtend Blondes über den Kai gerannt kam.

Als das blonde Etwas näher kam, erkannte er ein junges Mädchen, das in den Armen des Kapitäns landete.

„Mein Gott“, sagte Jacub zu Michel, „ist die nicht etwas zu jung für so einen Mann? Aber vielleicht kann er sich als Kapitän so etwas leisten.“

„Mensch, Jacub, du Pfeife, das ist doch seine Tochter, die Solveig,“ gab Michel zurück. Jacub errötete, es war ihm sichtlich peinlich, und er sagte nur: „Oh, oh.“ Die schöne Solveig drückte und küsste ihren Vater, der ihre Gesten erwiderte. Dann sprachen sie normannisch, und Jacub verstand nur ein Wort, und das war „Solveig“. Er wandte sich erneut an Michel und fragte leise: „Hat er jetzt sein Schiff nach seiner Tochter benannt oder seine Tochter nach dem Schiff?“

Michel lachte: „Da sein Boot erst acht Jahre alt ist, seine Tochter aber achtzehn, müsstest du es dir ausrechnen können.“

Mit offenem Mund starrte er das Mädchen an. Du liebe Güte, was für eine Schönheit! Hellblau strahlende Augen, schulterlanges, lockiges blondes Haar, fast so groß wie er und wohlgeformt. Jacub konnte sich nicht daran erinnern, jemals in seinem Leben eine so schöne Frau gesehen zu haben. Er konnte sich nicht genug an ihr sattsehen. Er dachte kurz an seine Gundula, sein Lenneper Mädchen, die fürwahr ebenfalls recht gut aussah, aber diese Frau hier, das war … überwältigend. Als er noch klein war, hatte ihm seine Mutter Gutenachtgeschichten über Ritter, Kaiser, Hexen und Feen erzählt, und diese Solveig war so eine Fee aus seinen kindlichen Vorstellungen. Eine blonde Fee mit einem langen weißen Kleid, die durch den Wald geflogen kam, umhüllt von transparenten, feuchten Nebelschwaden.

Die Fee trat zu Jacub, reichte ihm ihre schmale Hand und sprach mit leichtem Akzent: „Hey, willkommen in Bergen, ich bin Solveig."

Verlegen drückte er vorsichtig ihre zarte, schmale Hand: „Jacub Wüllenweber aus Lennep, Tuchhändler aus deutschen Landen."

Björn Sörensen, Michels Vater, rief: „Dann kommt, Männer, wir gehen ins deutsche Viertel." Vater, Sohn und Jacub verließen den Kai. Während sie Richtung Land gingen, überfiel Jacub ein Zwang, sich mehrere Male umzudrehen, um nach der schönen Solveig zu schauen. Einmal winkte sie kurz zurück.

Die drei gingen entlang der Hafenstraße durch Bryggen. Michels Vater blieb hier und dort stehen und erklärte Jacub die verschiedensten Gebäude. „Hier riecht es überall sehr streng. Was ist es, wo kommt der Geruch her?", fragte Jacub Michels Vater.

„Ah, ich weiß, was du meinst. Komm mit, ich zeige es dir", sagte er und bog in eine schmale Seitengasse ein. Dann stoppte er vor einer großen Lagerhalle und öffnete ein hölzernes Tor. Bis in den Giebel hatten Fischer Leinen gespannt, die voller Fische hingen. Staunend betrachtete Jacub die unzähligen Leiber, die man über die Leinen zum Trocknen aufgehängt hatte.

„Ist das der berühmte …", wollte Jacub fragen, als er unterbrochen wurde: „Ja, Stockfisch, der beste der Welt", sagte Sörensen. Drei Monate muss er hier reifen, dann wird er in viele Länder verkauft. Ganz verrückt sind die Italiener danach", erklärte ihm Michel.

Dann fuhr er fort: „Gefangen wird er im Norden, hauptsächlich in der kalten Jahreszeit, und dann an frischer Seeluft getrocknet, bevor er nach Bergen geliefert wird. Hier erreicht er durch erneute Lagerung seine Endreife. Die Händler verstauen ihn in Fässer und ab geht es nach Portugal, Italien und was weiß ich, wohin. Wenn du alles genauer wissen willst, dann frag Kapitän Rassmussen, der kann dir mehr darüber berichten."

„Wird der denn nicht schlecht, ich meine, fault der nicht?" Michels Vater schüttelte den Kopf: „Nein, nicht bei der Kälte, da trocknet er; wäre es warm, dann würde der Fisch faulen und widerwärtig stinken, dann säßen die Fliegen auf ihm. Bei den Temperaturen in der kalten Zeit während der Lagerung gibt es kein Ungeziefer."

Nach dem Besuch der Fischhalle gingen sie zurück zum deutschen Viertel, bis sie vor dem Lenneper Kontor standen. Michel und Jacub betraten einen Raum und fragten sich bei den Arbeitern zu Ole Einar Svenson durch.

„Der sitzt dort drüben in seinem Schreibzimmer", gab der Lagerist preis. Die drei durchquerten eine schmale Diele, kamen an eine offene Tür, dann sahen sie auch schon den Verwalter am Schreibtisch sitzen, halb verborgen hinter einem Stapel Bücher. Björn Sörensen schlug mehrere Male kurz mit dem Knöchel seines Zeigefingers an die offene Tür. Der Verwalter blickte über den Bücherrand zu ihnen hin: „Ja, bitte, tretet ein."

Sie machten sich bekannt und Björn teilte Ole Einar Svenson den Grund ihres Erscheinens mit. „Und du bist Tilmanns Sohn, der kleine Jacub. Mein Gott, wie die Zeit vergeht! Als ich dich das letzte Mal gesehen hatte, da warst du, glaube ich, so acht oder neun Jahre alt. Damals war ich auf Geschäftsreise in Lennep", sprach auch er mit diesem nordischen Akzent.

Jacub wurde etwas verlegen, er war erstaunt, dass dieser Ole Einar Svenson ihn als Kind gekannt hatte. Dann griff er in seine Umhängetasche und hielt ihm das Schriftstück seines Vaters hin. „Das soll ich Euch aushändigen."

Ole Einar Svenson rollte es aus, las es, rollte es wieder zusammen und legte es in seine Schublade. „Na, dann werde ich dich einmal herumführen und dich einweisen."

„Braucht ihr uns noch?", fragte Björn den Leiter. „Nein, informiert mich nur früh genug über Eure Rückreise." Björn nickte und machte sich mit Michel davon. „So, dann folge mir, junger Wüllenweber, ich zeige dir dein Zimmer, wo du dich ausruhen kannst nach der schaukelnden Überfahrt. Ich hoffe, ich darf beim Du bleiben, mein Freund?", fragte Ole. „Aber natürlich", gab Jacub zurück.

In den darauf folgenden Tagen war Jacub mit allerlei Dingen beschäftigt. Ole zeigte ihm das deutsche Viertel und ausgiebig das Lenneper Kontor. Häuser, Decken, Böden – überall war der Baustoff Holz verarbeitet.

Die Gassen im Viertel waren recht schmal, die Häuser schlank und höher als in anderen Städten, und irgendwie hatten die Menschen hier im Norden eine Vorliebe für Erdfarben. Gelb-, Ocker- und Rottöne waren dominant, aber wohin man auch ging: Es roch überall nach Stockfisch.

Jacub staunte auch nicht schlecht, als er zum ersten Male an einer Kürschnerei vorbeikam. Dort betrieb man die Fellverarbeitung. Ein freundlicher Mann erklärte ihm die einzelnen Tierfelle. Einige Felle kannte er, aber Seehund-, Robben- oder Rentierfelle waren ihm zuvor nicht unter die Augen gekommen.

Ole Einar Svenson behandelte Jacub, als wäre er ein jahrelanger guter Freund von ihm. Es wies ihn in den Ein- und Verkauf ein, erklärte ihm die Buchführung und die kleinen und großen Tricks und Betrügereien, mit denen manche Händler versuchten, einen über den Tisch zu ziehen. Vieles davon hatte ihn sein Vater bereits gelehrt.

Manchmal zog er auch alleine um die Häuser. Er sah sich das Treiben in den großen Lagerhallen an oder schlenderte durch das Hafenviertel. Jacub war erstaunt, wie viele unterschiedliche Sprachen an sein Ohr drangen. Die Hauptsprachen jedoch waren das Norwegische und das Deutsche.

An einem Samstagabend – es war bereits dunkel, das heißt, hier war es fast immer dunkel, bis auf einige Tagstunden, wo einmal für kurze Zeit das Licht durchbrach – zog Jacub erneut durch das Viertel. Vielleicht war die häufige Dunkelheit auch der Grund gewesen, dass die Gasthäuser schon recht früh gut besucht waren und die Nordmänner dem Weine so zusprachen. Aus den einzelnen Spelunken drang Lärm in die Gassen. Trotz der Kälte spazierte er gemütlich umher. Aus den vielen Fenstern der Häuser schien das Licht der Kerzen auf sein Gesicht und auf die umliegenden Gassen.

Durch den Handel, hauptsächlich mit Fisch und Fellen, war Bergen zu einer wohlhabenden Stadt geworden. Jacub kehrte in einen Gasthof ein, wo er sich ein Essen gönnen wollte. Der rothaarige Wirt zeigte ihm einen Tisch, an dem er Platz nahm. Im Allgemeinen fiel Jacub auf, dass hier im Norden sehr viele rot- und blondhaarige Menschen lebten. Eine graue Schieferplatte an der Wand schien die Speisekarte zu sein. Mit weißer Kreide wurden die Tagesgerichte dort angeboten, in Normannisch, was Jacub nicht verstand. Als er recht hilflos versuchte, die Schrift zu entziffern, wurde er von der Seite angesprochen:

„Kann ich dir vielleicht weiterhelfen?“, erklang eine weiche Stimme. Jacub drehte den Kopf zur Seite und sah in die hellen Augen von Solveig.

„Äh, ja, ich würde gerne eine Fischplatte bestellen.“

„Wenn du schon im Norden bist, dann solltest du den Elch

oder das Rentier versuchen. Es schmeckt wie Wild und der Wirt macht einen hervorragenden Eintopf davon", empfahl sie ihm. Jacub nickte. Solveig ging zum Wirt und orderte das Essen, danach kam sie zurück und setzte sich zu Jacub an den Tisch.

„Ich habe für mich das Gleiche bestellt. Wenn du nichts dagegen hast, können wir zusammen speisen und nachher etwas plaudern."

„Ja gerne, wohnst du hier in Bergen?", fragte Jacub sie.

„Ich wohne überall und nirgends. Einige Wochen in Bergen, dann in Kopenhagen, Brügge, London, auch in deutschen Landen, je nachdem, welche Seereisen mein Vater unternimmt."

„Die Kogge trägt deinen Namen, ist mir aufgefallen", sagte Jacub.

„Mit Einverständnis von Björn Sörensen hat mein Vater sie nach mir benannt. Sie sind Freunde und Eigner des Bootes. Björn zieht die Aufträge an Land und mein Vater liefert sie mit der Solveig aus", erklärte sie ihm. „Und deine Mutter?"

„Meine Mutter ist verstorben, als ich klein war. Ich kann mich an sie nicht erinnern. Mein Vater lässt mich ungern allein, deshalb nimmt er mich häufig mit, aber wenn die See rau ist und wenn es mir zu kalt auf dem Meer ist, dann bleibe ich in den Hafenstädten und warte auf seine Rückkehr. Meistens in den Wintermonaten."

Jacub überlegte, dann fragte er: „Und wie hast du mich hier entdeckt?"

„Ganz einfach, ich wohne vorübergehend hier. Wenn Björn und Vater ihre Geschäfte abgewickelt haben, dann segle ich mit zurück nach Lübeck und im Anschluss daran nach Kopenhagen. Dort haben wir am Meer ein kleines Friesenhaus, verbringen eine Zeit zu Hause und gehen dann wieder auf

Fahrt, je nachdem, welche Fracht uns Björn besorgt."

Jacub nahm den Tonkrug und schüttete etwas Wein in ihre Becher. „Du bist selbstverständlich heute Abend mein Gast", gab sich Jacub großzügig.

„Das ist lieb von dir, aber nicht nötig. Mein Vater hat schon alles im Voraus bezahlt."

„Wo übernachtet denn dein Vater?", fragte Jacub nach.

„Der mag keine Gasthäuser, er bleibt immer auf seinem Boot. Er versorgt sich dort und schläft auch auf seiner Kogge. Mein Vater ist mit dem Meer sowie mit seiner Kogge wie verwachsen. Manchmal habe ich das Gefühl, dass er mit dem Schiff verheiratet ist." Der Wirt kam und stellte zwei Teller voll Elch- und Rentierfleisch auf den Tisch. Dazwischen machten sich Gemüsestreifen und Zwiebeln breit und es roch köstlich.

„Guten Hunger", sagte der Wirt und kreiste mit der Hand über den Bauch; danach ging er zurück zum Schanktisch.

„Das sieht wirklich gut aus", sagte Jacub und holte seinen Löffel hervor.

Solveig sah ihn an: „Du hast deinen eigenen Löffel dabei?"

„Kennst du das Brauchtum nicht?", fragte er sie. Sie schüttelte den Kopf und ihre blonde Haarpracht flog dabei hin und her.

„Bei uns gibt es eine Sitte", erklärte Jacub. „Wenn ein Kind das Licht der Welt erblickt hat, dann bekommt es einen Löffel geschenkt. Diesen Löffel trägt es sein Leben lang bei sich, bis zum Tod. Dann sprechen wir davon, dass sie oder er den Löffel abgegeben hat." Solveig lachte: „Dann trägst du deinen Löffel seit deiner Geburt?" – „Richtig, und nun guten Hunger!" Jacub nahm seinen Löffel und machte sich hungrig über den Eintopf her.

Während des Essens sah er sie immer wieder an. Er betrachtete sie, ja begutachtete sie förmlich von der Seite; er fand nichts an ihr, was für seinen jungen Geschmack nicht perfekt gewesen wäre. Sie hatte keinen Makel. Er kam sich vor wie bei der Betrachtung eines Nutztieres und erschrak. Ihre schlanke Gestalt, das blonde Haar, die blauen Augen, der wohlgeformte Mund. Wie sie wohl unter ihrer Gewandung aussehen mochte? Im Geiste sah er sie nackt in seinen Armen liegen, was dazu führte, dass seine Hose sich unter dem Tisch ausbeulte; zum Glück konnte das niemand sehen. Nur jetzt nicht aufstehen müssen, dachte er. Ablenken, ich muss mich unbedingt ablenken. Dann eröffnete er erneut das Gespräch.

„Ist das denn kein Streunerleben, was du da führst?"

„In den Wintermonaten schon. Langeweile, Kälte und Dunkelheit setzen einem ganz schön zu. Aber wenn das Frühjahr kommt, dann macht es richtig Spaß."

Der Aufenthalt in Bergen gefiel Jacub immer besser. Vor allen Dingen, wenn er an die gemeinsame Rückfahrt dachte, doch bis dahin gab es ja noch ein paar Tage.

„Wann, glaubst du denn, ist die Rückreise geplant?" – „Wenn Björn Sörensen seine Stoffe an die Frau oder an den Mann gebracht hat, dann geht das recht zügig. Vielleicht in vier oder fünf Tagen."

Nun nahm Jacub seinen Mut zusammen: „Würdest du dich noch einmal mit mir treffen?", fragte er schüchtern.

„Morgen früh komme ich in euer Kontor und bringe Michel mit. Wir sind im gleichen Ort geboren und sind wie Bruder und Schwester groß geworden, kennen uns von Kindesbeinen an. Wenn du möchtest, kannst du uns das Kontor und eure gelagerten Waren zeigen, oder vielleicht kann ich einige Datteln bei dir naschen."

„Ja, das wäre sicherlich machbar. Ole Einar Svenson wird wohl keine Einwände haben, davon gehe ich mal aus. Dann sehen wir uns morgen früh." Es war schon recht spät und Jacub erhob sich, er konnte es sich jetzt erlauben. „Brrrr“, sagte er, „ jetzt wieder durch diese fürchterliche Kälte zurück. Dann bis Morgen, Solveig.“

Als er etwas später in seinem Bette lag, dachte er nur noch an Solveig. Dann griff er in seine Hose und legte an sich Hand an, nur so konnte er den schönen Abend beenden. „Datteln“, dachte er, „ob wir hier überhaupt Datteln haben?“

Tilmann schlenderte mit Heinrich durch die Lübecker Hafengegend. „Ich mache mir nun doch Vorwürfe, ob es rechtens war, ihn bei so einem Seegang hinauszujagen. Konnte ich ihm das zumuten?“

„Wenn etwas passiert wäre, dann hätten andere Segler bereits irgendetwas berichtet. Der Kapitän der Solveig ist doch ein erfahrener Segler, ein Däne, der sich bestens in seinem Meer auskennt. Eine Havarie spricht sich doch blitzschnell herum und die Seeräuber sind in den Wintermonaten nur selten aktiv. Außerdem wolltest du es doch genau so. Jetzt hör bitte auf, dir Vorwürfe zu machen. Er wird bald wieder bei dir sein und dann geht es zügig zurück nach Lennep“, sagte Heinrich.

„Als Vater denkt man einfach anders als eine nicht betroffene Person, aber ich glaube, du hast recht. Einige Tage Geduld sollte ich noch aufbringen.“

Jacub lag noch dösend auf seinem Bett, als es an seiner Zimmertüre klopfte: „Besuch für dich, Jacub Wüllenweber!“, rief Ole Einar Svenson.

„Oh verflucht!“, dachte er und sprang total verschlafen aus seinem Bett.

„Bin sofort fertig!“, rief er zurück. Schnell ging er zur Waschschüssel und schüttete sich ein paar Handvoll Wasser ins Gesicht, trocknete es ab und fuhr sich mit einer Bürste durch die Haare.

Als er sein Zimmer verließ, standen Michel und Solveig schon im Kontor.

„Haben wir dich geweckt?“, fragte sie mit einem Lächeln auf den Lippen.

„Äh, nicht ganz, ich war schon wach, habe nur noch ein bisschen gedöst. Dann kommt mit, Ole Einar Svenson zeigt euch unser Kontor und die Lagerräume. Ich habe mit ihm gesprochen und er hat sich bereit erklärt, euch alles zu erläutern.“

Etwa zwei Stunden lang führte sie der Kontorleiter durch die Räumlichkeiten. Er beantwortete alle ihre Fragen, wer mit wem Handel trieb, wo die Waren herkamen, über die richtige Lagerung und über Fäulnis sowie Temperaturbeeinträchtigungen. Als sie zum Ende kamen, sagte Solveig leise zu Jacub: „Dann bis heute Abend zum Essen.“

Erwartungsvoll ging Jacub zurück in seine Kammer; an Datteln hatte keiner mehr gedacht. Er legte sich auf sein Bett und grübelte über die wunderbare Situation nach, in der er sich gerade befand. In Gedanken verglich er die beiden Frauen – seine Gundula aus Lennep mit der blonden Solveig aus Dänemark. Konnte er die beiden überhaupt miteinander vergleichen? Konnte er gleichzeitig zwei Frauen lieben? Seine Gefühlswelt schien durcheinanderzugeraten. Gundula würde sicherlich auf ihn warten, sie wäre ihm treu ergeben, aber diese Solveig, die hatte etwas an sich – so etwas kannte er nicht. Er war fasziniert von ihr, ja geradezu besessen. Ob sie schon einmal mit einem Mann zusammengelegen hatte? Heute Abend würde er die Tugenden eines Ritters anwenden: Beute greifen und erobern. Er wusste, dass es Zeit wurde, es einmal mit einem Mädchen auszuprobieren, und wer war wohl besser geeignet als diese Solveig, zumal Michel ihm erzählt hatte, dass die Frauen im Norden viel freizügiger seien als die Mädchen in deutschen Landen. Dann hatte Michel noch gemeint: „In Hafenkneipen geht es immer rund."

Jacub saß am selben Tisch wie beim letzten Mal. Solveig war noch nicht erschienen, als ihn der Wirt in gebrochenem Deutsch ansprach: „Hey, Frau ... blonder Teufel wartet auf Zimmer."

Jacub nickte. „Geht Treppe hoch, sweite Türe links, Simmer drei," teilte er ihm kurz mit und ging dann wieder zu seinem Schanktisch.

Jacub sah ihm verwundert nach. Wieso nannte er sie einen Teufel? Egal, er erhob sich, ging auf den Wirt zu und zeigte mit seinem Daumen in Richtung nach oben: „Essen Zimmer bringen?" fragte Jacub. „Jo, du bestellen, ich bringen Simmer."

Die Holzstufen knarrten, als er in das erste Stockwerk ging. Mehrere Rentierfelle schmückten die große Wand am Treppenaufstieg. Der Inhaber schien ein erfolgreicher Jäger gewesen zu sein. Über einer Tür machte sich ein ausgestopfter Bärenkopf breit, über einer anderen hing der riesige Schädel eines Elches. „Diesen Viechern möchte ich auch nicht im Dunkeln begegnen", dachte Jacub.

Vor Solveigs Türe blieb er stehen und klopfte an. „Komm herein, ich warte schon auf dich", erklang ihre liebliche Stimme. Jacub betrat das freundlich eingerichtete Zimmer. Auf einem Tisch stand ein Krug voll Wein, daneben zwei Tonbecher. Sie ging auf Jacub zu, nahm ihn in den Arm und gab ihm einen Kuss auf die Wange, woraufhin er sofort errötete.

„Komm, setz dich. Schön, dass du da bist, dann können wir uns einen netten Abend machen." Sie goss die beiden Becher voll und hielt ihm einen davon hin: „Skål, wie wir im Norden sagen." Dann stießen sie miteinander an.

Sie trug ein wunderschönes, tief ausgeschnittenes Kleid, das einen ebenso tiefen Einblick erlaubte. Als er ihre Wölbungen sah, wurde er erneut unruhig. „Nur nicht wieder so schnell die Hose ausbeulen", dachte er. Doch da er mehr auf ihren Busen sah statt in ihr Gesicht, passierte genau das, was nicht hätte passieren dürfen.

„Setzen wir uns doch", schlug sie ihm vor. Da er größer als sie war, konnte er sich die wunderschönen Wölbungen ihres Busens weiterhin von oben betrachten. Solveig war sich ihrer Ausstrahlung sichtlich bewusst.

Sie hatte blendend gute Laune und prostete ihm fortwährend zu. Hatte sie vorher schon einige Becher von dem Wein getrunken? War er ihr bereits zu Kopf gestiegen? Ihm konnte es nur recht sein, an einem Abend wie diesem dachte er im Moment sicherlich nicht ans Abendessen.

An der Zimmerwand hing eine Laute. „Kannst du sie spielen?", wollte er wissen. Sie sah ihn an, stand auf und griff nach dem Instrument, hängte sich den Haltegurt über die Schulter und fuhr mit den Fingern über die einzelnen Saiten. „Etwas verstimmt", meinte sie. Sie drehte die Saiten an den Wirbeln ein wenig nach, bis es harmonisch klang.

Sie ließ ihre Finger über die Saiten gleiten und stimmte ein Lied an. Mit verruchter Stimme sang sie dazu eine Weise in dänischer Sprache, die Jacub natürlich nicht verstand. Während sie spielte und sang, umkreiste sie den auf dem Stuhl sitzenden Jacub, der ihr mit den Augen folgte und den Takt mit seinen Füßen mittrat. Vielleicht ist es ja ein Liebeslied, dachte er. Als sie es nach drei Strophen beendet hatte, fragte sie: „Und, hat es dir gefallen?“

„Oh ja, es war sehr schön“ – dabei klatschte er leicht in die Hände. Solveig setzte sich auf seinen Schoß: „Das habe ich nur für dich gespielt und gesungen.“ Als sie sein erregtes Glied spürte, schlang sie ihre Arme um ihn und küsste ihn voller Verlangen.

Jacub wusste nicht, wie ihm geschah. In solch einer Situation war er noch nie gewesen. Wer verführte hier eigentlich wen? Sie erhob sich, ergriff seine Hand und zog ihn zu ihrem Bett.

„Kannst du mir bitte mein Kleid aufschnüren?“, hauchte sie ihm ins Ohr und drehte ihm den Rücken zu.

Ihm kam sofort der Gedanke, wie sie dieses Kleid wohl alleine anziehen würde. Voller Nervosität und gleichzeitigem Verlangen zog er die Schnüre aus den Ösen. Dann ließ sie das Kleid auf den Boden gleiten und fing an, Jacub zu entkleiden. Der erlebte alles wie im Vollrausch; er wusste nicht, wie ihm geschah.

So oder ähnlich muss es wohl sein, wenn man dieses Haschischa-Zeug der Assassinen geraucht hat. Diese Kreuzzugsgeschichte von den Kämpfern aus dem Orient, die ständig unter Drogen standen, hatte ihm sein Vater einmal erzählt. Wie hieß noch mal ihr Anführer? Ach ja, jetzt fiel es ihm wieder ein: „Der Alte vom Berg“. Ständig stopfte er seine Kämpfer mit diesem Rauschmittel voll.

„Sie ist meine Erste, aber ich bin sicherlich nicht ihr Erster“, dachte er und stand plötzlich nackt mit erregtem Glied vor ihr. Solveig hatte sich nun auch ihrer Unterkleider entledigt und stand ebenfalls entblößt vor ihm.

„Du meine Güte, was für eine Frau und was für ein Körper – und alles gehört gleich mir“, dachte Jacub und sollte damit recht behalten.

Sie umschlang ihn, nur etwas Hartes zwischen ihnen verhinderte eine noch engere Umarmung. Dann ließen sie sich umschlungen auf Solveigs Bett sinken.

Hatte sie diese Erfahrungen während der langen Wartezeit in den Hafenstädten gesammelt? Er dachte an Michels Worte. Hatte sie sich, während ihr Vater zur See fuhr, den einen oder anderen Matrosen in ihr Zimmer geholt und dabei ihre Lust entdeckt? Er konnte seine Unbeholfenheit nicht vor ihr verbergen, sodass Solveig ihm zu Hilfe eilte und mit ihrer Hand das tat, worauf er nicht von alleine gekommen war. Sie schob seine Hand an Stellen, an denen sie gestreichelt werden wollte. Welch ein Körper!

Fünf oder sechs Mal stieß er in ihre feuchte Grotte, dann verdrehte er die Augen und stöhnte laut.

„War das dein erstes Mal", fragte sie ihn. Jacub nickte. „Dann wird es gleich noch schöner werden", flüsterte sie und begab sich erneut mit ihren Fingern auf die Suche. Auch er war nun mutig genug, um sie zu streicheln, dabei betrachtete er sie neugierig. Ihr langes, blondes Haar bedeckte fast den gesamten Busen, nur zwei rosa schimmernde Brustwarzen lugten frech zwischen den Haaren hervor. Auffallend waren ihre sehr helle Hautfarbe und vereinzelt auftretende Sommersprossen. Zwischen ihren Beinen nahm er den blonden Flaum wahr und fuhr mit seiner Hand dazwischen. Als er ihre Feuchte spürte, fing sie an zu stöhnen und auch Jacub war wieder bereit für ein neues Vergnügen.

Am nächsten Morgen kam er sichtlich unausgeschlafen im Kontor an. Tiefe Ränder zeichneten sich unter seinen Augen ab. Jacub nahm die Hand vor den Mund und gähnte.

„Na, durchgemacht letzte Nacht? Siehst aus, als wärest du unter eine Rentierherde geraten", scherzte Ole Einar Svenson.

Jacub wurde verlegen: „Oh, danke, ist aber alles in Ordnung."

„Hat dich der blonde Teufel geritten?" Woher konnte Ole das wissen und wieso nannte er Solveig ebenfalls einen Teufel, genau wie der Wirt aus dem Lokal?

Ole sah ihn an: „Es ist kein Geheimnis. Kapitän Rassmussens Tochter reitet wie eine läufige Hexe auf ihrem Besen durch die Hafenstädte und vergnügt sich mit irgendwelchen Männern, die ihr gefallen. Alle wissen es, aber keiner sagt etwas. Wenn das ihr Vater wüsste, er würde sie auf seiner Kogge anketten, oder aber sie halb totschlagen."

„Und ich habe geglaubt, ich wäre ein besonderer Glückspilz gewesen", sagte Jacub enttäuscht. „Sie ist etwas Besonderes, eine Schönheit, aber ebenso ein verwöhntes Ding, das den Männern den Kopf verdreht, und deshalb ist sie auch so gefährlich. Sie spielt mit dem Feuer, und das kann auf Dauer nicht gut gehen. Wer Feuer legt, der kann sich auch schnell daran verbrennen."

„Und alle wissen davon?", fragte Jacub.

„Die meisten; dieses Spiel trieb sie in London, in Brügge und anderen Städten. Björn Sörensen, mein Freund und Partner, erzählte es mir. Auch er, obwohl er mit ihrem Vater befreundet ist, findet nicht den Mut, mit ihm über seine Tochter zu reden. Kapitän Rassmussen ist ein sehr schnell aufbrausender Mann, man weiß nie, wie er reagiert – deshalb hat bis jetzt auch keiner den Mut gehabt, es ihm mitzuteilen."

So war das also mit Schönheit und der großen Liebe. Er glaubte Ole; es waren keine leeren Worthülsen, denn so, wie sie in der Liebe Bescheid wusste, deutete das schon auf bestimmte Erfahrungen hin.

„Übrigens, morgen früh segelt ihr zurück. Das Meer sieht vielversprechend aus. Sörensen hat seine Ware verkauft. Bestell deinem Vater viele Grüße von mir, und auch ich werde dir für ihn ein Schreiben mitgeben."

Plötzlich stand Michel im Raum:

„Stimmt nicht ganz, ich habe den letzten Teil eures Gespräches mitbekommen. Mein Vater braucht doch noch einen weiteren Tag. Übermorgen ist die Abreise."

„Ist mir auch recht", meinte Jacub, der sichtlich enttäuscht über diese Neuigkeiten war.

„Dann sollten wir den morgigen Tag ausnutzen. Was hältst du davon, wenn wir mit Islandponys einen Ausflug auf das Bergplateau machen? Mit ein bisschen Glück könnten wir Biber oder Elche beobachten."

Nickend sagte Jacub: „Das ist doch ein guter Vorschlag."

Bergen lag noch in einem Nebelfeld, als sich die beiden zu früher Morgenstunde aufmachten. Dick eingekleidet saßen sie auf ihren Ponys, angeführt von Michel, der, wie er sagte, den Weg kannte. Die morgendliche Kälte trieb ihnen schnell die Müdigkeit aus ihren Gesichtern. Michel hielt sich die Hand vor den Mund und gähnte.

„Der Aufstieg ist eine Strapaze, aber wenn wir das Plateau erreicht haben, werden wir mit einem wundervollen Ausblick entlohnt. Es wird etwa zwei Stunden dauern, bis wir oben sind", erklärte Michel.

Ole Einar Svenson hatte Jacub einen Pelzmantel sowie eine Fellmütze geliehen mit den Worten: „Das ziehst du besser an. In deinen Sachen erfrierst du mir sonst noch auf dem Weg nach oben. Du wirst schnell merken: Auf dem Plateau bläst häufig ein eiskalter Wind."

„Und von welchem Tier ist der Pelz", hatte ihn Jacub gefragt.

„Vom Isegrim, davon haben wir hier im Norden genügend."

Ihre beiden Islandponys waren ausdauernde, zähe Tiere –

klein, aber gewandt und kräftig. Sie ritten die Hauptstraße entlang, bis die Häuser spärlicher wurden, dann bogen sie in einen Waldweg ein, der serpentinenartig zum Plateau führte. Beidseitig säumten Kiefern den Pfad. Immer wieder tauchten schwere, graue Granitfelsen dazwischen auf, die teilweise mit Flechten überzogen waren.

„Die Flechten auf den Steinen sind im Winter die Hauptnahrung der Rentiere", erwähnte Michel beiläufig. Das Ganze wurde umrahmt von dichten Moosteppichen. Durch das milde Klima der Nordsee war die Landschaft schneefrei geblieben, aber oben auf dem Plateau könnte noch Schnee liegen, wie Michel meinte. Vorsichtig ritten sie durch schroffe Felsformationen, die von Schmelzbächen durchzogen wurden. Als sie die Hälfte der Strecke hinter sich hatten, stieg Michel von seinem Pony: „Ab jetzt sollten wir die Ponys an den Zügeln führen und zu Fuß weitergehen. Für die Tiere wird es zu steil."

Schwer atmend gingen sie Schritt für Schritt die Serpentinen hoch; die Ponys trotteten an ihren Zügeln brav hinterher. Das letzte Stück der Wegstrecke war äußerst anstrengend gewesen, sodass sie schnaufend mit viel Mühe das Plateau erreichten und sich erst einmal auf einen Stein setzten, um sich zu erholen. Michel hatte recht behalten: Das Plateau war von einer Schneedecke überzogen, und das mit der Kälte stimmte auch.

Michel erhob sich, ging zu seinem Tier und kam mit einem gefüllten Weinschlauch zurück. „Skål", sagte er, trank ein paar kräftige Züge und reichte den Schlauch an Jacub weite, der ebenfalls gierig einige Schlucke nahm.

Weißer Atem verließ ihre Lungen; noch keuchend sagte Michel: „Nun zeige ich dir was, komm mit."

Bevor sie losgingen, schlugen sie ihre Arme um ihre Oberkörper, um die Kälte aus ihren Händen zu vertreiben. Trotz der Fellhandschuhe waren sie gefühlslos geworden.

Nach ihrem kurzen Aufwärmprogramm winkte Michel Jacub zu, ihm zu folgen.

Er führt Jacub an einen steil nach unten abfallenden Berghang. Um bei der Glätte nicht hinzustürzen, gingen sie in kleinen Trippelschritten. Der Nebel hatte sich bis auf einige restliche Schwaden verzogen. Dann erreichten sie das steil abfallende Ende des Plateaus.

„Sieh dir das an!", sagte Michel und schwenkte seinen Arm über den Abgrund. Für ihren kräftezehrenden Aufstieg wurden sie mit einem überwältigenden Ausblick entlohnt, der bis weit auf das Meer reichte. Steil unter ihnen standen die bunten Hütten von Bergen. Die liebevoll angestrichenen Häuser sahen aus, als hätte sie jemand in einer Reihe aneinandergeklebt. Die kleine Hafenstadt wirkte auf Jacub wie eine fantastische Märchenwelt, eine Welt mit Feen, Hexen, Nymphen und Trollen.

Michel zeigte in eine Richtung. „Dort hinten ist das Hanseviertel, dahinter der deutsche Kai, wo die Solveig liegt."

Jacub lachte laut: „Meinst du das Schiff oder das Mädchen?"

„Das Schiff, du Hundsfott! Das Mädchen liegt die meiste Zeit im Gasthof." Beide schlugen sich auf die Schenkel und lachten lauthals.

Mit Tränen in den Augen winkte Michel: „Komm, wir gehen zurück zu unseren Ponys, dann reiten wir ein kurzes Stück, denn dort drüben befindet sich ein wundervoller See."

Diese Hochebene war wirklich sehenswert, dachte Jacub. Er kam sich vor wie auf einem anderen Stern oder wie in einer anderen Welt, bewachsen von unzähligen Preisel- und Heidelbeersträuchern, die aussahen, als hätte man sie mit feinem Puderzucker überzogen. Auf kleinen Tauwasserpfützen, die mit einer Eisschicht bedeckt waren, spiegelte sich das Licht.

Als die Hufe der Ponys durch die dünne Eisdecke brachen, verursachte dies ein leichtes Krachen. Michel, der vorausritt, blieb plötzlich stehen, drehte den Kopf zu Jacub und sagte: „Dort drüben."

An einer verkrüppelten Kiefer machte Michel halt und stieg von seinem Pony: „Hier können wir unsere Tiere festmachen." An einem herunterhängenden Ast banden sie die Ponys mit ihren Zügeln fest. Beide gaben ihren Tieren noch einen leichten Klaps auf das Hinterteil.

„Schön brav hier auf uns warten", murmelte Jacub den Ponys zu. Anschließend gingen sie zu Fuß weiter. „Dort hinten ist der See, von dem ich sprach", sagte Michel. Sie kletterten über einige Felsen und näherten sich fast lautlos und vorsichtig dem Gewässer. Hinter einem dicken, umgestürzten Baumstamm suchten sie Schutz. Ein quer durch das Gewässer gezogener langer Biberbau unterteilte den See in zwei Hälften. Unzählige größere und kleinere Zweige hatten die Biber miteinander verbunden. Kreuz und quer stachen die Äste hervor; der Bau wirkte wie eine angelegte Stadtmauer oder ein Verteidigungswall, der sie vor Feinden schützen sollte. Die beiden Männer unterhielten sich nur noch im Flüsterton. Die Ränder des Sees waren noch leicht zugefroren, zur Mitte hin war er eisfrei.

„In dieser Biberburg gibt es einen größeren Raum, so wie die Kemenate in einer Burg, wo sie ihre Jungen aufziehen. In weiteren Hohlräumen, die sie als Speisekammern benutzen, lagert ihr Winterfutter", flüsterte Michel.

Mit starrem Blick beobachteten sie die Wasseroberfläche, bis sie ein Geräusch wahrnahmen. „Da ist einer", sagte Michel leise.

Der Biber schwamm einen Moment vor ihren Augen her, suchte aufmerksam das Ufer ab, schlug blitzschnell peitschenartig mit seinem flachen Schwanz auf die Wasseroberfläche und tauchte daraufhin ab.

„Das war aber ein recht kurzer Besuch", gab Jacub von sich. – „Ich sagte dir ja, dass sie äußerst scheu sind. Das kommt wegen der Bejagung durch den Menschen. Die Pelztierjäger sind hier überall unterwegs, um ihre Fallen auszulegen; das Gleiche passiert auch mit den Wölfen", flüsterte Michel und zeigte auf Jacubs Fellmantel.

„Sieh, sieh dort drüben! Was ist das für ein Riesenvieh?", fragte Jacub angespannt und zeigte auf seine Entdeckung.

Ein Elchbulle trat aus dem Kiefernwald hervor und ging auf direktem Weg ins Wasser. Bis zum Bauch watete er hinein und tauchte mit seinem riesigen Kopf unter, um nach etwas Fressbarem zu suchen. Kurze Zeit später tauchte er wieder auf und von seinen Schaufeln hingen lange Pflanzenreste herunter.

„So einen gewaltigen Elchbullen habe ich auch noch nicht zu Gesicht bekommen", meinte Michel. Erneut tauchte sein Kopf unter, wo er mit seinen schwulstigen Lippen die Grünpflanzen aus dem Seegrund riss und mit seinen Kiefern zermalmte.

„Der frisst wie eine Kuh", meinte Jacub. – „Ist ja auch so ein Wiederkäuer", gab Michel zurück. „Unglaublich, der ist fast doppelt so groß wie unser Rotwild im Bergischen Land, und dazu noch dieses riesige Geweih. Aber was heißt hier Geweih? Die Dinger sehen aus wie Schaufeln, man könnte sie zum Schneeschieben benutzen."

Nach einigen weiteren Minuten der Beobachtung geschah etwas Furchtbares. Es ertönte ein grausamer Schrei aus der Richtung, aus der sie gekommen waren. Sie sahen sich fragend an. Dann ein erneuter Schrei, der ihnen ins Mark fuhr. Das war kein Schrei, nein, es war mehr ein fürchterliches Wiehern, es war das Wiehern des Todes.

Die beiden sprangen auf, der Biber und der Elch waren vergessen, sie sahen sich erneut an und rannten los, genau in die Richtung, aus der sie den Schrei wahrgenommen hatten. Mit eiligen Schritten liefen sie über die dünne Schneedecke; sie liefen wie auf Eiern, denn ständig rutschten sie aus. Als sie etwa einhundert Schritt von der Stelle entfernt waren, wo sie ihre Ponys angebunden hatten, warf sich Michel auf Jacub und riss ihn zu Boden. Der wusste nicht, wie ihm geschah. Gerade, als er auf das Heftigste protestieren wollte, hielt ihm Michel seine Hand auf dessen Mund. „Psst", flüsterte er und zeigte auf einen der Felsbrocken, die hier überall verteilt lagen. Beide krochen hinter den Felsen, der ihnen eine gute Deckung versprach. Nun hatten sie eine optimale Sicht auf das Geschehen.

Ihnen gefror das Blut in den Adern. Eines der kleinen Ponys lag mit zertrümmertem Schädel im blutdurchtränkten Schnee. Über das Tier gebeugt stand ein gewaltiger Braunbär, der sich im Hals des Ponys verbissen hatte. Es zuckte noch kurz mit den Läufen, als ein letzter, nebeliger Dunst seine Nüstern verließ. Das andere Pony hatte sich in seiner Panik wohl losreißen können. Von dem Tier war nichts zu sehen.

Die beiden Freunde zitterten vor Angst, wagten sich nicht von der Stelle, ja, sie beobachteten das Geschehen mit offenem Mund. Der Bär hatte ein regelrechtes Massaker angerichtet.

„Was für ein Albtraum", flüsterte Michel, der langsam wieder Herr seiner Sinne wurde. Als hätte der Bär ihn hören können, drehte sich das riesige Tier um, sah genau in ihre Richtung und richtete seinen massiven Körper auf, abgestützt auf seine Hinterbeine. Ein markdurchdringendes Brüllen genau in ihre Richtung verließ seine Kehle. Die Burschen konnten deutlich die herausstehenden Krallen seiner Vordertatzen sehen.

„Oh weh", traute sich Jacub zu sagen, „wo die hintreffen, da wächst nichts mehr."

In dieser Position war der Bär weit über drei Schrittlängen groß. Er hob und senkte seine Nase im Wind, um eine bestimmte Witterung aufzunehmen.

Nach seinem Gebrüll folgte nun ein lautes Grunzen in ihre Richtung hin. Wie ein Hase hüpfte er drei Schritte auf sie zu, was einer Drohgebärde gleichkam, blieb aber danach abrupt stehen. Er brach seinen Scheinangriff ab und kehrte zu seinem Kadaver zurück. Abermals drehte er den Kopf zum Felsen zurück und brummte warnend.

„Heilige Maria Magdalena, lass ihn bitte verschwinden", flehte Jacub, der sich unter seinem Wolfsmantel versteckt hatte wie ein kleiner Junge unter der Bettdecke. Auch Michels Gesichtsfarbe war so weiß wie der Schnee, in dem er lag. Der Bär hatte sich in den Hals des Ponys verbissen und zog das Tier mit einer unvorstellbaren Leichtigkeit in das dichte Geflecht des Kiefernwaldes, mitsamt Sattel und Zügeln und allem, was an dem Pony befestigt war. „Was für ein Kraftpaket", dachte Jacub, der den Bären weiterhin nicht aus den Augen ließ, bis er nur noch Geräusche von zerbrechenden Ästen aus dem Unterholz wahrnahm. Vereinzelte Grunzlaute ertönten noch aus dem Wald.

Immer noch wagten sich die Freunde nicht aus ihrem Versteck hervor, bis die Angststarre aus ihren Körpern gewichen war.

„Lass uns bloß schnell von hier verschwinden, bevor der zurückkommt", sagte Michel ängstlich. Das Gesicht voller Schweißperlen vor Aufregung, gingen sie eilig zurück zum Weg, den sie gekommen waren, und sahen angewidert auf den roten Blutteppich im Schnee. Kalt war ihnen nun nicht mehr.

„Wie bringen wir das nur dem Besitzer des Mietstalles bei?", meinte Jacub.

Michel atmete schwer durch: „Wir müssen ihm seine Tiere ersetzen, aber so viel Geld kann ich beim besten Willen nicht auftreiben. Das gibt bestimmt noch jede Menge Ärger." Jacub nahm seine Fellmütze vom Kopf und kratzte sich. Sein Haar war feucht vor lauter Angstschweiß.

„Wieso hat uns der Bär nicht angegriffen? Es wäre doch für ihn ein Leichtes gewesen, auch uns zu erschlagen", fragte Jacub und sah Michel an, während sie schnell abwärts gingen. „Ich habe keinen Schimmer, werde aber dieses Plateau so schnell nicht mehr betreten", gab Michel zurück.

Kurz vor Einbruch der Dunkelheit kamen sie müde an dem Mietstall an. Der Vermieter der Ponys wartete schon auf sie: „Waren die Ponys schneller als ihre Reiter? Eines der Tiere ist schon seit über einer Stunde wieder im Stall. Wer ist denn da aus dem Sattel gefallen?"

„Oh", sagte Michel, „das ist eine längere Geschichte, die wir Euch berichten müssen, bevor ihr uns erschlagt", warnte er schon einmal vor. Dann begann er in der Nordmannsprache mit seiner Erzählung, und er verstand es, das Erlebte so schauerlich zu berichten, dass der Vermieter der Tiere gebannt zuhörte.

Als Michel die Geschichte beendet hatte, sagte der Vermieter dann auf Deutsch: „Gut, es war ein großes Unglück, und es ist sicherlich nicht eure Schuld, aber das verlorene Tier müsst ihr mir ersetzen."

Beide nickten gleichzeitig. „Irgendwie werden wir das geregelt kriegen", sagte Jacub, „trotzdem verstehen wir immer noch nicht, warum der Bär uns nicht angegriffen hat?"

Der Vermieter der Ponys sah Jacub von Kopf bis Fuß an.

„Das ist eine ganz einfache Erklärung: dein Mantel. Er nahm die Witterung deines Mantels auf und der riecht nach dem, woraus er gemacht worden ist: nach Wölfen. Der Bär fürchtet sich sicherlich nicht vor ‚dem Wolf', jedoch sind Wölfe ihre Fressfeinde und im Rudel können sie ihm gefährlich werden. Es ist nicht die Kraft, die ein Bär zu fürchten hätte, nein, es ist die Anzahl der Tiere. Oft sind es acht bis zwölf Tiere, die sich zu einem Rudel vereint haben und von ihrem Alpha-Wolf angeführt werden. Er nahm die Witterung auf, konnte aber nicht erkennen um wie viele Tiere es sich handelte. Also brachte er lieber seine erlegte Beute in Sicherheit, anstatt sich mit Wölfen abzugeben. Dem Mantel sei Dank", beendete der Vermieter seine Ausführungen.

Ole Einar Svenson bereinigte die Angelegenheit mit dem Verlust des Ponys. Auch er hatte so eine Geschichte noch nie gehört, geschweige denn selbst erlebt.

Es sprach sich in Bergen herum wie ein Lauffeuer und Michel und Jacub mussten überall ihre Geschichte auf ein Neues erzählen.

Den braunen Bären nannten die Leute den „Ponytöter" und forderten, man solle eine Treibjagd auf ihn veranstalten. Das waren die Gespräche in den Gasthöfen und Spelunken.

Am nächsten Morgen saßen die Helden wieder auf der Solveig, um ihre Rückreise nach Lübeck anzutreten. Anwesend war auch die blonde Solveig, auch sie saß mit auf der Kogge, die ihren Namen trug. Dazu Kapitän Rassmussen, ihr Vater, Michels Vater und vier weitere Matrosen. Da sie ablandigen Wind hatten, segelten sie mit der Welle und kamen schnell voran. Die Solveig war ausnahmsweise nur halb voll beladen. Jacub war nicht gerade begeistert, als er erfuhr, dass die Seeleute Fässer mit Stockfisch luden. Diese Fuhre sollte in Lübeck von italienischen Händlern übernommen werden. Er dachte zuerst an diesen fürchterlichen Fischgestank, doch dann merkte er, dass sie die Fässer fast luftdicht verschlossen hatten und der Gestank sich doch stark in Grenzen hielt. Nachdem sie die Ostsee erreicht hatten, übernachteten sie in einer kleinen dänischen Hafenstadt. Kapitän Rassmussen blieb natürlich an Bord.

Und welch ein Wunder: Jacub war noch nicht seekrank geworden! Seine letzte Mahlzeit ruhte noch immer in seinem Magen. Dabei hatte er einen höllischen Respekt vor der Rückfahrt gehabt. Mit Solveig wechselte er nur die nötigsten Worte, fühlte er sich doch immer noch von ihr hintergangen, sodass er sich die meiste Zeit an Michel und dessen Vater hielt. Nach einer weiteren Übernachtung erreichten sie am folgenden Nachmittag Lübeck. Jacub machte sich auf den direkten Weg zu seinem Vater und war froh, das Schiff verlassen zu können. „Lieber drei Wochen mit einem Planwagen über die Heerstraße ziehen, als drei Tage auf einem Boot zu verbringen", dachte er. Mit dem blonden Teufel hatte er kein Wort mehr zum Abschied gewechselt, er wollte sie einfach ignorieren und strafen für das, was sie mit ihm veranstaltet hatte, obwohl … gefallen hatte es ihm doch! Die anderen segelten zurück nach Dänemark, um dort einige Wochen zu verweilen.

Kapitel 5

Als der Tag begann, zogen sechs Fuhrwerke in Begleitung vier bewaffneter Reiter durch Lübeck. Einige Kisten Datteln sowie vier Fässer mit Salzheringen waren ihre einzige Fracht. Sie hatten sich überlegt, doch nicht nach Lüneburg zu fahren, weil es für sie bei dieser unberechenbaren Wetterlage ein großer Umweg gewesen wäre. Von Lübeck nach Lüneburg und dann wieder zurück bis Hamburg war ihnen dann doch zu zeitaufwendig. Außerdem gab es keine direkte Verbindung von Lüneburg zur Heer- und Handelsstraße. Sie hätten dann die gleiche Strecke nach Hamburg wieder zurück gemusst.

Gerade als sie die Stadt Lübeck verließen, kamen zwei Mönche auf sie zu und winkten mit den Armen.

„Haltet bitte ein", rief einer der Mönche und ging auf Tilmann zu, der wie immer im ersten Wagen saß.

„Ich bin Bruder Georg und das hier ist Bruder Franz. Wir sind vom Orden der Zisterzienser. Wer, bitte, ist denn der Anführer dieses Trosses?"

Tilmann, der seinen Wagen gestoppt hatte, stieg vom Bock und ging auf den Mönch zu.

„Tilmann Wüllenweber ist mein Name, was ist Euer Anliegen?"

Zwei durchaus magere Gestalten standen vor ihm. Sie trugen verschlissene Kutten und an ihren Füßen arg mitgenommene Sandalen ohne Fußwickel, und das bei diesen Temperaturen. Beide trugen lange Bärte und hatten leicht angegrautes Haar. Tilmann schätzte sie so auf Anfang bis Mitte dreißig.

Die Mönche gaben ihm die Hand.

„Gott mit Euch, Bruder. Vielleicht könnt Ihr uns einen Gefallen erweisen. Wir beide sind auf Pilgerfahrt nach Santiago de Compostela. Solltet ihr in südliche Richtung reisen, vielleicht nach Frankfurt oder Colonia, würdet ihr uns einen großen Gefallen erweisen, wenn ihr uns mitnehmen würdet. Da wir mittellos sind, haben wir keinen Obolus, um Euch zu entlohnen."

Tilmann überlegte einen Augenblick, dann sagte er: „Geduldet Euch einen Moment; ich bespreche das mit den anderen."

Er ließ die beiden Mönche stehen und schritt in Richtung der nachfolgenden Wagen. „Jacub, Robert, Heinrich, kommt bitte kurz zu mir, wir müssen etwas besprechen", rief Tilmann. Das Gespräch dauerte nicht lange, dann ging Tilmann zu den wartenden Mönchen zurück und erklärte: „Wir sind mit Eurer Anwesenheit einverstanden. Jedoch muss ich Euch mitteilen, dass wir in Gasthäusern übernachten und dort auch unser Abendmahl einnehmen."

Ihr Wortführer, Bruder Georg, sagte: „Gott wird es Euch danken. Wir werden mit den Tieren im Stall schlafen. Auch unser Herr Jesus Christus ist in einem Stall mit Tieren geboren. Im Stall sind wir glücklich und unserem Herrn näher. Keinesfalls werden wir Euch zur Last fallen."

„Gut, dann könnt Ihr bei mir aufsteigen und Bruder Franz bitte auf den vierten Wagen bei unserem Heinrich." Die beiden Zisterzienser nahmen auf den Fuhrwerken Platz, dann hörte man ein lautes „Hüüh", man vernahm das Klatschen der Lederriemen auf den Rücken der Pferde, und erneut setzten die Händler ihre Heimreise fort.

„Und Ihr wollt nach Santiago de Compostela pilgern?", fragte Tilmann Bruder Georg. – „Ja Herr, wir sind von unserem Abt für diese lang andauernde Pilgerreise freigestellt worden. Übrigens, wir können Euch auch ablösen, der Umgang mit Pferd und Wagen ist uns nicht fremd. In unserem Kloster arbeiten wir tagtäglich mit diesen Dingen. Hauptsächlich setzen wir die Wagen bei unseren Ernten ein, oder zum Transport der Fische."

Tilmann dachte, dass der Mönch aber sehr eilig das Thema wechselte. „Ich habe Euch nicht verstanden. Warum seid Ihr auf Pilgerfahrt?"

Der Mönch rutschte etwas verlegen hin und her. „Wir haben gefehlt, Herr. Um es genauer zu beschreiben, mein Bruder und ich haben Bockmist gebaut. Die Pilgerfahrt stellt eine Strafe für uns dar." Tilmann schmunzelte.

„Aus welchem Kloster stammt Ihr denn, Bruder Georg?"

„Doberan, unser Kloster Doberan liegt zwischen Rostock und Wismar."

„Doberan", sagte Tilmann, „noch nie von diesem Namen gehört."

Der Mönch verzog sein Gesicht und ein Lächeln machte sich darauf breit. „Das ist auch eine lustige Geschichte, ich werde sie Euch erzählen. Gerade hatten die Mönche die Grundmauern für ihr Kloster hochgezogen, also ich spreche hier von einer Sage, da soll ein Hirsch vorbeigekommen sein und hat die auf dem Teich schwimmenden Schwäne aufgeschreckt. Diese flogen schreiend davon und kreischten ‚Dobre, Dobre'. Davon abgeleitet hatten die Mönche den Ort Doberan genannt", erzählte Bruder Georg seine anmutig klingende Geschichte.

Tilmann verspürte Sympathie für den kleinen Mönch. Er war ein angenehmer Gesprächspartner, und Mönche – das wusste er – waren durchweg gebildete Menschen.

„Eure Erklärung klang wirklich amüsant. Wie ist denn der Verlauf Eurer Pilgerfahrt?", fragte Tilmann weiter.

„Zuerst geht es in die heilige Stadt Colonia, dann nach Frankfurt und dann bis in den Süden des Frankenlandes. Dort überqueren wir die Berggruppe der Pyrenäen, dann weiter auf der alten Pilgerstraße über Burgos, bis nach Santiago, der Stadt des Heiligen Jacob."

„Unsere Reise endet kurz vor Colonia. Wir kommen aus der Hansestadt Lennep, das ist nur eine Tagesreise entfernt. Aber da fällt mir gerade ein: Nicht weit von Lennep gibt es doch das Zisterzienserkloster Altenberg, es müsste Euch bekannt sein. Die Mönche errichten dort einen gewaltigen Dom, eine fortwährende Baustelle."

„Natürlich, ich habe einige Pergamentrollen bei mir, in der alle unsere Klöster eingetragen sind, mit den speziellen Wegbeschreibungen. Das Kloster Altenberg liegt auch auf unserem Weg, von da aus geht es weiter in das Tal der Salm zum Kloster Himmerod. Unser Orden hat ein gutes Netzwerk aufgebaut. Fast überall im Land verteilt triff man unsere Brüder."

„Und Ihr reist ohne jeden Pfennig in Eurem Gepäck?", wollte Tilmann von dem kleinen Mönch wissen.

„Das benötigen wir nicht. Wir schlafen in Ställen, und fromme Menschen reichen uns Brot, manchmal Käse und etwas Fleisch und Gemüse."

„Ist Eurer Gründervater nicht der berühmte Bernhard von Clairvaux?", fragte Tilmann erneut, der sich gerne mit dem Mönch unterhielt.

„Oh ja, der Heilige Bernhard ist der Gründer vieler unserer Klöster. Er ist sozusagen ein kleiner Held, ein kleiner Gott für uns Zisterzienser", gab Georg zurück.

„Ich kenne auch einen von euch Mönchen, der einmal in unserer Nähe gelebt hatte; er hieß Caesarius von Heisterbach."

„Oh ja", sagte der Mönch erneut, „er war ein berühmter Chronist und Erzähler. Er hat sogar Bühnenstücke geschrieben und Bücher über den Mord an dem Heiligen Erzbischof Engelbert von Köln."

Durch ihre Gespräche verging die Zeit schneller als erwartet.

„Wenn Ihr wollt“, sagte Tilmann, dann könntet Ihr das Gefährt meines Sohnes steuern, der sich direkt hinter uns befindet. Er könnte dann eine Weile mit mir fahren.

„Das mache ich sehr gerne“, sprach Bruder Georg. Tilmann ließ kurz anhalten und die Männer tauschten ihre Plätze.

Jacub sprang auf den Wagen seines Vaters. Er war ein wenig neugierig.

„Und was ist das für ein Bruder, der Georg?“, fragte er.

„Er ist ein sehr belesener und erfahrener Mönch, ich mag ihn“, sagte Tilmann.

Mit so wenigen Waren wollten sie nicht in Lennep erscheinen, also fassten sie einen anderen Plan ins Auge. Das Salz aus Lüneburg war vergessen, stattdessen dachten sie daran, lieber in Dortmund einige Fässer Bier einzukaufen, weil es von dort aus bis nach Lennep nicht mehr so weit war und sich das Gebräu verdammt gut vermarkten ließe, wie Tilmann meinte.

„Ich kenne da eine Brauerei, die braut ein vorzügliches Bier, und sie füllen es auch in kleinere Fässer ab. Die sollten wir einkaufen, damit wir das Gewicht besser auf unseren Ladeflächen verteilen können“, rief er Heinrich zu, der ein Stück hinter ihm seinen Wagen steuerte und sich auch mit Bruder Franz gut zu unterhalten schien.

Die Monotonie holte sie wieder ein. Tilmann dachte an seine Familie und was wohl aus den Mordfällen geworden war. Ob sie den Täter wohl schon überführen konnten? Hatte man die Untat aufklären können? Saß der Täter vielleicht schon im Verlies? All dies machte die Rückkehr noch spannender. „Jetzt haben wir wieder mehr Zeit. Erzähl mir bitte noch einmal die Geschichte mit dem Bären“, sagte Tilmann zu Jacub. Sein Vater hatte bemerkt, dass in Norwegen etwas vorgefallen sein musste, und schob es auf das Jagderlebnis seines Sohnes. „Ach, nicht schon wieder, das habe ich mittlerweile vergessen“, antwortete Jacub.

„Aber irgendetwas bedrückt dich doch, mein Sohn?“ Jacub druckste herum, er wollte nicht so richtig mit der Sprache heraus. Nach weiteren Minuten des Schweigens sagte er: „Vater, warst du schon einmal richtig verliebt?“ – „Da ist also das Problem“, dachte Tilmann und musste grinsen.

„Natürlich, und nicht nur einmal.“ Dann fing Jacub an: „Also, wie ich das Schiff verließ, war da diese Solveig …“ Er erzählte seinem Vater das Erlebte, und der hörte gebannt zu. Irgendwann beendete er seine Erzählung. „Und nun hast du Grillen in deinem Bauch und glaubst, dass du verliebt bist?“

„Ich weiß es selber nicht. Das mit Solveig war schön, aber Gundula ist wenigstens ein anständiges Mädchen, nicht so verrufen.“

„Betrachte es doch einmal aus einer anderen Sicht. Diese Solveig, bei der du gelegen hast, sie hat dir deine ‚Burschenschaft‘ geraubt, und das auf angenehmste Weise. Nun hast du Erfahrungen gesammelt, die du später anwenden kannst, vielleicht ja bei deiner Gundula. Sie wird dann diejenige sein, die davon profitiert, weil du dich dann nicht wie ein Plumperjahn anstellst. Und du darfst nicht Wollust und Sünde mit der Liebe vergleichen.“

„Ich vermute, du hast recht, Vater.“

Einige Tage waren sie nun schon wieder unterwegs, genauer genommen mussten sie kurz vor Osnabrück sein. Mit den beiden Mönchen kamen alle gut zurecht. In den Nächten schliefen sie im Stall auf Stroh mit den anderen Reisigen zusammen. Genau wie für seine Wachleute, ließ Tilmann auch jedes Mal Essen für die Brüder auftischen. Als Christenmensch sah er das als seine Pflicht an.

Das Wetter spielte ihnen in die Karten. Es war zwar noch kalt, aber bis hierhin hatte es weder geregnet noch geschneit, und für ihre Verhältnisse kamen sie gut voran. Jacub dachte immer öfter an seine Gundula und wie er bei seiner Rückkehr mit ihr umgehen würde, denn jetzt, nach dem Abenteuer mit dieser Solveig, war er noch mehr in Gundula verliebt als vor seiner Abreise, denn sie war in seinen Augen wenigstens ein anständiges Mädchen. Und für ihn stand fest, dass er nach mehr Verlangen hatte, als nur Händchen zu halten oder ab und zu einen Kuss auszutauschen. Da sie sich ihm aber noch verweigerte, blieb ihm nichts anderes übrig, als sie zu heiraten, und das hatte er wirklich vor. Mit seinen neu erworbenen Kenntnissen durch die blonde Solveig war er nun bestens gerüstet. Er fühlte sich nun als richtiger Mann. Auch Tilmann hatte den Wandel seines Sohnes bemerkt, sprach ihn aber nicht erneut darauf an.

Sie fuhren in einen dichten Wald, wo die Bäume so hoch standen, dass es sich schlagartig verdunkelte. Unterhalb der mächtigen Bäume, direkt am Wegesrand, machten sich Sträucher und Brombeerranken breit. Dieses Dickicht hatten sie schon auf der Hinreise mit ungutem Gefühl durchfahren.

Zwischen den Sträuchern bäumten sich mannshohe Farne dem wenigen Licht entgegen. Man hörte die durchdringenden Schreie von hochfliegenden, scheuen Elstern und das Hämmern eines Spechts. „Gibt bestimmt viel Wild hier in der Gegend“, dachte Tilmann. Ihm war es zu ruhig, ja sogar etwas unheimlich. Obwohl er nicht an Waldgeister oder Trolle glaubte, hatte er ein merkwürdiges Gefühl in der Magengegend. Er nahm nur das eintönige Rollen der Wagenräder wahr. Plötzlich schreckten sie abrupt zusammen, als vor ihnen ein dicker Baum mit lautem Getöse auf den Weg krachte und die Weiterfahrt verhinderte. Das dicke Gehölz lag quer zur Heerstraße, die hier mehr einem Pfad glich. Unzählige Blätter, Dreck und Staub flogen hoch und wirbelten umher, Käfer und anderes Ungeziefer, das den Baum als Versteck genutzt hatte, stoben in die Luft. Laut schrie eine Krähe auf und suchte das Weite.

Wie aus dem Nichts stiegen die Pferde hoch, erschrocken zuckten die Männer auf ihren Kutschböcken zusammen, aufgeschreckt und erstaunt schrien sie auf, um die Pferde zum Halten zu bewegen. Da diese stets gemütlich in einer ruhigen Gangart unterwegs waren, bereitete es den Männern keine Probleme, sie abrupt zu stoppen.

Auf beiden Seiten des Weges traten vier bewaffnete Armbrustschützen aus dem Dickicht. „Oh, mein Gott“, rief Bruder Georg erschrocken, der wieder neben Tilmann saß. Dieser erfasste die Situation sofort, als einer seiner Reisigen nach dem Schwerte griff. „Nein, nicht“, schrie er. Die Waffe hatte die Schwertscheide noch nicht verlassen, als ein Zischen ertönte und sich ein Armbrustpfeil durch das Kettenhemd des Reisigen bohrte und in seinem Brustkorb stecken blieb. Ein lautes Stöhnen kam über seine Lippen, und der Reiter sackte, nach vorne gebeugt, im Sattel zusammen. Blut rann aus seinem Brustkorb durch den Gambeson und von dort durch das Kettenhemd. Sein Pferd tänzelte nervös hin und her.

„Überfall!“, rief Heinrich, „wir werden überfallen!“, schrie er erneut und sog einen Strahl Luft in sich hinein.

Tilmann erfasste mit seinen Augen zwei weitere Bogenschützen, die sich in den Bäumen versteckt hielten.

„Nicht zu den Waffen greifen, Männer“, rief er seinen Schutzleuten zu. „Lasst um Gottes willen Eure Schwerter stecken. Wer immer Ihr auch seid, bitte nicht schießen, wir ergeben uns ohne Gegenwehr“, schrie er den Wegelagerern entgegen.

Ein bulliger Mann trat aus dem Unterholz vor Tilmanns Wagen, die Armbrust im Anschlag und genau auf Tilmanns Brust gerichtet.

„Wir sind nur einfache Reisende, haben alle Frauen und Kinder, bitte nicht schießen. Ihr könnt alles haben, was wir bei uns tragen“, rief er dem Anführer ins Gesicht.

„Was ist denn nur mit meinem Vater los, ist er etwa ein Feigling geworden?“, dachte Jacub, vollkommen von der Lage überrascht.

„Alle runter vom Wagen und hier nach vorne kommen! Greift einer von euch nach einer Waffe, erledigen wir euch alle“, schrie der Anführer die Händler an.

Heinrich und seine Leute, Jacub und Robert Frauenknecht, gefolgt von den beiden Mönchen, gingen nach vorne und trafen sich an Tilmanns Wagen. Die Armbrüste waren auf sie gerichtet. Der Anführer wies zwei seiner Leute an, die Fuhrwerke zu durchsuchen. Die Männer sprangen auf die Ladeflächen der einzelnen Wagen, dann hielten sie die Waffen der Händler hoch. Der Anführer ergriff erneut das Wort: „Ihr mit euren alten Spießen, Schwertern und Dolchen, was wollt ihr mit diesem veralteten Zeugs denn noch ausrichten? Die Zeit der kühnen Ritter ist vorbei. Das hier“, sagte er und zeigte kurz auf seine Waffe, „das hier ist die Zukunft, nicht eure blöden Schwerter“ – so stellte er sie laut lachend bloß. Der Kerl war eine bullige Erscheinung mit einem Normannenhelm auf dem Kopf. Durch sein kräftiges Lachen wurden die Zahnlücken in seinen Kauleisten sichtbar.

Die beiden Männer kamen zurück und hielten vereinzelte Waffen in ihren Händen. „Einige Schwerter und Spieße, sonst haben wir nichts Lohnendes gefunden.“

„Was ist in den Fässern?“, fragte ihr Anführer.

„Heringe, gesalzene Heringe. Das sind Fischköppe und

Muschelschubser. Welcher richtige Mann frisst denn diese stinkenden Heringe?“, fragte einer der Männer.

„Ihr könnt gerne alles noch einmal durchsuchen“, sagte Tilmann, „aber ihr werdet nichts anderes finden.“

„Halt dein Maul! Männer, schneidet ihnen die Geldkatzen von den Gürteln und seht nach, ob sie noch etwas Wertvolles unter ihren Tuniken versteckt halten.“

Ein rothaariger Schurke mit wasserblauen Augen hatte nicht nur kaum noch Zähne im Mund, nein, er stank auch fürchterlich aus demselben, was jeder der Händler beim Abtasten seines Körpers deutlich riechen konnte.

Sein penetranter Mundgeruch war anwidernd und ekelhaft.

„Nur noch Dolche, sonst kann ich nichts finden“, sagte er und sah seinen Anführer an, der alle Geldbeutel in der Hand hielt.

Mit der anderen legte er seine Armbrust auf den Boden, dann nahm er die Schnüre der Geldbeutel in beide Hände und wog damit den Inhalt.

„Scheinen ja gut gefüllt zu sein. Reicht für die nächsten Tage“, lachte er.

Aus der Ferne nahmen sie Geräusche wahr.

„Da kommen weitere Händler. Lasst uns von hier abhauen, nehmt aber die Pferde der Reisigen mit, die können wir zu gutem Geld machen. Die sechs Zuggäule sind alte Zeltermähren, damit weiß ich nichts anzufangen“, sagte er, und so, wie sie gekommen waren – aus dem Nichts –, so waren sie auch wieder verschwunden.

Jacub setzte sich ins Gras: „Alles umsonst, alles für die Katz“, stöhnte er.

„Seht nach dem Reisigen. Wir müssen ihn hier irgendwie begraben“, sagte Tilmann. „Diese verfluchten Armbrüste“, stöhnte einer der drei übrig gebliebenen Reisigen, „wie ich diese Waffen hasse. Man ist einfach machtlos gegenüber diesen Geschossen. Nicht umsonst hat sie selbst der Papst als feige und hinterhältig verboten. Und unsere Pferde sind wir auch los. Welch ein Reinfall."

Heinrich war wütend: „Erst bei Ulrich und seinen Leuten, jetzt bei uns. Diese verfluchten Wegelagerer mit diesen Armbrüsten – an den Galgen mit ihnen oder aufs Rad!"

„Wir können Gott dankbar sein, dass nichts Schlimmeres passiert ist. Gegen die Waffen hätten wir nicht den Hauch einer Möglichkeit gehabt, zumal auf den Bäumen noch Bogenschützen versteckt waren", erklärte Tilmann.

„Ich habe keine gesehen", meinte Jacub. „Sei mir nicht böse, Tilmann, seufzte Robert Frauenknecht, aber das war mit Sicherheit meine erste und letzte Reise mit dir. Du kannst ja nichts dafür, aber für mich ist das alles zu aufregend. Auf dieser Reise habe ich mehr erlebt als in meinem gesamten bisherigen Leben. Dagegen ist unser Lennep ja ein Paradies."

Heinrich und Tilmann blieben seltsamerweise recht ruhig nach dem Desaster.

„Dort hinten kommen fremde Händler, die in einigem Abstand hinter uns waren. Lasst uns weiterfahren. Legt den Reisigen auf eine Ladefläche, und dann weg hier. Habe keine Lust, denen alles zu erklären und uns der Lächerlichkeit auszusetzen. Wir begraben ihn nicht hier, wir nehmen ihn mit nach Osnabrück, das dürfte nicht mehr so weit sein. Ist schon merkwürdig: Sobald wir in die Nähe von Osnabrück kommen, haben wir einen oder mehrere Tote zu verzeichnen."

Heinrich trat vor: „Diese Raubritter wussten bestimmt auch, dass da noch andere Händler kommen. Sie haben vorher alles gründlich ausspioniert, denke ich."

„Wenn das mal nicht die gleichen Spitzbuben waren, die uns

auf dem Hinweg überfallen hatten! Sicherlich waren es die Mörder von Ulrich Stute und dessen Männern. Wieder eine Beerdigung mehr auf unserem Weg. Also Jacub, das ist nicht die Regel auf meinen Reisen“, sagte sein Vater, „so extrem wie dieses Mal habe ich das auch noch nicht erlebt.“ Zu sechst räumten sie den Baum beiseite, stiegen erneut in die Wagen und verließen zügig den Ort. „Ich bleibe so lange bei dem toten Soldaten und spreche ein Gebet für ihn“, sagte Bruder Georg.

Ein Sendbote galoppierte durchs Kölner Tor bis zum Rathaus, stieg vom Pferd und ging hinein. Ein Ratsdiener empfing ihn.

„Dringende Nachricht für Herrn Bruno vom Nagelsberg“, teilte er dem jungen Manne mit.

„Einen Moment bitte, ich werde sehen, wo er sich gerade aufhält“, sagte der Junge. Er ging durch eine Tür und schloss sie wieder hinter sich. Über der Tür hing das Stadtwappen Lenneps: die Kirche, die von der Stadtmauer eingefasst wird. Es dauerte etwa zehn Minuten, bis der Stadtdiener wiederkam und sagte: „Unser Ratsherr lässt bitten, folgt mir!“ Sie durchquerten einen kurzen Flur, gingen durch eine weitere Tür, dann standen sie in seinem Amtszimmer. Freundlich grüßte der Bote: „Eine Depesche für Euch, mein Herr.“ Bruno vom Nagelsberg erkannte das Siegel und wusste schon, worum es sich handelte. „Danke, Ihr könnt gehen. Der Diener soll Euch eine Erfrischung und etwas zu essen reichen.“

Es war üblich, dass Sendboten mit Depeschen nach längerer Reise vom Empfänger des Schreibens versorgt wurden. Bruno brach das Siegel und rollte die Papierrolle auseinander. „Ich habe es mir fast gedacht“, sprach er zu sich selbst, „schon am kommenden Freitag.“

Er ließ den Diener erneut kommen. „Überbringe folgenden Bürgern eine mündliche Nachricht: dem Medicus Gerold vom Steinberg, unserem Pfarrer Rufus von Bechen und den Amtsmännern Rautzenberg sowie Hasenclev. Am Freitag, also übermorgen, ist Gerichtstag. Wir erwarten den Richter gegen Mittag. Sein Name ist Justus Goldberg. Er kommt in Begleitung zweier Ritter. Sage dem Hasenclev, er soll alles vorbereiten!"

Der Medicus Gerold vom Steinberg saß zusammen mit Anneliese Wüllenweber an deren Tisch. „Nun wird es ernst. Ich werde unseren Karl mit meinen Krallen wie eine Löwin verteidigen, vielleicht auch wegen meines schlechten Gewissens", erwog Anneliese.

Der Medicus nickte. „Der Ausgang des Verfahrens hängt entscheidend davon ab, ob der Richter ein umgänglicher Mensch ist oder ein ‚Richter Gnadenlos'", sinnierte Gerold.

„Ich hoffe nicht, dass er eines dieser alten Gottesurteile benutzt, das grausame Feuerlaufen oder die Wasserprobe. An so einen Wahnsinn glaubt doch keiner mehr", gab Anneliese zurück.

Der Medicus kräuselte die Stirn: „Aber Gottesurteile wurden von der Kirche untersagt, seit dem 3. Laterankonzil 1215 generell. Freilich, wie man immer wieder sieht, ohne großen Erfolg. Normalerweise sind diese Gottesurteile überholt, sie werden kaum noch angewandt." Der Medicus fuhr weiter fort: „Ein Richter ist nicht fest an das Gesetz gebunden, sondern kann auf der Richtstätte die Strafe verändern oder ganz erlassen. Das liegt allein in seinem Ermessen. Letztendlich sind die Gesetze ja nichts anderes als eine mündliche Verbreitung, eine Überlieferung über Generationen, ständig weitergegeben. „Ich werde auf jeden Fall eine Aussage gegenüber dem

Gericht tätigen und nicht nur dumm dort sitzen und meinen Mund halten."

Anneliese nahm weiter Fahrt auf: „In den meisten Städten dürfen Frauen sich überhaupt nicht vor Gericht äußern. Sie haben keinerlei Rechte. Zum Glück ist das in Lennep nicht der Fall. Da halten wir es mit den modernen Methoden, die sich in Colonia durchgesetzt haben."

Erneut fragte sie den Medicus: „Wisst Ihr denn, wie viele Personen vor den Richter treten müssen?" Gerold vom Steinberg runzelte die Stirn. „Lasst mich kurz überlegen. Ein Weibsbild wird angeklagt wegen Getratsche und wegen Lügerei, falscher Nachrede oder so etwas, dann der alte Bauer Wilhelm wegen Betrugs, verschiedene Bürger wegen Diebstahls, und zum Schluss kommt unser Karl, du weißt, wegen Mordes. Es dürften insgesamt etwa so sechs bis acht Fälle sein."

Die Händler steuerten den gleichen Gasthof wie auf der Hinreise an, um erneut im „Schwan" zu übernachten. Es hatte sich schnell herumgesprochen, dass die Tuchhändler wieder in der Stadt waren, und so bekamen sie am Abend auch Besuch von Wernherns Andresen.

„Der Herr Wüllenweber mit seinen Leuten! Erzähl mir doch bitte von deinem schlechtesten Erlebnis", rief er freundlich in die Runde, als er die Händler am Tisch erkannte. Tilmann erhob sich und reichte ihm die Hand: „Setzt Euch zu uns – bitte nicht schon wieder diesen Witz auftischen! Ich wollte mir das versprochene Bier abholen", lachte Tilmann.

„Wie man mir mitteilte, hattet ihr schon wieder Probleme kurz vor unserer Stadt. Nördlich von hier treibt eine Mörderbande ihr Unwesen. Die vorbeikommenden Händler erzählen ständig von Überfällen. Wir haben die Sachlage unserem

Lehnsherrn erklärt, und er will sich darum kümmern", erzählte Wernherns Andresen.

„Es ist schon eine Schande, dass bei jeder unserer Begegnungen ein Überfall verbucht werden muss, der mit Mord und Totschlag endet. Ihr habt sicherlich von dem toten Soldaten gehört, den wir mitgebracht haben. Wir haben ihn schon bei eurem Bestatter abgegeben, damit er ein vernünftiges Begräbnis bekommt", sagte Tilmann.

„Aber", erzählte er weiter, „wir haben noch großes Glück im Unglück gehabt. Wir hätten auch alle tot sein können. Ich vermute, dass es die gleiche Bande war wie auf dem Hinweg, denn wieder waren es die verhassten Armbrüste."

„Unser Tilmann ist der Erfahrenste, was das Reisen angeht, und er hat uns im Endeffekt durch sein geschicktes Verhandeln mit dem Anführer der Räuberbande vor dem Schlimmsten bewahrt", sagte Heinrich. – „Ja, ja, es sind unruhige Zeiten …, aber die Kosten des Bestatters übernimmt die Stadtkasse. Dafür werde ich sorgen", versprach Wernherns.

„Das ist sehr nett von Euch, aber lasst uns nun von schöneren Dingen reden und ein paar leckere Bierchen trinken!", schlug Tilmann vor.

„Wie lange wollt ihr noch in Osnabrück bleiben?", wollte Wernherns wissen. „Nur bis morgen, weil wir nach Dortmund wollen, um dort Bierfässer zu laden. Von Dortmund nach Lennep ist es nicht mehr so weit, wenn wir schwer beladen fahren müssen. Die Heeresstraße ist lehmig, sumpfig, und man rutscht mit den Wagenrädern schnell von der Straße. Ich hoffe, dass wir den Rest der Strecke unbeschadet überstehen und gesund an Leib und Seele in Lennep ankommen. Doch nun, guter Mann, lade ich Euch zum Essen ein. Ihr könntet freundlicherweise, wie versprochen, die Getränke übernehmen", sagte Tilmann und rief den Wirt.

Jacub verstand die Welt nicht mehr. Was machte sein Vater denn da? Man hatte ihm den Geldbeutel gestohlen, und er lud andere Leute zum Essen ein? Wie will er die Übernachtungen und die Miete für den Pferdestall bezahlen?

Jacub trank zum ersten Mal wieder zwei Becher Bier, stieg aber danach auf Wasser um, was sein Vater bemerkte und mit einem zufriedenen Kopfnicken quittierte. Er war stolz auf seinen Sohn: Er hatte seine Lektion gelernt.

Dann betraten Bruder Georg und Franz den „Schwan". „Wir werden zum Friedhof gehen und ein Gebet für den erschossenen Wachmann halten. Unser Klostermotto lautet: beten, arbeiten, leben und geben. So wird aus altem Leben neues Leben erblühen", sagte Bruder Georg.

„Ich kann Euch nicht ganz folgen, wie meint Ihr denn das?", fragte Tilmann.

„Nun, es klingt vielleicht für Euch etwas grausam, aber aus der Masse des Körpers erwacht neues Leben. Zuerst macht sich das Gewürm breit, dabei zerfällt der Körper, doch dann wird daraus Erde, und Pflanzen und Bäume wachsen aus dem Grab und es entsteht das neue Leben. Wie gesagt: Was aus Erde gemacht ist, wird wieder zu Erde werden. Das, meine Herren, ist der Lauf des Lebens", predigte ihnen der Mönch und verschwand.

„Ein schlaues Kerlchen, unser Mönchlein", meinte Heinrich, und Tilmann und Wernherns nickten.

Die Amtsmänner Rautzenberg und Hasenclev sorgten dafür, dass der Marktplatz für die Verhandlungen hergerichtet wurde. Dazu nahmen sie die Hilfe der Stadtdiener in Anspruch. Im Auftrag der Stadt schreinerten einige Zimmerleute die Bühne zusammen, auf der der Richter und seine

Schöffen sitzen sollten. Davor wurden Holzbänke in Reihen aufgestellt. An einer Seite war ein Durchgang, durch den die Gefangenen geführt werden sollten. Etwas abseits stand ein einzelner Stuhl für den Scharfrichter, mit dem keiner etwas zu tun haben wollte, da er ein Ausgestoßener war und von den Lennepern auch so behandelt wurde. Als Vollstrecker konnten sie ihn gebrauchen, aber danach war er nichts weiter als ein Stück Dreck, dem man nur Verachtung entgegenbrachte.

Wagenbaumeister Winfried Feldmann war ebenfalls mit zwei Gesellen anwesend, um die Arbeiten zu unterstützen. Seine Leute hatten die Aufgabe, den Richtertisch anzufertigen und aufzubauen.

So ein Gerichtstag war etwas ganz Besonderes für Lennep. Er bedeutete Abwechslung im tristen Alltag, Freude, Spaß, Geschrei und Abschreckung. Jeder Gerichtstag wurde von den Bürgern wie ein Freudenfest gefeiert. Der Tag war für jeden ein Erlebnis, denn auch das Gruseln kam nicht zu kurz. Manch einer brachte verfaulte Wurfgeschosse mit in Form von Kohl, Salat und altem, übel riechendem Obst, um die Angeklagten damit zu beschmutzen und zu demütigen. Das gab immer ein riesiges Gelächter, und es war mal etwas anderes. Es war wie bei den Spielen im alten Rom: Das Volk wollte unterhalten werden. Statt Gladiatoren und Löwen gab es hier die Angeklagten, die man präsentierte, und faules Obst dazu.

Sogar aus dem nahe gelegenen Huckengeswage und Weperevorthe waren Leute angereist, um bei dem wichtigen Spektakulum dabei zu sein.

Vor zwei Tagen waren drei Wagen durch das Kölner Tor gerollt, auf denen mehrere Hübschlerinnen saßen, vom Volk auch als Wanderhuren bezeichnet. Wo Märkte oder Gerichtstage stattfanden, erschienen sie immer urplötzlich, um sich einen schnellen Pfennig zu verdienen. Angetrunkene

Handwerker oder Burschen fielen häufig auf ihr geschicktes Werben herein. Die einheimischen Lenneper Huren waren vom Erscheinen der Wanderhuren nicht gerade begeistert, konnten aber nichts gegen sie unternehmen. Das Einzige, was sie machen konnten, um sich von ihnen abzuheben, taten sie auch: Sie präsentierten sich sauber und nett gekleidet. Die angereisten Wanderhuren sahen – das meinten zumindest die Lenneper Huren – sehr heruntergekommen und verdreckt aus. Die strammen Burschen der Stadt würden den Unterschied schon früh genug erkennen.

Der Richter Justus Goldberg saß bereits mit seinen beiden Rittern und mit Bruno vom Nagelsberg im Rathaus zusammen, und sie gingen ihre zu verhandelnden Fälle durch.

Die Ritter saßen etwas abseits – zwei Haudegen vom schlimmsten Kaliber, mit denen man keinen Streit haben mochte. Beide waren mit Dolchen und Schwertern bewaffnet. Ihre Helme und Kettenhauben hatten sie abgelegt.

„Meine Güte“, dachte Bruno vom Nagelsberg, „die sind breit wie Ochsen und über ein Klafter groß.“

„Wann wollt Ihr beginnen, Euer Gnaden?“, wollte der Ratsherr von ihm wissen. „Na, ich denke, so in einer Stunde. Erst die leichteren Fälle, den Mord bitte zum Schluss“, entschied er. „Zunächst einmal würde ich ganz gerne eine Stärkung zu mir nehmen“, sagte er bestimmend.

Draußen auf dem Alter Markt wurde es lebhafter. Eine Vielzahl von Bürgerinnen und Bürgern drängten in die kleine Hansestadt. Jeder wollte dabei sein, damit er später etwas zu erzählen hätte. Da noch eine recht unangenehme Kälte herrschte, hatten sich die Leute dick angezogen, doch trotz der Temperaturen wollte und durfte keiner dieses „Volksfest“ versäumen. Viele trugen wärmende Mützen und Kappen auf dem Kopf. Kinderscharen tobten wild umher. Manche schlugen ihr Rad, einige Mädchen hatten selbst genähte Puppen auf dem Arm. Die Garküchen schlugen ihr Domizil auf und boten ihre Waren feil. Heißer, wohlriechender Dampf stieg aus einem Kessel empor, reizte die Geruchsnerven der Umstehenden und verursachte dabei sogleich ein Hungergefühl. Ein anderer Verkäufer bot seine in Fett ausgebackenen Schmalzkringel an, und die Leute warteten voller Sehnsucht auf den Prozessbeginn.

Der Wirt vom ›Goldenen Löwen‹ stand mit seiner Tochter Gundula vor der Tür seines Gasthauses und überblickte die Lage – ja, er witterte endlich ein gutes Geschäft.

Zwei andere Lenneper Bürger waren dabei, einen Met-Stand herzurichten.

Anneliese und Simon nahmen auf einer Bank Platz. Auf gar keinen Fall durfte die kleine Maria mit. Ihre Mutter hatte es ihr unter Strafandrohung verboten. „Diese Veranstaltung ist nichts für dich – und keine Kommentare", hatte sie zu ihr gesagt.

Gerold vom Steinberg hielt sich in der Nähe des Richtertisches auf, jederzeit bereit, sich bei Verhandlungsbeginn auf seinen vorbestimmten Platz zu setzen. Ein Raunen ging über den Platz. Die Köpfe der Zuschauer drehten sich alle in die gleiche Richtung.

Der Ratsherr, die Amtsmänner und der Richter kamen aus dem Rathaus und gingen direkten Schrittes auf die Empore zu. Vor ihnen schritten die beiden fremden Ritter, in voller Gewandung und waffenstarrend. Und nun betrat auch Pfarrer Rufus von Bechen den Marktplatz. Unter dem Arm hielt er seine Bibel, die ihn schon seit vielen Jahren begleitete.

Das Volk grölte lautstark. Anneliese erhob sich leicht von ihrem Stuhl und flüsterte ihrem Sohn Simon ins Ohr: „Auch wenn wir immer auf Lennep so stolz sind, aber an so einem Tag sollten sich die Menschen hier schämen."

Es war die erste Gerichtsverhandlung in Simons Leben, die er selbst miterleben durfte, und auch er war recht nervös und ungeduldig. Mehrere Wachsoldaten mit Speeren in den Händen positionierten sich hinter der Empore und behielten die Bürger im Auge. Der Richter, die Vertreter der Stadt und der Pfarrer nahmen auf ihren Stühlen am Verhandlungstisch Platz, gefolgt von zwei Gerichtsdienern, die ihre Plätze an den Kopfenden des Podiums einnahmen.

Rufus von Bechen legte als Erstes demonstrativ seine Bibel auf den Tisch. Dann betrat Annelieses Vertrauter, der Kerkerknecht Rupert, den Platz.

Der Richter ließ ihn zu sich kommen und flüsterte ihm etwas ins Ohr. Er drehte sich um und ging zurück ins Rathaus, um kurze Zeit später mit einer Frau am Arm zu erscheinen.

Es war das alte Tratschweib Martha, das ständig Lügengeschichten über Bürger der Stadt verbreitete, die erstunken und erlogen waren. Sie spann Intrigen und denunzierte die Lenneper fortwährend. Missgunst, Streit und Neid sprühten aus ihren Augen. Rupert brachte sie vor die Empore und sagte: „Setzen!"

Es war eine kurze Verhandlung, sodass der Richter sie bald schuldig sprach. Sie würde hier auf dem Marktplatz für zwei Tage in den Schandkorb gesteckt. Sein beiläufiger Kommentar war: „Dann können sich die denunzierten Bürger an ihr Schund tun, sie auslachen und verhöhnen."

Danach wurde der alte, zahnlose Bauer Wilhelm vorgeführt und für schuldig befunden, weil er beim Verkauf seiner Schweine versucht hatte, die Käufer zu betrügen. Man erwischte ihn dabei, wie er seine Schweine mit Salz gefüttert hatte. Kurz vor dem Verkauf soffen sie literweise Wasser und brachten somit viel mehr Gewicht auf die Waage. Er sollte in aller Öffentlichkeit zehn Stockhiebe erhalten, und das Volk konnte dabei laut mitzählen.

Zwei weitere Diebstähle folgten, wurden abgehandelt, und danach kam der Tagelöhner Erich vom Kraspütt; er stand zum wiederholten Male wegen Diebstahls vor dem Richter.

„An dich, mein Freund, kann ich mich erinnern, du stehst nicht das erste Mal bei mir vor dem Richtertisch. Hast du aus deinen Verurteilungen und Fehlern wirklich nichts gelernt, da du erneut angeklagt bist? Und wieder wegen der gleichen Dinge, wieder wegen Diebstahl und Beutelschneiderei! Der Fleischhauer hat dich erneut auf frischer Tat beim Stehlen erwischt, und einem Staatsdiener wolltest du den Geldbeutel abscheiden und, und, und ...", sagte der Richter.

„Tja, was will man machen, wenn einer ständig Hunger hat, Euer Ehren? Ich bin ein armer Mann, und niemand gibt mir etwas, also muss ich es mir besorgen, damit ich nicht verhungere."

Das Publikum fing an zu lachen. Einer rief: „Der stiehlt nicht aus Hunger, sondern weil er ständig durstig ist." Dann folgte ein weiterer Zwischenruf: „Der alte Sack stiehlt lieber, als zu arbeiten." Die Menge lachte erneut.

„Ruhe!", rief der Richter. „Was soll ich nur mit dir machen? So kann es nicht weitergehen. Wir legen eine kurze Pause ein, damit wir uns beraten können."

Der Richter deutete seinen Beisitzern an, sich mit ihm umzudrehen. Sie wandten dem Publikum den Rücken zu und begannen, sich leise zu beraten. Nach einem kurzen Augenblick sagte der Richter: „Gut, dann entscheiden wir so." Sie drehten sich mit ihren Stühlen wieder zu den Lennepern um.

„Erich vom Kraspütt, das Gericht hat folgendes Urteil gefällt: Dir werden zur Strafe drei Finger durch den Scharfrichter abgetrennt."

Der Henker auf seinem Stuhl wurde hellwach und ein Lächeln überflog sein Gesicht – gab es doch wieder ein paar Einnahmen für ihn.

„Auf dem Richtbock sollen dir mit der Axt oder mit dem Schwerte drei Finger entfernt werden, damit du endlich mit deinen Diebeszügen aufhörst." Der Angeklagte verzog keine Miene, lächelte danach und legte ein Tänzchen aufs Parkett. Er hüpfte wie ein Gaukler umher und pfiff dabei ein fröhliches Lied. Fragend sah der Richter seine Schöffen an. „Was ist mit dem Kerl? Der scheint noch betrunken zu sein!" Auch das Publikum schaute verdutzt auf Erich vom Kraspütt.

Der hob seinen rechten Arm, wedelte damit durch die Luft und rief dem Richter ins Gesicht: „Hab doch nur noch zwei Finger, hab doch nur noch zwei Finger", und lachte sich halb tot. Das Volk grölte vor Lachen und schlug sich auf die Schenkel. Manche hatten Tränen in ihren Augen.

„Das war wohl nichts, Herr Richter", rief ein Mann laut über den Platz, „wie wollt ihr ihm drei Finger abschlagen lassen, wenn er doch nur noch zweie besitzt?"

Laut lachend rief eine Hübschlerin Erich zu: „Ich glaube, ich breche gleich zusammen … gib doch dein gestohlenes Geld besser bei uns aus, hinten am Gänsemarkt haben wir schöne, weiche Strohsäcke für dich bereitstehen. Das ist viel gesünder, als es zu versaufen."

Erich vom Kraspütt tanzte weiter fröhlich im Kreis und schwenkte seinen Arm mit den restlichen beiden Fingern durch die Luft. Dem Richter blieb fast die Spucke weg. Er lief rot an und kochte vor Wut. So eine Demütigung hatte er in seiner gesamten Laufbahn als Richter noch nicht erlebt!

Gerold vom Steinberg konnte nur schmunzeln, und der Pfarrer war vorgeblich genauso aufgebracht wie Euer Ehren.

Die beiden Amtsmänner schüttelten den Kopf und wussten

nicht wirklich, ob sie lachen oder gemeinsam mit dem Richter Empörung vorgeben sollten – der Anpassung halber.

Justus Goldbergs Gesicht wurde zu einer starren Maske. Wütend sah er Erich an und sagte: „Ich werde dann natürlich ein neues Strafmaß ansetzen. Dir wird statt deiner letzten zwei Finger“, die Betonung lag auf zwei, „stattdessen die ganze Hand abgehackt. Das Urteil soll morgen vollstreckt werden. Weiteres habe ich nicht mitzuteilen.“ Aus dem Publikum kam ein einhelliges „Oho!“

„Der nächste Fall, bitte.“ Diese Hundsfott hat nun die ganze Laune und Stimmung unseres Richters versaut, dachte der Medicus. Nun würde es noch schwerer werden für Karl.

Die Blicke aller Umstehenden richteten sich über die Gasse hinweg aufs Rathaus, um den von dort kommenden Karl zu begutachten. Rupert führte den in Ketten gefesselten Gefangenen mit sich. Durch die Fußketten konnte er nur kleine Schritte machen, und sein Tippeln sah äußerst belustigend aus. Seine Hände waren ebenfalls durch Ketten miteinander verbunden; an denen hielt ihn der Wärter fest. Durch die lange Zeit im Kerker waren der Kerkerknecht Rupert und der Angeklagte Karl schon so etwas wie Freunde geworden. Viele Stunden hatten sie miteinander geredet und gemeinsam den guten Wein der Frau Anneliese getrunken. Beruhigend sprach Rupert auf Karl ein: „Das wird schon, die Frau Wüllenweber haut dich da raus.“

Doch schon kamen vermehrt verfaulte Wurfgeschosse angeflogen und trafen den armen Karl. Seit er im Kerker saß, hatte es keinen weiteren Mordfall mehr gegeben, und so vermuteten die Bürger der Stadt, dass er derjenige war, der die Knaben geschändet und ermordet hatte. Ein Hühnerei jedoch traf dann Ruperts Helm, wobei der breiige Inhalt durch die Luft flog, der gelbe Dotter jedoch rutschte an seinem Helmrand herunter und verschwand durch seine Kettenhaube in seinem Nackenbereich. Das Volk schrie vor Begeisterung erneut auf.

„Geht es euch zu gut, dass ihr hier mit Eiern und Gemüse um euch schmeißen müsst?“, brüllte Rupert seine Mitbürger erbost an.

Ein Lenneper Zimmermann sagte: „Rupert, du hast da etwas vergessen, sieh dich doch einmal um!“ Da die meisten Bürger sich ja in Lennep kannten, fragte der Kerkerknecht lauthals: „Was habe ich vergessen, du Holzwurm?“ – „Dein Lachen, du hast dein Lachen hinter dir vergessen!“

Das Volk nahm die Worte nicht mehr wahr, es schrie und jubelte stattdessen aus vollen Kehlen über den Marktplatz. Als die beiden endlich an der Empore standen, hatten sie den Spießrutenlauf hinter sich. Rupert führte Karl die Holzstufen empor und blieb äußerst schlecht gelaunt vor dem Richter stehen. „Der letzte Gefangene, Euer Ehren.“

Rufus von Bechen erhob sich würdevoll, nahm die Bibel, ging auf Karl zu und sagte: „Schwör auf die Bibel und im Namen des Herrn, dass du nichts als die Wahrheit sagst.“ Dann holte er einen Gebetskranz und legte ihn über das Buch. Karl legte seine Hände auf das Buch und rief laut und deutlich: „Ich schwöre im Namen Gottes, dass ich die Wahrheit sagen werde, auch wenn ich den Inhalt dieses lateinischen Buches nicht verstehen kann.“

Wie vom Blitz getroffen erstarrte der Medicus, als er den Gebetskranz sah. „Träume ich oder sehe ich richtig?“, dachte er in diesem Moment. Der Gebetskranz war mit gelben Perlen bestückt, die genauso aussahen wie die Perle, die er am Bach gefunden hatte! Er verdrängte den Gedanken. „Nicht unser Pfarrer“, dachte er, „nein, das kann nicht sein. Er ist doch ein

Mann Gottes und der Kirche." Trotzdem hielt der Medicus an einem gewissen Misstrauen fest. Gerold war nie der große Kirchengänger gewesen; gut, er ging dann und wann hin, weil man es tat, oder vielmehr, weil alle es taten, aber aus Überzeugung besuchte er den sonntäglichen Gottesdienst nicht. Auch tat er sich mit dem Gesetz des kirchlichen Zölibats recht schwer, auch mit dem Vergeben der Sünden nach der Beichte. Er hatte in vielen Dingen seine Zweifel. Warum sollte man Reliquien anbeten? Warum kann man nicht direkt zu Gott beten, warum nur über Umwege? Er als Mediziner hatte sich mehr den Wissenschaften verschrieben. Erneut ging ihm das Wort Zölibat durch den Kopf. Er wollte und konnte nicht verstehen, wie Priester und Mönche ihren Trieb auf Dauer unterdrücken konnten.

„Wie ist dein Name?", fragte der Richter den Angeklagten.

Mit gesenktem Haupt sagte dieser: „Karl, Euer Ehren."

„Wie, einfach nur Karl? Hast du keinen Nachnamen?" – „Doch, Stoßberg, Karl Stoßberg."

„Wie alt?" – „Zwischen vierzig und fünfundvierzig, so genau weiß ich das auch nicht."

Einige Frauen fingen an zu kreischen, und eine rief: „Frag doch deine Mama."

„Ruhe! Du weißt, warum du angeklagt bist?" „Karl hob seinen Kopf und sah dem Richter direkt in die Augen: „Genau das weiß ich nicht, ich bin nämlich unschuldig."

„Das sagen sie alle, die hier vor mir stehen", antwortete der Richter beiläufig.

„Ich habe in meinem ganzem Leben nie irgendjemandem etwas Übles zugefügt", gab Karl zurück. „Du hast eine feste Arbeit?", fragte der Richter.

„Ja, bei dem Tuchhändler Tilmann Wüllenweber. Der ist aber zurzeit mit Waren zur Hansestadt Lübeck unterwegs."

Anneliese erhob sich: „Euer Ehren, ich bin Frau Wüllenweber und stehe gerne mit Antworten zur Verfügung", sagte sie und setzte sich auch gleich wieder.

„Danke, meine verehrte Frau, sollte ich Fragen haben, weiß ich, an wen ich mich zu wenden habe. Karl Stoßberg, dir wird vorgeworfen, zwei junge Burschen hier aus Lennep getötet zu haben. Des Weiteren sollst du dich an ihnen vergangen haben."

„Begrabt ihn lebendig, oder ab aufs Rad!", rief wieder jemand dazwischen.

Der Richter Justus Goldberg ignorierte die Zwischenrufe und fuhr weiter fort. „Es geht hier darum, ob ich dich für schuldig oder unschuldig sprechen muss."

Rufus von Bechen, der Pfarrer, beugte den Kopf zur Seite und flüsterte dem Richter einige Worte ins Ohr. Der nickte und fuhr fort: „Es ist doch seltsam, dass, seit du im Verlies gesessen hast, kein weiterer Mord mehr begangen wurde. Vor deiner Kerkerzeit jedoch wurden zwei Knaben die Kehlen durchgeschnitten. Dann ist da noch die Geschichte mit deinem verlorenen Messer, das man bei dem zweiten toten Jungen gefunden hatte. Es war doch der Medicus Gerold vom Steinberg, der es gefunden hatte, ist das richtig?" Der Pfarrer und die Ratsherren nickten zustimmend.

„Wo warst du denn in den Mordnächten?", fragte der Richter erneut.

„Da, wo alle waren, im Bett!", antwortete Karl.

„Du hast also keine Zeugen, die das bestätigen können?"

„Wenn man zwölf Stunden gearbeitet hat, Euer Ehren, dann sucht man keine Zeugen, sondern schnellstmöglich das Bett auf, in das man todmüde hineinfällt."

Wie im Fall des Erich vom Kraspütt kam sich der Richter erneut verschaukelt vor.

„Ich höre die Ironie aus deiner Stimme deutlich heraus", herrschte er Karl an. – „Was, bitte, ist denn Ironie, Euer Ehren?"

Erneut fingen die Leute an zu lachen, sehr wahrscheinlich die, die es auch nicht besser wussten. Während der Richter Karl weiter befragte, sagte der Medicus leise zum Pfarrer: „Welch schöne Arbeit, Herr Pfarrer, darf ich?" Dann nahm er, ohne die Antwort abzuwarten, den Gebetskranz in die Hände und bewunderte ihn.

„Das ist feinste handwerkliche Kunst, eine Meisterarbeit." Pfarrer Rufus von Bechen war angetan von den Worten des Medicus, der in den meisten Fällen sein Konterpart zu sein schien.

Gerold vom Steinberg ließ die Kette durch die Finger gleiten. Er stutzte, als er ein Kettenteil in seinen Finger hielt, in dem tatsächlich ein Stein fehlte. Perle an Perle reihte sich aneinander, bis auf diese kleine leere Fassung, die er zwischen den Fingern hielt.

„Herr Pfarrer, habt ihr hier eine Perle verloren? Da fehlt doch eine!" Rufus von Bechen nahm ihm die Kette aus der Hand und sagte: „Nicht jetzt, während der Verhandlung." Der Richter überzog Karl weiter mit Fragen, der von seinem Verstand her kaum noch folgen konnte.

„Also gib endlich zu, dass du die Morde begangen hast." Karl schüttelte den Kopf: „Ihr könnt so lange reden, wie ihr wollt, Euer Ehren, ich sag jetzt nichts mehr."

Anneliese Wüllenweber hielt es nicht mehr auf ihrem Stuhl.

„Euer Ehren, ich würde gerne einige Worte zur Verteidigung unseres Vorarbeiters sagen."

„Bitte", sagte der Richter, „tretet hervor." Mutig stieg Anneliese auf die Empore und begann mit ihrer Rede. „Was für eine Frau!", dachte Gerold vom Steinberg.

„Seit der Karl bei uns arbeitet, ist nie etwas vorgefallen. Öfters war er mit unseren drei Kindern alleine gewesen. Wenn mein Mann und ich nicht anwesend waren, hatte er häufig auf sie aufgepasst, und wir hatten immer vollstes Vertrauen in ihn. Das hier ist mein Sohn Simon, Euer Ehren. Er hat Euch eine Geschichte zu erzählen, nämlich die des Färberjungen Richard. Simon, komm bitte." Simon stellte sich neben seine Mutter. „Erzähl dem Herrn Richter, was du von der Stadtwache gehört hast, die Sache mit dem Messer."

Aufgeregt erzählte er die Geschichte, die ihm der Wachsoldat Conradis mitgeteilt hatte, dass der Färberjunge Richard so stolz auf das gefundene Messer war und wie er an einem Ast schnitzte, und dass die Wache niemanden etwas erzählen solle, wo er denn das Messer gefunden hatte.

„Und wenn ihr wollt, Euer Ehren, dann könnt ihr ihn selbst befragen; er hat heute Wachdienst am Kölner Tor."

„Da warst du aber sehr aufmerksam, mein junger Simon, du kannst dich jetzt wieder setzen."

Erneut flüsterte der Pfarrer dem Richter etwas ins Ohr. Daraufhin meinte der Richter: „Das ist aber kein wirklicher Beweis von Karls Unschuld, denn vielleicht hatte der Junge Karls Messer auch gestohlen, und euer Vorarbeiter hat ihn daraufhin überfallen, als der Junge das Messer schon besaß, dann fügte er ihm Gewalt zu und hat die Waffe am Bach vergessen", konstruierte der Richter.

Der Medicus wusste, was für einen ungereimten Schwachsinn der Richter da von sich gab. Er war sich mittlerweile sicher, trotz aller Zweifel, die er gehabt hatte, dass Pfarrer Rufus von Bechen der Mörder war. Soll der Richter doch weiter dummes Zeug reden – er würde gegen Ende der Verhandlung die Karte in Form des Bernsteins auf den Tisch legen und den Pfaffen überführen, denn den fehlenden Stein, den hatte er in einem Leinentuch bei sich in der Tasche. Was war es eigentlich genau, ein Stein oder eine Perle? Um nicht weiter darüber nachdenken zu müssen, sagte er zu sich: Es ist ein Bernstein, den man zu einer runden Perle geschliffen hatte. Er war sich sicher, dass seine gefundene Perle in den Gebetskranz passen und exakt mit der fehlenden übereinstimmen würde.

Das Lenneper Volk saß und stand dicht gedrängt am Rande der Empore, um ja alle Worte zu verstehen, die dort oben gesprochen wurden.

„Willst du dich immer noch nicht für schuldig bekennen?"

Karl verneinte, und jeder konnte ihm ansehen, dass er ein fast gebrochener Mann war. Das Verlies hatte seine Spuren hinterlassen – vor allem in seinem Gesicht. Seine fahlen Wangen waren eingefallen, gräulich – blaue Ränder machten sich unter seinen Augen breit. Monatelang hatte er sich nicht mehr waschen können, sodass er einen fürchterlichen Geruch von sich gab.

„Hohes Gericht!", rief ein Lenneper Bürger aus der mittleren Reihe, „Herr Richter, der Karl ging doch regelmäßig ins Hurenhaus, um es mit den Hübschlerinnen zu treiben. Deshalb glaube ich nicht, dass er auf Knaben steht."

Eine Hure, Bernadette war ihr Name, die an einen Baumstamm gelehnt stand, rief daraufhin: „Und er war kein schlechter Stecher, Euer Ehren!"

Jetzt brach aber ein richtiges Gelächter über den Marktplatz, selbst der Richter schmunzelte. Als die Stimmung sich wieder gelegt hatte, sagte der Richter: „Aber glaubt mir, ihr Bürger, es gibt viele Männer, die auf beides stehen."

Gerold von Steinberg wurde nun richtig böse, weil er sah und hörte, dass alles hier nur noch der Lächerlichkeit preisgegeben wurde. Kopfschüttelnd sah er zu den Amtsmännern hinüber. Die kannten sicherlich auch andere Arten von Gerichtsverhandlungen. Dann erhob er sich und sagte laut: „Ehrenwertes Gericht, ich möchte eine tragende Aussage tätigen."

Er griff in seine Tasche und legte das kleine, gefaltete Paket auf den Richtertisch. „Nun möchte ich unseren Pfarrer bitten, mir seinen Gebetskranz zu geben."

Nach seinen Worten wurde es mucksmäuschenstill auf dem Alter Markt.

Rufus von Bechen errötete und hatte trotz der kalten Witterung Schweißperlen auf der Stirn.

„Was soll denn das Geschwätz?", rief er.

Der Richter sah verwundert in die Runde und verstand nun überhaupt nichts mehr. „Gebt dem Medicus doch Eure Gebetskette, Herr Pfarrer", sagte er. Mit leicht zitterndem Arm hielt er den Gebetskranz über den Tisch, während es innerhalb der Bevölkerung unruhig wurde. Gerold von Steinberg holte die Perle hervor und hielt sie zwischen zwei Fingern: „Diese Perle", er zeigte sie dem Richter und den Lennepern, „diese Perle habe ich am Tatort gefunden, und sie passt genau in den Gebetskranz unseres Pfarrers." Tumult kam auf, und Leute rannten auseinander, während schreiende Burschen auf den Marktplatz stürmten und immer wieder „Feuer!" riefen. „Lennep brennt, überall Feuer, rettet euch!"

Die Leute sahen den aufsteigenden Qualm, der vom Kölner Tor heraufzog. Die Dachstühle der ersten Häuser standen bereits in hellen Flammen. „Rettet unsere Häuser, die Tiere!", schrien die Leute und rannten auseinander.

Noch wussten sie überhaupt nichts von ihrem Glück im Unglück. Da sich fast alle Bürger Lenneps, bis auf einige vereinzelte Kinder, auf dem Alter Markt befanden, hätte im Nachhinein alles noch viel schlimmer ausgehen können.

Als der Richter die Situation erkannte und den überall aufsteigenden Rauch sah, rief er zu seinen Rittern: „Holt die Pferde!“

Die Hälfte des Marktplatzes war bereits wie leer gefegt. Die Leute stoben auseinander und liefen in verschiedene Richtungen davon. Alle wollten nur noch ihre Häuser und ihr Hab und Gut retten.

Auch Anneliese nahm ihren Sohn an die Hand und rannte so schnell sie konnte in die Wallstraße; sie dachte in erster Linie an Maria.

„Karl Stoßberg, ich verurteile dich zum Tode durch Begrabenwerden bei lebendigem Leib. Im Namen des Herrn, das Urteil ist verkündet.“

Eilig stand er auf, verließ die Empore, schwang sich mit seinen Rittern auf die Pferde und ward nicht mehr gesehen. Die restlichen Männer standen mittlerweile alle auf der Empore und sahen sich verdutzt an. Bruno vom Nagelsberg sagte: „Was war das denn jetzt?“

„Du feiger Straßenköter, was ist das denn für ein Richterspruch?“, rief Medicus Gerold von Steinberg dem Richter hinterher.

Doch die Gerichtsverhandlung geriet nun in den Hintergrund, denn blitzschnell hatte sich eine gefährliche, neue Situation gebildet – eine Situation, über die noch die Geschichtsbücher berichten würden. „Feuer, überall Feuer, Lennep brennt“, ertönte es aus vielen Kehlen. Es war der erste verheerende Brand der Stadt Lennep im Jahre 1325.

Kapitel 6

„Süffiges Bier haben die hier in Dortmund“, bestätigte Tilmann, der dabei war, sich an einigen Proben zu laben. Die ganze Fahrgemeinschaft der Lenneper, einschließlich der Mönche, stand in einem ausladenden Kellergewölbe. Sie hielten Becher in den Händen und prosteten sich damit zu. Es war ein feuchter und kühler Raum. Der Braumeister verteilte verschiedene selbst gebraute Sorten in weitere bereitstehende Becher.

„Probiert auch die anderen Sorten, meine Herren.“ Heinrich mit seinen Leuten, ebenso Robert Frauenknecht und die Reisige ließen sich kein zweites Mal auffordern.

„Zum Wohle, die Herren!“, sagte der Brauer und hielt seinen Becher in die Luft, um mit den anderen anzustoßen.

Tilmann deutete auf eine bestimmte Sorte. „Das hier mundet mir am besten, sehr süffig. Habt Ihr das in kleineren Fässern vorrätig?“

Der Brauer nickte: „Selbstverständlich, der Herr.“

„Davon könnt Ihr mir jeweils sechs Fässer pro Wagen laden, das mal drei, gleich achtzehn insgesamt.“ – „Ich nehme neun von demselbigen und neun von dem dunkleren hier“, orderte Heinrich.

Jacub probierte drei Becher und stellte die Bierprobe erneut ein. Er verstand die Welt nicht mehr. Sein Vater lud Leute zum Essen ein, kaufte achtzehn Fass Bier, und alles ohne Geld. Ob er überall bei den Händlern Kredit hatte? „Wieso frage ich ihn eigentlich nicht?“, dachte er. Bei nächster Gelegenheit würde er es tun. Leicht angesäuselt verließen sie das Gewölbe.

Schon vor Tagesanbruch waren sie wieder unterwegs zu ihrer voraussichtlich letzten Etappe. Schnell merkten sie aber, dass sie nicht wie gewohnt vorwärtskamen.

„Wir schaffen es heute doch nicht bis Lennep; wir müssen vorher noch einmal übernachten, ansonsten würden wir irgendwann mitten in der Nacht dort ankommen“, schlug ihnen Tilmann vor.

„Legen wir uns noch für eine Nacht in unsere Zelte und fachen ein Feuer an. Die Ladung ist doch schwerer, als ich dachte. Die Pferde haben uns zum Glück auf der gesamten Reise nie im Stich gelassen“, erwiderte Heinrich, als sie eine kurze Pause einlegten, um auch ihre Tiere zu füttern.

„Ja“, brummte Tilmann, da hast du recht, die Zelter sind schon ganz schön zäh.“ Doch nach einem kurzen Durchatmen stiegen sie erneut auf.

Dann fuhren sie weiter, aber wegen der Belastung durch die neue schwere Fracht schnitten sich die Räder tief in den feuchten Boden. Die beiden Klosterbrüder erwiesen sich als hervorragende Fahrer. Es schien ihnen sogar mächtig Spaß zu machen, die Tiere zu führen. Für Jacub war es sehr angenehm, wenn Bruder Georg seinen Wagen fuhr, denn dann konnte er es sich auf dem Wagen seines Vaters bequem machen und seinen Hintern schonen. „Heute ist kein schnelleres Fortkommen möglich. Lieber langsam und sicher fahren, als so kurz vor dem Ziel noch einen Rad- oder Achsenbruch in Kauf zu nehmen“, rief Tilmann nach hinten.

Robert Frauenknecht kaute während der Fahrt auf einem Stück Hartwurst herum und brüllte den anderen zu: „Bitte keine Abenteuer mehr, meine Herren. Ich für meinen Teil habe genug auf dieser Reise erlebt.“

Tilmann und Jacub grinsten sich gegenseitig an.

Nach außen hin war Tilmann ein recht strenger Vater, und er wollte, dass seine Kinder Respekt vor ihm hatten, aber in seinem Inneren war er herzensgut.

Ich frage ihn jetzt, dachte Jacub, der neben ihm saß – mit

zwei Fellen unter dem Hintern. „Wie machst du das eigentlich alles? Ich meine, du hast doch noch Geld. Habe ich selbst gesehen. Wir sind doch ausgeraubt worden. Die Wegelagerer hatten doch sämtliche Geldbeutel eingesammelt." – „Du kannst ja auch noch nicht wirklich mit Geld umgehen, sonst würdest du es nicht mit Füßen treten", grinste der Vater ihn an. Jacub verstand nicht, was er meinte. „Guck nicht so dumm ..." Mit Füßen treten ... Jacub zog die Stirn kraus und überlegte. – „Ich fasse es nicht", fing Tilmann erneut an, „glaubst du, ich würde das gesamte Geld in einen einzigen Geldbeutel stecken können? Darin war nur etwas für die Reise, ein kleiner Teil. Der Rest ist unter deinen Füßen."

Jacub hob die Füße hoch und hatte immer noch keinen Durchblick.

„Du stehst auf einem doppelten Boden", klärte Tilmann seinen Sohn auf, „ich habe mit Einverständnis von Heinrich einen doppelten Boden eingebaut, ihn mit Erde eingeschmiert und zerkratzt, damit er verbraucht und alt aussieht."

Erstaunt sah Jacub seinen Vater an: „Du bist schlau wie ein Fuchs." – „Ja, mein Sohn, ich reise ja auch nicht zum ersten Mal. Bei einem Überfall werden die Ladungen geplündert und die Leute ausgeraubt. Ein ganzer Wagen wird nur selten gestohlen. Er ist für eine Flucht zu schwerfällig und man könnte den Dieb zu leicht entlarven. Und selbst wenn sie es tun würden, brauchte man nur den Wagen zu suchen. Denn unter dem Fußtritt würde keiner ein solches Geheimfach vermuten. Du stehst übrigens auch auf Heinrichs Vermögen. Der fand die Idee richtig gut und ist im Nachhinein froh, dass er sein Geld ebenfalls mir anvertraut hat, gerade nach dem Überfall."

Wärter Rupert brachte Karl zurück ins Verlies im Keller des Rathauses. Er ging mit ihm in dessen Zelle, holte den restlichen Wein von Frau Anneliese, und dann machten es sich die beiden im Gewölbe bequem. Sie taten gerade so, als ginge es sie hier unten nichts weiter an, was sich oben in der Stadt gerade abspielte. Sie verschlossen sich dem Unglück, fühlten sich in ihrem Keller recht sicher.

Die Leute rannten wie wilde Tiere schreiend durch die Gassen der Stadt. Viele hielten Holzeimer in den Händen und standen an den Brunnen Schlange. Keiner der Brunnen konnte auf die Schnelle die benötigten Wassermengen liefern. Schrei ertönten, Schreie vor Schmerz, und genauso drangen Hilferufe aus manchen Häusern. Manch einer hielt sich ein paar Tiere im Haus, deren Quieken und Mähen man hören konnte.

„Wir brauchen mehr Wasser und Eimer. Holt Töpfe, Kannen und Schüsseln!", schrie eine Frau.

Zu beiden Seiten des Kölner Tores schlugen die Flammen in die angrenzenden Dachstühle. Schwarze, brennende, qualmende Balken stachen hervor und erinnerten einen an Gräten eines abgenagten Fischgerippes. Nun war auch dem Letzten klar geworden, welch ein Fehler es gewesen war, die Häuser aneinanderzusetzen. Der Wind peitschte die Feuersbrunst vor sich her. Über die Dächer und Giebel schlugen die Flammen von einem Haus auf das nächste über. Die Balken in den Wänden sowie die Lehmwände selbst, in denen sich viel Stroh und Kuhdung befand, und natürlich die Holz- und Rieddächer brannten wie Zunder. Flammen züngelten an den Kanten der Hölzer entlang und entfachten eine wahnsinnige Hitze. Vereinzelte Dachkonstruktionen waren bereits zusammengestürzt, sodass ein Teil der Wallstraße schon gar nicht mehr begehbar war. Wie die Ameisen rannten die Leute durcheinander, planlos und in Panik versetzt. Manche schütteten Wasser auf die brennenden Wände, aber viel höher als bis zur oberen Kante einer Türe kamen sie nicht. Von Giebel zu Giebel schlug das Flammenmeer zu. Schreie ertönten aus den Häusern, und Tiere brüllten entsetzlich. Der Medicus hatte Anneliese und Simon gefunden; gemeinsam rannten sie zum Wüllenweberhaus.

Anneliese dachte mit Grauen an die Berge gelagerter Wolle und an die Tuchballen und die Webstühle, aber zuallererst an ihre Familie und die Knechte, an die Magd und an die Tiere. Anneliese war außer sich vor Sorgen und Nöten – ihre Ungewissheit trieb sie an. Sie wusste: Sollten die Flammen ihr Lager erreichen, wäre alles zu spät.

„Leben, wir müssen Leben retten, unsere Tiere retten!", rief sie und wich entgegenkommenden Personen aus. Dicht gefolgt vom Medicus erreichten sie die Wallstraße und standen vor ihrem Haus. Zu ihrem Erstaunen war dieser Teil der Gasse noch begehbar. Herbert und Roland hatten das große Scheunentor bereits geöffnet, sie trieben mit dem bellenden Zieto die wie wild blökenden Schafe hinaus auf die Gasse. Zum Glück erkannte sie nun auch Maria, die Stalljungen und die Magd, die sich alle ein feuchtes Tuch vor den Mund hielten. Anneliese nahm ihre Tochter kurz in den Arm.

Gerold vom Steinberg überblickte recht schnell die brenzlige Lage: „Wir können hier nichts mehr retten außer uns selbst und die Tiere." Die beiden Pferde, die noch im Stall standen, hatte Simon bereits aus ihrer Not befreit und in die Gasse getrieben. In blanker Panik waren sie davongaloppiert.

Anneliese schrie laut: „Herbert und Roland, treibt die Herde durch die Wallstraße, dann durch das Schwelmer Tor bis auf unsere Nordweide, und pfercht sie etwas weiter außerhalb ein!" Gerold rannte in die brennende Scheune und kam kurze Zeit danach wild hustend mit dem Schäferkarren wieder hervor.

„Simon und Maria, die Stalljungen und die Magd, schnappt euch den Schäferkarren und hinter den beiden her! Die Tiere werden euch einen Weg bahnen. Die Häuser der Nordstadt brennen noch nicht; wenn ihr durch die äußere Gasse eilt, müsste es noch gehen. Versucht durch das Schwelmer Tor zu flüchten. In der Stadtmitte am Alter Markt ist kein Durchkommen, von dort kommen wir gerade!", rief Anneliese.

Nun wurde auch die Wohnstube der Wüllenwebers von den ersten hohen Flammen erfasst.

„Ich muss noch einmal ins Haus, um einige Sachen zu retten", rief sie. Doch der Medicus Gerold vom Steinberg hielt sie an den Schultern fest: „Das ist Wahnsinn, unter keinen Umständen lasse ich Euch in das brennende Haus!"

„Ich muss aber." Sie riss sich ein Stück Stoff aus ihrem Kleid und hielt es vor den Mund, dann rannte sie los, sprang zuerst in den Wohnraum.

Hier erwartete sie heißer Qualm, aber noch brannte es nur im Giebel, dort wo die Tuche lagerten. „Ich muss unbedingt die Schlafkammer erreichen", dachte sie, eilte dann mit großen Schritten die wenigen Stufen hoch.

Der Rauch wurde zusehends dichter. Anneliese bekam böse Hustenanfälle.

Mit einem Satz sprang sie durch die offen stehende Tür. Und ein paar Schritte später stand sie vor ihrem Alkoven, wo sie zusammen mit ihrem Manne geschlafen hatte. Erneut überfiel sie ein Hustenanfall. Am Kopfende des Alkovens war eine hohe Holzverkleidung mit Geheimfächern, die sie unbedingt erreichen musste. Sie hielt kurz inne, sprang auf das Bett und riss die oberen beiden Schubladen auf. Dann fand sie die bis oben hin gefüllten Ledersäcke und griff danach.

Anneliese hatte es bis hierhin geschafft – nun raus hier, so schnell es geht! Auf der hohen Kante hatten sie ihr Erspartes für schlechte Zeiten versteckt; die waren jetzt da, genau jetzt. Mit letzter Kraft sprang sie die Treppe hinunter, rannte durch die Stube, um mit einem gewaltigen Sprung in der Wallstraße zu landen, genau vor den Füßen des Medicus, der furchtbar erschrak, aber glücklich war, dass ihr nichts passiert war.

„Herr im Himmel, was macht Ihr denn!“, rief dieser und half ihr auf die Beine. Ihre Handballen und Knie waren aufgeschürft und Blut trat hervor.

Sie schluchzte, die Tränen rannen über ihr bereits rußverschmiertes Gesicht. „Alles, was wir haben, wird zerstört, unser Haus, unser Betrieb, unsere Webstühle, das Lager und die Vorräte, und dafür haben wir jahrelang gearbeitet“, flüsterte sie mit weinerlicher Stimme.

„Kommt“, der Medicus nahm sie am Arm. „Kommt, wir müssen hier schnellstmöglich weg.“

Anneliese hielt die Geldkatzen hoch: „Das musste ich retten, für einen Neuanfang.“ – „Was für eine mutige kleine Frau“, dachte Gerold vom Steinberg.

Er zog sie förmlich mit sich. Ständig drehte sich der Wind, die Flammen wurden immer höher und breiteten sich durch die aufkommenden Böen weiter rasant aus. Immer wieder drangen fürchterliche Schreie an ihre Ohren, die durch Mark und Bein gingen.

„Wir können nicht einfach davonlaufen“, rief Anneliese.

„Was habt Ihr denn noch vor?“ – „Schnell, zum Alter Markt! Möglicherweise können wir dort noch helfen“, schrie sie den Medicus an und zog an seinem Ärmel.

„Der Frau ist nichts zu viel, die ist nicht zu stoppen“, dachte er und rannte mit. Die Flammen hatten auch den Markt erfasst. Das Rathaus hatte Feuer gefangen und ebenfalls die

Kirche. Der Gasthof ›Zum goldenen Löwen‹ stand bereits in Flammen, und sein Besitzer Wilhelm Rosenbaum stand mit Tochter Gundula wie angewurzelt davor. Beide starrten unter Schockeinwirkung in die Feuersbrunst, die ihr Haus aufzufressen schien.

Als Anneliese und der Medicus sie erreicht hatten, stammelte der Wirt immer das Gleiche: „Mein Gasthof brennt, mein Gasthof brennt. Meine Frau ist noch im Lokal, sie hat es nicht geschafft. Sie wollte noch ein paar Sachen retten, ist aber nicht mehr herausgekommen. Was soll ich nur ohne sie machen?"

Anneliese löste seine Schockstarre, indem sie ihm auf die Schulter haute und ihn in die Rippen stieß. Sie nahm das Gesicht des Wirtes zwischen ihre Hände und schrie ihn an: „Das ist furchtbar, ja, ich weiß, du kannst jetzt nichts mehr für sie tun. Rettet eure Haut und verschwindet von hier. Jammer nicht, das hilft dir jetzt auch nicht mehr, du musst nur noch an eure Zukunft denken, an deine und die deiner Tochter. Nimm dir Gundula und rennt zum Schwelmer Tor, da kommt ihr noch raus, los jetzt", sagte sie und schubste ihn erneut an, und dann ging er endlich los, drehte sich aber noch mehrmals um.

Pfarrer Rufus von Bechen rannte mit wedelnden Armen um seine Kirche herum, das Kreuz in der Hand, und brüllte zum Himmel: „Herr, rette unser Haus, rette unsere Kirche, sie ist unser, unser, das darfst du nicht zulassen. Verjage diese verfluchten Dämonen, dieses Teufelspack! Verschwinde von hier, du Satansbrut, mich bekommst du nicht!"

Dann ging er schnellen Schrittes hinein zur Sakristei und öffnete den geheimen Verschlag, um seine Geißel zu holen. Mit taumelnden, schweren Schritten eilte er zum Altar und riss sich sein Gewand vom Körper. Er schaute auf das große Holzkreuz. Der Gebetskranz flog über den Kirchenboden und blieb vor dem Standbild eines hölzernen Engels liegen. Er ahnte wohl, dass, sollte er diesen Tag überleben, er vom Medicus überführt werden würde. Dann begann er mit seinem Werk, härter und strenger als je zuvor, dabei schrie er wie vom Satan besessen Gebete in den Himmel. Aus seinem Munde sprachen zwei Seelen. Er peitschte seinen Rücken und stieß dabei grunzende Laute aus. Schon nach wenigen harten Schlägen brachen seine alten Wunden wieder auf, und das Blut rann den Rücken hinunter und sammelte sich am Rand seiner Brouche.

„Das ist Gottes Strafe für deine Sünden, Rufus, aber ich nehme gerne den Schmerz entgegen. Du, Herr, hast die Schande der Welt auf deinen Schultern getragen, ich nehme jetzt meine Sünden auf mich. Was habe ich nur getan, was habe ich nur getan? Gesündigt habe ich, aber ich musste es doch tun! Es war doch schön, ich brauchte diese Befreiung. Strafe mich, oh Herr, und hole mich zu dir – oder schickst du mich in die Hölle, Herr?“

Er war so in Ekstase, dass er nur noch spuckte, sich geißelte, betete, schrie. Sabber trat aus seinem Mund hervor und lief an seinem Hals entlang, dabei nahm er die immer größer werdenden Flammen, den aufkommenden Rauch nicht wahr. „Oh Herr, hole mich zu dir, ich gehöre nur dir allein, nimm mich mit in dein Paradies, führe mich in den Garten Eden.“

Anneliese und Medicus Gerold rannten verzweifelt über den Markt.

„Dort drüben ist Bruno vom Nagelsberg, schnell, vielleicht weiß er, wo noch Hilfe vonnöten ist“, rief der Medicus. Als Bruno die beiden sah, rief er: „Ein Segen, ihr lebt. Es gibt schon eine Menge Tote, vor allem unten im Kraspütt."

„Wo steckt denn unser Karl?", wollte Anneliese wissen. „Mit Rupert unten im Keller." – „Aber Euer Rathaus brennt bereits!", schrie sie ihn an.

„Kommt, Gerold, folgt mir, wir holen ihn da raus, der arme Kerl hat lange genug in diesem nassen Gewölbe gelitten."

Eine Katze rannte in Panik an ihr vorbei, um sich auf einem Baum in Sicherheit zu bringen. Ein lautes Blöken ertönte aus den Gassen, in denen noch vereinzelte in Panik geratene Schafe umherirrten. Immer mehr Leute aus der Pilgergasse und der Botengasse strömten in Richtung Schwelmer Tor. Nun stand auch die Petersgasse in Flammen. Manch einer hielt an den Löscharbeiten fest. Den meisten aber war mittlerweile klar geworden, dass jede Hilfe zu spät kam, und so suchten sie das Weite, um ihr Leben zu retten. Anneliese rannte hustend durch die Rathaustüre in den Keller zum Verlies – der Medicus lief direkt hinter ihr.

Rupert saß auf seinem Stuhl; sie schrie ihn an: „Schnell, öffnet die Zellentür, die Hand- und Fußketten. Wenn ihr nicht schmoren wollt, dann kommt schnell mit. Rupert sah sie verschreckt an.

„Ganz Lennep brennt. Wenn wir nicht sehen, dass wir hier schnellstmöglich herauskommen, dann ist es zu spät." Anneliese wartete keine Minute, sondern griff unter ihre Tunika und holte die nachgemachten Schlüssel hervor. Zum Glück trug sie diese immer bei sich, damit sie nicht in falsche Hände gerieten. Rupert verstand nun gar nichts mehr, als Anneliese die Zellentür und die Kettenschlösser entriegelte. „Passt doch, gute Arbeit, Cousin! Schnell, schnell, raus hier, ich erkläre dir alles später", rief sie zu Karl. „Und du kommst auch mit, es gibt für dich hier unten keine Arbeit mehr."

Rauchwolken zogen langsam in das Untergeschoss und

machten das Atmen schwer. „Wir müssen uns feuchte Tücher besorgen", rief der Medicus. „Wartet draußen vor der Tür, ich sehe kurz oben nach, ob ich etwas finden kann." Mit großen Schritten übersprang er mehrere Stufen, bis er im ersten Stockwerk stand. Er konnte sich erinnern, dass es hier eine Besenkammer gab, wo bestimmt auch Tücher lagen. Der Rauch verdichtete sich, und plötzlich stolperte er über etwas und fiel auf die Knie. Erneut musste er husten, und seine Augen brannten fürchterlich. Dann erkannte er, dass er über einen leblosen Körper gestürzt war. Als er genauer hinsah, bemerkte der Medicus den toten Amtsmann Rautzenberg, dessen Augenlicht bereits gebrochen war. „Was hatte der nur hier oben noch zu suchen gehabt?", dachte Gerold. Helfen konnte er nicht mehr. Er erreichte den Schrank und riss die Türe auf, griff sich einige Putztücher und rannte hustend zurück zu den anderen. Sein Gesicht war rußverschmiert. Anneliese stand mit Karl und Rupert auf der Gasse. „Schnell zu einem Brunnen, rief Gerold."

Immer noch standen Lenneper Bürger mit Eimern an, um Löschwasser zu holen. Gerold drängte die Menschen beiseite und warf seine Tücher in einen gerade bereitstehenden Eimer, ließ ihn in die Tiefe sausen, zog ihn hoch und entnahm die nassen Tücher. Damit rannte er zurück zu den anderen.

Dankend nahmen sie die Tücher und wischten sich damit das Gesicht, dann drückten sie sich diese vor den Mund und die Nase.

Mit ohrenbetäubendem Lärm stürzte Dach für Dach ein. Verkohlte, noch glühende Holzbalken fielen ins Innere der Häuser, manche krachten auf die Straßen und Gassen. Dann sagte der Medicus: „Stellt euch mittig auf den Alter Markt und wartet, da seid ihr sicher, und die Tücher vor den Mund, ich bin gleich wieder zurück."

„Wo wollt Ihr denn jetzt noch hin?“, rief Anneliese, doch der Medicus war schon verschwunden. Er lief zur Kirche, wo lichterloh die Decke brannte. „Wo steckt der Pfaffe?“, dachte er. „Ich brauche den Kerl lebend, um Karls Unschuld zu beweisen.“ Rauch drang aus dem Gebäude, die Tür stand weit offen. Er presste sich den Lappen vor den Mund und sprang ins Innere des Gebetshauses.

Dann entdeckte er den Pfarrer liegend vor dem Altar, blutüberströmt. Quer über seinem Körper lag ein schwerer Deckenbalken, der ihn erschlagen hatte. Er sah wie der Gekreuzigte selbst aus. In der rechten Hand hielt er noch krampfhaft die Geißel. Gerold verschwendete keinen weiteren Blick an ihn, denn er wusste sofort, dass er tot war. Gerold vom Steinberg suchte etwas ganz Bestimmtes. Sollte er in der blutigen Kleidung nachsehen, die auf dem Boden verteilt lag?

Doch plötzlich sah er etwas glitzern und blinken. Die Gebetskette leuchtete ihn förmlich an. In ihren Steinen spiegelten sich die Flammen der Decke wider. Das ist kein Zufall, das ist Gottes Wille, dachte er. Außerdem lag der Kranz genau zu Füßen eines Engels, als wenn der Herr die Gebetskette persönlich gerettet hätte. Er nahm das Schmuckstück, klemmte sich den geschnitzten Holzengel unter den Arm und verließ dann schnellstmöglich die Kirche.

„Hier, Rupert, für einen Neuanfang“, sagte er und drückte dem Wärter den Engel in die Arme.

„Und jetzt aber raus aus der Stadt hier!“

Doch bevor sie losliefen, wurden sie durch das Brechen von Holzbalken aufgeschreckt. Etwas war aus seiner Verankerung gebrochen und sauste in die Tiefe – ein Höllenlärm übertönte Lennep.

Die Leute hielten sich mit den Händen die Ohren zu. Als das Geräusch verklungen war, fragte Anneliese: „Was war denn das?" Gerold vom Steinberg sah sie an: „Ich weiß, was es war, folgt mir." Sie gingen zurück zur Kirche und dann sahen sie das ganze Elend: Ihre Kirchenglocke hatte sich aus den Verankerungen des Glockenturms gelöst, war durch zwei Zwischendecken in die Tiefe gestürzt und mit diesem fürchterlich lauten Gepolter auf den Boden direkt neben dem toten Kirchenmann eingeschlagen. „Das war die Rache seines Dienstherren", meinte Gerold zynisch.

Hastig, die Tücher vor dem Mund, liefen sie zum Schwelmer Tor, wo das Gedränge weiter anhielt. Rupert und Karl gingen voraus, gefolgt vom Medicus, und zum Schluss ging Anneliese. Die Bürger strömten zum einzigen Ausgang der Stadt, der noch nicht brannte. Viele hatten Panik, Angst, man konnte es an den schwarz gefärbten Gesichtern und an ihren Augen erkennen. Rauchschwaden schnürten ihnen die Luft ab, es wurde gedrückt und gezerrt – nur raus hier! „Wer jetzt fällt," dachte Karl, „der wird zertrampelt, die Masse walzt ihn nieder, der steht nicht mehr auf." Und dann wurden sie in der Masse mit hinausgepresst, geschoben, halb zerquetscht, und endlich standen sie außerhalb der Stadtmauer, wo sich die Menschenmenge verteilte.

„Geschafft", rief Rupert.

Als sie das Gedränge hinter sich gelassen hatten, sanken sie ermattet auf den Boden, um wieder zu Atem zu kommen.

Der Medicus sah sich um und sprang sofort wieder auf die Beine: „Verdammt, wo ist Anneliese?"

Auch Karl erhob sich und sah sich einen Moment um.

„Am Anfang des Tores war sie noch dicht hinter mir. Verdammt, man hat sie abgedrängt. Ich gehe zurück und hole sie da raus. Wartet hier auf uns. Sie hat so viel für mich getan, nun stehe ich in der Pflicht", sagte Karl entschlossen und drängte sich gegen die herausströmenden Menschenmassen zurück in die brennende Stadt. Er nahm die rechte Seite und drückte sich am Mauerwerk entlang, wobei er sich den Rücken aufkratzte.

Mit seinem bulligen Körper schob er die entgegenkommenden Lenneper beiseite. „Lasst mich durch, macht Platz!“, rief er und hatte es kurze Zeit später geschafft. Vom etwas höher gelegenen Schwelmer Tor verschaffte er sich einen guten Überblick über seine Stadt, von der nicht mehr allzu viel stand. An die hundert Schritte ging er zurück und suchte die Straßen ab.

Dann fand er Anneliese. Sie lag am Straßenrand und röchelte. Blut rann von ihrer Stirn in ihr rotblondes Haar. Ohne zu zögern, legte er sich das zarte Persönchen über seine rechte Schulter und kämpfte sich zurück zum Ausgang. Er wusste zwar, dass sie ihn nicht hören konnte, trotzdem sagte er zu ihr: „So, gute Frau Wüllenweber, jetzt holt Euch Euer Karl hier raus aus diesem Schlamassel.“

Viele Lenneper waren nicht mehr in der Stadt. Die meisten hatten bereits das Stadttor passiert und waren in Sicherheit. Dieses Mal kam Karl besser durch, denn der Strom der Flüchtlinge verebbte langsam. Auf der anderen Seite nahmen ihn die Freunde in Empfang, und der Medicus rief: „Bring sie hinüber zu den Teichen!“ Sie legten Anneliese neben das Wasserloch, kühlten mit Tüchern ihren Kopf und wuschen ihr den Ruß aus dem Gesicht. Der Medicus fühlte ihren Puls.

„Sie lebt, ist aber ohnmächtig. Entweder eine Rauchvergiftung, oder möglicherweise hat sie sich beim Fallen den Kopf aufgeschlagen und das Bewusstsein verloren.“ Er schlug ihr seine flache Hand mehrere Male ins Gesicht. Da stöhnte sie laut, öffnete die Augen und begann zu husten.

„Was ist passiert? Oh, mein Kopf schmerzt“, stöhnte sie.

Mühevoll setzte sie sich aufrecht hin. Erneut hustete sie und musste einen dicken Schleim-Ruß-Pfropfen ausspucken.

„Sind wir alle in Sicherheit?", fragte sie den Medicus. „Ja, alle deine Leute sind raus aus dem Feuermeer. Karl hat dich gerettet. Er hat dich auf seiner Schulter durch das Stadttor getragen und hierher gebracht", erklärte er ihr.

Anneliese stand auf: „Ich glaube, es geht schon wieder." Sie ging auf Karl zu, nahm ihn in den Arm und drückte ihn kräftig und von ganzem Herzen.

„Danke, tausend Dank für deinen Mut."

Karl wurde ganz verlegen und stammelte: „Keine Ursache, Frau, habt mich ja auch gerettet."

Sie fasste sich an die Stirn, es war aber nur eine kleine Schramme und eine Beule, nicht weiter schlimm. „Man hat mich gestoßen, daran kann ich mich noch erinnern, dann bin ich ausgeglitten und bin mit dem Kopf auf eine Mauerkante geschlagen, dann wurde es dunkel um mich herum", erklärte sie.

Überall im Umkreis des Stadttors lagen und saßen die Lenneper Bürger auf der Erde verteilt, um sich von der Flucht zu erholen. Die meisten hatten rußverschmierte Gesichter und saßen hustend auf dem kalten Boden.

Einige hockten auf den Knien direkt vor den Teichen und tranken gierig das frische Wasser. Es herrschte eine lähmende Atmosphäre. Niedergeschlagen und ohne Hoffnung, mit starrem Blick, saßen sie da und sahen ins Unendliche. Kaum etwas hatte gerettet werden können, fast alle Bürger der Stadt Lennep hatten ihr Hab und Gut durch den Brand verloren.

Auch die drei Hübschlerinnen hatten sich retten können. Mit angekokelten, verdreckten Kleidern saßen sie stumm im Gras bei den Teichen.

„Wie soll es nur weitergehen? Ach, wäre doch Tilmann endlich zurück", stammelte Anneliese.

„Lasst uns zu den Schäfern und zu deinen Kindern gehen, sie müssten dort hinten irgendwo auf den Wiesen sein“, riet der Medicus.

So gingen die vier los, bis sie nach einem kurzen Fußmarsch die in der Ferne stehende Herde sichteten. Simon und Maria liefen ihrer Mutter entgegen, und sie nahmen einander in die Arme. Im Hintergrund qualmte eine verlorene Stadt vor sich hin. Schwarze Gerippe ragten in den Himmel, Gerippe, die den Tod verbargen. Wie viele Menschen waren wohl in dem Flammenmeer umgekommen? Wie viel Elend und Not hinterließ diese Katastrophe! Lennep, so wie sie es kannten, gab es nicht mehr.

„Wir gehen zur Jacobsmühle, da errichten wir ein Notlager. Es gibt dort Scheunen und frisches Wasser“, bestimmte Anneliese, die schon wieder neuen Tatendrang entwickelte. „Herbert und Roland, ihr müsst verstärkt auf die Herde aufpassen! Ich befürchte, wenn der Hunger zu groß wird, dann schlachten sie uns einfach die Schafe weg. Haltet euch fern von aufgebrachten und plündernden Bürgern. Diese Tiere benötigen wir alle für einen Neuanfang. Ihr selber könnt euch ein Schaf schlachten, um euren Hunger zu stillen. Später lasse ich euch Brot bringen.“ Woher sie das bekommen wollte, wusste sie im Moment selbst nicht.

Anneliese, Simon, Maria, der Medicus, Karl und Rupert brachen auf zur Jacobsmühle, die Schäfer Roland und Herbert verschwanden mit Zieto und den Schafen über den nächsten Hügel.

Kapitel 7

Gut gelaunt, mit einem Liedchen auf den Lippen, fuhren sie in Richtung Lennep. Die schwer beladenen Fuhrwerke hielten Gott sei Dank bis hierhin durch – schwer beladen an Menschen, denn immerhin hatten sie die drei Reisigen und die beiden Mönche unterbringen müssen.

Die Reisigen waren nicht ansprechbar. Man hatte sie gedemütigt, entehrt, indem man ihnen die Pferde gestohlen hatte und sie ohne Kampf klein beigeben mussten. Welch eine Schande! Auf Neuenberge würde man sich über sie lustig machen, der Burgvogt würde fragen, wo denn ihre Rösser verblieben wären. So schnell durften sie die Burg wohl nicht mehr verlassen. Innendienst war für sie angesagt, Innendienst am Tor, auf der Schildmauer oder sogar auf dem Bergfried. Letzteres wäre das Schlimmste; da steht man als Wache auf dem hoch aufragenden Bergfried und beobachtet das Umfeld im Tal, da sieht man die Bussarde, die Falken und Habichte. Nach zwei Wochen Wachdienst wären sie mit dem Federvieh per Du gewesen. Und in den Nächten hätten sie sich mit den Eulen und Käuzchen herumplagen müssen.

Bis auf die Reisigen waren alle froh, bald endlich zu Hause zu sein. Jacub schmiedete neue Pläne und dachte nun wieder häufiger an seine Gundula. Sie sahen, wie aus der Ferne mehrere Fuhrwerke auf sie zukamen.

„Was ist denn da los?“, fragte Tilmann und zeigte in die Richtung.

„Komisch“, meinte Jacub, „so viele Wagen hintereinander.“ – „Sieht aus wie bei einer Völkerwanderung“, lachte Tilmann.

„Hinter dem nächsten Berg, unten im Tal, liegt unser Lennep“, rief Heinrich wohl gelaunt von seinem Wagen herüber.

„Heute Abend gehen wir alle gemeinsam in den ›Löwen‹

und besaufen uns richtig." Schmunzelnd riet ihnen Jacub: „Ich hoffe, meine Herren, Ihr wisst, wo eure Grenzen liegen, zwischendurch dann mal ein Glas Wasser trinken, wenn ich bitten darf!"

„Das sagt hier genau der Richtige", gab Heinrich scherzend zurück.

„Doch irgendetwas stimmt hier nicht", überlegte Tilmann, der wie immer im ersten Wagen neben Jacub saß, dessen Wagen seit Tagen von Bruder Georg gesteuert wurde.

Als das vorderste entgegenkommende Fuhrwerk etwa auf gleicher Höhe war, rief der Fahrer des Wagens: „Wo wollt ihr denn hin, doch wohl nicht nach Lennep?"

„Was soll die Frage?", rief Tilmann zurück.

„Lennep gibt es nicht mehr, diese Stadt ist komplett abgebrannt. Wir kommen von dort, es sieht aus, als wäre die Welt untergegangen. Die Stadt sieht aus wie Jerusalem, als es die Kreuzritter erobert hatten. Schutt, Asche und der Tod, überall verteilt in der Stadt", antwortete ihm der Fremde. Die Lenneper wurden kreidebleich. „Was erzählt Ihr denn da?", fragte Tilmann.

„Es ist so, wie ich es Euch sage. Wenn Ihr aus Lennep stammt, dann tut es mir wirklich leid, Euch das mitzuteilen, aber wenn Ihr mir nicht glaubt, dann fragt die anderen Kaufleute."

Sichtlich erschüttert nickte Tilmann mit dem Kopf.

Die Fremden fuhren weiter, die Lenneper Händler ließen sie stumm passieren.

Friedhofsstille herrschte, Angst vor dem, was sie erwarten würde.

Mit äußerster Anspannung fuhren sie weiter und standen etwas später auf dem höchsten Punkt des Berges. Von hier aus war die Katastrophe im Tal vor ihren Augen sichtbar.

Ein schwarzes, noch rauchendes Loch da, wo früher ihr geliebtes Lennep stand. Sie stiegen gemeinsam von ihren Wagen und sahen ins Tal hinab. Die Stimmung erreichte den Nullpunkt. Keiner sagte auch nur ein Wort, jeder empfand tiefe Trauer in seinem Herzen und dachte an seine Angehörigen, an Frauen, Kinder. Was war mit ihnen geschehen? Lebten sie noch oder waren sie in dem Flammenmeer umgekommen? Ihr Hab und Gut, ihre Häuser und Tiere! Sie standen alle unter Schock und starrten geradeaus in das Inferno. Vereinzelte Häuser brannten noch, und überall hüllte grauer Qualm die Stadt ein. Der Zisterziensermönch Georg nahm Tilmann in die Arme: „Es tut mir wirklich leid für Euch, Ihr seid so ein guter Mensch.“ Tilmann hatte Tränen in den Augen, ebenso seine Freunde.

Langsam fand er die Sprache wieder: „Kommt, Jungs, sehen wir nach, auch wenn es schwerfällt. Vielleicht konnten sich unsere Familien ja retten“, sagte er mit gebrochener Stimme.

Geknickt saßen sie wieder auf und fuhren langsam in die Senke hinein, bis sie vor dem Schwelmer Tor anhielten. Von Weitem sahen sie die Bürger der Stadt auf den Wiesen an den Teichen sitzen. Ein Gestank nach verkohltem Holz drang ihnen in die Nase. Viele der betroffenen Bürger und Bürgerinnen hielten sich vor dem Tor auf und redeten aufeinander ein. Als man die Kaufleute erblickt hatte, rief einer: „Die Hanse-Händler sind zurück. Da kommen Tilmann und die anderen!“

Aus dem Kreis trat Bruno vom Nagelsberg hervor und ging Tilmann entgegen. „Ich möchte nicht sagen ‚Seid gegrüßt‘, lieber Tilmann, nicht vor diesem Aschehaufen.“ Bruno drehte sich zur Stadt um, breitete seine Arme weit auseinander und rief laut mit viel Trauer in der Stimme: „Womit haben wir das verdient? Warum, lieber Gott, hast du uns das angetan!?“

Erneut rief er weinend: „Gott im Himmel, warum, warum hast du uns das angetan?"

„Was ist mit meiner Familie?", rief ihm Tilmann entgegen, „ihr müsst mir alles ausgiebig erklären, was hier vorgefallen ist."

„Wir wissen selber noch nicht sehr viel. Deine Frau habe ich mit dem Medicus während des Brandes auf dem Alter Markt gesehen, als sie Karl aus dem Kerker retten wollten. Deine Schafe haben die Schäfer durchs Tor getrieben, sind irgendwo auf den Wiesen vor der Stadt", gab Bruno zurück.

„Wieso musste meine Anneliese Karl aus dem Kerker retten?" – „Komm", sagte Bruno, „wir gehen dort drüben hin und setzen uns. Ich erzähle dir alles genau."

Es sollte ein längeres Gespräch werden. Bruno vom Nagelsberg schilderte ihm die Monate seit seiner Abreise nach Lübeck und klärte ihn darüber auf, was in der Zwischenzeit im Ort passiert war. Den letzten Tag während der Gerichtsverhandlung, die Beweislage des Medicus gegenüber dem Pfarrer, das schnelle, falsch gesprochene Urteil des Richters und dann der Ausbruch des Feuers.

„Weiß man, wie der Brand entstanden ist?", wollte Tilmann wissen.

„Nur eine Vermutung. Ein kleines Mädchen aus dem Kraspütt soll mit einer heißen Kohle gespielt haben und hat es dann mit der Angst bekommen und die Kohle, die auf einer Schaufel lag, beiseite geworfen, die dann auf ihrem Strohsack landete, und der ging letztendlich in Flammen auf. Sie ist dann weinend und in Panik aus der Stadt gelaufen, an der Torwache vorbei, und hat ‚Feuer!' geschrien. Das ist alles, was ich bis jetzt herausbekommen konnte. Aber eine Gegenfrage: Wo ist denn unser Ulrich Stute geblieben? Ich konnte ihn noch nicht bei euch entdecken."

„Auch wir hatten einige Unglücke zu ertragen. Durch verschiedene Umstände kamen wir in Zeitverzug, und Ulrich mit seinen Leuten wollte nicht länger warten und zog ohne uns und ohne die Reisige los, geriet in einen Hinterhalt und wurde von räuberischen Armbrustschützen ermordet und ausgeplündert."

„Wie furchtbar! Du musst es noch seiner Frau mitteilen", sagte Bruno.

„Weißt du denn, wo sie jetzt ist?"

„Nein, ich habe keine Ahnung. Einige Bürger halten sich noch vor dem Kölner Tor auf, andere irren betroffen umher, und wie viele der Brand dahingerafft hat – ich weiß es beim besten Willen nicht; ist alles noch zu früh, zu frisch, das Erlebte", erklärte Bruno.

„Das ist hier alles wie ein Albtraum, aber Jammern hilft uns jetzt nicht weiter. Wir haben eine große Aufgabe vor der Brust, die uns in den nächsten Jahren einiges abverlangen wird", meinte Bruno weiter.

Dann ging Tilmann zu den auf dem Boden kauernden Lennepern hin: „Leute, hat jemand meine Frau und meine Kinder gesehen?"

Ein kurzer Moment des Schweigens tat sich auf, dann sagte der Bäcker: „Ich sah sie gemeinsam mit dem Medicus auf eure Weide gehen."

„Danke für die wohltuende Nachricht, mein Freund."

„Ich hatte leider nicht so ein Glück", gab er zurück und ließ den Kopf auf die Brust fallen. Tilmann klopfte dem Mann aufmunternd auf die Schulter.

Dann ging er wieder zum Bürgermeister und führte das Gespräch fort: „Ja, ich weiß, erst einmal muss ich Ulrichs Frau finden, um sie über den Verlust ihres Mannes aufzuklären. Da ich weiß, dass es meiner Familie dementsprechend gut geht, möchte ich mir das ganze Unglück einmal aus der Nähe betrachten, einen etwas genaueren Überblick verschaffen. Nimm dir zwei oder drei Männer mit, und wir gehen in die verbrannte Stadt. Würde mir gerne die Katastrophe in Ruhe ansehen", sagte Tilmann und erhob sich.

Bruno vom Nagelsberg willigte ein und stand ebenfalls auf. Gerne ging er diesen Schritt nicht, wieder hinein in das Grauen. Gemeinsam schritten sie zurück zum Schwelmer Tor. Drei Leute schlossen sich ihnen an, mit Hacken und Schaufeln unter dem Arm, falls man etwas aus dem Weg räumen müsste. Es war eine traurige und zermürbende Stadtbesichtigung. Vom Rathaus standen nur noch die Grundmauern. Die gesamte Dachkonstruktion war eingestürzt. Zwischen den Trümmern konnten sie schwarz verkohlte Tische und Stühle erkennen. „Konntet ihr noch irgendetwas aus diesem Trümmerfeld retten?", fragte Tilmann den Bürgermeister. Der schüttelte verneinend den Kopf.

Sie sahen in verschiedenen verrußten Häusern nach und entdeckten die eine oder andere verkohlte Person, von denen man niemanden mehr identifizieren konnte. Es lag ein ekelerregender Gestank über der Stadt. Aus vielen Ecken stieg noch Rauch auf, und kleinere Brände waren noch aktiv. Sie nahmen ein Geräusch wahr. Eine Katze hatte auf einem Baum tatsächlich überleben können und miaute herzzerreißend. „Ihr Gespür hat sie gerettet", meinte Bruno.

„Ich würde gerne mal zur Kirche gehen. Kommt mit", sagte Tilmann und ging voran.

„Habt ihr den Pfarrer nach dem Brand gesehen?", wollte Tilmann von Bruno wissen.

„Nein, er ist nach der Beschuldigung durch den Medicus schreiend in sein Gotteshaus geflüchtet. Da stand ja auch schon ein Teil der Stadt in Flammen. Keiner hatte überhaupt die Zeit und Muße gehabt, sich um andere Bürger zu kümmern. Jeder dachte zunächst an seine eigene Haut und an seine Familienmitglieder. Wir waren ja fast alle auf dem Marktplatz bei der Gerichtsverhandlung; im Nachhinein können wir da von Glück sprechen. Deshalb haben wir den Brand erst sehr spät entdeckt“, gab er zurück. „Lasst uns nachsehen, ob wir etwas finden.“

Tilmann ging durch den verbrannten Türrahmen und betrat die nach oben offene Kirche. Verteilt lagen schwere Deckenbalken umher, einige andere standen aufrecht angelehnt an dem verbliebenen Mauerwerk. Die Kirchenglocke, die heruntergestürzt war, stak mit ihrem hohen Gewicht halb in der Erde des Gebetshauses. Unheimlich sahen die schwarzen, verkohlten Kirchenbänke aus, die noch in Reih und Glied nebeneinander standen, überschüttet mit diversen Einzelteilen, mit Schutt und Asche. Leichter Rauch drang aus dem Holz empor. In einigen Ecken glimmten noch die restlichen Balken vor sich hin. Ein grauenhafter Anblick des Todes! Wie ein großes Holzkreuz hatten sich zwei verbrannte Balken quer über die verkohlten Sitzreihen gelegt.

Sie stiegen über einige Trümmerteile hinweg, als Tilmann plötzlich wie versteinert stehen blieb.

„Da liegt er, der Herr Pfarrer“, sagte er leise. „Woher willst du wissen, dass es der Pfarrer ist?“, fragte ihn Bruno.

„Man kann ihn als solchen nicht mehr erkennen. Aber sieh auf den Boden. Na, was sehen wir denn da? Seine Geißel aus Holz und Leder hat tatsächlich vom Feuer nichts abbekommen. Als hätte Gott seine Flammen in eine andere Richtung gelenkt, um das Beweismittel zu schützen. Die Geißel, mit der er sich heimlich kasteit hatte. Unverkennbar, das ist unser Pfarrer.“

„Wenn ich ganz ehrlich sein soll“, sagte Bruno, „ganz so traurig bin ich über seinen Tod nicht.“ Die Männer nickten zur

Bestätigung. Sie sahen sich noch eine Weile um, stocherten hier und da in den verkohlten Resten herum, dann verließen sie die Kirche, um ihren Rundgang fortzusetzen. Kurze Zeit später standen sie vor den Trümmern von Tilmanns Haus und seinem Tuchmacher-Betrieb.

Eine Leere breitete sich in Tilmanns Kopf aus. Keinen klaren Gedanken konnte er nun fassen, nur auf das Unmögliche schauen, und doch ist das Unmögliche möglich geworden. Er konnte es nicht glauben, was er hier vor sich sah. Sein moderner Webstuhl war nur noch ein Haufen Asche. Von seinen gelagerten Stoffen, seinen Vorräten, seinen Möbeln und Truhen, nichts war mehr zu gebrauchen, nur noch verbrannter Müll sah ihn an. Jeden seiner Räume suchten sie mit äußerster Geduld durch. Tilmann hatte Angst, richtige Angst, die er noch nie zuvor so deutlich verspürt hatte, Angst, jemanden von seiner Familie hier liegen zu sehen, obwohl er ja gehört hatte, dass sich seine Familie habe retten können. Er griff unter seinen Tasselmantel, um mit der Hand in die Tasche des Surcots zu gleiten, aus dem er ein Taschentuch hervorholte, um sich damit die Tränen aus den Augen zu wischen. Nach der Durchsuchung war er ein wenig erleichtert. Sie hatten zum Glück nichts entdecken können, was auf eine Leiche hingedeutet hätte. So durchsuchten sie noch die verbrannte Gaststube ›Zum Löwen‹, wo sie auch nicht fündig wurden. Doch dann gab es noch etwas Erfreuliches zu sehen. Sechs Häuser hatten doch tatsächlich den Stadtbrand fast unbeschadet überstanden. Gut, sie waren zum größten Teil vom Rauch geschwärzt, sahen aber noch sehr intakt und unversehrt aus.

Hier standen ein Dutzend Lenneper Bürger zusammen und unterhielten sich eifrig. „Zur großen Bestandsaufnahme und zur Besprechung, wie es weitergehen soll, treffen wir uns alle später an der Jacobsmühle“, sagte Tilmann zu ihnen, dann ging er mit seinen Leuten weiter. Nach geraumer Zeit beendeten die Männer ihre Besichtigung und gingen zurück zum Schwelmer Tor, wo schon einige Lenneper auf sie warteten, um von ihnen Neuigkeiten zu erfahren.

„Wir müssen ein Gremium bilden, und ich möchte dich dabei haben, Tilmann. Wir müssen den Neuaufbau der Stadt planen, und wir sollten schnellstens den Grafen von Berg benachrichtigen", sagte energisch Bruno vom Nagelsberg.

„Das ist alles richtig, was du da sagst, mein lieber Bruno, doch verzeih, zuerst muss ich meine Familie suchen, dann können wir sehen, wie es weitergeht. Das Gleiche gilt auch für Heinrich Kottsieper, aber ich bin mir fast sicher, dass Robert Frauenknecht dir sofort beiseite stehen wird. Er trägt zwar den Namen Frauenknecht, aber er ist alleinstehend, wie wir wissen, sodass er niemanden direkt suchen muss. Ich gebe dir zwei Fässer Bier für die Leute hier. Schenke sie an die Bürger aus. Das muntert sie ein wenig auf."

An den Teichen, wo ihre Wagen standen, fand er die Mönche mit den Reisigen, die dort auf ihn gewartet hatten.

„Ja, meine treuen Weggefährten, den Rest Eurer Reise müsst ihr nun zu Fuß hinter Euch bringen. Bis Neuenberge könnt ihr gemeinsam gehen, von dort bis zum Kloster Altenberg", damit meinte er die Mönche, „ist es nicht mehr weit." Tilmann und Heinrich zahlten die Reisige aus, beide legten auf die Summe noch etwas oben drauf für den Verlust ihrer Pferde. Die Männer bedankten sich und gingen waffenstarrend, aber ohne Pferd zur Burg zurück.

„Ich denke, wir werden uns eines Tages wiedersehen. Auch Euch noch mal vielen Dank für das Mitnehmen und die Speisen, Gott wird es Euch danken", sagte Georg und verließ mit Franz den Ort.

Tilmann ging zurück zu seinen Wagen, stellte zwei Fässer

bereit und fuhr mit seinen restlichen Ladungen außerhalb der Stadtmauer quer über die Wiesen, auf der Suche nach seiner Familie und seinen Schafen. Die Begehung der verbrannten Stadt hatte Stunden in Anspruch genommen. Es wurde bereits dunkel und noch immer war seine Herde nicht in Sichtweite. „Wo mögen die nur stecken?", sagte Tilmann zu seinem Sohn.

Beide sahen sich ständig um, drehten die Köpfe, doch sie nahmen keine Spur von ihrer Schafherde wahr. Heinrich Kottsieper und seine Leute fuhren hinter ihnen her, sie hatten auch noch keinen genauen Plan, wie es weitergehen sollte.

„Für eine weitere Suche ist es schon zu spät, wir müssen uns morgen früh erneut nach ihnen umsehen." Am Waldesrand hielten sie an und krochen auf die freien, restlichen Flächen ihrer Fuhrwerke.

Mit hängenden Köpfen waren sie auf dem Weg zur Jacobsmühle und sprachen verzweifelt darüber, wie es weitergehen sollte. Simon hatte mit etwas Geschick ihre beiden Pferde wieder einfangen können. Nach ihrer panischen Flucht aus der Stadt standen sie an einem Waldrand und knabberten am ersten sich zeigenden Grün der Bäume.

„Was haben wir noch?", grübelte Anneliese laut. „Unser Leben, die Pferde, die Schafherde, das, was ich aus unserem Haus retten konnte und was vielleicht Tilmann von seiner Reise mitbringt, drei Gespanne und die Jacobsmühle mit unseren Färbern. Das muss reichen für einen Neubeginn. Viele Lenneper haben nichts mehr, außer dem, was sie noch auf ihrem Leibe tragen."

Kurz vor Erreichen der Mühle kamen ihnen schon einige Färber neugierig entgegen. Sie wussten schon, dass sich jetzt auch für sie manches ändern würde.

Am Abend rief Anneliese eine Versammlung mit allen Beteiligten zusammen. „Verflucht", sagte sie gereizt, „wo sind denn hier die Männer, die das Sagen haben, wo sind die Ratsleute?"

Sie saßen gemeinsam in einer Lagerhalle, in deren Mitte ein wärmendes Feuer brannte. Als die Färber den Feuerkorb angezündet hatten, hatte Anneliese es schon wieder mit der Angst zu tun bekommen. Sie hatte sich erhoben und war einige Schritte zurückgetreten. Feuer war ihr zuwider; ständig hatte sie das brennende Lennep vor Augen.

Verzögert traf auch ihre Magd mit den Stallburschen ein. „Ich stelle euch frei", sagte Anneliese, „ihr könnt gehen, wohin ihr wollt." – „Wir würden aber gerne hierbleiben und beim Neuaufbau behilflich sein", meinte die Magd.

„Das freut mich sehr, aber bezahlen kann ich euch nicht. Zuerst müssen wir eine Grundversorgung herstellen und alle gemeinsam an einem Strang ziehen." Dann liefen ihr Tränen aus den Augen; leise sagte sie: „Ich schaffe das nicht alles alleine, ich fühle mich vollkommen überfordert."

Simon nahm seine Mutter in den Arm, er dachte an die Worte seines Vaters, der vor seiner Abreise nach Lübeck zu ihm gesagt hatte, dass er auf Mutter aufpassen solle. Nun sah er sich in die Pflicht genommen: „Gemeinsam schaffen wir das, Mutter, alle halten wir zusammen und bauen unser Lennep neu auf, du wirst sehen, wie schön es wieder wird." Anneliese strich mit der Hand voller Stolz ihrem Jungen über den Kopf.

Decken und Felle wurden eingesammelt, die Lagerräume provisorisch als Schlafräume umgebaut. Das Färben wurde eingestellt, da es kein weiteres Material mehr gab. Alles drehte sich um die Planung und den Neuanfang. Anneliese verkaufte sich recht gut; die anwesenden Männer schienen ihr zu vertrauen. „Wir benötigen dringend Esswaren, das heißt Getreide, jede Menge Getreide, damit wir Brot backen können, bevor es zu einer Hungersnot kommt. Einen Ofen, am besten bauen wir hier den ersten Backofen auf, das müsst ihr Handwerker morgen erledigen.“ Sie sah einige Männer direkt an, von denen sie wusste, dass sie dazu in der Lage waren – Männer, die vor dem Brand Maurer waren, und andere, die sich aufs Backen verstanden. „Danach brauchen wir Werkzeuge in jeglicher Form“, teilte sie den anwesenden Lennepern mit.

Am darauf folgenden Morgen spannten sie ein Pferd vor einen Wagen, der im Stall stand. Mit ihm hatten die Färber die Wolle und Tücher von Lennep zur Jacobsmühle befördert. Anneliese nahm Karl und den Medicus Gerold vom Steinberg mit, denn sie hatte vor, auf direktem Weg zum Grafen von Berg zu fahren. Er musste über den Brand informiert werden sowie über die falschen Anschuldigungen gegenüber Karl, also brachen die drei schon recht früh auf. Während der kurzen Reise sagte der Medicus: „Ohne vorherige Anmeldung wird er uns sicherlich nicht empfangen.“

„Das soll er wagen, unser Lehnsherr wird sich mit dem Unglück ganz schnell auseinandersetzen müssen. Wenn er auf seiner Burg ist, werde ich mich bis zu ihm durchschlagen. Die Gründe sind zu wichtig, als dass mir einer den Zutritt verweigern wird“, gab sie energisch zurück.

„Meine Güte, so eine Frau habe ich mir immer gewünscht“, dachte der Medicus.

Aus der Ferne sahen sie Wermelskirchen, wo sich kleine Fronhöfe zu einer Ortschaft entwickelten. Da sie keine Ladung dabei hatten, kamen sie recht gut voran. Nachdem sie verschiedene Höfe passiert hatten, ging es nur noch bergab bis zur Burg, die auf einem Bergsporn lag.

Prächtig und erhaben stand das Bollwerk da und ragte weit ins Bergische Land. Für Anneliese war es das erste Mal, dass sie dieses Prachtbauwerk mit eigenen Augen sah. Gut, ihr Mann hatte ihr von dieser Burg vorgeschwärmt, aber dass sie so groß sein würde, das hatte sie sich in ihren Träumen nicht vorstellen können. Der Weg führte sie direkt auf das große Eingangstor zu, das von Torwachen bewacht und kontrolliert wurde. Die schwere Zugbrücke war heruntergelassen und an beiden Seiten sah sie die eisernen Kettenzüge. Schon von Weitem nahm sie wahr, dass die Flagge des Grafen gehisst war, also war er anwesend – welche Erleichterung! Die Wachen traten hervor und fragten nach Sinn und Zweck ihres Besuches. Anneliese deutet ihnen kurzerhand ihre Probleme an. Einer der Wachposten ging um den Wagen herum und beschaute sich das Innere, wo er aber nichts fand.

„Alles leer“, rief er der anderen Wache zu. „Ihr könnt passieren“, sagte dieser.

Sie fuhren durch einen engen Innenhof und passierten ein weiteres, aber unbewachtes Tor. Einige Ritter und Soldaten kamen an ihnen vorbei. Linker Hand befand sich eine Schmiede; zwei kräftige Männer bearbeiteten mit ihren Hämmern ein Stück Eisen. Große Hitze drang aus dem lodernden Feuer nach außen. Direkt neben der Schmiede waren die Ställe, wo die Pferde des Grafen und der Ritter unterstanden. Stallburschen waren damit beschäftigt, die Pferde mit Bürsten zu striegeln. Darüber befanden sich kleine Wohnräume für das Personal der Burg. Mehrere Mägde saßen schwatzend zusammen und rupften Hühner. Pagen und Knappen trugen Heu zu den Stallungen. Laute Anweisungen ertönten durch den Innenhof.

Andere junge Burschen übten mit ihren Holzschwertern einen bestimmten Kampfstil. Ein älterer Ritter unterwies sie in der Schwertkunst. Der Medicus erklärte ihr, dass es sich um die Knappenausbildung handele. Spieße, Schwerter und Schilde standen aufgereiht an einer der Burgmauern.

Anneliese hielt an und stieg vom Wagen. Sie ging auf einen Wasserträger zu, der gerade mit zwei gefüllten Eimern um die Ecke bog und auf sie zukam.

„Guter Mann, wo finde ich denn den Grafen?" Der Bursche blieb stehen und sah sie verdutzt an.

„Geht rechter Hand durch den Torbogen, dann seid Ihr im Innenhof der Hauptburg, und dort meldet Ihr Euch beim Burgvogt an. Fragt nach Philipp vom Hohenstein."

„Habt Dank."

Anneliese ging zurück zum Wagen. Sie passierten den Torbogen und standen in einem geräumigen Innenhof. Der gesamte Innenbereich des Hofes war mit grauen Steinen gepflastert. Hoch ragte der Bergfried in den wolkenverhangenen Himmel. Am Ende des Gemäuers befanden sich die Krähennester, auf denen Wachsoldaten postiert waren, die das Umland beobachteten. Einige Treppenstufen führten zu den verschiedenen Eingängen, diese wiederum zu irgendwelchen Räumen. Im Hof selbst saßen zwei Frauen an einem Brunnen und füllten Wasser in ihre Kannen. Nun verließen alle den Wagen und schauten sich die Gemäuer staunend an.

„So lebt also unser Herr Graf", sagte Karl, dem ganz mulmig in der Magengegend wurde. Anneliese schlug mehrere Male mit ihrer Faust auf eine große Holztür. Nach kurzer Wartezeit wurde sie von einem jungen Burschen geöffnet.

„Ja, bitte, was wünscht Ihr?"

„Wir müssen in einer wichtigen Gelegenheit den Herrn Grafen sprechen. Könnt Ihr uns zu ihm bringen?"

„Seid ihr angemeldet?", fragte der Bursche.

„Natürlich nicht, die Sache ist so dringend, da konnte man

sich nicht mehr vorher anmelden", sagte sie resolut.

„Ohne Anmeldung geht hier nichts, Weib", antwortete der Bursche. Er kannte zwar die Anordnungen auf der Burg, aber er kannte nicht Anneliese Wüllenweber, denn nun passierten Dinge, mit denen er nicht rechnen konnte. Sie schob ihn beiseite, ja sie drückte den Burschen förmlich an die Wand und ging in den nächsten Raum, wo ein gut gekleideter Herr über ein Buch gebeugt am Schreibtisch saß.

„Seid Ihr der Herr Graf?" Der Mann erhob sich und verbeugte sich leicht vor der Dame. „Wenigstens hat er Anstand", dachte Anneliese.

„Nein, ich bin der Burgvogt, meine Dame: Philipp vom Hohenstein, Verwalter von Neuenberge", gab er mit einem Lächeln preis.

Der Bursche betrat den Raum und stammelte: „Sie ist, ist ein… einfach vorbeigegangen …"

„Ist gut, lass mich mit der Dame allein. – Ihr seid so resolut, muss ich mich vor Euch fürchten?", fragte der Vogt mit einem sympathischen Lächeln. „So setzt Euch doch und berichtet, was so wichtig für Euch ist."

Anneliese ging zurück zur Tür und rief in den Gang: „Alles in Ordnung, ihr könnt hereinkommen." Nacheinander betraten die Männer den Raum, und Anneliese stellte sie kurz vor. Es dauerte eine ganze Weile, bis sie ihre Geschichte erzählt hatte. Der Burgvogt hörte ihr aber aufmerksam zu, ohne sie zu unterbrechen. „Und deshalb müssen wir den Grafen sprechen", beendete sie ihre Erzählungen.

„Und ganz Lennep ist abgebrannt, und dieser Mann wurde zum Tode verurteilt?", fragte der Vogt. „Das ist richtig, und hier ist der Stein, der genau in den Gebetskranz des Pfarrers passt. Den Stein habe ich persönlich bei dem toten Färberjungen gefunden", erklärte ihm der Medicus. „Wartet einen

Augenblick, ich werde mit dem Herrn Grafen reden."

„Der holt tatsächlich den Grafen. Euer Durchsetzungsvermögen ist einmalig, liebe Frau Wüllenweber", sagte der Medicus.

Die Lenneper sahen sich, da sie sich nun alleine in dem Raum befanden, zuerst einmal gründlich um. Ein paar mächtige Truhen standen auf dem Boden. An der Wand war ein großes Holzregal befestigt, das mit unzähligen Pergamentrollen bestückt war. „Die werden doch aus Tierhäuten gemacht", sagte Karl beiläufig. Hinter dem Schreibtisch an der Wand hing ein großes hölzernes Christenkreuz, fast ein Klafter groß. Auf dem ausladenden Schreibtisch des Burgvogtes standen Töpfe, aus denen Federkiele hervorguckten.

Es dauerte beinahe eine halbe Stunde, bis der Vogt mit dem Grafen von Berg erschien.

Die Lenneper Bürger knieten vor ihrem Lehnsherrn nieder.

„Richtet Euch auf und setzt Euch bitte!", sagte er mit seiner tiefen Stimme. Der Graf war eine sehr groß gewachsene Erscheinung, eine Persönlichkeit, wie Anneliese bemerkte.

„Mein Vogt berichtete mir bereits von Euren und natürlich auch jetzt von meinen Sorgen. Das ist ein schwerer Schlag für die Bürger von Lennep, da stimme ich zu. Wo bitte kann ich Euch erreichen?", wollte er wissen.

Anneliese erhob sich: „Wüllenweber ist mein Name. Mein Mann ist der Tuchhändler. Im Moment halten wir uns in der Jacobsmühle auf, dort wo die Tuche gefärbt wurden."

„Ich kenne die Mühle und auch Euren Mann. Ein sehr fleißiger Kaufmann, mit einer mutigen Frau."

Anneliese errötete. „In den nächsten Tagen werde ich bei Euch vorbeischauen, um mir das ganze Elend näher zu betrachten. Meinen Zehent aus der Stadt kann ich in den kommenden Jahren sicherlich vergessen, Vorrang hat nun der Neuaufbau. Ich werde mein Bestes geben, Euch darin zu unterstützen."

Er griff sich ans Kinn und ging nachdenklich im Raum hin und her. „Ein feiner, gut gekleideter Mann, unser Herr Graf, ein angenehmes Auftreten", dachte Anneliese. „Nicht umsonst nennen die Leute ihn auch den ‚Ehrwürdigen'."

„Wieso ist Euer Gatte nicht selbst gekommen? Ist er noch nicht zurück?"

„Das ging nicht, er ist unterwegs von der Hansestadt Lübeck. Ich warte aber fast täglich auf seine Rückkehr, Herr Graf."

„Das ist mir wohl bekannt, gute Frau, ich war doch derjenige, der die Wachsoldaten mit dem Ritter Wentzel von Reinhardhausen zum Schutz der Händler abkommandiert hat."

„Ach ja, Herr Graf, das ist mir durch die Aufregung vollkommen entgangen."

„Dann seid Ihr alleine mit Euren Freunden auf die Idee gekommen, mich zu unterrichten? Mutig, mutig von Euch! Ihr seid sehr tapfer, meine Dame. Morgen bin ich leider verhindert, aber übermorgen werde ich mit einigen Gefolgsleuten bei Euch erscheinen. Nun zu diesem merkwürdigen Gerichtsurteil. Erklärt mir bitte noch einmal den Verlauf und das, was vorausgegangen ist." – „Das macht am besten unser Medicus Gerold vom Steinberg", erklärte Anneliese.

Der Medicus erhob sich und erzählte die gesamte Geschichte mit den beiden Morden an den Jungen bis zum Schluss. Der Graf unterbrach ihn kurz: „Von den Morden wurde mir ja berichtet, aber fahrt weiter in Euren Erklärungen fort." Dann erzählte Gerold dem Grafen von der Gegenüberstellung während der Gerichtsverhandlung und vom schnellen, falschen Urteil des Richters Justus Goldberg. Zum Ende hin sagte er noch: „Der Herr Richter erblickte den Rauch und hörte, wie die Leute ‚Feuer!' riefen. Dann verurteilte er hier unseren Karl zum Tode, schwang sich auf sein Pferd und verließ fluchtartig die Stadt, ohne sich meine Nachforschungen anzuhören." Er zeigte dem Grafen von Berg den gefundenen Stein und die dazugehörige Kette, den Gebetskranz. Der Graf stellte Karl noch einige Fragen und sagte im Anschluss zu seinem Vogt: „Lasset vom Schreiber das nötige Schriftstück ausstellen und besiegeln. Und ich würde mich in nächster Zeit gerne einmal mit diesem Richter Justus etwas näher unterhalten. Ihr könnt Euch die Freisprechung morgen früh bei meinem Vogt abholen."

„Burgvogt, lasst den Bäcker kommen", ordnete der Graf an. Philipp von Hohenstein verließ den Raum, gab die Anweisung des Grafen an den Türsteher weiter und kam danach zurück, wo er sich hinter seinen Grafen stellte.

„Da wird einiges an Arbeit auf uns zukommen", sagte er.

Anneliese empfand es als sehr angenehm, dass ihr Graf das Wort „uns" benutzte. Das gab ihr das Gefühl, dass die Bürger mit ihren Problemen nicht allein gelassen wurden.

Der Graf deutete auf seinen Vogt: „Er wird Euch für die Nacht einen Schlafplatz zuweisen. Wisst Ihr, wie viele Tote es gegeben hat?"

„Nein, wir hatten noch keine Bestandsaufnahme durchführen können. Ich denke aber, in ein bis zwei Tagen wissen wir es. Vielen Dank für Euer Mitgefühl, Herr Graf", sagte Anneliese in Demut.

„Der Bäcker ist da, Herr Graf", meldete der Türsteher. Der Graf ging auf den Jungen zu und legte seine Hand auf dessen Schulter: „Ich grüße dich, Hannes."

Gerade wollte sich der Junge hinknien, da sagte der Graf: „Bleib stehen, ich kenne deine Familie schon so lange, auch dein Vater war mir stets ein treuer Untertan. Diese Herrschaften hier bringen sehr schlechte Nachrichten, ihre Stadt

Lennep ist bis auf die Grundmauern abgebrannt. Übermorgen werde ich mit einigen Gefolgsleuten nach Lennep reisen, um mir das Übel genauer anzusehen. Die Bürger dort leiden Hunger, deshalb bitte ich dich, bis morgen Abend durchgehend Brote zu backen, die ich auf einem meiner Fuhrwagen mitnehmen kann. Hast du genügend Mehl und Getreide?"

„Für eine Woche, Herr Graf", gab Hannes zurück. „Gut, ich werde dich für deine Bemühungen entlohnen."

„Wenn Ihr mir das Getreide bezahlt, dann bin ich zufrieden. Für meine Arbeit und meinen Schweiß müsst Ihr mich nicht bezahlen, das mache ich für die Lenneper gerne umsonst." – „Sehr aufmerksam von dir, dann lass deinen Ofen glühen, Hannes." Der Bäcker verbeugte sich kurz und verschwand.

„Vielen Dank für Eure Hilfe", rief ihm Anneliese hinterher.

Sie, Karl und der Medicus verbeugten sich und verließen den Raum. Burgvogt Philipp vom Hohenstein begleitete die Lenneper und zeigte ihnen, wo sie sich verköstigen konnten und wo sie die Nacht verbringen sollten.

Schon bei den ersten Sonnenstrahlen waren sie auf den Beinen. Die Händler hatten in ihren Wagen übernachtet.

Dann setzten sie ihre Suche fort. Nach einer Weile deutete Jacub auf eine in der Ferne grasende Schafherde.

„Dort hinten, Vater, das könnte unsere Herde sein." – „Du kannst recht haben. Sie sind sehr weit von der Stadtmauer entfernt."

Tilmann erkannte aus der Entfernung den Hund Zieto, der seiner Arbeit nachging und bellend die Tiere im Zaume hielt. Als sie dort ankamen, sprang Tilmann vom Wagen und ging schnellen Schrittes auf Herbert zu.

„Wo ist meine Familie, hat sie den Brand überlebt?", fragte er.

„Oh, guter Gott, Ihr seid zurück? Das ist sehr gut, aber ja, keinem ist irgendetwas passiert, alle sind wohlauf." Tilmann wollte die Bestätigung erneut hören, um sich zu beruhigen.

„Danke, Herbert, das ist wirklich eine erfreuliche Nachricht." Er legte ihm beide Hände auf die Schulter: „Bin ich froh, das zu hören, mein Freund."

Jacub hatte es ebenfalls mitbekommen und war erleichtert.

„Eure Familie ist mit Karl, dem Medicus und dem Wärter Rupert zur Jacobsmühle gegangen. Unser Karl war nämlich im Verlies unter dem Rathaus", sagte Herbert.

„Ja, danke, aber ich kenne die gesamte Geschichte bereits. Bruno vom Nagelsberg hat sie mir geschildert", sagte Tilmann.

Tilmann wunderte sich über seine Anneliese. Wie klar doch ihr Verstand war! Den Lennepern sagte er, sie sollten sich später an der Jacobsmühle einfinden. Er empfand eine so große innerliche Zufriedenheit, dass er den Schäfern ein Fass von seinem Bier daließ.

„Vielen Dank, Herr Wüllenweber. Ist das nicht sonderbar? Wir wollten die Tiere in diesen Tagen zurück auf die Weiden schicken, da hat uns der Brand das abgenommen", sagte Herbert.

„Pfercht die Tiere ein und gönnt euch einen guten Schluck auf meine Kosten, als Lohn für eure Treue. Es werden auch wieder einmal bessere Zeiten kommen."

„Auf zur Jacobsmühle!", rief er.

„Halt", rief Heinrich, „könnt ihr meine Wagen bitte bis zur Mühle mitnehmen? Ich muss mich dringend um meine Frau kümmern, sie ist in einem der unversehrten Häuser untergekommen. Es wird von dem Kesselmacher bewohnt, und meine Frau ist mit seiner Frau schon von Kindesbeinen an befreundet. Wenn ich sie gefunden habe, komme ich nach, meine Männer würden gerne mit mir kommen, denn sie machen sich auch große Sorgen um ihre Familien."

„Natürlich, wir nehmen die Wagen mit. Jacub, du übernimmst den letzten Wagen, wir binden die anderen hintereinander – für dieses kurze Stück wird das gehen."

Auf geht's, Männer, zum letzten Abschnitt", rief er und war trotz des ganzen Unglücks froh, seine Familie bald unversehrt anzutreffen. Wie eine Raupe begaben sich die angeleinten Gespanne langsam auf die letzte Etappe ihrer langen Reise.

In einem Bogen ließen sie das verbrannte Kölner Tor zu ihrer Linken liegen und fuhren in das vor ihnen liegende Tal in Richtung Jacobsmühle.

Die letzten kleinen Rauchwolken zogen vereinzelt über die Stadtmauer.

Zwei, vielleicht drei Dutzend Lenneper waren in der Nähe des Stadttores damit beschäftigt, in den verkohlten Überresten nach noch brauchbaren Dingen zu suchen. Mit Stöcken und Schaufeln stocherten sie in den schwarzen Resten. Das eine oder andere war bestimmt noch zu gebrauchen. Vielleicht aber war ihre Suche auch nur ein Akt der Verzweiflung.

Es war nur eine kurze Strecke, und so hatten sie ihr Ziel schnell erreicht. Einige Bürger, die sich dort schon eingefunden hatten, standen im Kreis zusammen und unterhielten sich über ihre Sorgen. Sie waren so intensiv in ihrer Unterhaltung eingetaucht, dass kaum jemand die ankommenden Wagen bemerkte. Bis dann ein Färberjunge rief:

„Da kommen Händler." Ein junger Mann und ein kleines Mädchen schoben die Menschen beiseite, um einen Blick auf die Neuankömmlinge zu erhaschen. Dann verließ ein lauter Schrei ihre Lippen:

„Vater, das ist unser Vater und Jacub! Komm, Maria, der Vater ist zurück!", rief Simon und rannte los.

Tilmann sprang vom Wagen und lief seinen Kindern entgegen. Er nahm sie beide gleichzeitig in die Arme, und in seinen Augen sammelten sich dicke Tränen.

„Bin ich froh, euch gesund wiederzusehen", rief er. „Ist eure Mutter auch hier?" – „Nicht mehr, sie ist mit dem Medicus und unserm Karl nach Burg Neuenberge, um den Grafen aufzusuchen", erklärte Simon seinem Vater. „Das ist ein guter Weg. Wenn, dann kann nur er uns noch helfen." Dann nahm er seinen Sohn noch einmal in den Arm: „Das hast du gut gemacht, dass du auf Mutter und deine Schwester aufgepasst hast." Simon war voller Stolz, auf seinem Gesicht machte sich ein breites Grinsen breit. Jacub nahm seine Geschwister an die Hand und ging dann mit ihnen zum Ufer der Weper.

Tilmann schritt zu den anderen Bürgern, um sie zu begrüßen. Erlebnisse wurden ausgetauscht, Schicksalsschläge erzählt. Einige hatten Tote zu beklagen, die Tilmann auch gekannt hatte. Aber es hätte viel, viel schlimmer enden können. Der Tag der Gerichtsversammlung, der genaue Zeitpunkt verhinderte Schlimmeres. Da sich die meisten Bewohner am Alter Markt versammelt hatten, blieb eine noch größere menschliche Katastrophe aus.

Ein alter Färbergeselle, den Tilmann schon lange kannte, schlug vor: „Übernimm du den Neuaufbau, Tilmann! Wenn es einer schaffen kann, dann du mit deiner Erfahrung. Such dir ein paar passende Männer und fang an. Wir helfen dir kräftig dabei!"

Er bekam allgemeine Zustimmung von den Leuten.

Ein Bürger rief ihm zu: „Deine Frau hat dich in deiner Abwesenheit bestens vertreten, kannst stolz auf sie sein!" Tilmann lachte zum ersten Mal wieder richtig: „Ja, ja, mein Lieschen ist eine mutige Frau."

Er ging zurück zu seinen Kindern: „Leider muss ich euch

schon wieder verlassen", sagte er, „bin aber dieses Mal schneller wieder zurück."

Er überlegte noch kurz. „Gut", sagte er, „ich reite sofort zum Grafen, um mit ihm zu verhandeln. Dann bringe ich meine Frau mit, und wir treffen uns alle hier und schmieden Pläne für einen Neuanfang. Viele harte Jahre werden vor uns liegen, doch wir werden es schaffen, und unser neues Lennep wird noch schöner erblühen als das alte. Wird zwar einige Jahre dauern, aber wir kriegen das hin, Männer! Alle tatkräftigen Männer und Frauen sollen sich hier versammeln. Dringend benötigen wir unsere Handwerker aus der Stadt. Zunächst sollten wir Backöfen bauen, also brauchen wir zuerst die Maurer. Ich werde das Mehl besorgen, damit wir keinen Hunger leiden. Aber lasst uns das gemeinsam bei meiner Wiederkehr besprechen." Ein älterer Lenneper sagte: „Du hast mit deinen Anweisungen recht, aber deine Frau hat schon alles in die Wege geleitet." – „Ich sagte doch: ‚Ja, ja, mein Lieschen'."

Tilmann nahm sich eines seiner Pferde und machte sich sogleich auf den Weg nach Neuenberge. Unter die Tunika hatte er sich den Pelzkragen gestopft, mit dem er seine Anneliese überraschen wollte. Er hatte ihn so in seinem Fuhrwerk verstaut, dass ihn die Wegelagerer nicht finden konnten. Während des strengen Rittes hatte er genügend Zeit, sich die Fragen zu überlegen, die er dem Grafen stellen wollte. Dessen Bekanntschaft hatte er vor zwei Jahren auf einem Hoftag gemacht. Der Lehensherr war sehr umgänglich mit seinen Untertanen. Tilmann war es gewohnt, mit Leuten wie dem Grafen zu verhandeln. Unweigerlich kam er auf seinen Reisen mit Leuten seines Standes in Kontakt, deshalb empfand er auch keinerlei Scheu. Als er dann einen Abhang hinunterritt, erkannte er die Burg vor sich. Das Burgtor war geschlossen.

Zwei Wachen standen oberhalb auf der Burgmauer. Tilmann hatte noch nichts gesagt, da rief einer der Soldaten:

„Öffnet das Falltor!"

An zwei dicken Ketten rasselte das Tor auf den Erdboden, wo es mit lautem Knall aufschlug. Als er hineinreiten wollte, kam ihm aber ein Wagen entgegen. Er traute seinen Augen kaum, als er die drei Personen auf ihrem Fuhrwerk erkannte. Tilmann hatte aber jetzt nur noch Augen für seine Anneliese. Er stoppte sein Pferd und stieg ab. Aufgeregt fuchtelte er wie wild mit seinen Armen und rief: „Lieschen, ich bin wieder zurück."

Nun erkannte auch sie ihren Mann und sprang vom Wagen, blieb aber stehen und sagte mit einem Lächeln im Gesicht:

„Kaum hast du die Stadt verlassen, herrscht hier Sodom und Gomorra." Dann breitete sie ihre Arme aus. Zwei sich innig Liebende fielen übereinander her und küssten sich sehnsüchtig. „Endlich habe ich dich und Jacub zurück. Wo ist mein Junge eigentlich?"

„Ich habe ihn zurückgelassen, unten in der Jacobsmühle", antwortete Tilmann und drückte ihr erneut einen Kuss auf die Stirn.

„Eines verspreche ich dir jetzt hoch und heilig: Für mich wird es keine so langen Reisen mehr geben." – „Das höre ich wirklich gern", sagte Lieschen und gab ihm erneut einen Kuss.

„Hier war während eurer Abwesenheit der Teufel los. Satan hat mit aller Macht zugeschlagen." – „Ich bin informiert, meine Liebe. Bruno erzählte mir bereits die ganze Tragödie. Unsere Reise ist auch nicht glücklich verlaufen. Unwetter, Überfälle, und Ulrich Stute haben sie ermordet."

„Das ist ja furchtbar! Erzähl es mir später in aller Ruhe. Aber du und Jacub, ihr seid wohlauf?" Tilmann nickte. Er griff mit einer Hand unter seinen Mantel, danach legte er ihr den Pelz um die Schulter. „Ein wärmendes, kleines Geschenk, mein rotblonder Engel."

Sie lächelten sich an. Anneliese strich mit der Hand über das weiche, anschmiegsame Fell. Für die beiden war es ein erhebender Augenblick des Friedens. Dann begrüßte Tilmann noch den Medicus und seinen Vorarbeiter Karl. „Von dir hört man ja schöne Sachen", sagte er mit einem Lächeln, „steuert ihr bitte den Wagen, meine Frau reitet zurück mit auf meinem Pferd", sagte er lachend.

„Tilmann hat ein Glück", dachte der Medicus, war aber auch froh, seinen Freund wiederzusehen, und gönnte ihm die treue Liebe. „Auf zur Jacobsmühle!", rief Gerold.

Anneliese saß vor Tilmann auf dem Pferd und schmiegte ihren Rücken an seine Brust. Viel hatten sie sich zu erzählen.

„Dann muss ich nicht mehr mit dem Grafen reden. Meine Frau hat bereits alles in die Wege geleitet", sagte er liebevoll bestätigend zu ihr. Er hielt die Zügel mit der rechten Hand und hatte den linken Arm um ihre Taille gelegt.

„Wenn der Herr des Hauses nicht anwesend ist, dann kümmert sich eben die Ehefrau um alles, was liegen bleibt", sagte sie und schmunzelte ihn an. – „Ich bin ja auch mächtig stolz auf dich, mein Lieschen. Apropos liegen bleiben – wir müssen noch vieles nachholen."

Immer mehr Lenneper kamen zur Mühle. Es hatte sich herumgesprochen, dass sich hier ihr neues Hauptquartier auftat. Manche Bürger hatten die Stadt verlassen und suchten Unterschlupf bei Freunden oder Bekannten. Einige kamen auf nahe gelegenen Fronhöfen unter, andere zog es nach Huckengeswage oder nach Weperevorthe, wiederum andere hatten Verwandtschaft in Colonia.

„Wenn es einmal vorangeht“, sagte Tilmann, „dann werden viele wieder zurückkommen, glaubt mir, Freunde.“

Heinrich kam mit guten Neuigkeiten. Er hatte seine Frau gefunden und brachte die Wirtin Rosenbaum von der ehemaligen Gaststube ›Zum goldenen Löwen‹ mit.

Sie hatten sich gemeinsam in einem der Häuser verschanzt, das von den Flammen verschont geblieben war. Wilhelm Rosenbaum hatte zuerst gedacht, seine Frau sei in den Flammen umgekommen. Er wusste aber nicht, dass sie sich durch den Hinterausgang der Gaststube hatte retten können. Nun fielen sie sich natürlich um den Hals. Immer noch spielten sich verzögert dramatische Szenen ab. Manch einer hatte erst viel später vom Überleben des Ehemannes oder der Frau gehört. Durch das Feuer wurden viele Familien auseinandergetrieben.

Ganz besonders froh war auch Jacub, der seine Gundula mit strahlendem Lächeln empfing. Die beiden schwänzelten umeinander herum, tuschelten und verschwanden heimlich aus dem Blickfeld ihrer Eltern. Tilmann und Heinrich hatten Mitleid, als sie manch einen Nachbarn mit geschwärzter Kleidung sahen, zerlumpt und jeglicher Hoffnung beraubt. Sie gaben den Ärmsten neuen Mut, sprachen auf sie ein. Abends in der Mühle verteilten sie eingelegte Salzheringe an die Lenneper Bürger und öffneten die kleine Holzkiste mit den schmackhaften Datteln für die Kinder. Maria und Simon hätten gerne mehr davon gegessen, aber jeder nahm nur zwei davon, den Rest verteilten sie liebevoll an die Jüngsten. Nach so einem Unglück dachte keiner mehr an Geschäfte, da musste man einfach freigebig sein und Mitgefühl zeigen.

Tilmann und Heinrich wollten ihre Fässer Bier nun nicht mehr verkaufen, sondern gegen Mehl und Handwerksgeräte tauschen. Als Gerold vom Steinberg ihm von der Rettungsaktion seiner Frau erzählt hatte, wie sie in das brennende Haus gelaufen war, um die Ersparnisse zu retten, empfand Tilmann noch mehr Achtung für sein Lieschen.

„Wir fahren am besten die umliegenden Dörfer ab, um zu sehen, wo wir was organisieren können, vor allen Dingen Hilfe auftreiben", schlug Heinrich vor. „Mehl ist ganz wichtig, dann Äxte, Schaufeln, Hämmer und Nägel, einfach alles für den Hausbau", sagte ein Handwerker.

„Wenn wir die Ruinen durchforsten, finden wir bestimmt das eine oder andere noch, was wir für den Neuaufbau verwenden können", vermutete Tilmann.

Außerdem stellten sie acht Männer ab, die in den Häusern nach verkohlten Körpern Ausschau halten sollten.

„Ich bringe einen Mönch von der Kreuzbrüder-Gemeinde mit. Das liegt etwa auf meinem Weg", kündigte Tilmann an.

An der Beyenburg hatten sie ihr erstes Kloster in deutschen Landen erbaut. Unterstützt wurden sie seinerzeit vom Grafen Wilhelm von Berg, dem Onkel des jetzigen Grafen Adolf VI.

„Bringt die Toten hinter das Schwelmer Tor, dort legen wir einen neuen Friedhof an. Wenn ich zurück bin, kann der Mönch ein Gebet für sie halten", schlug ihnen Tilmann vor.

„Kaum sind wir zusammen, denkst du schon wieder ans Reisen", sagte Anneliese und legte ihren Kopf an seine Schulter.

„Aber dieses Mal nur für ein oder zwei Tage. Scheuch die Leute, dass sie mit dem Bau der Backöfen beginnen, sonst bricht hier bald eine Hungersnot aus, und spann Robert Frauenknecht mit ein. Wo treibt sich eigentlich unser Ratsherr Bruno vom Nagelsberg herum? Der sollte doch längst auch hier sein."

Nach zwei weiteren Tagen kamen Tilmann und Heinrich schwer beladen mit ihren Wagen zurück zur Jacobsmühle. Auf

Tilmanns Fuhrwerk hatte es sich ein Mönch der Kreuzbrüder bequem gemacht. Unter seiner Kutte malte sich sein dicker Bauch deutlich ab. Der ruhige, gemütliche Mönch hatte um seinen Hals ein schlichtes Holzkreuz hängen. Seiner Statur nach zu urteilen, schien er den Speisen und dem Wein zuzusprechen.

Viele Säcke Mehl und Werkzeuge stauten sich in ihren Wagen. Die Bürger der Nachbarstädte hatten sich äußerst hilfsbereit gezeigt, und manche spendeten Nahrungsmittel für die Lenneper, von denen sich noch weitere an der Mühle eingefunden hatten. Sofort kamen den beiden ein Dutzend Männer entgegen, um die Wagen zu entladen. Aufbruchstimmung herrschte im Tal, auch ihr Ratsmann Bruno vom Nagelsberg war dazugestoßen.

Er machte sich mit dem Mönch auf, um die Bestattungen vorzunehmen, während Tilmann die Abrissarbeiten leitete.

Nun begann das traurigste Kapitel, seit es die Stadt Lennep gab.

Vor dem Stadttor lagen in Jutesäcken zweiunddreißig verkohlte Leichen aufgereiht, die einmal ihre Nachbarn waren. Die meisten Toten kamen aus dem Kraspütt, dann der Pfarrer Rufus von Bechen; die anderen waren nicht mehr identifizierbar gewesen. Einige Bürger wurden vermisst, und so vermutete man, dass auch die Amtsmänner Hasenclev und Rautzenberg unter den Opfern waren, auch Ulrich Stutes Frau sah man nie wieder. Alle wurden in einem Massengrab beerdigt, und der Kreuzbrüder-Mönch hielt eine ergreifende Grabrede, sodass viele in Tränen aufgelöst waren und schweigend zuhörten.

Es war der schlimmste Tag, den die Stadt seit ihrer Gründung erlebt hatte.

Tilmann wollte gerade damit beginnen, die Fuhrwerke mit

Baumaterial zu beladen und die Helfer mit Werkzeug auszurüsten, als sie ein lautes Geräusch wahrnahmen. Plötzlich kamen mehrere Berittene auf die Mühle zu. Es war ihr Graf Adolf der VI. mit einer Schwadron Soldaten, Fuhrwerken und einigen Rittern. Viele Lenneper hatten ihren Lehnsherren noch nie zuvor zu Gesicht bekommen und erstarrten vor Ehrfurcht. Er stieg vom Pferd und ging auf Anneliese zu und nicht auf Tilmann, der verdutzt schaute. Die Lenneper verbeugten sich tief vor ihrem Grafen.

„Ihr seid ja schon recht fleißig, was ich so sehe. Ich komme gerade aus Lennep und habe mir das Unglück angesehen. Schlimme Sache. Wir werden der Stadt schnellstmöglich wieder Leben einhauchen, dazu habe ich aus meiner Burgsiedlung Handwerker mitgebracht, die euch zur Hand gehen werden. Fässer mit Nahrung, Mehl, Käse, Brote und Baumaterial. Wer leitet die Arbeiten?“, wollte der Graf wissen.

„Mein Mann, er ist aus Lübeck zurück, Herr Graf“, sagte Anneliese.

„Der edle Herr Wüllenweber, eine tapfere Frau steht an Eurer Seite, eine Kämpfernatur, die es bestens versteht, sich durchzusetzen, eine Frau, die sich nur jeder Mann wünschen kann“, sagte der Graf.

„Da habt Ihr recht, Herr Graf, auch ich bin sehr stolz auf sie“, antwortete Tilmann und verbeugte sich vor seinem Lehnsherrn. Daraufhin stieg der Graf auf die Ladefläche eines Fuhrwerks.

„Bürger von Lennep“, begann er die Ansprache an seine Untertanen, „die Hoffnung stirbt zuletzt. Schlimmes Übel ist über euch gekommen, aber wir bauen die Stadt wieder auf, und ich verspreche hiermit: Sie wird schöner und moderner, als sie je zuvor war. Bei den Aufbauarbeiten werde ich euch tatkräftig unterstützen, zumindest insoweit es in meiner Macht liegt. Vielleicht kann ich auch den Erzbischof von Köln überzeugen, euch Hilfe zukommen zu lassen, ich muss ihm nur vermitteln, dass hier auch eine neue Kirche in Planung ist. Ich werde mich in gewissen Abständen vermehrt von dem Werdegang und den Arbeiten überzeugen und die Bautätigkeiten regelmäßig begutachten. Bürger von Lennep", sagte der Graf erneut, „nur die Zukunft zählt!"

Dann sah er sich noch eine Weile um und sprach Tilmann an: „Können wir uns hier irgendwo ungestört unter vier Augen unterhalten?"

„Selbstverständlich, Herr Graf, folgt mir bitte." Der Graf ging hinter Tilmann her, der ihn in die Scheune führte, wo die Fuhrwerke untergebracht waren. Danach verschloss Tilmann das Tor.

„Zwei Sachen muss ich mit Euch noch besprechen. Ich gebe Euch Lenneper Händlern eine ausgewiesene Wachmannschaft mit, ganz allein für Euren Schutz, angeführt von Ritter Wentzel."

Tilmann ahnte, was jetzt kam.

„Einer von ihnen wird von einem Armbrustpfeil in seinen Brustkorb getötet, die anderen verlassen Euch, ziehen daraufhin mit ihrem Ritter zum Deutschen Orden in die Ostgebiete, und gerade einmal drei kehren wieder zurück. Wie kommt so etwas zustande?", wollte der Graf wissen.

„Ich hatte das Gefühl, dass Ritter Wentzel mit seinen Leuten einem verloren gegangenen Ideal nacheifert, dem Rittertum, das es nach meinem Dafürhalten in dieser Form von früher nicht mehr gibt. Ich wollte es ihm ausreden, aber er sagte mir, er sei frei und wolle unbedingt dorthin, wo noch nach alten Tugenden gekämpft werde, dorthin, wo man als Ritter anerkannt wird, gegen Ungläubige kämpfen kann und Ländereien erobert.".

Der Graf nickte: „Er war, seit er in meinem Dienst steht, schon immer ein unruhiger Geist und Querdenker."

„Bei dem Überfall auf uns durch die Strauchdiebe sah ich, dass die Angreifer alle mit Armbrüsten ausgerüstet waren, die sie direkt auf unsere Brustkörbe gerichtet hatten. Ich gab lauthals die Anweisung, sich nicht zu wehren, da wir keine Möglichkeit gehabt hätten, sie im Kampfe zu besiegen. Der Reisige wollte nicht auf mich hören und zog sein Schwert, um zu kämpfen – und schon war er tot", erklärte Tilmann seinem Grafen.

„Auf Neuenberge gibt man sie der Lächerlichkeit preis. Die anderen Reisige und Ritter nehmen sie auf die Schippe, stellen sie als Feiglinge dar."

„Ich schwöre bei Gott, Herr Graf, dem war nicht so, ich habe den unnützen und ungleichen Kampf verhindert."

„Ihr habt da nicht ganz unrecht. Die neuen modernen Schusswaffen wie die Armbrüste oder die Langbögen bewirken natürlich, dass es kaum noch zu einem Nahkampf kommt. Mit diesen Geschossen holt man einen Ritter trotz Kettenhemd oder Harnisch aus zwanzig Schritt Entfernung vom Sattel. Ich gebe Euch auch recht, dass die Zeiten der Panzerreiter, der glorreichen Ritter und Helden wie Roland oder Richard Löwenherz der Vergangenheit angehören. Dies ist der Aufbruch in eine neue Zeit: Schlachten und Kriege werden von Schusswaffen bestimmt. Aber gut jetzt, wir wollen es dabei belassen."

Nach einer weiteren Stunde verabschiedete sich der Graf und verschwand mit seinem Gefolge.

Auf dem Alter Markt hatte man schnell eine Lagerhalle aufgebaut, wo das zu verarbeitende Holz, die schweren Balken, Lehm, Stroh und Tierdung für die Wände gelagert wurde. In eine Senke, etwas entfernt vom Kölner Tor, brachten sie die verkohlten Reste hin, Reste, für die man keine Verwendung mehr hatte, und man nannte den Vorgang „die Säuberung der Stadt". Es war ein Müllloch, das man zu einem späteren Zeitpunkt mit Erde bedecken wollte. In den letzten sechs Wochen hatte sich schon einiges verändert. Tilmann stellte kleine Bau- und Versorgungstrupps zusammen. An einigen Häusern begann bereits der Neuaufbau. Jeweils acht Männer unter der Anleitung eines Handwerksgesellen oder eines Meisters arbeiteten zusammen an einem Haus. Zwei bis drei Frauen versorgten jeweils die kleinen Gruppen der Arbeiter mit Werkzeugen, reichten Nägel, Essen und Getränke. Da sie genügend Arbeitskräfte waren, startete der Neuaufbau gleichzeitig an vielen Ecken in der Stadt. Frauen und Männer trafen sich bei Sonnenaufgang und arbeiteten bis zum Sonnenuntergang. Auch Tilmann werkelte mit seinen Leuten eifrig an seinem neuen Haus und an den Stallungen. Alles sollte noch geräumiger werden, als es vorher war. „Wenn wir schon alles neu aufbauen, dann auch gleich richtig", teilte Tilmann seinen Leuten mit.

Immer wieder bekamen sie Spenden von Freunden, Verwandten und aus den Nachbarstädten. Den Sonntag hielten sie sich zur Erholung frei. Er wurde mit einem gemeinsamen Gebet auf dem Marktplatz besiegelt. Danach war nur noch Müßiggang und Faulenzen angesagt. Der Medicus, Tilmann, Robert und Bruno saßen bei ihrer sonntäglichen Planung vor der Lagerhalle am „Alter Markt". Einen anderen Kreis bildeten die Handwerker mit ihren Meistern. Jacub sehnte sich förmlich nach seinem freien Tag, um mit Gundula in den Wäldern der Umgebung zu verschwinden.

„Und ich denke", sagte Heinrich, „dass wir in vier bis fünf Wochen so weit sind, um mit dem Bau des neuen Rathauses zu beginnen."

„Das wird auch Zeit“, sagte Bruno, „damit wir einen geeigneten Bau haben, von wo aus wir alles delegieren können; die Stadt muss wieder eine vernünftige Verwaltung bekommen.“

Plötzlich nahmen die Männer ein Geräusch wahr; sie drehten voller Neugierde ihre Köpfe in Richtung Schwelmer Tor. „Da kommt ein Fuhrwerk“, rief der Medicus. – „Eins ist gut! Fünf, sechs, sieben, acht Wagen sind im Anrollen, die wollen bestimmt nach Colonia, sind bestimmt Händler“, meinte Bruno vom Nagelsberg. Kurze Zeit später hielten die ersten Fuhrwerke auf dem Alter Markt an und einige Männer sprangen vom Bock.

„Beim heiligen Johannes!“, rief Tilmann, „sieh nur, Robert, das ist Wernherns Andresen, der Gildenmeister aus Osnabrück. Guter Mann, was verschlägt Euch denn nach Lennep, in dieses verbrannte Nest?“

Die Männer gingen aufeinander zu und begrüßten sich freundlich.

Tilmann stellte ihm die anderen Lenneper vor. „Unser Bürgermeister Bruno vom Nagelsberg, dieser Herr hier ist unser Medicus Gerold, und Robert kennt Ihr ja bereits. Seid Ihr auf dem Weg nach Colonia und wolltet mir einen Besuch abstatten?“

„Nein, Herr Wüllenweber“, dabei drehte er sich um und zeigte auf die anderen Männer mit ihren Wagen. Alle Männer hier und meine Wenigkeit sind eine Abordnung der Hanse. Wir haben durch Reisende mitbekommen, was euch widerfahren ist. Die Leute erzählten uns von dem fürchterlichen Brand und von eurer Not, also haben wir uns vereint und zu einer großen Sammelaktion aufgerufen. Der Inhalt der gesamten Fuhrwerke, bestehend aus Baumaterialien und Nahrungsmitteln, gehört nun euch. Ich hoffe, wir haben die Wagen mit den richtigen Dingen beladen.“

Jubelrufe kamen auf, manch einer gab ein kräftiges Handgeklapper von sich. Der Kreis erweiterte sich, als die Handwerker hinzutraten. Wagenbaumeister Winfried Feldmann und seine Zunftbrüder waren äußerst erfreut über die so dringend benötigten Utensilien.

Mit feuchten Augen nahm Tilmann den Osnabrücker in die Arme.

„Ich weiß beim besten Willen nicht, wie ich Euch und Euren Männern dafür danken soll!" Dann brachte auch er ihnen ein kräftiges Handgeklapper entgegen.

Die anderen Lenneper schlossen sich erneut an.

„Ich möchte mich ebenfalls ganz herzlich im Namen der Stadt Lennep bei Euch bedanken. Außer frischem Wasser kann ich Euch nichts anbieten, Bier oder Wein ist leider nicht vorhanden", sagte Bruno.

Tilmann ging mit einigen Männern und Wernherns an den Wagen vorbei, um in das Innere der Ladeflächen zu sehen. Es war ein Segen; Gott hatte sie doch nicht ganz vergessen. Alles, was sie so sehr benötigten, war dabei: Baumaterialien, Werkzeuge, Fässer mit eingelegten Heringen, Käseräder, Hartwürste, Kisten voller Eier, gesalzenes Schweinefleisch und, und, und …

Große Freude stand in den Gesichtern der Lenneper Bürger. „Das ist heute für uns, als wäre es das Christfest", sagte Bruno vom Nagelsberg.

Tilmann nahm den Wagenbauer Winfried Feldmann beiseite: „Ich glaube, wir können unseren Streit vom letzten Jahr endlich beilegen. Unsere unterschiedlichen Auffassungen über die Hanse, ob Mitgliedschaft oder Ablehnung, hat sich, glaube ich, mit dieser ihrer Hilfe erledigt."

Winfried Feldmann lachte Tilmann an: „Ist doch schon lange vergessen."

„Obwohl heute Sonntag ist, benötigen wir viele Hände, die beim Abladen behilflich sind", sagte Tilmann. Winfried pfiff auf zwei Fingern und winkte zwei seiner Gesellen zu sich: „Lauft und sucht die Bürger der Stadt, geht zum Kölner Tor, oder seht an den Baustellen nach. Berichtet von der Lieferung und dass sie alle beim Abladen helfen sollen." Die beiden rannten sofort los.

Nach kurzer Zeit fanden sich über fünfzig Bürger ein und halfen gerne beim Verstauen der Güter. Da Tilmann sicherlich alles verteilen würde, profitierte jeder Einzelne von den geschenkten Waren. Ihre Lagerhalle platzte aus allen Nähten. Als sie den Wagen eines Dortmunder Händlers leer räumen wollten, sagte dieser laut: „Stopp! Was glaubt ihr Lenneper denn wohl, was ein Dortmunder Hansekaufmann geladen hat?"

Tilmann und die anderen sahen ihn fragend an. „Wenn ihr keines mehr habt – ich habe noch jede Menge davon. Na, Freunde, wisst ihr, was ich meine? Glaubt ihr denn, ich wüsste nicht, was ihr am dringendsten benötigt? Glaubt ihr denn, ich fahre, ohne so etwas geladen zu haben, aus meiner Stadt los?" Nun sahen ihn alle verstohlen an. „Spinnt der?", dachte Bruno vom Nagelsberg. Dann stieg der Dortmunder Kaufmann auf die Plattform seines Wagen und entfernte die Plane: „Bier, Männer, Bier meine ich."

Nun fiel der Groschen endlich und alle lachten herzlichst. „Der spinnt ja doch nicht", dachte Bruno nun.

„Mein Wagen ist voller Fässer, gefüllt mit gutem Dortmunder Bier, und ich glaube, bei der Menge, die ich mitgebracht habe, könnten wir uns heute Abend ein oder sogar zwei Fässchen gönnen." So holten sie gegen die aufkommende Abendkälte zwei Feuerkörbe und steckten Holzschwartenstücke an; ein Fass Bier stand auf einem alten Tisch, und drum herum, jeder mit einem Trinkbecher bewaffnet, bildeten die Bürger einen illustren Kreis.

„Der Herrgott hat ja die Welt geschaffen, also auch den Himmel!“, meinte Jacub, der mit seiner Gundula am Waldrand auf einer Wiese lag, wo sie gemeinsam in den Himmel starrten. Er kaute auf einem Grashalm herum.

Schulter an Schulter lagen sie nebeneinander und hielten sich an den Händen. „Siehst du die große weiße Wolke dort? Wenn sie deutliche Konturen aufweist, dann bleibt das Wetter schön. Wenn die Wolken aber verschwommen und verschleiert sind, dann bekommen wir schlechteres Wetter und vielleicht Regen.“

„Woher weißt du das denn? Von deiner Reise?“

Er drehte den Kopf zu ihr hin, sah ihr in die Augen: „Unser Kapitän von der Kogge gab mir auf unserer Fahrt nach Bergen ein wenig Unterricht in Wetterkunde.“ Beide sahen wieder in den Himmel. „Bergen“, dachte Jacub, „ausgerechnet Bergen“, und dann erschien in seinen Gedanken das Bild von Solveig. Wie es ihr wohl erging? Was machte wohl sein Weggefährte Michel? Er überlegte, ob er Gundula von Solveig erzählen sollte. Sein Gewissen könnte er sich damit erleichtern, aber – dachte er weiter – besser keine schlafenden Hunde wecken, die knurren und beißen nur.

Aber Solveig hatte ihn die Liebe gelehrt, sie hatte seine Bedürfnisse gestillt, sie hatte ihn in das Intimste eingeweiht. Bei der Vorstellung, wie es damals mit ihr so im Hotelzimmer war, regte sich etwas in seiner Hose.

Er rollte sich auf Gundula, stieß sich mit den Ellenbogen vom Boden ab, um sie nicht zu erdrücken, und gab ihr einen lang andauernden Zungenkuss, den sie ihrerseits auch heftig erwiderte. Beide merkten schnell, dass dieser Kuss anders war als alle Küsse vorher. Jacub war erstaunt; er hatte mit Gegenwehr gerechnet, die aber ausblieb. Durch ihre Kleidung hindurch spürte Gundula seine starke Erregung. „Und du willst mich wirklich ehelichen?“, fragte sie ihn. „Aber natürlich, aus vollem Herzen und so schnell es geht“, gab Jacub zurück. – „Ist das ein festes Versprechen?“ – „Ja, sobald wir wieder einen Pfarrer in der Stadt haben, lassen wir uns trauen.“

Nun passierte etwas, womit Jacub im Traum nicht gerechnet hatte. Gundula nahm sein Ding und die anderen Dinge selbst in die Hand. „Öffne mir bitte das Gewand“, hauchte sie ihm ins Ohr. Jacub erhob sich leicht und griff an die vorderen Schnüre ihres Kleids. Er löste die gebundene Schleife und zog die Schnüre aus den Ösen. Dann schob er die beiden Seiten des Ausschnittes beiseite und hervor kam ein dünnes Leinenhemdchen. Gundula zog nun Jacubs Hemd über dessen Kopf.

„Meine Güte“, dachte Jacub, „nun werde ich schon wieder verführt.“ Er wollte doch derjenige sein, der seine Erfahrung einbrachte. Gundula machte sich weiterhin an ihm zu schaffen und löste seinen Gürtel, streifte danach seine Hose herunter. Nun wusste Jacub überhaupt nicht mehr, wie ihm geschah. „Ich bin hier der Verführer“, dachte er und übernahm wieder die Kontrolle. Doch schon bald erlebte er die nächste Überraschung. Als er ihr den Rock hochschob und seine Hand an ihren Schenkeln entlanggleiten ließ, zucke er förmlich zusammen: Er spürte, dass sie nichts darunter trug, und überraschend hatte er ganz plötzlich ihre Scham in der Hand.

„Du hast ja überhaupt nichts unter deinem Gewand“, sagte er erstaunt.

„Ich hatte das so geplant, weil ich wusste, dass es heute passieren würde; ich wollte es aber auch selber. Habe keine große Lust, als alte Jungfer zu sterben oder später als Kräuterhexe im Wald zu landen“, sagte Gundula zärtlich.

Dann fuhr er mit der Hand in die feuchte Gruft zwischen ihren Schenkeln. Er schob den Rock noch ein Stück weiter hoch und drang behutsam in sie ein. Aus ihrem Mund entwich ein kleiner Schmerzensschrei, doch danach stöhnten beide im Gleichtakt. Nun gefiel ihm seine Gundula richtig gut, wobei es wie eine Erlösung für ihn war. Er nahm sich felsenfest vor, so etwas nun regelmäßig zu praktizieren – er hatte riesigen Gefallen an dem gefunden, was sie gerade taten. Nach kurzer Zeit fielen beide völlig schweißgebadet und ermattet aufeinander. Jacub dachte: „Lennep ist genauso schön wie Bergen, nur mit dem Unterschied, dass ich nach Lennep nicht so weit fahren muss."

Die Dämmerung senkte sich über das Bergische Land. Die Sonne ging langsam hinter den Bäumen unter, Vögel flogen umher und suchten ihr Nachtquartier auf. Hand in Hand und überglücklich schlenderten Gundula und Jacub durch die Wiese in Richtung Kölner Tor. Beide hatten sich eine Felljacke gegen die aufkommende Kälte übergezogen. In der Ferne sah Jacub die Schafherde eingepfercht stehen, wo er auch schemenhaft die Schafshüter Herbert und Roland und den ehemaligen Kerkerknecht Rupert erkannte. Die beiden Verliebten gingen weiter durch das Stadttor in die Wallstraße, aber sie sahen keinen einzigen Menschen, niemand kam ihnen entgegen.

„Wo sind denn die Bürger alle hin? Man sieht ja keinen Menschen!", fragte Gundula. Jacub zuckte mit den Schultern: „Keine Ahnung, wo die alle stecken. Komm, gehen wir zum Alter Markt und sehen dort einmal nach." Da der ganze verbrannte Müll von den Straßen verschwunden war, konnten sie die kleinen, engen Gassen wieder begehen. Vereinzelt standen noch einige schwarze Wände mit verkokelten Holzbalken. Doch schon machten sich die neuen Häuser breit – zumindest die ersten Wände standen bereits. Flecht- und Balkenwerk zeichnete sich ab und gab die Formen vor.

„Dort drüben ist Licht, da brennt ein Feuer", sagte Jacub.

Kurze Zeit später drang Lachen an ihre Ohren. „Was haben die denn am heiligen Sonntag zu feiern? Gehen wir hin, dann werden wir es gleich wissen", meinte Gundula. Erstaunt waren die beiden Liebenden, als sie die Menschenmenge auf dem Marktplatz wahrnahmen. Sie sahen, wie sich die Lenneper gut gelaunt und in bester Stimmung zuprosteten. Dann erkannte Jacub die acht fremden Wagen mit den angebundenen Pferden.

„Da vorne sind mein Vater und meine Mutter, komm, wir gehen zu ihnen." „Was ist denn hier los, Mutter?" – „Ah, da seid ihr ja endlich, wo habt ihr denn nur die ganze Zeit gesteckt", fragte sie Jacub und sah ihn streng an.

Verlegen sagte er: „Wir sind vor der Stadt ein wenig spazieren gegangen."

„Das sehe ich … Nimm dir mal die Blätter aus den Haaren – was sollen denn die anderen Leute denken!"

Zum Glück war es fast dunkel, sonst hätte seine Mutter gesehen, dass sein Kopf rot anlief. Um ihr den Wind aus den Segeln zu nehmen, sagte er: „Mutter, Gundula und ich wollen heiraten, so schnell wie möglich. Wir werden es noch Vater sagen und natürlich auch ihren Eltern." Anneliese schmunzelte und dachte: „Endlich kommt er mit der Wahrheit heraus. Wie groß und erwachsen mein Junge schon ist!" Sie und Tilmann wussten ebenso wie Gundulas Eltern doch schon seit Langem von ihrer kindlichen Liebschaft; nun schien es also ernst zu werden. Die Kinder konnten ihre heimliche Zuneigung auf Dauer doch nicht vor ihnen verbergen.

„Wir reden später mit Vater und Gundulas Eltern darüber. Jetzt ist der falsche Zeitpunkt." Dann erklärte sie den beiden, was vorgefallen war – von den Händlern der Hanse und von den Geschenken, die sie mitgebracht hatten. „Und das ist doch schließlich ein Grund für eine kleine Feier, oder meint ihr nicht?!"

Kapitel 8

Im Jahre 1329, vier Jahre nach dem schrecklichen Brand, war die Stadt auf ihren alten Grundmauern zur Hälfte wiederhergestellt. Nachdem viele Bürger gesehen hatten, wie schön ihre neue Stadt werden würde, kamen so manche, die die Stadt nach dem Brand verlassen hatten, wieder zurück und stiegen guten Mutes in den Neuaufbau mit ein. Um die vierhundert Menschen wirtschafteten und arbeiteten eng zusammen.

Ihr Lehensherr Graf Adolf VI. befand sich von 1327 bis zum Jahre 1328 auf einem Feldzug in Italien. Dort begleitete er König Ludwig IV. nach Rom, wo er von Papst Nikolaus V. zum Kaiser gekrönt wurde.

Tilmann, der mittlerweile zum Bürgermeister gewählt worden war, hatte die Lenneper in unterschiedliche Gruppen eingeteilt und die weiteren Aufbauarbeiten fortgeführt.

Anneliese meinte einmal zu ihm: „Planen, immer nur planen – das scheint dir richtig Freude zu bereiten."

„Ich bin ja jetzt auch Bürgermeister", lachte Tilmann.

Auch in seiner Familie hatte es Veränderungen gegeben. Maria, seine Jüngste, hatte einen Handwerker beim Wiederaufbau kennen- und liebengelernt. Sie hatte ihn geheiratet und lebte nun in Huckengeswage. Jacub hatte ein Jahr nach dem Brand seine Gundula geheiratet, und sie schenkte ihm einen Sohn, den sie Hugo nannten. Das mit der Hochzeit musste damals recht schnell gehen – wegen Hugo, der nicht länger warten wollte …

Für den heutigen Tag war die Feier der Halbzeit des Aufbaus geplant; das Richtfest sollte auf dem Alter Markt stattfinden. Aus allen Gassen der Stadt trafen die Leute auf dem Marktplatz zusammen. Gemeinsam wollten sie auf das halb errichtete Lennep anstoßen und ein Fest feiern. Eine Gruppe Spielleute sorgte für Unterhaltung.

Die Lenneper Hübschlerinnen waren nach mageren Jahren wie manch andere zurückgekehrt, um sich erneut ein Geschäft aufzubauen. Wie damals vor vier Jahren saßen die drei an ihrem Brunnen und warteten auf angetrunkene Gesellen.

Robert Frauenknecht und Heinrich Kottsieper waren anwesend; die beiden führten ein intensives Gespräch. Wie immer ging es dabei um Neuigkeiten, die die Stadt betrafen. Beide waren nach dem Brand nie wieder auf Reisen gegangen.

Zusammen mit Tilmann als dessen Stellvertreter pflegten sie den Wunsch, ihre Stadt als ein Vorzeigeprojekt neu zu präsentieren. Da nun gut die Hälfte in neuem Glanze erstrahlte, konnte man sich jetzt schon vorstellen, wie wunderschön Lennep einmal wieder im Ganzen aussehen würde.

Die alte Stadtkirche hatten die fleißigen Handwerker wieder hergerichtet, jedoch war sie noch nicht ganz fertiggestellt. Der Erzbischof von Köln unterstützte mit seiner Macht die Wiederherstellung und den Neuaufbau, indem er speziell in den Gotteshäusern der Nachbargemeinden eine Lenneper Kollekte eingerichtet hatte. In deren Kirchen gingen die zuständigen Pfarrer für die Lenneper sammeln. Auch Graf Adolf von Berg hielt seine Versprechungen. Ständig rollten Fuhrwerke mit Baumaterialien in Lennep ein, beladen mit Planken, Brettern, Stroh und Schilf. In seiner Abwesenheit übernahm sein Burgvogt diese Aufgaben.

Außer am heutigen heiligen Sonntag arbeiteten die Bürger bis zum Dunkelwerden tagein und tagaus. Die Laute vom Schippen, Hacken, Sägen und Hämmern drangen durch die Gassen. Zur Versorgung der Arbeiter waren die öffentlichen Backöfen im Dauerbetrieb und wurden nur selten kalt.

Die Lenneperinnen backten, ohne groß Pause zu machen,

eine Lage Brot nach der anderen. Tilmann hatte an diesem Sonntagmorgen eine flammende Rede gehalten und sich bei den Lennepern für ihre tatkräftige Unterstützung bedankt. Manch einer, auch Tilmann und Heinrich, hatten ihre Arbeiten wieder aufgenommen. Motivieren musste er niemanden mehr, mit ganzem Tatendrang wollten sie sich auf die verbliebenen Aufbauarbeiten stürzen. Doch war der heutige heilige Sonntag ihr Ruhetag, und so besuchten vereinzelte Bürger den wieder gut gehenden Gasthof von Familie Rosenbaum. Wilhelm Rosenbaum stand wie in früheren Jahren hinter seiner Theke, und seine Tochter Gundula, die nun Wüllenweber hieß, half ihm an den Sonntagen und bediente die Gäste. Ihre Mutter war für die Küche zuständig. Tilmann, Heinrich und einige andere Herren wollten ihren Stammtisch aufsuchen, um weitere Neuigkeiten zu besprechen. Jacub verabschiedete sich von seinem Vater.

„Kommst du nicht mehr mit?“, fragte ihn Tilmann. „Nein, heute nicht, ich wollte mich mit Simon bei den Färbern treffen.“ – „Na gut, dann bis heute Abend, schließlich bist du jetzt der Tuchmacher-Patriarch.“ Sein Vater grinste ihn an und verschwand.

In Gedanken versunken, ging Jacub ruhigen Schrittes durch die Gasse in Richtung Kölner Tor. Mit seinem jüngeren Bruder führte er nun die Geschäfte seines Vaters, der ihm natürlich noch mit Rat und Tat zur Seite stand, aber Jacub konnte nach vorheriger Absprache seine Ideen und Neuerungen verwirklichen.

Er bewunderte seinen Vater; dieser alte Fuchs verstand es immer wieder, den richtigen Weg einzuschlagen. Seit geraumer Zeit lief die Tuchproduktion wieder auf Hochtouren. Ihr Haus stand am alten Platz, war aber größer und höher gebaut worden, sodass er mit Gundula und ihrem kleinen Jungen zwei Räume bewohnen konnte.

Er führte eine gute und glückliche Ehe und ein weiteres Kind war in Planung. Seine Mutter Anneliese kümmerte sich vermehrt um den gesamten Haushalt und natürlich mit ihrer ganzen Liebe um den kleinen Hugo.

Die Tuchproduktion lief wieder gut an, die ersten Verkäufe waren getätigt. Seit Kurzem besaßen sie einen neuen Webstuhl, der moderner war und schneller arbeitete als der alte, der in den Flammen verbrannt war. Jacub war seiner Mutter dankbar für ihre Rettungsaktion, bei der sie die Geldkatzen – ihre eisernen Reserven – von der hohen Kante gerettet hatte. Ohne diese Silberlinge wäre der Neuanfang nicht so reibungslos verlaufen.

Den treuen Kerkergesellen Rupert hatte er kurzerhand zum Schäfer ausgebildet, der sich nun die meiste Zeit mit Herbert und Roland auf den Weiden aufhielt.

Jacub winkte der Wache kurz zu und passierte das Kölner Tor, danach schlug er den Weg nach links ein, in Richtung seiner Färberwerkstatt, und ging am Bachlauf der Linepe entlang. An der Stelle, wo die dicken Kastanien standen, kamen die Gedanken an den ermordeten Färberjungen zurück, den man hier gefunden hatte. „Meine Güte", dachte Jacub, „auch schon wieder vier Jahre her. Heute bin ich schon verheiratet und habe selbst einen Jungen."

In einiger Entfernung nahm er zwei Planwagen auf der Wiese wahr. Als er näher hinsah, bemerkte er, dass sich auf jedem Wagen drei Frauen befanden, die lustig waren und herumkicherten, als sie ihn kommen sahen. Er nickte ihnen freundlich zu und ging vorbei. Als er die Wagen ein paar Schritte hinter sich gelassen hatte, wurde er von jemandem angesprochen:

„Hallo Jacub, na, wie geht es dir?" Wie angewurzelt blieb er stehen. Ein Schauer der Erinnerungen schoss durch seinen Körper. Diese Stimme, die kannte er, diese Stimme hatte er irgendwann einmal gehört. Diese Schwingungen hatten ihn vor einigen Jahren in starke Erregung gebracht – und dann der leicht nordische Tonfall. Langsam drehte er sich um. Erneut verharrte er wie vom Blitz getroffen. Vor ihm stand Solveig aus Dänemark! Sie ging auf ihn zu, nahm ihn in den Arm und gab ihm einen Kuss, so als hätten sie sich erst gestern noch gesehen. Jacub wusste nicht, wie ihm geschah – hatte er einen Tagtraum oder zu viele Fliegenpilze gegessen? Was ihm sofort auffiel, war, dass ihr ein Bad gutgetan hätte.

Er schüttelte verlegen den Kopf und drückte sie leicht von sich. Mit erstaunten Augen sah er sie an:

„Was machst du denn hier in Lennep?“ Im ersten Moment sah sie noch immer recht hübsch aus, doch bei näherem Betrachten fiel ihm auf, dass sie sehr mager geworden war und – kaum zu glauben – ungepflegt aussah. Sie roch aus dem Mund und hatte bereits zwei Zähne verloren, und die restlichen waren eher braun anstatt weiß. Er dachte an ihre wallende Haarpracht, ihr ehemals so wunderschönes blondes Haar, das nun strähnig auf ihren Schultern hing.

„Erklär mir bitte, was passiert ist!“, forderte Jacub sie auf.

Sie stotterte: „Mein, mein Vater ist tot. Piraten hatten ihm in der Ostsee vor Gotland aufgelauert und sein Schiff geentert. Sie haben ihm die Ladung gestohlen und im Anschluss wurde er von den Piraten gemeuchelt. Diese gefürchteten Likedeelers plündern die Hansekoggen auf der Ostsee. Dadurch entstehen für den Städtebund gewaltige Verluste. Kaum ein Kaufmann traut sich noch, ein Handelsschiff loszuschicken.“

„ Was, bitte, sind Likedeelers?“ fragte Jacub.

„Eine Piratenflotte; sie machen die Meere unsicher und werden unterstützt von der dänischen Krone, die ihnen Kaperbriefe ausstellt und so mit ihnen gemeinsame Geschäfte tätigt.“

„Da ist ja furchtbar. Waren Michel und sein Vater mit an Deck gewesen?“

„Nein“, sagte sie, „zu ihrem Glück waren sie bei dieser Seereise nicht an Bord.“

„Und wie ging es mit dir weiter?“

„Ich war von heute auf morgen auf mich alleine gestellt, hatte so gut wie keinen Pfennig. Also, die ersten Wochen kam ich gerade noch so über die Runden, aber danach brauchte ich Geld. Ich musste es mir verdienen. Dann lernte ich in Kopenhagen diese Frauen kennen, die mir anboten, mit ihnen zu reisen.“

So langsam schwante Jacub, um was für Frauen es sich hier handelte, denn so grün hinter den Ohren wie seinerzeit in Bergen war er mittlerweile nicht mehr. „Meine Güte, sie ist eine Hübschlerin geworden, eine Wanderhure“, ging es ihm durch den Kopf. Einen Augenblick später sah er die gelben Bänder, die sie als Hure kennzeichneten.

Dann fuhr sie fort: „Einen Grund hatte ich noch, ich musste dich auffinden, dich suchen. Dann erinnerte ich mich daran, als du dich mir damals auf dem Tyske Bryggen vorgestellt hattest. ‚Jacub Wüllenweber aus Lennep‘, hattest du gesagt, als wir uns das erste Mal begegnet waren. Ich machte mich schlau, wo dieses Lennep liegt, und konnte die Damen davon überzeugen, hierher zu reisen, damit unser Sohn Sven seinen Vater kennenlernt.“

Jacubs Mund wurde staubtrocken. Mit offenem Mund starrte er sie verwirrt an. Solveig ging zum Wagen und kam mit einem kleinen, schmächtigen Jungen an der Hand zurück.

„Das ist dein Vater, sag ihm guten Tag“, sagte sie zu dem Kleinen. Scheu hielt er Jacub seine Hand entgegen. Total überrumpelt nahm er die Hand des Jungen und sagte: „Tag, Sven.“ Vor Verlegenheit verlagerte Jacub sein Gewicht mehrere Male vom linken auf das rechte Bein. „Wenn das zutrifft, wie bringe ich dieses Problem meiner Frau und meiner Familie nur bei?“, dachte er. So langsam kamen seine Sinne zurück.

„Was, was hast du jetzt vor?“, stammelte er.

„Du musst dich um unseren Sohn kümmern, er hat nur noch dich“, sagte sie und fing an zu weinen.

„Was ist denn mit dir – willst du ihn einfach abschieben?“ – „Oh nein“, jammerte sie, „aber ich bin sehr krank und werde nicht mehr lange zu leben haben. Vielleicht noch einige Monate oder auch nur Wochen.“

„Deshalb ihr furchtbares Aussehen“, dachte Jacub. „Wir haben einen sehr guten Medicus in Lennep, er könnte dich untersuchen“, schlägt er vor.

„Das ist lieb, aber zu spät. Ich habe schon einige von dieser Zunft aufgesucht, es gibt für mich keine Heilung mehr“, schluchzte sie. – „Bist du dir denn sicher, dass der Junge von mir ist?“ – „Ja, ganz sicher. Nach unserer Beziehung hatte ich zwei Monate keinen Mann mehr gehabt. Von der Zeit her kannst nur du es gewesen sein.“

„Und wie hat dein Vater darauf reagiert?“ – „Zuerst hatte ich es ihm verheimlichen können, doch dann erfuhr er es und er hat mich grün und blau geschlagen. Ich konnte meinen Bauch ja nicht ewig verbergen. ‚Wie stehe ich denn nun da? Was sollen unsere Freunde nur denken?‘, waren seine Worte. ‚Wenn ich von Gotland zurück bin, werden wir eine Lösung suchen müssen.‘ Er kam aber nicht wieder, und so ging ich mit den Damen auf Reisen.“

„Und wie, bitte, soll es jetzt weitergehen?“, fragte er Solveig. „Ich wäre glücklich, wenn ich den Jungen bei dir und deiner Familie lassen könnte. Ihr könntet ihm eine bessere Zukunft bieten, als ich es jemals vermag.“

„Ich bin verheiratet und habe einen kleinen Sohn, wie stellst du dir das denn vor?" – „Meine Zeit ist fast abgelaufen, um mir noch irgendetwas vorzustellen. Eines Tages werden mich die Damen hier am Wegesrand verscharren müssen, was soll dann aus unserem Jungen werden? Willst du, dass er mit den Wanderhuren durch die Gegend ziehen muss, den ganzen Dreck der Straßen kennenlernt, den Abschaum der Gesellschaft aus den Gassen?" Als sie das Wort Wanderhure in den Mund nahm, sah Jacub ihr an, dass sie sich sichtlich schämte.

„Wie lange habt ihr noch Zeit? Ich meine, wann zieht ihr weiter?", fragte Jacub sie.

„Bis ich eine Antwort von dir erhalten habe", entgegnete sie trotzig. Jacub kam sich vor, als hätten ihn zwei Gäule mit Fuhrwerken am Hintern überrollt.

„Warte hier, ich muss mit meiner Familie reden. Bin in zwei Stunden wieder zurück." Nachdenklich trottete er mit gesenktem Haupt zurück. Mit so einer Nachricht hätte er im Leben nicht gerechnet.

Der Besuch bei den Färbern war in Vergessenheit geraten, Simon würde umsonst auf ihn warten. Als er durch das Kölner Tor schritt, sah er den kleinen Gernot, den Sohn des Riemenschneiders, der sein Rad schlug. Jacub hielt ihn am Arm fest:

„Mein Freund, du kennst doch meinen Vater, Tilmann Wüllenweber? Er sitzt mit anderen Männern im Gasthof der Familie Rosenbaum." Der Junge nickte. Jacub drückte ihm eine Münze in die Hand: „Geh zu ihm und sag ihm, er soll dringend nach Hause kommen, ganz dringend. Hast du verstanden?"

„Ja, das ist der Bürgermeister, den kenne ich", sagte Gernot. Jacub gab ihm einen Klaps auf den Hintern und sagte: „Beeil dich bitte." Der Junge nahm sein Rad unter den Arm und rannte los.

„Mir ist das so etwas von peinlich, damit hätte ich im Leben nicht gerechnet“, sagte Jacub, der seiner Familie alles gestanden hatte. Er schüttelte den Kopf hin und her: „Eine Nacht, es war nur eine Nacht in meinem Leben.“ Tilmann konnte mit der Situation gut umgehen, seine Frau Anneliese ebenfalls, aber Gundula, die mit Tilmann zurückgekommen war, saß weinend am Tisch.

„Du hast mich in Bergen betrogen“, schluchzte sie. „Wer weiß, was du sonst noch alles so auf deinen Reisen angestellt hast.“ Der kleine Hugo saß auf ihrem Schoß und sah seine Mutter fragend an.

„Nichts, gar nichts, es war nur dieses eine Mal. Außerdem waren wir zu diesem Zeitpunkt noch nicht einmal zusammen gewesen, es war alles vor unserer Zeit“, gab Jacub barsch zurück.

„Kinder“, schaltete sich nun Anneliese in das Gespräch mit ein, „Vorwürfe helfen uns nicht weiter, wir brauchen eine Lösung.“

Tilmann sah nachdenklich zur Decke. „Wir gehen der Sache auf den Grund, aber ich stelle eine Bedingung: Unser Medicus Gerold vom Steinberg wird die Dame untersuchen, ob sie auch tatsächlich so krank ist, wie sie sagt. Sollte es zutreffen, dann nehmen wir den Jungen in unserer Familie auf. Für den Fall sollten wir uns überlegen, was wir den Lennepern mitteilen, wenn die Wüllenwebers so ganz plötzlich ein Mitglied mehr in ihrer Familie haben.“

Jacub stand auf und schob den Schemel beiseite, danach ging er im Raum hin und her. Auch Tilmann erhob sich: „Ich gehe mit Jacub zu der Dame und bringe sie zur Untersuchung zum Medicus.“

„Du gehst zum Medicus und informierst ihn“, sagte Anneliese resolut, „ich mache mich mit Jacub auf den Weg zu diesem Mädchen, weil ich eine Frau bin. Sie wird mir eher vertrauen als einem für sie fremden Mann."

Auch Simon war mittlerweile zurück, um nach seinem vermissten Bruder zu suchen. Da er merkte, dass hier etwas nicht stimmte, stellte er keine weiteren Fragen, als er ihn sah.

Mit geröteten Augen saß Gundula am Tisch.

„Simon, kümmere dich um sie, wir müssen kurz fort, sie kann dir alles erklären", sagte Anneliese zu ihrem jüngsten Sohn und schob ihn sanft zum Tisch.

Am späten Nachmittag klopfte es an der Türe. Gerold vom Steinberg brachte ihnen Nachricht von seiner Untersuchung.

Anneliese schickte Gundula, Hugo und Simon hinaus. Der Rest der Familie setzte sich mit Gerold zusammen an den großen Holztisch.

„Es stimmt, sie hat die Wahrheit gesprochen. Ihre Erkrankung zwischen ihren Beinen ist im fortgeschrittenen Stadium. Ihr Körper ist dadurch äußerst geschwächt. Genaueres möchte ich euch nicht mitteilen, ich denke, das reicht."

Jacub schloss die Augen, wandte den Kopf, dachte an die Zeit in Bergen, und die Bilder verschwammen so schnell, wie sie gekommen waren. Es ist gerade einmal vier Jahre her – und was in den vier Jahren alles passiert war!

„Wie lange hat sie noch zu leben?", fragte Jacub.

„Das kann ich schlecht beantworten, aber ich glaube, nicht länger als zwei bis drei Monate. Eine Heilung ist nach dem momentanen Stand der Medizin auf jeden Fall ausgeschlossen."

„Obwohl sie sich für ihre Vergehen selbst verantworten muss, tut sie mir trotzdem leid", sagte Tilmann.

„Sie ist zwar noch sehr jung, doch sie hat es übertrieben; der eine oder andere Mann hat sie angesteckt", meinte Gerold.

Dann fuhr er weiter fort: „In Hafenstädten verkehren Seeleute aus aller Herren Ländern. Genauso schleppen sie mit Sicherheit aus diesen Ländern die unterschiedlichsten Krankheiten ein."

„Ich glaube", sagte Anneliese, „das kommt von dem Lotterleben, das sie und ihr Vater geführt haben. Immer auf Reisen, von Hafen zu Hafen. Dann hat sie in ihrer Kindheit schon die Mutter verloren und lebte nur mit ihrem Vater zusammen. Was dem Mädchen gefehlt hat, das war die Geborgenheit, ein trautes Heim, so wie wir es haben. Und wenn ihr Vater, der Kapitän, zur See fuhr, hing sie in Hafenkneipen herum. Hinzu kam die Einsamkeit, und um sie zu vergessen, holte sie sich die Männer auf ihr Zimmer. Die gaben ihr für kurze Zeit das Gefühl der Geborgenheit, nach der sie in ihrem Inneren schrie. Sie selbst hatte das – oder ihr – Problem nicht frühzeitig erkannt und suchte deshalb immer neuen Trost. Da sie sicherlich noch bildhübsch war, dürfte sie diesbezüglich keine Sorgen gehabt haben, da bei ihr die Matrosen Schlange gestanden haben. So etwas spricht sich unter Seeleuten natürlich schnell herum."

„Du hast recht, meine Liebe. Was du gerade gesagt hast, das kann nur eine Frau und Mutter denken. Und jetzt kommt meine Geschichte", sagte Tilmann.

„Wir holen deinen Jungen ins Haus, und zwar jetzt. Du nimmst den Wagen und ein Pferd und verlässt die Stadt für einige Tage. Den Jungen nimmst du mit, aber hinten unter der Plane, ihn soll keiner sehen, wenn du Lennep verlässt. Kauf in Dortmund ein paar Dinge ein, die wir benötigen, und wenn du zurückkommst, sitzt der Kleine mit dir auf dem Kutschbock.

Dann verbreiten wir genau meine Geschichte, die da lautet: Du hättest ihn am Wegesrand gefunden – genauer gesagt, im Wald kurz vor Dortmund. Sein Vater lag erschlagen und ausgeraubt auf dem Boden. Der Kleine saß weinend daneben im Moos, als du vorbeikamst, also hast du dich als Christenmensch erwiesen und ihn mitgenommen. In Dortmund hast du überall herumgefragt, doch keiner kannte den Jungen. Seinen Vater ließest du abholen, aber auch er war dort unbekannt. Sie wollten das Kind in eine Anstalt stecken oder in ein Kloster, was du nicht über das Herz gebracht hättest. Du dachtest an deinen kleinen Hugo, der ein wenig jünger ist, und hast ihn mitgenommen. Normalerweise kommen ja solche Kinder bei Verwandten unter, aber auch die waren ja nicht bekannt. – Am Anfang werden die Lenneper ein paar Fragen stellen, doch nach einigen Tagen kehrt der Alltag wieder ein und alles ist vergessen. Sie werden sich ganz schnell daran gewöhnen. Wichtig ist nur, dass wir, wenn wir gefragt werden, auch die gleiche Geschichte erzählen. In naher Zukunft werden wir, ähnlich wie Grafen oder Ritter es machen, ebenfalls mit Kind und Kegel antreten."

Anneliese holte den Rest der Familie ins Haus und erklärte ihnen ihr Vorhaben. Gundula war von dem Vorschlag sicherlich nicht begeistert, doch sie musste sich den Anordnungen der Familie fügen.

Anneliese nahm einen ihrer Körbe und bestückte ihn mit verschiedenen Nahrungsmitteln. „Man hat ja schließlich auch christliche Pflichten zu erfüllen", meinte sie.

Dann ging sie mit Jacub zu den Hübschlerinnen, um den Jungen abzuholen; Tilmann machte sich auf, um den Medicus Gerold vom Steinbach zu informieren. Würden sie den Jungen nicht bei sich aufnehmen, hätte Solveig noch die Möglichkeit gehabt, ihn einfach an jemand Fremden abzugeben. Jeder Bauer oder Handwerker hätte aus dem kleinen Sven später mehr oder weniger nur eine weitere Arbeitskraft gemacht, einen Leibeigenen ohne Rechte, aber so etwas gab es im Hause der Wüllenwebers nicht.

Sie wussten alle, was für ein schwerer Gang vor ihnen lag, als sie sich aufmachten, den Jungen abzuholen, gleichzeitig aber auch, was es für seine Mutter und für ihn zu bedeuten hatte. Wie lange würde er brauchen, um seine Mutter zu vergessen? Und dann gab es noch die Frage, wie Gundula damit umgehen würde. Als sie die Wagen erreicht hatten, verstummten die Gespräche der Damen. Dankend nahmen die Damen den Verpflegungskorb von Anneliese an. Solveig kam mit ihrem Jungen ein paar Schritte auf sie zu. Sie sah noch schlechter aus als am Vormittag. Ungeheuerlich, welch eine Entscheidung sie treffen musste. Es kam ihr vor, als wenn man ihr Leben zerschnitte, indem man es wie mit einem Schwertstreich in zwei Hälften spaltete.

„Das hier", sagte sie zu dem kleinen Sven, „das hier sind dein Vater und deine Oma. Du bleibst für einige Zeit zur Erholung bei ihnen. Die sind ganz lieb und du bekommst auch ganz, ganz viel zu essen."

„Auch Schmalzgebäck?", fragte der Kleine. „Aber natürlich", rief Anneliese freundlich, „so viel, wie du in deinen Mund stecken kannst.

„Siehst du, Sven, nun hast du auch eine Oma, und einen Opa bekommst du auch noch", sagte Solveig und schluckte nach ihren Worten. Jacub hatte Tränen in den Augen und Solveig tat ihm unendlich leid.

Dann nahm die neue Oma den Jungen an die Hand und führte ihn fort. „Du gehst jetzt mal mit Oma Anneliese mit, ich möchte dir unsere Schafe und Pferde zeigen. Hast du Lust?" – „Au ja", rief er vor Freude, und die beiden verschwanden. Da sie in der Stadt keiner sehen sollte, ging sie mit Sven zu den Schafherden auf die Wiese. Dort sollte ihn Jacub mit dem Fuhrwerk später abholen. Derweil fand ein menschliches Drama am Hurenwagen statt. Jacub verweilte noch einige Zeit bei der in Tränen aufgelösten Solveig. Er nahm sie in die Arme und sprach ihr Mut zu.

„Mach dir keine Sorgen, es wird ihm bei uns gut gehen“, sagte er aufmunternd. Sie nahmen sich ein letztes Mal in die Arme. „Er wird es gut haben bei uns. Ich mache aus ihm einen fleißigen Tuchhändler“, versprach er ihr erneut.

Nach einer schwermütigen Verabschiedung ging er mit gebeugtem Haupt zurück in die Stadt. Solveig wurde, von zwei Hübschlerinnen gestützt, zu ihrem Wagen geführt. Jacub hörte noch, wie die Zügel auf den Rücken der Pferde knallten, und dann nahm er noch das Geräusch der davonfahrenden Karren wahr. Er war nicht in der Lage, sich auch nur ein einziges Mal umzudrehen.

Jacub zog die Plane über seinen Wagen, holte sein Pferd aus dem Stall und spannte es vor sein Fuhrwerk. Danach lief er noch einmal eilig ins Haus, um sich einige Dinge zu besorgen, die er für die kleine Reise benötigte. Er griff nach einem Weidenkorb, legte ein Brot, etwas Käse und einen Schinken hinein. Im Hinausgehen hängte er sich einen gefüllten Weinschlauch über die Schulter und sprang schweren Schrittes auf den Kutschbock. Seine Gundula saß beleidigt, ja schmollend in ihrem Raum. Wenn er wieder zurück wäre, wollte er die Sache klarstellen.

Er schlug den Weg zum Kölner Tor ein und bog danach rechts ab zu seinen Weidegründen. Schon von Weitem sah er seine grasenden Tiere.

Die Herde hatte sich in den letzten Jahren auf über dreihundert Tiere vergrößert. An der einen Seite sah er seine Mutter mit seinem neuen Sohn Sven stehen; sie streichelten ein Schaf. Zwei Schäferhunde hatten die Aufgabe von Zieto übernommen, der schon einige Jahre tot war. Rupert, Heinrich und Roland befanden sich auf der gegenüberliegenden Seite der Herde. Sie dachten sicherlich, dass Anneliese mit ihrem Hugo unterwegs sei.

Aus der Entfernung, in der sich die Schäfer befanden, konnte keiner den Jungen genau erkennen, und das war gut so. Jacub hielt mit seinem Fuhrwerk an und sprang auf die Wiese. „Na, mein Freund", begrüßte er den Kleinen, „hast du dich mit der Oma schon angefreundet?" Sven nickte und streichelte weiterhin das Schaf. „Wo ist die Mama denn?"

„Sie ist spazieren gefahren, du bleibst erst einmal bei uns. – Willst du einmal den Wagen lenken?", fragte Jacub, griff ihm unter die Arme und setzte ihn auf den Bock. Dann drückte er ihm die Zügel in die Hand: „Auf geht's! Was hältst du davon, wenn wir eine Reise machen – nur wir beide?" – „Juhu!", rief er vor Freude und zog an den Zügeln, „Pferdchen, hopp, hopp." Anneliese ging zurück zur Stadt, drehte sich aber noch einmal kurz um und sagte: „Lernt euch besser kennen und nimm dir die Zeit mit deinem neuen Sohn!"

Vier Tage waren sie unterwegs gewesen, als sie mit ihrem Gefährt durch das Schwelmer Tor zurück in die Stadt rollten. Jacub hatte die Beziehung zu seinem neuen Jungen vertiefen können. Sven fragte noch zwei Mal nach seiner Mutter, aber Jacub verstand es, geschickt auszuweichen und ihn abzulenken, indem er ein neues Thema anschlug. In Dortmund hatte er ein paar Dinge für den Haushalt seiner Mutter besorgt, als er am Straßenrand einen Schnitzer entdeckte. Mit seinem kleinen Messer bearbeitete er ein Stück Holz und formte daraus wunderschöne Figuren. Jacub kaufte ihm zwei Pferde, zwei Schweine und – genau! – noch zwei Ziegen ab.

„Diese drei hier gehören dir“, sagte er zu Sven, „und die Restlichen, die schenkst du deinem Bruder Hugo, der in Lennep auf dich wartet.“ – „Tapp, tapp, tapp“, ahmte Sven mit seinem Mund ein Pferd nach und hüpfte mit seinem Holzpferd auf dem rechten Bein herum. Geruhsam rollte ihr Wagen die Wallstraße entlang. „Was hat er wohl von mir und was von Solveig? Welche Charaktereigenschaften werden sich in seinem Leben durchsetzen?“, dachte Jacub, der seinen Sohn von der Seite aus beim Spielen beobachtete. Gleich würde er ihn bei seiner neuen Mutter abgeben, die ihn einfach akzeptieren musste. Später am Abend dann wollte er sich mit Gundula aussprechen, ihr noch einmal die gesamte Situation erklären und sich mit ihr versöhnen.

An einem feuchten, schwülen Sonntagnachmittag im Jahre 1330 saß Jacub mit seinem Vater, Heinrich und Robert im Gasthof bei den Rosenbaums; sie tranken nach der Messe ihr Bier. Anneliese, Gundula und die beiden Kleinen wollten zur Wupper gehen, um Holzschiffchen schwimmen zu lassen. Hugo und Sven hatten sich das so gewünscht, zumal ihnen Tilmann aus Baumrinde zwei Schiffe geschnitzt hatte.

„Hierzu eignet sich die Rinde der Nadelhölzer am besten“, meinte Tilmann.

„Die müssen wir schwimmen lassen“, hatte Hugo gerufen. Nach einer längeren Aussprache mit Jacub hatte sich Gundula nun ganz den Mutterfreuden hingegeben. Sven behandelte sie inzwischen wie ihren eigenen Sohn. Schon seit geraumer Zeit nannte ihr neuer Sohn Sven sie ebenfalls wie Hugo „Mutter“, was ihr sichtlich guttat. Harmonie und Eintracht waren wieder ins Haus Wüllenweber eingekehrt.

„Wann wollt ihr aufbrechen?“, fragte Tilmann seinen Sohn. „Am Montag der kommenden Woche. Die Planung ist so gut wie abgeschlossen, die Ware aussortiert und zum Verladen bereit“, erklärte Jacub seinem Vater.

Zum ersten Mal wollten sie wieder auf große Reise gehen. Sie, das waren Jacub und seine Leute; Tilmann verließ sein geliebtes Lennep nicht mehr. Hamburg und Lübeck lauteten die Ziele. Nach dem Brand hatten die Wüllenwebers ihre erste Tuchproduktion in den Städten verkauft, die in der Nähe lagen.

Nun war der Bestand angewachsen und sie bekamen wie früher Vorbestellungen aus Lübeck. Auch dort im Kontor wusste man, dass es mit dem Tuchhandel wieder aufwärts ging.

Jacub würde sich mit zwei Mitarbeitern einer Händlerkolonne anschließen.

Gemeinsam wären sie dann dreißig Fuhrwerke gewesen, der eigenen Sicherheit wegen. Die Reisen an das Ostmeer sollten nun wieder regelmäßig durchgeführt werden, weil Jacub den Plan hatte, sich einen weiteren Webstuhl zuzulegen.

Mitte Juni war der Tag der Abreise, und alles lief wie geplant.

Kapitel 9

Ende August rollten drei Fuhrwerke, angeführt von Jacub Wüllenweber, über den Alter Markt. Seit einigen Tagen lag eine Hitzewelle über dem Land; noch nie empfand Jacub dieses stickige Wetter, diese drückende Luft als so anstrengend.

Der Schweiß lief ihm in Strömen übers Gesicht, unter den Armen und über seinen Rücken herunter. Neben ihm auf dem Kutschbock lag seit ein paar Tagen sein Schweißtuch, mit dem er sich regelmäßig das Gesicht trocken rieb, was aber nur für kurze Zeit anhielt. Literweise schütteten er und seine Leute Wasser in sich hinein. Die gesamte Ware hatte er an den Mann bringen können und darüber hinaus brachte er jede Menge Neuigkeiten mit, sodass sein Vater staunen würde.

„Anhalten", rief er und hob den Arm. Jacub war ein tüchtiger Geschäftsmann geworden, so wie sein Vater sich ihn immer gewünscht hatte.

Er und seine Leute stiegen ab und gingen auf direktem Weg zum Brunnen.

Mehrere Mal ließen sie den Holzbottich am Seil in die Tiefe schnellen, um sich im Anschluss daran das frische Brunnenwasser über den Kopf zu schütten. „Ah, tut das gut!", sagte Jacub. Auch die beiden Begleiter waren für diese Unterbrechung kurz vor dem Ziel dankbar. Danach fuhren sie zum Wüllenweberhaus in die Wallstraße. Die Plätze und die Gassen waren bei der Hitze wie leergefegt. „Die Bürger der Stadt suchen Schutz in ihren Häusern, oder vielleicht am Fluss", dachte Jacub. Aufgrund des Geräusches der rumpelnden Räder wurde ein Tor ihrer Stallung geöffnet und Tilmann trat in die Gasse.

„Da seid ihr ja endlich, und alles in Butter – schön, dass ihr unversehrt wieder da seid", rief er ihnen entgegen. Jacub und die Männer sprangen vom Wagen und klopften Tilmann auf die Schulter.

„Und wie ist es gelaufen? Warst du erfolgreich?"

„Oh, Vater, ich habe so viele Neuigkeiten, das wird dich aus den Schuhen werfen", sagte Jacub. Mittlerweile kamen zwei Stalljungen, Rupert und Karl, die ihnen die Fuhrwerke abnahmen, um sie in die Scheune zu bringen.

„Komm ins Haus, Vater, ich berichte dir alles."

Anneliese und Gundula nahmen ihren zurückgekehrten Reisenden in den Arm. Die Kinder waren mit der Magd auf den Wiesen bei den Schafen, weil sie unbedingt Roland und Herbert besuchen wollten.

„Wie weit ist deine Stadtplanung? Wann, glaubst du, ist die Stadt wieder vollständig hergestellt, Vater?", fragte Jacub.

„Darüber können wir später immer noch reden, aber jetzt erzähl doch die Neuigkeiten, von denen du sprachst, ich bin schon ganz aufgeregt."

Anneliese nahm Gundula beim Arm: „Komm, wir lassen die Männer alleine." Tilmann und Jacub nahmen am Tisch Platz; dann fing Jacub an, seine Erlebnisse zu schildern.

„Du kannst dich an den Überfall auf uns erinnern und an den, bei dem Ulrich Stute und seine Leute den Tod gefunden hatten. Diese Räuberbande ist gefasst worden, aber erst im dritten Anlauf. Ich erzähle dir, wie Wernherns Andresen das angestellt hat. Also, fünfzehn Männer von der Stadtwache wurden in Lumpenkleider gesteckt und mit Armbrüsten ausgestattet. Sie wurden jeweils zu fünft in drei Planwagen versteckt, deren Fahrer eine Fahrt von Osnabrück nach Oldenburg und zurück durchführten.

Die Fahrer verbreiteten an den Abenden in den Tavernen das Gerücht, dass sie wertvolle Felle aus Norwegen, Lettland und Estland geladen hätten. Das Einzige, was sie aber wirklich geladen hatten, waren leere zugenagelte Fässer. Die Soldaten saßen versteckt unter ihren Planen. Zweimal fuhren sie vergebens, aber beim dritten Mal nahm einer der Halunken Kontakt zu den Fahrern auf.

In einer Taverne in Oldenburg gaben die Wegelagerer ein paar runden Bier aus und freundeten sich mit den Fahrern an, um sie auszufragen. Ob sie denn von keinen Wachsoldaten begleitet würden, fragte einer die Fahrer. Diese verneinten; es wäre noch nie etwas passiert, da wären sie sich ganz sicher. Die Räuber gingen natürlich auf die falsch gelegte Fährte ein, und am nächsten Tag war es dann so weit.

Noch vor dem Hellwerden versteckten sich die Soldaten unter den Planen und die Fuhrwerke rollten los in Richtung Osnabrück. Allen war klar gewesen: Wenn ein Überfall stattfinden sollte, dann nicht unmittelbar in der Nähe einer Stadt – und die Stellen der letzten Überfälle waren ja bekannt.

Etwa eine Stunde hinter Oldenburg war es dann bei Tagesanbruch so weit.

Die Räuber sprangen aus dem Wald und brüllten: „Überfall!“ Die Fahrer verließen den Kutschbock mit erhobenen Armen und in dem Moment, wo die Räuber die Planen lüfteten, flog ihnen ein Schwarm von Armbrustpfeilen entgegen. Die Raubritter und Wegelagerer waren von der Verteidigung vollkommen überrascht worden. Zwei hatten überlebt, der Rest der Halunken wurde sofort von den Pfeilen hingerafft. Die Armbrustschützen hatten ein Blutbad unter den Räubern angerichtet. Die, die überlebten, wurden in Oldenburg unter dem Jubel des Volkes gerädert.“

„Das sind ja gute Neuigkeiten, dann haben sie die Wegelagererbande endlich ausgelöscht“, sagte Tilmann erfreut.

„Aber das dickste Ende kommt noch, Vater. Du erinnerst

dich doch an den Gasthof in Lübeck, unten am Hafen, wo wir des Öfteren mit einigen anderen Händlern zu Abend gegessen hatten?" Tilmann nickte: „Der mit den schmackhaften Fischtellern?" – „Genau der. Ich saß eines Abends alleine in der Gaststube beim Essen, als sich die Tür öffnete – und, was glaubst du, wer eintrat?" – „Keine Ahnung", sagte Tilmann und zuckte mit den Schultern.

„Der Michel mit seinem Vater Björn Sörensen. Ich rief vor Freude, als ich sie sah, dass sie doch an meinem Tisch Platz nehmen sollten. Sie winkten zurück und kamen zu mir, aber da kam noch jemand hinter den beiden her: Kapitän Rassmussen, Solveigs Vater!"

Tilmann sah seinen Sohn aus großen Augen an: „Der ist doch schon seit Jahren tot!?"

„Das dachte ich auch und habe mir erst einmal nichts anmerken lassen. Später schlug ich Michel vor, mit mir durch den Hafen zu schlendern, um über alte Zeiten zu plaudern. Wir waren allein und ich berichtete ihm die Version, die uns Solveig in Lennep erzählt hatte – den Jungen erwähnte ich zunächst nicht. Er konnte es nicht glauben, doch dann stellte er die Sache in einem anderen Licht dar.

Kapitän Rassmussen war wieder einmal auf Fahrt gewesen. Einen Überfall auf ihn hat es nie gegeben, der war einfach von Solveig erfunden worden. Durch Wetterkapriolen kam der Kapitän unverhofft früher in die Pension zurück als geplant, dabei erwischte er seine Tochter im Bett, in den Armen eines fränkischen Seemanns. Er prügelte den Seemann aus Solveigs Zimmer, dann zog er sich seinen Gürtel von der Hüfte und schlug damit seine Tochter grün und blau.

Sie schrie vor Angst und Schmerzen wie am Spieß, sodass der Wirt und ein anderer Seemann ins Zimmer stürzten und Kapitän Rassmussen festhalten mussten.

Von diesem Tage an sprach er nie wieder ein Wort mit ihr, nahm sie auch nirgends mehr mit hin. Sie segelten noch zurück in ihre Heimat und Solveig kurierte ihre Blessuren aus. Michels Vater besorgte neue Aufträge und Rassmussen ging wieder auf Fahrt.

Dann merkte Solveig, dass sie ein Kind erwartete; das war so einige Monate, nachdem wir Lübeck verlassen hatten. Da sie unbedingt von ihrem Vater fort wollte, schloss sie sich so, wie sie war, einem Hurentross an. Dann verlor sich ihre Spur in Hamburg, wo sie einen Jungen zur Welt brachte.

Das ist die Geschichte, die mir Michel erzählt hat. – Was glaubst du, Vater, vielleicht bin ich doch nicht Svens Vater?"

„Ich bin total verblüfft! Dann hatte Solveig den Tod ihres Vaters erfunden, um bei uns Mitleid zu erwecken, was ihr ja schlichtweg auch gelungen ist", sagte Tilmann, „aber das mit der Vaterschaft, finde ich, ist im Moment nicht das Wichtigste. Du wirst bald Eigenschaften an deinem Sohn entdecken, die von dir stammen. Sollte dies nicht der Fall sein, was willst du machen, ihn hinauswerfen?" Jacub schüttelte den Kopf. „Natürlich nicht, dafür habe ich ihn zu lieb gewonnen."

„Genau so sehe ich das auch. Und Solveig zog mit den Hübschlerinnen durch die Lande und schaffte an, bis sie merkte, dass sie krank ist; dann kam sie auf die Idee, den Vater des Jungen aufzusuchen, und stand dann mit Sven vor den Toren Lenneps", sagte Tilmann. „Aber Rassmussen sowie Michel wissen nicht, dass Sven nun bei uns lebt und dass du der richtige Vater bist?", fragte er seinen Sohn.

„Nein, ich habe niemandem die Wahrheit geschildert."

„Es soll alles unser Familiengeheimnis bleiben, mein Sohn! Wer viel erzählt, bekommt auch viele blöde Fragen gestellt. Nicht, dass Kapitän Rassmussen eines Tages auf den Gedanken kommt, er müsse unbedingt sein Enkelkind aufsuchen –

dann würde das ganze Theater von Neuem beginnen. Stell dir nur einmal vor, der würde eines Tages wie zuvor seine Tochter ebenfalls vor den Toren Lenneps stehen." – „Besser nicht," gab Jacub zurück.

Im Jahr 1333 war Lennep wieder vollständig aufgebaut.

Als neue Errungenschaft hatten sich die Wüllenwebers einen weiteren modernen Tretwebstuhl angeschafft.

Anneliese blieb die starke Frau im Haus und war der erste Ansprechpartner der Familie, und Tilmann übte weiterhin sein Bürgermeisteramt mit viel Liebe aus.

Bruno vom Nagelsberg hatte kurz nach dem Brand sein Amt niedergelegt und verstarb zwei Jahren später. Sein Herz blieb einfach stehen.

Rupert und Karl waren seit der Zeit im Kerker die dicksten Freunde. Einmal in der Woche kam ein Mönch vom Kloster Beyenburg, um die beiden in der Schrift und im Rechnen zu unterrichten. Tilmann wollte, dass sie einige Grundbegriffe lernten. Sie gaben sich natürlich größte Mühe, hatten aber immer, wenn Unterricht anstand, plötzlich sehr viel Arbeit bei den Schafen zu erledigen. Nach sechs Monaten wurde der „schulmäßige" Unterricht wieder eingestellt. Rupert wusste immer noch nicht, wo Anneliese die Zellenschlüssel her hatte. Anneliese machte sich einen Spaß daraus, ihn im Unklaren zu lassen.

Tilmann, Jacub und Heinrich gaben das geheime Geldversteck in ihrem Wagen nie preis. Es blieb ihr wichtigstes Geheimnis und es wurde bei jeder weiteren Fahrt eingesetzt.

Tilmann und Heinrich kümmerten sich ausschließlich nur noch um städtische Angelegenheiten und um die Bedürfnisse der Bürger.

Die fertiggestellte Stadtkirche wurde von den Lennepern auch „Brandkirche" genannt. An einer dicken Eisenkette hing über dem Altar ein schweres Holzkreuz, und daneben stand auf dem Boden der alte, vom Medicus gerettete, neu aufgearbeitete Engel. Wie ein Mahnmal hing Rufus von Bechens Gebetskreuz über den Schultern des Engels.

Der Medicus hatte den fehlenden Stein wieder einarbeiten lassen.

Rupert erzählte mit stolzgefüllter Brust überall im Dorf, dass er die ganzen Jahre den Engel beaufsichtigt habe.

Die Tuchherstellung wurde ständig weiter ausgebaut, da die Nachfrage vehement war. In den nächsten hundert Jahren wurde Lennep eine der berühmtesten Tuchmacherstädte in deutschen Landen. Neue Niederlassungen wurden errichtet und weitere Städte traten der Hanse bei. Ihre internationale Sprache war das Latein. Die Hanse – gegründet von deutschen Kaufleuten, den Hansen – war die größte Handelsmacht der Welt und überstand Hunderte von Jahren. Bis heute ist sie offiziell nie aufgelöst worden.

Ende

Personenregister

Händler, Kaufleute und Lenneper Bürger

Familie Wüllenweber:
Tilmann und Anneliese Wüllenweber, ihr ältester Sohn Jacub, sein Bruder Simon und ihre kleine Schwester Maria

Die Magd: Gertlinde

Ratsherr und Bürgermeister: Bruno vom Nagelsberg

Amtsmann: Rautzenberg

Amtsmann: Hasenclev

Medicus: Gerold vom Steinberg

Pfarrer: Rufus von Bechen

Verlieswärter: Rupert

Schäfer: Heinrich und Roland

Schafhüter: Franz

Färberjunge: Richard

Tuchmacher: Heinrich Kottsieper

Weinhändler: Ulrich Stute

Wagenbaumeister: Winfried Feldmann

Vertreter der Stadt Lennep in Lübeck: Robert von Lynepe

Annelieses Vetter: Friedrich von Huckengeswage

Wirtsleute aus Lennep:
Familie Rosenbaum und ihre Tochter Gundula

Tilmanns Vorarbeiter: Karl Stoßberg

Stadtrepräsentant: Robert Frauenknecht

Ritter von Neuenberge: Wentzel von Reinhardhausen

Burgvogt: Philipp vom hohen Stein

Richter: Justus Goldberg

Händler aus Dänemark: Björn Sörensen, sein Sohn Michel

Kapitän der Solveig: Rassmussen

Der blonde Teufel: Solveig Rassmussen

Kontorleiter aus Bergen: Ole Einar Svenson

Bestatter: Griesgram Paul

Tagelöhner: Erich vom Kraspütt sowie Bauer Wilhelm

Tratschweib: Martha

Gildenmeister aus Osnabrück: Wernherns Andresen

Wachmann vom Kölner Tor: Conradis

Büttel von Lennep: Matthias Buchholz

Die Zisterzienser: Bruder Georg und Bruder Franz

und zum guten Schluss: Graf Adolf VI. von Berg

Glossar

Brouche: *Eine Art mittelalterliche Unterziehhose, die aus Leinentüchern gewickelt wurde.*

Garbreiter: *Verkäufer, Anbieter von frisch gebratenen Fleischwaren (Imbissverkäufer).*

Gambeson: *Gesteppter, gepolsterter Unterziehrock. Meistens wurde im Kampf das Kettenhemd darübergezogen.*

Gebände: *Eine einfache, dünne Kopfhaube, die unter dem Kinn gebunden wurde.*

Gnippe: *Ein Klappmesser. Galt als hinterhältig und war verpönt.*

Grapen: *Dreibeiniger Topf, den man über einer Feuerstelle aufstellte.*

Fibel: *Oft aus Messing oder Eisen. Ein Verschluss mit einer Nadel für Gewandungen.*

Frauenwirt: *Alter Begriff für Zuhälter.*

Heuke: *Mantelartiger Umhang, mit oder ohne Kapuze.*

Kardern: *Im Mittelalter wurde die Schafswolle kardiert, ausgekämmt und in Form gebracht. Dazu nahm man getrocknete Distelblüten, deren Stacheln einem Kamm glichen.*

Kegel: *Uneheliches Kind, oft von Adeligen.*

Kemenate: *Oft der einzige beheizbare Raum in einer Burg.*

Klafter: *Maßeinheit, entspricht ungefähr 1,8 Meter. Hohl- sowie Längenmaß.*

Kukulle: *Wurde als Überwurf um den Körper gelegt. Reichte oft bis zum Boden und hatte eine große Kapuze.*

Normannenhelm mit Brünne: *Kopfschutz in offener Feldschlacht. Kein Turnierhelm. Die Brünne war eine Metallverstärkung über der Stirnfront.*

Plumperjahn: *Nichtsnutz, Trottel, dummer Junge.*

Reisige: *Im 14. Jahrhundert auch Reyseghe genannt. Gewappnete Dienstleute, berittene Begleitpersonen (Reisen, Kriegszüge).*

Schapel: *Kopfkranz, Kopfschmuck aus Gold und Perlen. Wurde von Frauen wie auch von Männern zu besonderen Anlässen getragen.*

Surcot: *Gewandung für Frauen; anstatt Ärmeln gab es dort nur Löcher.*

Tasselmantel: *Großer, weiter Mantel oder Umhang, der von der Tassel gehalten wurde: zwei größeren Knöpfen, die mit einer Kette verbunden wurden.*

Trippen: *Sohlen aus Holz zum Unterschnallen. Schutz vor Feuchtigkeit und Unrat. Trippen wurden mit Schnallen am Schuh festgebunden.*

Tunika: *Einfacher Umhang, wird schon in der Römerzeit erwähnt.*

Wappenrock: *Wappen des Königs, Wappen des Grafen oder des Ritters. Erkennungsmerkmal nicht nur im Kampf. Familienwappen des Adels, oder auch das Wappen der Mönchsritter (Templer, Johanniter, Deutscher Orden). Bekanntestes Wappen ist das Tatzenkreuz. Visitenkarte im Mittelalter.*

Nachbemerkung

Hier stellt sich nun die Frage: Was ist erfunden, was spielte sich in Lennep tatsächlich in jener Zeit ab? Den Überlieferungen nach liegen die Anfänge im 12. Jahrhundert. Um 1260 erhielt Lennep die Stadtrechte und gehört damit zu den ältesten Städten im Bergischen Land, ist also noch älter als die heutige Landeshauptstadt Düsseldorf. Lennep war eine Hauptstadt im Bergischen Land und eine der ersten Städte, die sich auf die Produktion von Tuchen verlegte. Die Tuchverarbeitung gehört mit zu den ältesten Handwerken.

Über Jahrhunderte hinweg waren die berühmten Lenneper Tuche überregional gefragt, und man lieferte sie in die ganze Welt, später vor allem nach Amerika.

Schon seit dem 14. Jahrhundert war Lennep Mitglied in der Hanse und unterhielt zahlreiche Niederlassungen. Die Tuchherstellung und der Handel konnten sich entfalten. Zu dieser Zeit wurde Lennep bereits von einer großen Stadtmauer umschlossen, und es gab die beiden Ausfalltore. Der Kraspütt, nur einige Häuser, war tatsächlich ein Armenviertel.

Der Stadtbrand brach tatsächlich im Winter 1325 aus. Der genaue Zeitpunkt ist nicht mehr bekannt. Die meisten vorhandenen Urkunden wurden zerstört. Das, was noch vorhanden war, ist später im 30-jährigen Krieg verloren gegangen. Im 14. Jahrhundert gab Graf Adolf der Stadt das Markt-, Münz- und Zollrecht.

In den späteren Jahren folgten zwei weitere grauenvolle Brände: einer im Jahre 1563 und der letzte im Jahre 1746; dieser zerstörte die gesamten mittelalterlichen Strukturen der Stadt. Nach dem letzten Stadtbrand entstand der neue Baustil des „Bergischen Barocks". Nach jedem Stadtbrand wurden die neuen Häuser wieder auf den alten Fundamenten aufgebaut, sodass man bis heute von einem historischen Stadtkern reden kann. Die historische Altstadt steht heute unter Denkmalschutz.

Die Farben Schwarz, Weiß und Grün setzten sich durch. Die Trägerbalken der Häuser sind schwarz, die Fassaden und Fenster in Weiß gehalten, die Schlagläden und Türen in bergischem Grün gestrichen. Der regionale Baustil verbindet barocke Schmuckformen mit dem lokalen Lehmfachwerkbau (Kuhdung).

Im Zeitalter der Industrialisierung haben die Familien Hardt und Wülfing im Bergischen Land Tuch-Dynastien aufgebaut. Heute stehen dem Besucher zwei Tuchmuseen zur Verfügung: das Tuchmuseum Lennep in der Hardtstraße und das Wülfing-Museum in Radevormwald Dahlerau. Der Besucher findet dort Industriekultur zum Anfassen – Tuchherstellung aus den letzten 170 Jahren, zum Beispiel die größte Dampfmaschine des Bergischen Landes, einen Drehstromgenerator und eine Wasserturbine sowie die gesamte Palette der Textilfertigung.

Die Namen in meinem Roman sind frei erfunden. Ich habe mir die Freiheit genommen, alte bergische Namen zu verwenden und Vor- und Nachnamen individuell zusammenzustellen. Auch heute gibt es in Lennep die Wallstraße, die Botengasse, die Pilgergasse und den Alter Markt sowie weitere historische Wege. Ob es sie im 14. Jahrhundert in dieser Form gegeben hat, ist nicht nachweisbar, aber vermutlich kannte man die Wallstraße bereits. Das Rathaus sowie die Stadtkirche standen aber schon damals fast am gleichen Platz wie heute. Außer einigen Fronhöfen gab es außerhalb der Stadtmauer ausschließlich Wälder und vereinzelt urbar gemachte Äcker und Weiden.

Nach meinen Recherchen standen im 14. Jahrhundert ungefähr 100 bis 120 Häuser innerhalb der Stadtmauer. In etwa lebten eintausend bis eintausendfünfhundert Menschen in Lennep. Die Geografie der Stadt, wie ich sie darstelle, lässt sich anhand von Stadtkarten rekonstruieren.

Peter vom Falkenberg

Mein besonderer Dank gilt dem Remscheider Motorradclub Tool-Town-Chapter. Meine Biker-Freunde haben mich immer wieder unterstützt und teilen meine Leidenschaft für das Mittelalter.

„Die Söhne des Tuchhändlers“

Die Geschichte der Lenneper Tuchhändlerfamilie Wüllenweber geht weiter. Nachdem Tilmann Bürgermeister geworden ist, führen seine Söhne Jacub und Simon die Geschäfte. Aber sie haben es schwer: England steigt mit feinerer Wolle in den Handel ein und verdrängt damit die groben Tuche der Lenneper. Das Resultat sind drastische Umsatzeinbrüche. Zu allem Übel treibt eine Bande von Wegelagerern im Bergischen Land ihr Unwesen.

Der erste Gastarbeiter aus der Lombardei macht sich in Lennep selbstständig, und auf Jacub wartet eine deftige Überraschung …

TB 320 Seiten, ISBN 978-3-943886-27-6, Euro 9,90
E-Book, ISBN 978-3-943886-80-1, Euro 7,99

„Lennep im Schatten der Pest“

Die Hanse weitet ihren Handel auf ganz Europa aus. Auch die Lenneper Tuchhändler möchten sich an der Erschließung neuer Märkte beteiligen. Doch eine grausame Krankheit macht ihnen einen Strich durch die Rechnung. Sie verbreitet sich mit unvorstellbarer Geschwindigkeit im gesamten Raum der Hanse. Millionen von Menschen fallen ihr zum Opfer, und auch die Stadt Lennep bleibt nicht von ihr verschont. Der Schwarze Tod haucht seinen Atem durch die Gassen der Stadt und macht vor niemandem halt. Die Pest kennt kein Gut und Böse, kein Arm oder Reich …

TB 304 Seiten, ISBN 978-3-943886-76-4, Euro 9,99
E-Book, ISBN 978-3-943886-85-6, Euro 7,99